ROBERT WALSER

ローベルト・ヴァルザー作品集

5

新本史斉／
F・ヒンターエーダー＝エムデ／
若林 恵 訳

CHOEISHA

目次

盗賊／散文小品集 II

The publication of this work was supported by a grant from
the Swiss Arts Council Pro Helvetia
prohelvetia

長編小説　盗賊

新本史斉／フランツ・ヒンターエーダー＝エムデ 訳

エーディットは彼を愛しています。この話については後ほど詳しく。ことによると彼女はこの文なしの役立たずと関わりあいになるべきではなかったのかもしれません。彼女はどうやら彼に向けて代理人といいましょうか、委任代行者といいましょうか、そんな女たちを派遣してきたようです。そんなわけで彼はそこらじゅうガールフレンドだらけといった状況なのですが、こんなのは取るに足りない話というべきでしょう、そうそう、あの「評判の」といってよかろう百フランにしても大騒ぎするような話ではないのです。あるとき彼は要求されるままに博愛主義から、十万マルクを人の手にゆだねました。人びとがあざけり笑うと、彼も一緒になって笑っています。もうこれだけでも実に憂慮すべきことと言えるのではないでしょうか。男友達はただの一人もおりません。わたくしたちの街で過ごした「期間すべてを通じて」紳士世界で一目置かれるようなことは絶えてなく、そのことに彼自身が満足しているという始末なのです。これはもう、およそ考えうる限りの、極めつけの、能なしぶりではないでしょうか？　あの慇懃な物腰はもう以前より「鼻についている」と口にしてはばからぬ者たちもいます。そしてあの可哀そうなエーディットは彼を愛しており、そして彼の方は、今や暑さもずいぶん増してきたということで、夜の九時半にもなって水浴びに出かけるといった調子なのです。まあ好きにやらせておきましょう、とはいえ減らず口は叩かせません。彼をなんとか教化しようと、人びとは粉骨砕身、力をつくしてきたのです。このペルー人なのか何なのか分からぬ男は、そんなことは自分でできるとでも思っているのでしょうか。「何かご用？」こんな言葉が庶民出の娘たちからぶつけられます、するとこのどうしようもないうすのろは、そんな風に注文を聞かれただけで、もう天に昇らんばかりなのです。娘たちはもうずいぶん前からあちらでもこちらでも彼のことを救いようのない敗残者と見なしていましたが、そんな扱いも彼は嬉々として喜んでいるのです。「この甲斐性なし、また暇つぶしにやって来たのね。あーあ、なんて退屈な男なんでしょう！」今にもこんな声が聞こえてきそうな眼つきで娘たちは眺めます。そして彼の方はぶしつけな視線を投げつけられると、もう浮き立つような心持ちになるのです。今日は少しばかり小雨がぱらつき、そして彼女は彼のことを愛しています。いわば出会った瞬間、すっかり好きになってしまったのですが、彼の方ではそんなことがありうるなどとは夢にも思っていませんでした。そして、そう、彼のために死んでしまったあの未亡人のこと。街の通りの一つに店を構えていた、まずしっかり者といえようこの女性の話にも、必ずや戻ってくることにいたしましょう。わたくしたちの街には大きな中庭とでもいった趣があり、さほどにも部分部分がしっくりと釣り合いがとれているのです。この点についてもさらにお話しする機会はありましょう。ともかくも手短にまとめるつもりです。お伝えするのは礼にかなった話ばかりであると、どうか信じて下さいますよう。わたくしはすなわち高尚なる作者のつもりでいるのですが、これはすこぶる愚かな態度であるのかもしれません。ことによると高尚ならざることがちらほら紛れ込むようなこともあるかもしれません。あの百フランの件もしたがって、取るに足りないことなのです。それにしても、可愛らしいエプロンをつけた娘たちの眼にとまるや、「あらやだ、あいつまで来たの」などと投げつけられてしまう、この手の施しようもないご機嫌男ほどに散文的な存在がよくもあったものです。むろん、そのような言い方が耳に飛び込んできたときには、どこかしらに少しばかり震えのようなものが走りはします、でも彼はいつもきれいさっぱり忘れてしまうのです。あれほどの役立たずであればこそ、これほどたくさんの重要なこと、美しいこと、有益なことが一切合切、頭から流れ出してしまおうと、平気の平左でいられるのです。一度たりとも懐が温まったためしがないこと、これが役立たずの証拠でなくてなんでしょう。かつて彼は森のベンチに座っていたことがありました。あれはいったいいつのことだったのでしょう？　上流階級の女性たちのもとでの、彼の評価はもっと寛大なものです。これは彼女たちが彼のうちに遊び心を感じとっているからでしょうか？　そして世の社長たちが彼に手を差し伸べるのは？　何とも奇妙なことではないでしょうか？　いったいどうしてまた、こんな盗賊に？

歩行者たちの無頓着ぶり、無軌道ぶりが運転手たちを苛立たせます。急いで付け加えておきましょう。そこにはわたくしの言うことに従おうとしない、とある代理人の姿もあるということを。彼の反抗的な態度はほうっておくつもりです。いとも寛大に忘れ去ってしまうことにいたしましょう。それにしても、エーディットのことでは、ある月並みな男が成功を収めたのです。この男はともかくも、かぶる者みなに時流に乗った見てくれを与えてくれる洒落た帽子をかぶっています。月並みということでいえば、わたくしもまた月並みな人間であり、そうであることを喜ばしいとも思っています、しかし森のベンチに腰をおろした、あの盗賊となると、そういうわけにはいきません。だって月並みな人間に、こんなことが呟けようはずはないのですから。「かつてわたしは見習い事務員、夢見る愛国者として、晴れやかな都会の通りを駆け回っていた。わたしの記憶に間違いがなければ、女主人の言いつけでランプの火屋だの何だのを取りにいったこともあっただろうか。あの頃、わたしはある老人の見張り番をする仕事をしていて、ある若い娘にはその傍にたどりつくまでどんな暮らしをしていたのか、話して聞かせたこともある。今でこそこうして無聊をかこっているけれど、公正に見れば、これは他国の事情でなったことなのだ。わたしはよその国で、その度ごとに才能を示して見せるという取り決めをして、月々のお金をもらっていた。そのうちにわたしは、文化、精神等々を追究することはやめにして、気散じばかりを追い求めるようになった。ある日のこと、パトロンから不都合が出来したとの知らせがもたらされ、それはどうやらこの先の経済的支援に関わる話であるようだった。知らせを聞いたわたしは、驚愕のあまり言葉を失いかけた。自分の華奢な机のそばに、つまりは、ソファの上にへたりこんだ。女家主が眼にしたのは、わたしがめそめそ泣いている姿だった。『心配しないでいいのよ』と彼女は語りかけた。『毎晩、素敵なお話で楽しませてくれるなら、台所で肉汁たっぷりのカツレツを焼いてあげますよ。誰もが役に立つように生まれついているわけではないのです。あなたは例外なのですよ。』この言葉のおかげで、わたしは何もしないままに生きながらえてゆくことができるようになった。それから鉄道列車がここまで運んでくれて、わたしはエーディットの顔に震えおののくようになったのだ。彼女ゆえにもたらされた苦悩は天井の梁柱のようなもので、その下では数々の喜びがぶらんこ遊びに打ち興じている。」盗賊はそんな具合に葉群の下で自分自身と会話しておりましたが、それからぴょんぴょんと跳ねるようにして、今しも火酒の壜を上着のポケットにねじこんだ哀れな酔っぱらいのところへ飛んでゆきました。「おいこら、待ちたまえ。」彼は大声を張り上げました、「そこにいかなる秘密を隠しもっているか、釈明したまえ。」呼びかけられた者は、柱のように立ちつくし、笑いともつかぬ笑いを浮かべました。二人は互いに相手をじっと見つめ、それから哀れな男の方は、時代精神についてあれこれとこぼしながら、首を振り振り先へ歩いてゆきました。盗賊はこうした言葉すべてを注意深く拾い集めました。夜になって、ポンタリエ近郊を熟知しているわたくしたちの主人公は帰路につきましたが、家に着いた頃にはすっかり眠くなっていました。ポンタリエの街に関して言っておくなら、彼はある有名な本を読んでこの街のことを知るようになったのでした。そこには何をおいてもまず要塞があり、とある詩人が、そして黒人の将軍が一時期、滞在していたのでした。フランス語の書物を事あるごとに、山のように読んでいたわたくしたちの主人公は、わが巣穴もしくはベッドに横になる前にこう言いました。「彼女にはもうとうの昔に、あの腕輪を請け戻してあげていなくてはいけなかったのだ。」彼は誰のことを考えてこう言ったのでしょう？　奇妙なひとりごとというほかはありませんが、この話にはまず間違いなく戻ってくることにいたしましょう。彼はいつも午前十一時になると手ずから靴を磨きました。十一時半になると階段を駆け下りました。お昼はたいていは、そう、スパゲッティです、彼はいつも嬉々としてこれを食しておりました。これを美味しいと感じて倦まぬことは、彼自身にも奇妙に思われることもありました。昨日、わたくしは若枝を一本、折りとりました。想像なさってみて下さい、作家が一人、日曜日の風景の中を散歩しています、一本の若枝を手に入れ、それを手にした自分をひとかどの人物であるかのように思っています、ハムパンを食べます、それをむしゃむしゃやりながら、若枝のようにすばらしくほっそりとしたウェイトレスを見て、こう話しかけるのはふさわしきことではないかと考えます。「お嬢さん、この若枝で一発ピシリと、この手を打って下さいますかな?」こう乞い願う者を前に彼女はギョッとして後ずさりします。いまだかつてこれに類する願いを受けたことがなかったのです。わたくしは街の中にやってきてわが杖で一人の学生に触れました。何人かの学生がカフェで丸テーブルの常連席を囲んでいたのです。触れられた学生は、「いまだかつて眼にしたことがないもの」を眼にしたかのように、わたくしを凝視しました、そして、他の学生たちも同じ目つきでわたくしのことを見つめたのです。たくさんの、たくさんのことが彼らにはそもそもまったく理解できない、突然、そんな目つきになったのでした。わたくしはここで何を言っているのでしょう、ともかくも彼らは一人の例外もなく、礼儀上からも、驚愕した人間を演じてみせ、そして今、わたくしの小説の主人公、というかこれからそうなっていくべき人間は、毛布を口元まで引っぱり上げ、何やら考えていています。いつも何かについて考えているという習慣が彼にはありました、そうしたところで何が貰えるわけでもないのに、そんなふうにいわば妄想をめぐらす癖があったのです。バタビアで暮らしていた叔父から彼はいったい何フラン貰ったのでしょうか？　この額についてはわたくしたちにも正確なところは分かっておりません。分かっていないことには、いつも何かしらとても繊細なところがあるものです。われらがペトルーキオは、月並みな、つまりはきちんとした昼食の代わりに、例外的にチーズケーキをかじるだけのこともあり、そんなときにはコーヒーを一緒に注文しました。こうしたことすべても、もし彼の伯父がバタビアから援助してくれることがなかったならば、あなた方に描いて見せることは出来なかったでしょう。この援助にもとづいて彼は、いわば他に類を見ぬその存在を持続していったのであり、そしてこの非日常的でありながらもまた日常的でもある存在にもとづいて、わたくしはここに、何一つ学びうるところのない、思慮分別を重ねた本を作り出そうとしているのです。世の中にはすなわち、書物のうちに生の拠り所を見出そうとする方々がおられます。わたくしは、誠に遺憾ながら、そうした類の敬意を表すべき方々のために書いているのではないのです。残念ではないかですって？　もちろん残念ですよ。ああ、あらゆる冒険者の中でも抜きん出て、無味乾燥な、志操堅実な、品行方正な、市民的な、敬愛すべき、寡黙なる冒険者のあなた、しばらくの間、ぐっすりと眠っておいでなさい。「豪邸をよこせ、お前たちには私にそれをよこす義務があるのだ」と大声で叫ぶ代わりに、屋根裏部屋に満足してしまっている、この愚か者。そう、彼自身がそんなことには関心がないのだからどうにもしようがないのです。

ロシア人のドストエフスキーの作品『虐げられた人びと』のブロンスキー公爵のように、「私にはカネとコネが必要だ」と主張する資格が自分にあるのかどうかは、わたくしには分かりません。「求む、結婚相手」の広告を近いうちに地元新聞に載せるというようなことならば、わたくしにもありうることかもしれません。ある晩のこと、鶏肉とサラダが主菜の晩餐を済ましたあとで、彼女のそれは愛らしく美しい姿を前にして、あのろくでなしがチップを放り投げたさまときたらどうでしょう。わが友人の皆さまは、すぐにお分かりになったことでしょう、わたくしが盗賊と、ひと頃、最高級レストランのウェイトレスとして働いていた彼のエーディットの話をしているということが。たとえ悪魔であろうとも、かくも邪険に、乱暴に、つっけんどんに、みずからの崇拝する相手を扱うことができましょうか？　お伝えすべき話がどれほど山なしているか、皆さまには予想もつかないことでしょう。ことによると、わたくしにとって必要な、すなわち重要なのは、誠実な友であるのかもしれません、もっとも、友情というものはあまりに困難な課題であるようで、わたくしは遂行不可能であると考えているのではありますが。特にこの点についてはさまざまに考えてみるべきことがありましょうが、散漫冗長になってしまわぬよう留意せよとわたくしの小指が命じております。今日わたくしはすばらしく渦巻く突風にすっかり見いってしまいました、轟音響かせるその猛威にうっとりとしてしまったのです。もう十分、もう十分でしょう。すでにして読者を滅茶苦茶に退屈させてしまったのではとわたくしは恐れています。あの「名高き着想の数々」は、例えば甲状腺が腫れた女性の家に盗賊が間借りしていたことについての思いつきは、いったいどこにいってしまったのでしょう。この女性の夫は鉄道員《ポッポや》で、二人は屋根のすぐ下の部屋に住んでいました。一階には楽譜店があり、そして郊外の高台にある森の中には浮浪者の女が住んでいて、彼女の唇は香気かぐわしいとは到底言えないものだったにもかかわらず、盗賊は勇敢にもその唇をキスで覆ったのでした。天才として身を立てることだってできぬ話ではないと、彼は甲状腺腫の女の家を出るや、そのままミュンヘンへ向かいました。煌々たる月明かりの下、彼はボーデン湖をわたってゆきました。このミュンヒェン旅行と甲状腺腫云々の件は、若い頃の体験に関わる話です。ミュンヒェンでは少なくとも上品な手袋は買いました。そんなものは、以来、二度と身につけたことはありません。「イギリス庭園」は少々繊細すぎるものに思われました。彼は刈り揃えられた芝生よりも雑然と生い茂る藪の方に、親しみを感じる人間だったのです。甲状腺腫患者が公衆の面前をうろつくようなことは、今日ではほとんどありません。この点に関しては明らかに変化があったのです。ずっと以前に両親に連れられて散歩したときに、わたくしは物乞いが一人、地面に座っている姿を見たことがあります。すさまじい手がぬっと帽子を散歩者につきつけ、喜捨を投げ入れるよう求めてきました。その手ときたらまさに蒼と赤の肉塊とでもいうべきものでした。そのような奇怪な手が人目に触れることは、今日ではまず許されないでしょう。この間《かん》、医学はご存じのように長足の進歩を遂げ、甲状腺腫患者やら塊手やらの異常発育はすでに発生の段階で抑圧されるようになったのです。この甲状腺を腫らせた女は、新たな体験を求め旅立とうとする若者の、人生行路での成功を祈ってくれました。それどころか彼女は眼に涙すら溜めていたのです。たまさかの餞に際して母親のように振舞ってくれるとは、なんと優しい心根でしょう、そして今やわたくしは、あの名高き物語作者の作品でのロシア人侯爵のように、自分にとってあたう限り快いことばかりを追い求め、そしてわたくしの盗賊くんはといえば、彼女と他の客たちがいる面前で「共産主義万歳！」と雄叫びをあげてしまったせいで、許しを請わねばならぬ羽目に陥ったのでした。わたくしは彼に同行することで、彼自身もやむなしと認めるこの義務を、少しでも軽くしてやることにいたしましょう、というのも彼は小心小胆に悩んでいるのですから。尊大な人間の多くは大胆さを欠いた人間で、誇らしげな人間の多くは誇りを欠いた人間で、弱々しい人間の多くには弱さを認める強さが欠けているのです。ともすれば、弱い者たちは強そうに、怒った者たちは喜ばしげに、虐げられた者たちは誇らしげに、自惚れた人間はつつましげに振舞うもので、かく言うわたくしも、ほかならぬ自惚れゆえに、鏡をのぞくような真似は決してしないわけで、というのも鏡はわたくしには恥知らずで礼儀知らずに思えてしまうからなのです。わたくしが貴婦人方の世界を代表するある女性に、手紙を差し上げるということもありえない話ではなく、その中でわたくしはなかんずく、自分は善き意志に満ちた人間であるという誓いを立てたいと思っているのですが、おそらくより望ましいのは、誓いなど何一つ立てないことでしょう。そんなことをしたら人びとは、わたくしは自分のことを劣った人間と考えているのだ、と思うでしょう。わたくしの机の上には文芸雑誌が数冊のっています。こうした雑誌の名誉購読者と認められている人間が、質の劣る人間だなんてことがありうるでしょうか？　わたくしはよく手紙の束を受け取るのですが、それはつまりわたくしのことをしきりに考えている方々がそこここにいらっしゃるということを、はっきりと示しているのではないでしょうか。

もしわたくしがこの地でいやしくも、どなたか訪問すべき方のお宅を訪れるとしたら、わたくしは実に悠々と、恭しく、そして片手を上着のポッケにつっこんで、つまりはごくごく少しばかりぎこちなげに振舞ってみせることでしょう。つまりは少しばかり不器用に映るというのは楽しいことで、それには美的効果があるということを、わたくしは申し上げたいのです。可哀そうな盗賊よ、わたくしはおまえのことをすっかりなおざりにしてしまったようです。彼はオートミールが好物で、美味しいレシュティを料理してくれる人なら誰でも好きになるという話です。かくしてわたくしは彼のことを中傷しているわけですが、こと、このような男に関しては、そんなことはさしたる問題ではないでしょう。さて今やあの亡くなった未亡人女性のお話をいたしましょう。わたくしの向かいには一軒の建物が立っていて、その正面の壁はもう詩情《ポエジー》としか言いようがありません。一七九八年にわが国に侵入したフランス軍はすでにこの正面壁を見たことでしょう、むろん、それに注意を払うつもりがあったならば、そのための時間があったならばの話ではありますが。

それにしてもわたくしの忘れっぽさときたら、どうにも無責任きわまりません。そうです、かつて盗賊は薄明に包まれた十一月の林の中で、それはとある書籍印刷所にふらりと立ち寄って社主と小一時間ばかりおしゃべりした後のことでしたが、上から下まで茶装束の、あのアンリ・ルソー女に出くわしたのでした。彼は唖然として彼女の前に立ちつくしました。こんな考えが頭を掠めました、数年前の話ですが、彼は鉄道列車に乗って移動中、真夜中に、一緒に乗っていた女性にいかにも急行列車の乗客らしくこう言ったことがあったのです、「ミラノに向かうところなのですが。」また同じくこの瞬間、彼は電光石火の早業《はやわざ》で、駄菓子屋で買う板チョコのことも考えました。これは子どもたちの大好物ですが、盗賊氏もなお折りに触れてはこれを好んで食べており、それはまるで板チョコ等々への偏愛は、盗賊階級の職責に関わるとでもいった具合だったのです。「嘘をお言いなさい！」今や茶服のご婦人がその摩訶不思議な口を開きました。この「摩訶不思議な口」は面白いでしょう、そして彼女は続けました。「おまえは、おまえのことを有用な存在にしようとする同胞市民に、自分には生を快く過ごすために必要なものが欠けている、と信じ込ませようとしている。しかし、本当にこの本質的なものは欠けているのだろうか？　いや、そんなことはない、もちろんおまえは持っている。それを尊重していないだけで、煩わしいものと見なそうとしているのだ。これまでの人生で、おまえはずっと所有を無視し続けてきたのだ。」「わたしは所有してはおりません」とわたくしは返答しました、「使いたい気にならないようなものは何ひとつとして。」「いや違う、おまえは持っている、ただ名づけようもないほどに無精者であるだけなのだ。何百ものクレームが、理不尽なものであれまっとうなものであれ、長蛇の列もしくは長い厳そかな裳裾となって、おまえの後ろについてまわっているではないか。それなのにおまえは何ひとつ感じとってはおらぬ。」「心より敬愛するアンリ・ルソー女さま、あなたは間違っておいでです、わたしはわたしがそうであるところのものでしかありませんし、持っているものしか持っておりませんし、何を持っていて何を持っていないかは、わたし自身が一番良く分かっているのです。もしかすると偶然の気まぐれは、わたしをカウボーイにすべきだったのかもしれません、わたしは、もちろん、めちゃくちゃ身の軽い人間なのです。」ご婦人は答えました。「自分と自分に与えられた能力によって、誰かがとても幸せになるかもしれない、ということをちらとでも考えようとしないほどに、おまえは怠惰な人間なのだ。」しかし彼はそれを否定しました。「いいえ、怠惰すぎて考えられないというのではありません、わたしには幸せを吹き込むための道具がないのです。」そう言って彼は歩を進めました。茶服のご婦人が請け合うところを認めようとしない彼の頑なな態度に、森は怒っているようでした。「信じることが大切なのだ」と陰気なご婦人は言いました。「おまえは、つまり、頑固なだけではないか？」「どうしてあなたは、わたし自身が無いとありありと感じているものが、必ずあるはずだという思いこみを、意地でも捨てようとなさらないのですか？」「おまえはそれを失ったりはしていない。あるときに紛失してしまったというような話ではないのだ。」「その通り、全然失くしたりはしていません。持ったこともないものを落っことすはずはないのですから。売り払ったということも、差し上げたということもありえませんし、わたしの持っているものでなおざりにされてきたものも、ただの一つもないのです。わたしに与えられているものはせっせと熱心に利用されております、どうかこの言葉を信じて下さいますよう。」「おまえの言うことなどこれっぽちだって信じるものか！」彼女はぴったり貼りつくように繊細なる男のあとを追い続けました。彼のことを自分の能力の一部を否認している人間としていったん頭に刻み込んだこの女性は、いくら思い違いをしているのだと確言しようと、この男は自分自身を殺しているのだ、この上なく貴重な才能を無駄にしているのだ、自分自身を杜撰に扱っているのだ、という思いこみから引っぱがすことができないのでした。「わたしは役所の女監督官なのだ」と彼女はとある曲がり角のところで正体を明かしました。木々はこの率直な発言に微笑みました。両者が頬を紅潮させた様は、盗賊はあたかも紅《くれない》の薔薇のよう、ご婦人の方は判決を下す女裁判官のようでしたが、さて女裁判官が熱意をもって判決にこだわり続けたあげく、道を誤ってしまうというようなことはないのでしょうか。「世界のとある片隅が社会的に未活用のままだと考えると、どうにも不愉快でたまらなくなってしまう、あなたはそんな了見の狭い人間のお一人なのですか？　粗探しの精神がかほどにも世にひろまってしまったとは嘆かわしいばかりです。わたしが自分自身に満足しているのはごらんのとおりです。あなたはそれがご不満なのでしょうか？」「満ち足りることを知っているかのごときおまえの態度は、苦心惨憺の末に作り上げられた拵《こさ》えものにすぎぬ。面と向かってはっきり言わせてもらおう、おまえは本当は不幸なのだ。幸福に見えるよう案じているだけなのだ。」「そのように案じることはとても楽しいことでありまして、おかげさまでわたしは幸福なのです。」「おまえは社会の一員としての義務を果たしてはおらぬ。」こう語った女の両眼はこれ以上ないほどに黒々としており、かくも厳粛な、ブラックな物言いをするのもなるほど頷ける話でした。「あなたは女博士なのですか？」と逃走者の側は尋ねました。盗賊は茶服の女性を前にして少女のように逃げたのでした。それは十一月のことでした。あたりの土地は凍りついたように寒々としておりました。暖かい部屋のことを想像することが容易ではなくなったそんな時期に、そんなわけでこの板チョコ愛好者、チョコ棒偏愛者は、主として自分のことばかり考えている行政区福祉管理担当の女性から逃げ回っていたのでした。「わたしはかつてベートーベンの荘重なコンサートを聞いたことがあります。そのチケット代金のちっぽけさときたら、記念碑的と言ってもいいほどでした。コンサートホールでは侯爵夫人がわたしの隣に座っておられました。」「そんなのはすべて昔のことだ。」「けれどもあなたのお許しをいただけたならば、想い出としてわたしの中に生き続けてもよろしいのではないでしょうか？」「おまえは公共一般の敵なのだ。わたしに対しては優しく振舞ってもらおう。文明の名にかけて、自分はまるでわたしのために作られたかのようだ、と信じこんでもらわねばならぬ。夫としての長所にも欠けてはいないようではないか。ずいぶん逞しい背中をしているではないか。肩幅もずいぶん広いではないか。」彼はその言葉を否定して、かぼそい声で反論しました。「わたしの肩は、かつてその向きに作られたものの中でも、もっともかよわきものなのでございます。」「おまえはヘラクレスだ。」「それはそう見えるだけなのです。」とそんな具合に、一人の逃亡者が盗賊衣装でうろつきまわっていたのです。彼は腰には短刀を佩いていました。ズボンは太くてくすんだ青色でした。ほっそりした体軀に沿って飾り帯が垂れていました。帽子と髪は不屈の精神を体現していました。シャツにはレース織りの縁飾りがあしらわれていました。マントは少しばかり着古した感があるものの、毛皮の襟が付いておりました。衣装の色はあまりに濃すぎることのない緑色でした。この緑は雪の中ではさぞや美しく映えることでしょう。両眼の眼差しは青でした。この両眼にはいわばどこかしらに金色も混じっていて、頬っぺたの兄弟分であることをしきりに申し立てておりました。この主張はまぎれもない真実と言えましょう。手にしたピストルは、持ち主のことをあざ笑っていました。いかにも装飾的な印象を与えていたのです。それはある水彩画家の手になる絵であるようでした。「そういうわけですので、どうかそっとしておいてくださいますよう。」彼は攻撃の手を緩めようとせぬ女性にお願いしました。この女性はシュラッターの『女性の歩むべき小道』をすでに本屋で購入しており、こまめに読んでいたのです、そして彼女は彼のことを愛していましたが、盗賊はエーディットから逸れてしまうことはなく、エーディットは常に彼の前にすっくと立ちはだかっており、彼にとっては前代未聞の価値ある存在だったのです。さて、ラーテナウのお話に移るといたしましょう。

わたくしたちの若造と、その昔、何百もの善良市民の首を切り落とし、金持ちから富を巻き上げては貧乏人に分け与えたリナルディーニとでは、なんと違っていることでしょう。かの大泥棒は理想主義者であったに違いありません。当地の、わたくしたちの盗賊はといえば、たとえばカフェ・ウィーンでハンガリー楽団の奏でる響きのなか、無垢な眼差しの突き刺すような光線と、君に届けとばかりに念じた想念で、窓辺の美少女の魂の平静にとどめをさしたにすぎないのです。彼には音楽に耳を傾けていると名状しがたいまでに不幸になれるという特技があり、それは繊細な心の持ち主にとっては生命の危険にかかわることであったので、彼には毎度、小学校の先生が見張り番につけられました、先生はついには現場を押さえるまで、彼を尾行してゆかねばならなかったのです。

そのような庇護者もしくは監視者の一人が、オルランドに向かって「宗教の成績は今ひとつ、ですな？」と言い、諦めたように微笑んだこともありました。盗賊には数々の短所というべきものがあったのです。これについては必ずや後ほどご報告を。まずは、彼と一緒にグルテン山に散歩に行きましょう、すぐ近くの山がこういう名前なのです。山上の広やかな大気の中で、思う存分に政治を論じることもできるでしょう。彼の夢想する皇女たちについても、必ずやお話しすることにいたしましょう。あの亡くなった未亡人のことも、その家具一式ともども、忘れてはおりません。わたくしたちはなんと四方八方に眼を配っていることでしょう。それにしても疲れることを、と考える方もいるでしょうが、実際は事は逆なのです。注意深くしているとどこかしらから元気が湧いてくる。ぼんやりしているとのんべんだらりとなってくるのです。それは朝の十時のこと、彼は緑あざやかな牧草地を後にして、ふたたび街に足を踏み入れます、一枚の掲示がラーテナウ殺害を報じています、するとこのすばらしき珍しきごろつき野郎は何をしたでしょう、そのような青天霹靂のニュースを前に驚愕と悲嘆のあまり崩れ落ちるどころか、なんとパチパチと拍手したのです。誰かわたくしたちにこのパチパチを、説明してくれないでしょうか。この拍手喝采はことによると一本のお匙に関係しているのかもしれません。残念なのは、わたくしが今や二度と二等の食堂に足を踏み入れることができないことで、そこでわたくしはウェイター長に麦わら帽子を掛けてくれるようにと手渡したことで、大失敗をやらかしてしまったというわけなのです、ホールじゅうが眉をひそめつつ記憶にとどめないではいられなかった、妙に世間ずれした態度だったというべきでしょう。あの山中の神々しい大気、樅の森での深呼吸、そしてさらには、ある偉大な人物がちっぽけな存在に屈したというニュースを読むことができた格別の喜び。フリードリヒ・ニーチェの言葉によれば、悲劇を直観、体験することは、より繊細で高度な意味において、歓喜、生の豊穣化をもたらすのではなかったでしょうか？　それどころか、加えて彼は「ブラボー」と叫び、それからカフェへ赴いたのです。この野蛮なブラボーはどのように説明可能でしょうか。これは難題です、が挑戦してみることにいたしましょう。つまりはグルテン山に登ろうと決心する前に、彼は――ああ精確さの神さま、どうかｉの上の小さな点に至るまですべてを言い表せる力をお与えくださいー――未亡人のお匙を、自分は彼女のお小姓なのだと考えて、ペロリと舐めたのでした。それは台所での出来事でした。台所はがらんとして見事なまでに人気《ひとけ》が無く、夏の静けさに包まれていました、そして盗賊はその前日だったでしょうか、書籍、美術品販売店のショーウィンドウでフラゴナールの『盗まれたキス』の複製《レプリカ》を眼にしたところだったのです。この絵画が彼を熱狂させたのに違いありません。それは本当に、かつて描かれた絵の中でもとびきりに優雅な作品と言えるものでした。そしてそのとき台所には、彼以外、人っ子ひとりいなかったのです。流しの隣では未亡人がコーヒーを飲むのに使ったお匙が、カップの中でひっそりと微睡んでいました。「このお匙は彼女が口に差し入れたものだ。彼女の口は絵に描いたように美しい。あの口に比べたら、彼女の他のところは百分の一ほどの美しさもない、とすれば、いまやためらってなどいられようか、このお匙にいわばキスすることで、彼女に備わった愛らしさを誉め讃えることを？」　彼のやってみせた文学的叙述はおおよそこんな具合でした。彼はそこでいわば才気あふれる随想《エセー》を言葉でつづり、むろん、それを楽しみもしたのでしょうか。自分の精神が活発、賢明に活動していると思うと、誰だって嬉しくなるのではないでしょうか。

あるときなどは、彼女が足を洗おうとしているところに、彼はちょうど出くわしました。この足洗いの話には決然と戻ってくることにいたしましょう。かくも愛らしく美しい、わたしたちの街の誉れのためにも、そしてまた、あの真実への愛のためにも。すなわちわたくしたちは、きっちり決着をつけたいと考えているのです。ああ、すぐにでも足洗いに取りかかることができれば良いのですが。残念ながらこれは先送りしなければならないでしょう。あのお匙ペロリが済んだあと、彼は少なくとも歓喜のあまり、ぴょんと一跳ねしてみせたに違いありません。もし、その様子を彼女が目撃していたら、どんなに眼をむいて驚いたことでしょう。こんなことは、むろん、思いつくべきではないのです。ちなみに件《くだん》の台所は、ある種の薄闇に包まれていました、それは永遠に続く詩的薄明であり、明けることなき夜であり、いくぶん人を若返らせるものであり、ことによると、まさにほかならぬこの場所においてこそ盗賊は若者となったのであり、そういうわけで普段はこうした領分においては概して弱い、というか淡白であった彼は、エロスの領域における大仕事を見事に成し遂げ、そしてもうお匙のことで頭をいっぱいにして、ぴょんぴょん山に跳ねていき、そしてちょうど同じ時間に、よその帝国では精神界の英雄が、しごくまっとうに物を考える人たちによって狙撃され、最期の息を吐き出していたのです。パチパチは、わたくしたちにはいまだ謎のままです。ブラボーの雄叫びは、晴れ渡った青空のごとき、厚顔無恥と記しておくことにいたしましょう。どうやら事の由来は、おてんとうさまのごとき無思考にあるようです。それともラーテナウの死は、彼にとってすばらしい、ゆえに良き未来を拓いてくれる出来事に思えたのでしょうか？　この点については容易には確証は得られないでしょう。それにしてもこうして、未亡人の日用品をめぐる話と、極度に意義深い、歴史的価値をもつ重大事件を横並びに論じるのは、ほとんど滑稽な印象を与えるのではないでしょうか？　一方にはコーヒーカップをめぐる事件、一人のお小姓の甘美なる秘密、もう一方には文化界全体を震撼、痙攣させた新聞報道。加えてもう一つ打ち明けましょう、ラーテナウと盗賊は個人的に知り合いだったのです。知り合いになったのは、後に大臣に昇りつめる男がいまだ大臣ではなかった頃のことでした。それはブランデンブルク辺境伯領での話で、わたくしたちの、あのともすれば一目惚れしてしまう癖のある盗賊くんが、この裕福な企業家の息子を訪ねたことがあったのです。ベルリンのポツダム広場の、人びとと馬車が絶え間なく行き交う中で、二人はまったく偶然に知り合いました。そこで名声高き人間が、問題にもならぬ人間を、一度来訪するようにと招待し、その招待は現実のものとなったのでした。それはいわば、ほとんど自然な成り行きでした。中華風の敷物が敷かれたティールームで二人は午後のお茶をしました。ほとんど畏敬の念を抱かせるような年老いた召使が、このドイツ風でもあれば異国風でもある変てこな部屋に現れたかと思うと、また恭しく、影のようにすっと姿を消しました、まるで奉仕精神そのものが生きているような、場の雰囲気への配慮だけからできているような男でした。一服した後は、庭園を見学しました。散策中は、島々やら詩人やらが話題になりました、そして今やあの驚愕させるニュースが届けられ、そして盗賊は「何とすばらしい！　華々しい経歴に打たれたこの終止符！」と叫んだのです。場合によっては、彼はさらに別の事も考えたのかもしれません。しかしながら、この極度に呆然とさせるニュース、なにか悦ばしきもの、ギリシャ的なもの、どこかに古来よりの伝承の息づきを感じさせるニュースを前にしての立ちつくしには、どこかしら——わたくしたちはこう言いたいのですが——うっとりさせるものがありました。すでに当時ベルリンにおいて、盗賊はある日のこと、まさに少女のように振舞ったのです。それは紳士たちの集まる場所で起こりました。その時、盗賊はひどく、こっぴどく辱めを受けました。この侮辱を、彼は今日、ある種の渋面とともに想い出すのですが、それは彼の冷静さを証明するものです。彼はいっそう自分の存在と和解していくことでしょう。先ほどのいわゆる紳士方の世界において、彼はある突拍子もないこと、大胆すぎる大胆さ、性急すぎる性急さ、あるいはあなたのお命じ次第で別にも言いようがあるかもしれませんが、そうした類《たぐい》の罪を犯したのです。この早急すぎる早急さは、彼の正体を暴露する、つまり、彼の性質について間接的に情報を与えるに十分なものでした。そこで二、三人の紳士たちは、ことによるとかなり注意の足りない、つまりはいくぶん品を欠いたやり方でいわば盗賊の姿形をあざ笑ったのでした。このあざ笑いは、噴水に似たもので、盗賊の鼻をしたたかに濡らしました。しかし、幸いなことに盗賊はこんなピチャリ程度では死にはしませんでした。ちょっとした文句で死んでしまわなくちゃいけないなんて、とんでもない話です。ともかくも、ここでお許しを頂いて、召使女、膝小僧へのキス、そしてある山小屋で手渡された書物についてお話することにいたしましょう。

どうやら、彼はワインの飲み方を、両親がワイン農家だったサンチョ・パンサ並みにわきまえているようです。ワインには超越への権利のようなものが潜んでいます。ワインを飲むとわたくしは過ぎ去った数々の世紀を理解するようになります、かつての世紀も「今現在起こっていること」、そしてそれに関わっていこうとする意欲からできあがっていたことが分かるようになるのです。ワインを飲むと魂の諸々の状態に精通するようになります。すべてに注意を払うようになり、そして何にも注意を奪われなくなるのです。ワインには礼節がほのかに輝いています。もしもあなたがワインの友であるなら、あなたは同時に女性たちの友であり、女性たちが愛好するものの守り手なのです。男と女の間に紡がれる諸々の関係、そのもっとも繊細微妙なものも、ワイングラスから花開きます。ワインに捧げられた詩行はことごとく、正当と認められてよいものです。「足軽風情にふさわしからぬ態度だ」、わたくしは少し以前にある建物で言われたことがあります。以来、わたくしはその建物を、妙な場所だと思いつつ、遠くからおずおずと眺めやることにしています。足軽というのは兵隊を指す言葉です。わたくしはつまり、軍隊では一兵卒に過ぎなかったのです。これはむろんわたくしにとって実にありがたくないことでした。意識の高まったこの時代、人びとはあらゆることに眼を向けます、ことに軍隊での階級に注目してもおかしくはないでしょう。わたくしはこれはまったく当然のことと考えております。足軽風情には容易には入場が許されぬこの建物には庭園があり、わたくしたちの盗賊も盗人稼業による過度の緊張を癒そうと、この庭を訪れたことがありました。そこで彼の髪がすばらしい巻き毛となって幼児イエスのように、神殿を想起させつつ、頭から垂れ落ちていたようなこともあったのです。慈愛深いウェイトレスたちの手が、この髪のもつれほつれを撫でつけたものでした。彼が絶えず熱心に洗っていたこの髪については、首筋の奈落に落ちてゆく瀑布という言い方もできましょう。聖なる疲労困憊の峡谷へなだれ落ちてゆくこの奔流。必ずしもすぐには理解されないとしても、とても響きの良い言い回しではないでしょうか。盗賊はそこで、嘆き悲しむことがなくなってしまったことを嘆き悲しみ、さらにそのほかには礼儀作法の練習をしたのですが、彼の考えるところでは、口元をひきしめて優美に見えるようにするというのが大事なのでした。彼はいつも注意深く唇を閉じて食べていました。「歯は」と彼は言いました、「料理を噛み砕く際には外にのぞいてはいけないのだ。」ちなみに人びとは彼についてはあらゆる方面で骨を折っておりました、多くの場合、骨を折りすぎたということなのかもしれません。とはいえ、良きことが為されすぎたとすれば、それは愛の存在を証明しているのです。盗賊は生い茂った蔓植物に絡みつかれつつ、蝶の羽の震えのごとき響きに包みこまれつつ、両親保護下の天上世界から衆生世界に舞い降りた空前絶後の美しき令嬢への愛に翻弄されつつ、先ほどの庭園に座っておりました。この娘は抗しがたい魅力で盗賊の心臓を一突きにしてしまった、彼を死体にしてしまったのです、それにしても、なんとかつてないほどに生気あふるる死体でしょう。晩方、寝る時間になると彼はいびつな作りの屋根裏部屋に跪いて、彼女のためそして自分のために神さまに祈りを捧げました、朝まだきには至福に満ちた感謝の言葉と十万もの、いや望むらくは数えきれぬほどの崇拝の言葉を彼女に降りそそぎました。夜半にはお月さまが恋する者の数々の振舞いの観客となりました。ああ、どうかお許しください、あなたのことをヴァンダと呼ぶことを、実際のところ、わたくしがもうかなり以前から目にしなくなった召使娘はそういう名前だったのです。彼女は結婚したのではないかと思われます。わたくしたちの盗賊は今や、数ある散策の一つの途上で、一人の国際的ともいえる男の子と知り合いになるに至ったのですが、その男の子は目をパチクリとウィンクするという失態をやらかしたのです。失態というのはわたくしたちの心を揺り動かすものです。盗賊は男の子に尋ねました。「あなたの小間使いにしてはいただけませんか？」男の子は理性を保つ必要があると警告し、彼を叱りつけました。男の子がぴょんと跳ねると、盗賊も真似してぴょんと跳ねました、男の子がふたたび腰を下ろすと、盗賊もまた腰を下ろしました。広く世界を旅行してきたこの男の子は、とても可愛らしい顔をしていて、緑がかったちっちゃなおめめがキラキラしていて、短い半ズボンをはいていて、その下からは膝小僧がのぞいていて、その膝小僧に今やこの盗賊演ずる小間使いはキスをしたのでした。わたくしたちはこの件について彼に責を負わせるべきか否か、はっきりさせねばならないのではないか、という気持ちになっております。わたくしとしては責ありとするつもりはありません。盗賊は午後の二時から夕方の七時までこのよその子のお付きを勤め続けました。人びとがいったりきたり通り過ぎました。隠さねばならないようなことは何一つありませんでした。盗賊の小間使いぶりと小僧の主人ぶりを眼に留めた看護婦たちは、すべてお見通しよ、大目に見てあげるわとばかりに、唇をきゅっと縮めて微笑みました。本の手渡しについては次のような具合でした。髪のすっかり白くなった、とはいえ内面はとても若々しい気分でいたあるご婦人から、一冊の本が盗賊に貸し出されたのです。どうして今、たくさんのご婦人用のコートがわたくしの頭に浮かぶのでしょう？　いったい誰のものなのでしょう？　光が明るく差し込んでは消え去っていきます。そして時として盗賊は自分のことを一人のファブリス・デル・ドミンゴのように思うことがありました。これは馬鹿げたことではないでしょうか？　どうかちょっとお待ちください。じっくり考える時間をください。そう、大丈夫、大丈夫です。手渡された本についても事情によっては後からお話しすることもできるでしょう。大切なのはそれがわたくしたちにとって一つの方向、一筋の通りとなることです。盗賊はそれから男の子を住んでいる家まで送り届け、子どもが夕食を済まし、日本風の上っ張り姿でバルコニーに姿を現すまで、召使女の忠実さで家の前に立ちつくしていました。男の子が彼に話したのは、とりわけ伯父さんの職業のことでした。その男の子はすなわち、今は伯父伯母の家に仮住まいしていたのです。むろん、こうしたことはすべてたわいもない話でしょう。とはいえ、少なくともこの本の話を「終えた」のは良いことです。小間使いごっこもさしあたってはさほど重要ではないでしょう。わたくしたちは盗賊を国家書記の子息と呼びたいと思います。彼は若くして家を出て、さまざまな仕事を渡り歩きつつ逃げてきて、その堅実な出自もごくぼんやりとしか憶えていませんでしたし、おのれ自身を知るなどということは絶えて一度もありませんでした。彼は四歳にして楽譜どおりにソナタを演奏してみせましたが、そんな彼を監督していたのはママでした。それは優しいママであったに違いありません。今日なお、彼はママの写真をひどく大切にしています。幼年時代の彼が遊び、またお稽古するすぐそばでは、永遠に緑に青に若々しい、永遠に昔ながらの水を湛えた一筋の川が、ザーザー音を立て泡立っていました。ああ、そうでした、さて数々の遍歴を重ねてきた彼は、ある晩、客人としてとある牧師館に座っておりましたが、そのすぐ前に立ち寄った、丘にもたれるように広がっていた村では、彼が自分自身に対して示してきた忠実さへの感謝のしるしとして、一人の女性読者が握手を求めてきたのでした。牧師の娘は彼に数々の写真を見せてくれました。牧師の妻は、わが娘をじっと見つめ、この盗賊には幾分風変わりなところがあるけれども、どうやら娘は好意のようなものを抱いているらしいと心中つぶやくと、内容豊かな牧歌的光景を夢見たのでした。どういうわけで、とうに沈み去ったもろもろのことが、ここで浮かび上がってくるのでしょう？　おや、またもや何やら新しいことが到来したようです。

盗賊の二人の兄はこの街の墓地に埋葬されていました。兄たちの想い出はむろん幾度も盗賊の頭をよぎりました、ということで、わたくしたちはこのことをあまり具体的に語ることはしないで、時おり彼は厳粛な気分に襲われたことを、ほのめかすにとどめておきましょう。わたくしの語り口がどうも淡々としすぎていると思われる方もいるかもしれません。この点についてはいかなる批判も受け入れるつもりです。わたくしたちの愛してやまぬ盗賊くんは、ともかくも父母からは、つまりは生来、お涙頂戴の性格は受け継いでいないのです。彼の受けた教育は細部にいたるまでの放任主義から成り立っていました。とにかく子どもの多い家庭だったのです。先述した箇所でにおわせた、ピアノを教えてくれたときの優しさというのも、もしかするとたまたま思いついただけの叙述であって、真実性を欠いたものであったかもしれません。彼の生まれ育ちに関しては、以降、あらゆる立証義務を免除していただくことにいたしましょう、この自由放免には心より感謝したいと思います。ジュネーヴ通りとポルトガル、この互いにかけ離れたものをいったいどうやって結びつければ良いのでしょう？　わたくしはなんという困難に直面していることでしょう。書きもの机で仕事をするようになって以来、いまだかつて、かくも大胆に、かくもひるむことなく、著作に取り組んだことはありません。わたくしがすでに紙の上に書きつけたここまでの文章、そしてすでに書きこんだものになお続いていく文章。ああ、この船乗りたちの精神によってポルトガルの海岸に、ヨーロッパの教養運動の名の下に掲げられた旗印。それは十五世紀、東インドへの海路の発見の時代のことでした。それ以前は、人びとは苦労して時間をかけて陸路をゆかねばなりませんでした。それが今やいっきに路が開かれ、わたくしたちの市場は百倍も豊かなものになったのです。わたくしたち市民の家庭では、以来シナモンの香りが漂うようになりました。しだいにコーヒーがわたくしたち誰もの嗜好品となりました。文明は地球上のもう半分の諸文明に由来する織物で満たされるようになりました。帆船が沖合を走っていきました。もちろん、根が誠実な人間であった盗賊は、折りにふれて、いかにしてきちんとやっていくか、すなわち、いかにして市民的秩序にいわば適合してやっていくか考えてみました。さしあたり、彼は恍惚とした気分になる場所を、ジュネーヴ通りからコンサートが催されている晩のカジノへ移しました。幸いなことに彼はそれを望ましい優美さで実行したのです。実際のところ、彼ののびやかな振舞いは部分的には率直に感心されもしました。しかしながら、わたくしたちは彼の粗相をのべつまくなしに冷たく叱りつけてばかりいます。彼はいわばわたくしたちの手にしっかりと摑まれているわけなのですが、それはその必要があると思えるからなのです。ことによると、あのバタビアの叔父さんは彼に財産を与えるべきではなかったのかもしれません。あるお昼どきのこと、彼はアルカディアで、つまり、牢獄塔の街路の下で何をしたのでしょうか？　わたくしたちの街にはすなわち、いわゆるパサージュ、つまり、アーケードというか、屋根付きの歩道があるのです。今や彼は、彼女がゆらゆらと散策するさまを目にしています。誰のことですって？　ヴァンダです。彼女は青いスカートをはいていて、ちっちゃな愛玩犬が鈴を鳴らしながらちょこちょこ後をついていきます。彼は彼女のところへ飛んでゆき、その手を取り、こう漏らします、「女主人さま。」彼女はいったい何のご用と尋ねます。「いつなんどきも、おそばにいたいのです。」力強く、しかしまた、死ぬほど弱々しく、息もたえだえに彼は言葉を絞り出します。まるで熱病にかかっているみたいです。「あっちへ行ってください。」彼女が命じます、「私のことを愛してくれるのは嬉しいわ、でもいったいママはどこへ行ったの？」そして彼女は不安げに辺りを見回します。ああ、少女が不安に苛まれるとき、なんと可愛らしくなることでしょう。彼は彼女のことを「ベルン娘」と呼んでいます。誤解のないように付け足しておきますが、彼はこの四ヶ月というもの、ほとんど毎日のように彼女の後をついてまわりながらも、話しかける勇気がありませんでした。今やそれが果たされたのです。彼は自分がポルトガル人になったかのような心持ちになりました、ということで読者の皆さんは今やお分かりになったことでしょう、どうしてわたくしたちが先ほど深紅の旗についてお話ししたのか。彼の震える魂は礼節の縛めの下、まるで凪ぎわたった海のようでした、それがある絨毯商人の助けを借りて、つまりはこの若い高貴なる男に、彼女の名前は何か、両親は誰であるのか、どこに住んでいるのかを語らせることによって、新大陸の発見に漕ぎ出したのでした。一つの帝国が彼の眼前に開けていました。その当時、彼はエーディットのことはまだ知りませんでした。わたくしたちはそろそろ順序だてて話し始めることにいたしましょう。これは新聞で読んだのですが、原生林のただ中から目を瞠る旅行者たちの前に巨大な建造物が姿を現したのだそうです。そんな具合に盗賊の心の前に、彼の内面生活の昂揚を示す建造物がそびえたったのです。彼は喜びのあまり死んでしまいそうなくらいでした。踊り出してしまった日々もありました。ヴァンダはまだ学校に通っていると言ってもいいような姿をしていました。毎晩毎晩、彼は彼女の親戚の家の前で立ちつくしていました。なお折りにふれてジュネーヴ通りのことを考えるのはやめようとはしませんでした。そして橋の下には青緑がかった川が流れ、そして時として彼には街全体が自分の性格の原生林から立ち現れた愛に心を寄せているようにも思えるのでした。一度か二度は、彼女がちっちゃな手に、短いステッキを握っている姿を目にしました。その小さな手を彼はおよそ考えうる限りのやり方で、というのはつまり、ほとんど敬虔といってよいほどの熱情でじっと見つめました。彼女の両眼は二粒の漆黒の珠玉のようでした。彼に事情を教えてくれたあの東洋人は彼女のことは思いとどまるようにと盗賊に言いました。盗賊は思いました、この男は彼女を自分に譲るつもりはないのだと。愛する者たちは、愚かで、同時に抜け目がないものですが、わたくしたちにはこれは許しがたい言い方であるように思えます。わたくしは話の効果に重点を絞ることに、すなわち、物語の流れに従うことにいたしましょう。彼は一度ならず、手紙を受け取り、その中で彼を評価している人びとは、かくも有益な階級に課せられた義務の続行についてこんな言い方で注意を喚起していました。「かつてあれほど請い求められ、あれほど輝かしい謝礼が支払われていた、盗賊稼業はどうなったのですか?」そういったものを読むと、彼はまるで腹話術師の声を耳にしているような気分になりました、かくも深いところから、高いところから、遠くはなれたところから、その声は聞こえてくるように思われたのです。ヴァンダと知り合う以前、彼は風景のもたらす印象をたくさん盗んでおりました。なんとも奇妙な職業ではありませんか。ちなみに彼はさまざまな心性も盗んでいたのです。これについては、この先、また話題にすることもあるでしょう。知識と学問をめぐるサークルの一員である男が彼を夕食に招待したことがありました。ホワイトビーンズの料理でした。文化保全協会会員の食するものはその程度であり、それ以上ではないのです。「わたしたちは随分長い間、あなたにお会いしておりませんでした。いったいどこに隠れておられたのですか？　わたしたちに距離を置こうとなさっているのですね。それが思い上がりからではないことを望んでおります。かつてのあなたはわたしたち皆にとって愛すべき存在だったのですが。」会員であるところの人はそう語り、会員でないところの人はそれに答えてこう言いました。「誰のことでしょう、その『わたしたち皆』という言葉で誰のことを指しておられるのですか？　いや、わたしにはあなたのおっしゃることがよく分かります。しかし、わたしが協力しなくとも、あなた方はごく自然なやり方で前進しておられます。わたしは美しき苦悩を意味しているのです。」健全精神普及協会会員の笑いを誘うこととなった、この言葉を発するともに、盗賊は彼の上っ張りの折り返しを開いてみせました、そしてその会員は、よもや目にさせられるとは予想もしていなかったものを目にして、すっかり蒼ざめてしまったのです。別の側面から考えるなら、彼はこの話を面白いと思いました。それから会員は、今なお文学に関心よせる人間であり続けていた盗賊に、自分の多数の刊行論文を見せました。それは三百編以上はあったでしょうか。「かつてと今は関連しているのです」と盗賊はみずからが語る声を耳にしました、「現在のわたしのために、かつてのわたしを過大評価しないようにしていただきたい。それではあまりに安っぽい。誰もが、あなたは駄目になってしまった、という非難で迫ってきます。あなたはご覧になられたでしょう、わたしがたった今、正直に示してみせたものを。」会員の男は何やら訳の分からないことをむにゃむにゃ呟いていました。わたくしたちにはしばしば、自分自身によってすら聞き取られたくないようなときがあるものです。夜更けまで彼らは一緒に座っていました。エンドウ豆を栄養源としているこの立身出世男は、あたかも感じとったはずのものを感じとっていなかったかのようでした。彼は聖書から数箇所を朗読しました。宗教に関わる問題に強く関心を寄せているようでした。しかし、小さな子どもたちはいわれなき病を耐え忍ぶものです、それゆえ、わたしたちもまた、それが許されるときには、いくぶん肩の力を抜いて過ごすべきなのであって、ゆったりくつろぐべきなのであって、うまく機会を捉えてはたがいに仲良くやっていくべきなのです。この知識人が自分が見せられたものを見たと認めようとしないのは、その職業からくる方針なのでしょうか、それとも個人の関心なのでしょうか。あるいは盗賊の運命につきものの美しさを妬ましく思っているのでしょうか。「あなたはどこに姿を見せようと、相響き合う人間を見出すのですね。」盗賊は言いました。「人びとは皆、わたしを助けてくれようとします、そしてそれができないことを残念がるのです。」「それはあなたが子どもの顔をしているからでしょう。」それにしても盗賊は何をこの会員に見せたのでしょう。わたくしたちには皆目見当がつきません。それはわたくしたちにとって謎のままです、それにしても、家路についたこの男に、夜は、なんとインド風に美しく感じられたことでしょう。銀色の木々は黙したまま歓喜の歌をうたい始めました。通りは長細い箱のようでした。家々はおもちゃのように軒を連ねていました。とそこで、出くわしたのは年若きマイアー氏で、恋人のところからやってきたところでした。恋人は彼を追い返したのですが、それはマイアー氏の愛が十分にお伽話風に感じられなかったからでした。マイアー氏には恋人の願望を満たすにはなお欠けているところがありました。もう幾度となく彼女の足下にひれ伏そうと考えたと言ったところで、大して役には立ちませんでした。足元にひれ伏すことは、ひれ伏される者よりもひれ伏す者にとって、よりすばらしいことなのですから。残念なことに、ここのところマイアー氏の恋人は彼に対して、小生意気な態度をとるばかりでした。彼の魂にしても、もうたくさんという気持ちだったでしょう。冷たいあしらいは、豪勢なパーティー料理にはほど遠いものです。マイアー氏に関して言うなら、彼は運命の女君主の靴先に接吻するところにまで至ったのです。こうしたこと、さらにはもっとたくさんのことを、マイアー氏は盗賊に告白し、そして盗賊の方はと言えば、マイアー氏にあっけらかんとこう告げたのです、自分としては反乱を起こすのはやめておいた方がよいと思うと。女主人の気まぐれにほとほとうんざりし始めていたマイアー氏は、ほとんどそうしかねない勢いだったのです。「彼女は疑いなく、あなたが愛し続けるにふさわしい方です」と盗賊は率直に言い、そしてこう言い添えました、「あなたがアメリカ人を気取りたいのなら、それはあなたに、あまりに大きな諦念を要求することになるでしょう。本当は心服している方々に対して、どうでもよいという態度を見せるというのは、容易ならざる試練なのです。彼女があなたなんて退屈よと言うのなら、言わせておけばよいのです。あまりに勇敢な真似はひかえておく方が身のためでしょう。」マイアー氏は他でもない生に対する喜びから、ボルシェビズムに走ったなどという非難を呼び寄せてしまったのですが、実際のところは、農夫のごとく危ないところのない人間でした。両者はともにおやすみなさいの挨拶を交わしました。お匙の女性、というかあの未亡人は、非常に苦労の多い結婚生活を営めてきた人でした。このことについて、あなた方にご報告してもよろしいでしょうか？　翌日の夕方、彼はぐったり疲れてヴァンダの家の前に立っていました。彼女のそばには友人たちがいました。「彼女は楽しんでいるのだ」と彼はうっとりと考えました。娘たちは、メロディーに合わせて踊りました。盗賊は庭の垣根の前に立つと、もっとよく見えるようにとつま先立ちしました。と急にカーテンが閉じてしまいました。彼はしばし立ちつくしていましたが、それから保養所のホールに入っていきました。翌日、彼はある女性歌手に宛てて真珠を送りました。ヴァンダに何かを送るなどということは、彼にはとてもできなかった、というか、まったく思いつきもしなかったのでした。その芸術家の女性に捧げた貴重な品に、彼は数行の文章を書き添え、それに対しては感じのよい意味合いの返事が送られてきました。

二年ほど前になるでしょうか、彼は夕方の五時から六時にかけてわたくしたちの街の寄席の一つに腰を下ろすと、五〇フランほどをそこで使いました。けちん坊ぶりを見せつけるために寄席にいくわけではないことは、みなさま方にも想像できましょう。あなたがいかにも立派な風采で、大いに楽しんでいる様子を見て、女芸人があなたのテーブルに来て腰を下ろす、なんてことも起こるでしょう。もちろん、彼女は退屈するために、喉をからからに、お腹を空っぽにするためにあなたのテーブルにやってくるわけではありません、そうではなく、あなたがワインを一瓶、注文するだろうと見こんでやってくるのです。歌姫たちはチョコレートを食べるのがとりわけお好きで、それはカウンターで手に入れることが可能です。それから、彼女は耳に快い言葉を連ね、あなたのことを大きな眼でじっと見つめる代わりに、タバコを一箱買ってちょうだい、と言います。いいでしょう、あなたはその通りにします、少々高くつくのはもちろんのことです。あなたの周囲では、そう、生がルンルンランラン歌い出します。酒場はお客たち、事務員たち、化学者たち、農夫たち、軍隊の男たちでいっぱいです。興行師はお客たち、そして、芸人たちを、どこにでもありそうな言葉を使って、面白がらせます。頭が禿げていれば、それも仕事の遂行にうってつけかもしれません。一つ前例ができるといつも感染《うつ》っていくもので、あなたが舞台女優と同席しているのを見るや、他のメンバーたち、関係者たちも同じような気安さであなたのところへやってきて、ほどなくしてあなたは人びとに取り囲まれ、お世辞に包まれていると気づくことに、自分がいわばみんなの集合場所、中心点と化したと感じることになるでしょう、これは栄えある状況と言えましょうが、誉れ高き札入れを繰り返し取り出す行為と緊密に結びついてもいます。歌姫の歌いっぷりはすばらしいものです。彼女が舞台に飛び乗っただけでもう、盗賊はすっかり興奮に飲み込まれてしまいます。彼の高貴なる悪党じみた顔《かんばせ》は笑いでほころびます。輝きわたる肯定の精神は詩行を綴ります。歌姫の一挙手一投足に対して、歓喜の「然り《イエス》」が迸ります。最上級ばかりからできたベッドの上で伸びをします。周りのものすべてが電気を帯びたようになります。その満たされようといったらもう光り輝く燈台さながらです。そんなに焦らないでと彼女がお願いしなければならなかったということは、思わず彼女を抱きしめてしまったということでしょう。彼はもう直接性そのものでした。彼女が髪にさした櫛を、彼はそれそのものとして崇拝しました。その髪の色合いを素敵だと思いました。そんな具合に寄席に腰を下ろし、豊穣の角から降り注いでくるかのような笑いの果実を楽しんでいると、不意に花売りの娘が近づいてきて二フランから五フランほどの花を買ってくださいと懇願します、そうなると、またも懐に手を突っ込んで取り出さないわけにはいきません。懐の方は尻込みしますが、引き受けないわけにはいきません。ああ、それにしても、自分が美しいと思われていると分かっているときの女性たちの喜びのなんと大きなことでしょう。このことについて考える人があまりに少な過ぎるのです。あなたのいわゆる財力が請求書に見合うだけのものでなかったとなると、あなたは例えば金のカフスボタン、あるいは腕時計を置いていくことになり、それをあなたはその翌日、天気が良かろうが悪かろうが、請け出しに来ることになるのです。当然ながら市立劇場の人びとは寄席小屋の人びとを羨みも混じっていなくはない軽蔑の眼差しで見下しますが、それはある階級が別の階級に対して、愛情と弱腰のあまり、ほとんど存在を認めようとしないのと同じことなのです。それはすでにシラーの時代からそうなのであって、今後も変わることはないでしょう。わたくしたちはともすれば自分自身の過ちを、そもそものために存在しているのではないはずの他の市民に転嫁してしまいます。隣人とどうつきあっていくかは、やはりわきまえていなければなりません。時に、通りや飲食店で、人びとがわたくしに挨拶をよこさないことがありますが、そんなとき、わたくしはすぐさま気づくのです、彼らは心の中ではわたくしにお辞儀をしているのだと。しかし残念なことに、彼らはそのことを認めようとはしません。残念なことにですって？　とんでもない、わたくしは大いに感謝しているのです、敬意を表されることで生そのものが煩わしいものになる、なんてことにならないで済んでいるのですから。わたくしがどこかしらに座っていると、活力溢れるわたくしを望む方々が隣に腰かけることもありますし、静かで冷静なわたくし、落ち着いて成熟したわたくしを望む方々が腰かけることもあります。盗賊にとっても事情は似たようなもので、彼について、今、わたくしたちが報告できることと言えば、彼は女主人である未亡人がお皿に残したパンのかけらをペロリと食べてしまったということです。彼女は時々、かじりかけの林檎を残すことがありましたが、これも彼は恭しく平らげたのでした。それにしても、こんなにも感じのよい若者をこんなにも卑しめるなどよくもできたものです、とはいえ、こう言ったからといって、わたくしたちは彼を卑しめていることになるでしょうか？　全然そんなことはありません。つまるところ、彼はいまだに祖国の、というかスイスの精神文化資料協会、もしくは結社に、経歴を届けておりませんでした。どうやら彼は、文字、単語、文章を練り上げるよりも、屋根裏で薪割りをしている方がお好みのようなのです。薪割りや鋸引きの仕事に対して、彼は男手のない女主人から、その都度、ビール一瓶にレバーヴルストのおやつ、もしくは軽食をふるまわれ、それに添えて彼女の口からはこんな言葉も滑り出しました、「親切なお方ですこと《ヴ・ゼット・シャルマン》。」彼女は語って聞かせました、自分は若かりし頃、「おばかちゃん」と呼ばれていたのだと。二人が会話を交わすときには、彼女の方は淑女然と椅子に腰掛け、彼の方は使用人らしくその場に蠟燭のごとく直立不動となりました。彼女のロココ風の顔の前で腰を下ろすということも一度やってみたことがあったのですが、すると彼女は「お行儀がよろしくないようね」と言い、その言葉は正当であると認めねばならないことを、彼は即座に理解したのでした。一度ならず彼は、書いている散文を、というのはつまり、整序された、それ自体において品よく言葉が配された文章を、彼女に読んで聞かせたことがありました。彼女は洋装品店を営んでおり、そこでは日がな一日、帽子が被られたり脱がれたりしていて、つまりはそれは婦人帽で、盗賊は毎日のように、彼女が何をしているか、彼女に何か話してあげることができはしないかどうか確かめに、さっと店に立ち寄りました。彼女の足はとても華奢でちっちゃな、優雅で繊細で愛らしい、善良な、甘美な足で、その足に対して彼は賛歌を作ったのですが、その足で彼女は二十歳の頃だったでしょうか、心楽しまぬ結婚生活に踏み入ったというわけで、これについてはすでにわたくしたちがお話しした通りです。ある夜、十時頃だったでしょうか、彼はオルレアンの少女が話題となったある議論のおしまいに、自分が朝まだきに、彼女の前の晩のお匙をどう扱っているかについて告白しました。その告白に対して彼女は非難するような沈黙を守り、かつての時代であれば王妃たちがとっていたような態度を示し、気分を害したことを表現しているかのように思われる背中を彼に向けると、お休みなさいという挨拶に答えることもなく、自室の平安と礼節へ赴いたのでした。そのときの彼女が盗賊には、なんと魅力的に思えたことでしょう。ほとんど絵のようだったと言ってもよいくらいでした。廊下を歩いて行く彼女は、どこかしら銅版画の絵のようで、ひどく憤慨していながらも、まったく不快に思っているわけでもないといった風情だったのです。とても大事にされていることを告白されたときの女性はなんと美しいのでしょう。この章は、疑いなく盗賊にとっては、実にしたたかなる恥さらしでありましょう。もちろん、わたくしたちは心から彼に恥をさらさせてやろうと思っております、この男はつまり、好んで恥じ入るのです。ひどくではありません。ほんの少しだけです。自分の舐め行為を告白したとき、彼はみずからの勇猛果敢ぶりに打ち震えました。なんという獅子のごとき男。そして彼女はある男と結婚していたことがあり、それは何千といるような男の一人であり、それは他の多くの女性ならまったく幸せにともに人生を送っているような男であり、しかし彼女に限っては幸せというわけにはいかず、なぜかと言えば、それは彼女がいわゆる「おばかちゃん」だったからなのでした。彼女は自分のうちに生きている「おばかちゃん」のことをほんのわずかに、ほんのかすかに、誇らしく思っていました。自分のわずかばかりのおばか加減に自惚れていたのです。おばかさは、えてして雅やかさに結びついているものであり、そう、言ってみるならわずかばかりのおばかさがあってこそ、このかすかなる魅力は可能となるのです。彼女の場合、事はそういうことだったのです。自分はとても不幸だったと、彼女は舐め男に言ったことがあるのですが、その男の生徒じみた念の入った行為を、彼女はそれに気づいていないかのように振舞うことで許すことにしたのです。不幸だった？　そもそもいまだかつて、おばかちゃんが不幸だったことがあるのでしょうか？　そのことについて、善良な心をもった、愛すべき穏やかな男は、とはすなわちわたくしたちの盗賊のことなのですが、あとで長々と考え込んでいました。至るところで、摩擦軋轢と結婚小説ばかりがあるというのは、いったい本当のことなのでしょうか？　どうして結婚生活においては、こうも幾重にも問題ばかりが起きるのだろう、と彼は自問しました。「どうしてあなたはご主人と一緒にいて不幸だったのですか？」彼は尋ねました。彼女はしかし、この単刀直入な問いをかわして、こう言いました。「それはお話ししたくありませんわ。あなたはそのようなことはまったく理解しないかもしれませんし、わたしはわたしで結婚生活で経験したことを繰り返してしまうのではと、わたし自身に怯えてしまうかもしれません。人は自分自身に対して愛情を抱いていなければならないのです。」「あなたは結婚生活の中で不機嫌だったのですか？」「そんなに好奇心にかられてはいけませんわ。」「この場合、好奇心というよりは、知的探究心に駆られているのです。」「どうしてあなたは私がかつて悪妻だったなどと考えることができるのですか？」「もちろん、あなたはいつも愛らしい方でした、しかし人間は時として、まさに愛らしいがゆえに悪いこともあるのです。」彼女は黙り込み、するとデューラー描くところのある女性の人物の周りに漂っている気配のようなもの、夜行性の鳥にも似たおどおどとしたような、夜闇のなか大海を渡っていくような、みずからのうちに沈み込みすすり泣くような気配が生じました。この結婚生活について彼はそれ以上のことを聞き出すことはできませんでした。おばかちゃんたちはこれ以上うまくはできないほどに、沈黙のうちに閉じこもることができるもので、礼にかなった振舞いへの惚れこみようときたら達人といってよいのです。彼女たちはいわばまるで抗うかのように、嘲るかのように礼にかなった振舞いをし、自分たちにふりかかった幻滅についての痛みを少しずつ少しずつ終始変わらぬ礼儀正しさで食べてゆくのです。いわゆるおばかちゃんたちこそ、そうすることができるのです。彼女たちは苦痛を愛しているとでもいうのでしょうか？　そう、おばかちゃんたちは喜んで夢も見ます、そしてこうした結婚生活の不幸の源はただもう、夫が彼女たちの夢に見合う者たちではなかった、彼女たちが頭で思い描いていた夫君ほどには親切でも、慇懃でも、騎士的でも、楽しくも、敬虔でも、恭しくも、面白くも、賢くも、善良でも、勇敢でも、巌の如き信頼を寄せてくれる人間でも、人を楽しませてくれる人間でも、真面目でも、信心深くも不信心でもなかったという点にあるのかもしれません。大きな不幸に至るには時としてごくごくわずかのことしか必要ないのです。さて、かつての愛らしさの痕跡をうかがうことのできるそのおばかちゃんは、お皿の上の一切れのソーセージの前に座り、それを少しばかり、というか、すっかり平らげて、ソーセージの皮ばかりをお皿に残したのですが、その皮を後でお小姓がパクリとくわえたのは、彼の方でも少しばかりおばかをやってみることが愉快に思えたからで、そして中庭にはおてんとうさまが照っていて、そこは海の底のように静かなことがよくあって、そんなときはそこにあるすべての建物と出来事は、永遠に澄みわたった、明るい透明な水の中に沈んでいき、眼に見えていながらも究めがたく、変わりやすくも変えがたく、安らいでいるかのようでした。そして盗賊はさまざまな話を盗みました、ちっぽけな大衆の読み物を読み、読んだ物語からまったく独自の物語を作り上げては笑ったのです。ことによるとおばかちゃんの中には男の半身がまどろんでいて、それゆえ彼女はみずからの魂を破壊することなしには、夫に耐えることができなかったのでしょうか？　幸いなことに、少なくとも今彼女のところには、感じのよい召使娘が一人いました。パリからの旅行者がたくさん彼女の家にやってきました。彼女は必ずしもいつもその人たちをうまく御することができたわけではありませんでした。夏には全身、白い服をまとい、リヒャルト・ワーグナーについては、彼のことはよくは分からない、ワーグナーを理解するには音楽の専門家でなければ無理だと思う、と控えめに語っていました。そしてある時、彼女は自分の盗賊に向かって、とんまと言ったのでした。今やわたくしたちの眼の前には平手打ちがひかえています。どこでどんな具合に行われたかは、すぐにお分かりになるでしょう。エーディットの帽子はさしあたっては朗らかに、緑色としておきましょう。

ある女教師は街でこんな風に言われねばなりませんでした、彼女はまともな先生ではない、自分の職業のことが分かっていないと。それを聞いて彼女はひどく落胆し、ひとり呟きました、「田舎へ行くことにしよう。」そこで彼女は静けさと落ち着きの中で、また、そこで出会った人びとが少しばかり風変わりであるのかもしれぬ気性をコントロールできるようになるための時間を与えてくれたこともあって、とても良い教師に成長することができたのです。愛する同胞の方々、すぐに相手の価値を否定するような物言いは止めようではありませんか。妨げとなることばかりを語るのではなく、実際に配慮を見せるようにしようではありませんか。そうしたならば、それだけ多くの人に尊重される、それゆえ朗らかで熱意あふれる市民が生まれることになるでしょう。人に仕えるときにはすみやかに、しかし、人を判断するときには、命令するとき、支配するとき同様に、ゆっくりといきたいものです。支配はどんなに慎重であっても慎重すぎることはありません。ちなみに支配することと命令することとは、二種類の異なった事柄です。持ち上げるときには、貶めるとき同様に、十二分に注意深くありたいものです。それにしても、わたくしはなんと、二度とご婦人方のカフェに足を踏み入れてはならないのです。なぜそうなったのかは、後ほどお話ししましょう。妻が夫の特別なところに十分に、というかまったく配慮しようとしなかったせいで、三ヶ月にわたってわびしい結婚生活を送り、その期間が過ぎた後ついに離婚に踏み切ったという、あるギムナジウム教師と一緒に、盗賊は野に分け入り、おひさまの照りつける日なたを散歩しました。「あなたのことにひどく関心を寄せておられるらしい、あのグローアライヒ教授のことはどうお考えなのですか？」盗賊は答えました。「ともかくも、今日なお、喜ばしくも生々しくも記憶に残っているのは、わたしが交渉のために湖と山とを睥睨する美々しく飾られた邸宅に足を踏み入れたとき、彼の犬がわたしのふくらはぎにガブリと嚙みついたことです。」「彼はあなたに対して好意的なのではありませんか？」「ギムナジウムの先生をしておられるあなた」と盗賊は言いました、「あの大学の教授先生は、間違いなく、まず第一に、自分自身に対して好意的なのです。これはわたしたちの誰もに言えることでしょう。例えば、もしもあなたが自分自身に好意的でなかったら、あなたはかつての奥さまから逃げ出すことはできなかったでしょう。あなたは損なわれた状況をただ無為に送っていく自分自身がとても不憫になったのです。まったくもって故ある同情心を自分自身に対して抱かれたということなのです。グローアライヒ教授も自分自身に同情し、温情を抱いておられます。こうしてあなたとおしゃべりしているわたしもまた、信じがたいほどに確固たる態度で自分自身を信じ続けることで、できる限り自分のことをおろそかにしないように配慮しているのです。」ギムナジウムの先生は言葉巧みな盗賊を値踏みするようにじっとみつめると、こう言いました。「それにしてもヘルダーリン的に朗らかで美しい散歩ですね。」その言葉に相手は同意し、こんなコメントを投げかけました、「長所は相並んで歩むものです。わたしたちの上機嫌はまったくなごやかに、たおやかにわたしたちに付き従うことでしょう。あなたのおっしゃる教授先生の名声はわたしにとって喜ばしいものです、わたしが言いたいのは、他人の利益は自分の発展を阻害するという、まったく実情とは異なる旧弊な不安感情を捨て去るすべを学ぶことが、わたしたち生きている者にとってはきわめて重要だということです。ある同胞市民の優れた業績はむしろ、わたしたちにもまた何かを成し遂げることが許されているという許可を意味しているのであって、禁止を意味しているのではないのです。それにわたしたちの知る限り、不利も有利も続くものではなく、むしろそれはある時、ある場所に至ると作用を止めるのです。害のあることは、大抵の場合、益が麻痺することによって始まるのです。こう言うことでわたしが言いたいのは、いかなる益も害に変わりうるし、いかなる害からも益が萌え出ずるということです。ですから、誰かの有利はわたしの不利ではありません、その卓抜ぶりは永遠に続くわけではないのですから。永続的価値をもつ卓越などありはしません。ある価値あるものには、別の価値あるものが続きます。人びとがある事実について話しているとすれば、彼らは翌日には別の事実について話すのです。朗らかな努力の妨げとなるのは、わたしたちの側の過度の反応です。わたしたちのもろもろの感情こそが多くの点で敵なのであって、ライバルたちが敵なのではありません。わたしたちのいわゆる敵は、わたしたちが彼らの価値を恐れるときにこそ敵となるのですが、しかしその価値というのは、もし色褪せてしまいたくないのならば、たえずあらたに刷新され、獲得されねばならないものなのです。」あらためてギムナジウム教師は連れの人間を探るような眼つきで見つめました。当時、盗賊はある部屋に住んでいたのですが、そこから彼はロスバッハの戦闘を前にしたフリードリヒ大王風に、天窓越しに野外を眺めやったのでした。かつて彼はクーグラーの手になるフリードリヒ大王の歴史書を、読んで調べるようにともらったことがあったのですが、それが今、彼みずからがひとりフリードリヒぶった態度をとってみせたのです。まあ、やらせておくことにいたしましょう。

なんとさまざまな印象がわたくしのもとに押し寄せてくることでしょう。それらはおそらくは彼のところにも押し寄せているに違いありません。その際、両者には基本信念の数々、意見の相違の数々があるのです。それから、ヴェッグリを買うときの内緒の振舞いもあります。ヴェッグリ、シュテンゲリ、リングリ、ギプフェリというのは焼き菓子の名前です。木々の落とす陰がなんと気持ちよいことでしょう。あいつらは、飲み屋を徘徊するならず者、「浮浪分子」だという言葉を、盗賊は、よりによって飲み屋でほろ酔い機嫌の男から、つまりは、すでにならず者と化した男から聞きました。それは皮肉のように、嘲りのように響きました。こうした言葉を語ることで、語り手はみずからの陥っている混乱状態から抜け出そうとするのです。働く気持ちのない者たちは、いわばみずからを解放するために、あるいはまたみずからを軽々しく正当化するために、えてして他の人間の気持ちをあっさりと否認してしまいます。盗賊はエーディットの視線の下で、つまり彼の愛する人のそばで、すなわち彼女の働くホールで、友人たちによって長らく待ち望まれてきた長編小説を書こうと考えたことを想い出しました。なんとロマンチックな決意でしょう、もちろんそれは失敗したのでした。そして今度は、自分たちの都合次第で、あるときは彼に愛想よく挨拶し、またあるときはふたたび背中を向けるあの管理人たち。彼はつまるところいつもこうした支配人たちの下で働く娘たちのところに行ったのですが、彼女たちは彼らのうちに上司を見ているのでした。こうした娘たちに対して、物知りだとか、優越者だとかを演じてみせると、彼は監督一人ひとりに好まれるようになりました。しかし、彼が娘たちに好まれるように力を入れると、こうした存在たちに対して熱を上げるると、支配人たちの顔は酢漬けキャベツのように酸っぱいものと化し、まさに冷淡な拒否そのものといわんばかりに拒絶的になったのです。あるとき、彼はある女性の小型トランクを彼女の徒歩旅行の目的地のすぐ前のところまで運び、その仕事のお礼として手袋をつけた手づから一フランを貰いました。示された好意は女性のみならず、彼自身にも気に入りました。感じのよい物腰はわたくしたちを内的にだけでなく、外的にも感じよくしてくれます。親切な振舞いはわたくしたちの表情に刻み込まれ、それが感じよい外貌として受けとられることになるのです。一週間ごとに彼はシャワーを浴び、その飛沫の下で流れ落ちる水に身をくねらせて、黒人の子どもを演じました。このシャワーについても後ほど触れることになるかもしれません。そして今や言い添えることが許されましょう、なぜわたくしがご婦人方のカフェに足を踏み入れてはならないのか。一人のアールガウ生まれの女性がそこで誘惑的な音楽の響く中、一枚の皿に載せて若きゲーテを差し出してきました。そのような落ち着きのない状況下で差し出されたこの詩人は、いかにもいかがわしく感じられたので、わたくしはこれを拒んだのです。若きゲーテ、マリオネット、お人形さん、そんなのはごめんです！　しかし、この失態だけならまだよかったでしょう、ある日そこに、わたくしがかつて出会った中でも一番に美しい若い女性、ブラジル人の女性が姿を現し、わたくしのテーブルに座ってきたので、わたくしは彼女と会話することとなったのです。彼女は、五百人の黒人を所有していると言いました。わたくしがこの黒人たちのこと、そして時間をきっかり守るという彼らの従順ぶりを信じようとしなかったので、彼女はわたくしのことを農夫呼ばわりしました、それも、綾なす女性の方々から編まれた華麗なる花束ともいうべき、貴き同席者すべてに聞こえるような大声でそう呼んだのです。わたくしはもう破滅でした。詩人をぺこぺこお辞儀をする小人、良俗ばかりから出来上がった聖人と考えたがる、生半可なゲーテ通のポーズと、軽薄短小もはなはだしいアフリカ理解に対する反抗心のために、わたくしは洗練優雅のサークルから追放されるはめになったのです。わたくしは今やジョッキビールを下町で飲み、ごく快適に感じています。にもかかわらず、日々、山の手をふらついてもいます。過ぎ行く人のあつかましい呼びかけなどは意にも介しません。わたくしはご存じの通り、自分自身があつかましいこともしばしばで、その経験から、人はあえて大言壮語するようなとき、まったく何一つ考えていないということが、よく分かっているのです。つまるところ、今や盗賊のところには財政を左右するあの大公爵夫人たちが、いわば彼の近況伺いにお越しになり、彼の方は落ち着き払っていながらも、まるで叱りつけられた児童のようにその場に突っ立っていたのでした。わたくしたちはこうしたことすべてを、吹き出すような話は小出しにすべく後に残しておくことにいたしましょう。わたくしたちの街にやってきて、これまでなかったほどに大好きになった、その最初の年、彼はしばらくの間、事務官としてある行政部門で、というのはつまり文書館で、主として目録作成の仕事をしていました。時おり彼は買い物をし、日曜日には鳥になったように郊外へ飛んでいき、野の上、森の中へ翼を羽ばたかせ、休息するための高台を探しました。「何とも奇妙なものですな、盗賊が書き写しにたずさわるのが許されるとは」と上司が微笑みながら言いました。機会さえあれば、彼はこの上司と、人間の本質について語り合いました。盗賊はその頃は、斜面机の前で陰気に口を開いていました、退屈な立ち作業、座り作業に内心、飽き飽きしていたのかもしれませんが、上司は、世の中には強欲なばかりで協働作業には役立たぬ者たちと同じくらいたくさん、思いやりのある、苦楽を共にできる人間がいるのだという確信に表現を与えて、彼を宥めたのでした。彼は当時、シュタルダー家に部屋を借りていたのですが、この家には母親と二人の娘がおり、娘たちは好んで盗賊と言い争いをしました、彼女たちは言い争いをすることそれ自体を賢いことだと思いこんでいたのです。盗賊はこの二人の市民階級の娘たちのところで立居振舞いやら、ものの見方やらといったことを学ばねばなりませんでしたが、二人の言うことをまともに信じることはできませんでした。そうだと思うこともあれば、思わないこともありました。二人は盗賊のことをけちん坊と呼んだり、唐変木と呼んだりしました。彼はあまりに生意気に振舞うこともありましたし、あまりにびくびくおどおど振舞うこともありました。とりわけ彼女たちは、彼の精確さへの過度の傾きを非難しました。彼がその核心において落ち着きを失うと、彼女たちは喜びました。つまるところ、彼女たちは健やかな日々を彼に許そうとしなかったのです。これは必ずしも良きこととは言えません。彼女たちは、わたくしたちがここで盗賊を保護していることを不審がっています。この家庭についてはなお、むろん十分に礼にかなったやり方で、お話ししたいと思います。盗賊はその頃は、とても静かな人間で、そしてこの二人の娘は彼が毎晩四時間ほども彼女たちとぺちゃくちゃおしゃべりをして過ごすことを望んだのです。彼は仕方なく、彼女たちの気に入るように振る舞いました。しかし、みずからのうちに沈潜するために、何か読書をするために引きこもると、気まずいことになりました。そうなると鬱ぎ屋だとか味気ない奴だとか、つまりは娘たちをひどく退屈させる、気の抜けたことしか提供できない人間と呼ばれてしまうのでした。彼はすなわち、彼女たちのことを本当に信頼してはいなかったのです、むろん相当に教養を備えているとも思われた点では、彼女たちのことを評価してはいたのですが。そうなのです、つまるところ彼は彼女たちのことを評価していました、しかし、悪魔の名にかけて決して惚れ込もうとは思ってはおらず、そしてまさにそのことを彼女たちは望んでいたのです。一人の娘は剝き出しにした肩を見せましたし、もう一人などはあろうことか、机の上に立って、彼女の下着の不思議の世界を、むろんほんのわずかばかりとはいえ、ちらりと覗かせるような真似もしたのでした。自分には陸軍大佐と結婚したウェイトレスの知り合いがいるという、彼の言葉を聞いて、二人は笑い出しましたが、それはまるで自分たちの市民性が傷つけられたと感じたかのような無理のある笑いで、彼女たちは市民であることを愛していると同時にまったく愛してはいなかったのでした。上の方の娘はイェレミアス・ゴットヘルフについてたくさん話しましたが、いわばそのしがみつき方といったら、まるで守護天使かなにかのようで、彼女自身がゴットヘルフの登場人物なのだと主張しているかのようでした。彼女が物語るには、家族はチューリヒに越したけれど、そこでは周囲にゴットヘルフ的な人物は一人もうろついておらず、それでまたベルン州に戻ってきたのだけれど、そこでもしかし残念ながら、どんなに注意深く眼を凝らそうとも、そうした者に出会うことはついになかったというのでした。申しあげたように、後ほど、この家族のことはさらに考えてみたいと思います、というのも、彼女たちはそれに値する人物なのですから。とりわけ上の娘は盗賊に、働き者と同時に、それに劣らず未熟者の印象を与えました。彼女は自立しているかのごとき素振りをしていましたが、盗賊の眼には自立しているようには映らず、独創的であるかに振舞っていながら、非独創的に映ったのでした。思うに、こう申し上げるのが一番なのではないでしょうか、彼は彼女に敬意を表していたけれど、彼を惹きつけるだけのものは彼女には何一つなかったと。この点、この盗賊にはまったく罪はないのではないでしょうか？　彼女の顔は彼にこう命じていました、私を愛するのよ、さもないとママのところへいって告げ口をするわよ、そしたらママはあんたをごろつきを見るような眼でみることになるのよ。しかし、彼と娘たちの間のやり取りをそれなりに目にしていたママの方は、ある日、彼に向かって穏やかにこう言いました。「もっと力を抜いて利害抜きで、不安を捨てて思惑抜きでいかなくてわね。」彼女が言っていたのは娘たちのことで、娘たちはその点、細やかな愛情、その強さ深さを、あたかも理性やら狡智やら手管やらによって入手可能であるかのように思いなし、まったくもって無理強いして手に入れようとしていたのです。二人のウエイトレスにはたくさんの知り合いがいて、その中には縫い子たち、例えば、ベルク・エンミがいました。「どんなエプロンにだってお世辞を使う、ありとある飲み屋をうろつきまわっている、あなたのような人は……。」いったい誰がそのようなことを言ったのでしょう？　娘たちの一人でしょうか？　それにしてもなんと非難がましい言いようでしょう。彼女は彼のことを少しばかりは魅了すべきだったのであり、そうなれば彼は首ったけになったはずなのですが、その彼はその後、先述した未亡人の家の屋根裏に越していき、あの奇妙この上ない知遇を得たのでした。ちなみに、あるとき彼はシュタルダー家の娘の一人に対してしたたかに粗野な態度をとってみせました。特にこの話についてはしっかりと意識しておいて後ほど戻ってくることにいたしましょう、というのもわたくしたちは彼のことを、その過ちのすべてとともにありのままに、「今回こそ描き出したい」のです。ある娘の帽子をしわくちゃにしたですって。なんということでしょう！　しかも衆目にさらされた公道で。彼女はほとんど気を失わんばかりでした。理解できることです。恐ろしいことです。その一方で彼はまた、彼に関心を寄せている、とある編集者と心の通った話し合いの機会をもちもしました。編集者は盗賊の衣装については文句のつけようがないと思っただけでなく、盗賊の本質的特徴と見事に合致していると見なしました。しかしながら、今や、ヴァンダがやってきたのではないでしょうか？　そしてその頃、彼は美術館を訪れていたのではないでしょうか？　そしてアーレ川の流れはわたくしたちの街を、まるで恋人を気づかうように、抱きしめているのではないでしょうか？

その際、二人のどちらもが、彼が愛しているのは自分の方だと自惚れていたのよ、と年期がはいったシュタルダー家の女性はこの色恋沙汰について述べ、そう言いながらほとんど甲高い、つまりは悲劇的な調子で笑いました、まるで「この二人の愚かで可哀想な娘たち」、正気を失った娘たちのことを嘲り、哀れむかのように。ちなみに彼はかつて、窓口で働いていたある可愛らしいブリュネットの女性に、あまりといえばあまりに突発的に結婚を申し込んだことがあったのですが、これは本気ではないととられ断られてしまったのでした。そして今や、彼は迫害されていました。唐突なプロポーズのせいで迫害されていたのでしょうか？　その真剣さの杜撰さのせいで？　その喜劇の悲劇性によって、あるいはまた、彼の物言わぬ鼻のせいで？　それとも、この鼻を一度ならず素手で擤んでしまい、ハンカチを使わなかったという理由で？　彼は迫害されるに値することをしたのでしょうか？　彼はそもそもそのことを知っていたのでしょうか？　そうです、彼は知っていました、予感していました、感じていました。この感じは消え去ったかと思うと、また戻ってきて、粉々になったかと思うと、またきれいにくっついて一つになりました。彼はあまりに煙草を吸い過ぎるので、それで迫害されたのでしょうか？　ある時、盗賊は食事に出されたスープの中に、召使女の髪の毛を発見したのですが、それを食すべきものであるかのごとくに平らげる気にはなれませんでした。そのような罪深い行為ゆえに、人びとは彼のそうでなくとも苦しい生をいっそう辛いものにするのでしょうか？　このなんとも可哀想な男。何人かの娘たちは、彼の偉大な哀れな運命にひどく同情していました、というのも彼は遠目にもう、虐げられた者に見えたのです。彼の両眼は人びとの間で、風にゆらめく燈火のように、風に乱された静けさのように、ちらちらと震えました。そこら中を跳ね回るちっちゃなグレーハウンドでした。これは何ともすばらしい言い方ではないでしょうか？　まずはヴァンダを静かにさせねばなりません。言及されたい気持ちを抑えきれず、地団駄を踏み、跳ね回っているのです。わたくしたちは彼女を厳正この上なく公平に扱おうと考えています。盗賊が熱く想いを寄せている相手が誰なのか、何という名前なのかは、誰一人として知りませんでした。誰もがそれを知りたい様子でしたが、誰一人としてそれを耳にした者はいませんでした。なんと張りつめた雰囲気でしょう。張りつめすぎてほとんど裂けてしまいそうなくらいで、まるで一枚の布が引っ張られているかのようでしたが、しかし布は引っ張り引き裂こうとする力に耐えていました、それを裂き破ろうとする力すべてよりも強かったのです。「頭虱が一夜にして消え失せる」「農業経営の習得に専念したい男子は、学習を希望する科目と宿舎を〇〇にて見つけられたし」「オリーブオイル」、「軟石鹸」等々――これは新聞を読んだときに、盗賊の眼にとまった宣伝文句です。彼がかくも好んで広告を読んだこと、これがもうすでにそれ自体、ほとんど不道徳ではないでしょうか？　それから、そう、街に住むある知り合いの女性が、彼のせいで亡くなってしまったのでした、ガスの栓をまるで不注意のように、まるで気が散っていたかのように開けてしまって、その後、倒れて死んでしまうことによって。幾人かが主張するところでは、そこここにいる五人ほどの若者が、いずれも彼のことを父親であると言っています。わたくしたちは真面目に考えることにいたしましょう。人びとは彼をひどく気に入っており、それで迫害しているのでしょうか？　確かにそれはありそうなことです。しかし、それで問いのすべてに答えが出るわけでは、まったくありません。「君は迫害されているのです。」どこかしらの重要人物が、わたくしたちの文明の成果と課題に参与している人間のなかでも、もっとも無邪気な者に向かって言いました。彼はこの奇妙な言葉に耳を澄ましているだけでした。それは深淵から聞こえてくる警告のように思えました。しかし、彼は「そんな話は止めておきましょう」と答えただけでした、「とうの昔からそんなことは分かっています、が、わたしはそんなことはまったくもって重要だとは考えていないのです、お分かりですか。迫害されることに本質的なところなどありはしません。わたくしはそれをまったくもってどうでもよいこと、気づいて注意を向けるに値せぬことと見なしたいと思います。それは真面目な事柄ではありますが、真面目に受け取ったりはしないのです。そこここが少しばかりこそばゆいだけです。」これでもってこのテーマは尽きてしまったようです。なんと信じがたい軽薄さでしょう。そしてそれから、彼の周りでちらちらと明滅している、繊細この上ない感情をそなえた淑女たち。そしてその間《かん》、彼は戦争に参加しなかったある中尉のもとで、朗らかさを失わぬ術《すべ》を学びました。そしてそれから、ある飲み屋の娘が、いたずらに彼に信頼を示したり寄せたりしたために、苦しまねばならなかったという話もあります。これについてもまた後ほど触れましょう。そしてそれから、他にもこんなことがあります、すなわち盗賊は、「部屋から出てお行き」とか「ちょっとこっちへおいで」とか言われることが、彼にとっては嬉しいことだということを分からせるべく、しばしの間、ある家政婦を調教したのです。こうしたこと、その他もろもろのことはいわば少しずつ漏れ聞こえてゆき、噂となり、盗賊のすばらしい名声は完全に地に落ちてしまうこととなったのでした。そう、この若者はたくさんの、とてもたくさんの罪を犯したのです。そしてわたくしたちはなお彼の失策を数え終わってはいません。いったい、いつか、数え終わったりできるのでしょうか？　彼の罪状記録の中からいくつか小さな抜粋をすることで、あなたには満足していただけるでしょう。彼はある召使女の態度が傲慢であった可能性を指摘して、当然ながらそれゆえに迫害されています。ではさて、迫害の中身とはどのようなものなのでしょうか？　人びとは彼をくたくたにしようとしました、不機嫌に、神経質に、反応過敏にしようとしました。一言で言うなら、道徳を植えつけようとしたのです。それが果たしてうまくいくかどうかは、むろん、疑問です、というのも、以前も以後も、彼は頭を高くかかげていたのです。それも反抗心からではまったくなく。彼には自負心があるようには見えませんでした。朗らかでいる術を心得ていた、ただそれだけなのです。先述した中尉は、この点に関して、強く賞賛されてしかるべきでしょう。特にこの点に関しては疑いの余地は微塵もありません。そろそろと、慎重に、少々奇妙なことがらについて、今やお話しすることにいたしましょう。これについてそもそもお話しすることを、わたくしはほとんど禁じたいところなのですが、しかしながらこれはどうしても、なんとしても、話さねばならないことなのです。さあ言葉よ、いい加減に出てきなさい、どこかしら愉快なところのあるお話であればなおさらのことです。さて、その家政婦の腕にはそばかすがありました。ある時、彼女は盗賊に食事を持ってきて、このそばかすで飾られた絹のような肌で、彼を抱きしめてくれました。その肌は温かくて冷たく、乾いてすり切れていながら湿っていました。この肌でもって、この召使女もしくは家政婦は考えうる限りの大成功を収めたのでした。わたくしたちは絶対にここに、わたくしたちの人指し指を置かねばなりません、別の言い方をするなら、以下のことを強調しておくことは不可欠でしょう、すなわち、このポンメルン出身の人物は、盗賊の書きもの机もしくは書斎机の上にエーディットの肖像画が立てられているのを目にするや、そのビロードのような手で取り上げて、彼の眼前でずたずたに引き裂いて、自分にいかほどの権限が与えられているかをしみじみと味わったということを。彼女はそんな具合に盗賊にただもう屈辱ばかりを与えようとしていて、実際のところ、ひどく落ち着き払ってそのように振舞ったのですが、それは彼が非常に温厚な人間であることを知っていて、つまりは、彼のことをよくよく分かっていて、彼が自分に対する厚かましい行為をひどく好んでいることもとうに承知していたからであって、この点、自分の性格のこの部分に関わる知識を彼は彼女に非常に熱心に教えこんでいたのです。彼はいわばインストラクターとして名を成していたのでした。鉛筆書きのエーディットの画は磨き上げられた床の上にありました。盗賊は小さな紙片を拾い上げ、それからソファに腰を下ろし、その一方、女家主の緑色の両眼はチカチカ微光を放っておりました。そして、これは公衆の知るところとなり、望ましからぬ印象を残したのですが、最初に触れた百フラン紙幣の件がいまだに片づいていなかったこともあって、いっそうよい話にはならなかったのでした。この以前よりすでにひどく知れわたっていた百フランのことでも、人びとは彼のことを迫害していましたが、それもむろんもっともなことだったのです。ここまでは漏らしても許されるでしょう、すなわちエーディットの父親はいわゆる学者だったということを。今では、彼は冥界の住人となっていて、つまりは、この世の一員たることを止めていました。生前、父親はかわいいわが娘にラテン語を教えていました。彼女については、わたくしたちの三つの国語を話すと言えば、正しく述べたことになるでしょう。正確に言えば、国語は四つですが、しかし最後のものは完全な言語とは見られておらず、というのもそれは一種の残存言語であり、いくつかの山間の谷間で話されているにすぎないのです。それにしてもわたくしたちの祖国はなんと近隣諸国と違っていることでしょう。この点についても、後ほどたっぷりとお話ししましょう。そこで思い浮かぶのは、そう、ある飛行機乗りの記念碑で彼は自分の機体に乗って初めてアルプスを越えたのです。ヘアピンやら何やらが、どこかしらにぽつんと置いてあるのを見ると、そのたびに彼は心動かされました。エーディットとヴァンダは、わたくしたちの話がまだまだそこまで辿り着いていない頃に出会ったことがあるのですが、その出会いも描写すべきことを、心に留めておきたいと思います。もっとも、描写という言葉を使うより、叙述と言った方がよいかもしれませんが。さて、盗賊がある晩、一本の柱のそばに立っているところを話しかけてきた、ある監督下に置かれていた女のお話をしましょう、その女と盗賊はその翌朝、全世界を青く染める微笑むような春らしい天気の中、会うことになりました。二人は森のはずれをあちらこちらへと散策しました。日曜日でした。われらが被後見人は、この隔離された女性、選別除外された女性、アウトサイダーの女性と決して親しくなるべきではありませんでした。それは大きな過失でしたし、彼がそのような人間と一緒にいる姿を目にするのは、残念なことでした。にもかかわらず、わたくしたちは彼に対する信頼を、「完全に」と言えるだけのやり方で引き受けたいと思います。微かにそよぐ午前中の風に、葉っぱがささやき声をたてました。彼らが散歩をしているところでは、他の人びともまた散歩していました。この零落した女は、彼と並んでベンチに腰掛けながら、自分の靴を見せましたが、それは一見に値するなどとはとうてい言えない代物でした。「私はかつては美しい女だった。」彼女は彼に説明しました。「今日ではご自分を美しいと考えてはおられないというのですね。」彼は答えました。彼女は彼の抗弁を聞き流しました。「私の家は裕福だった。父は工場を経営していた。覚えておきなさい。」「あなたがわたしの完璧なる軽視にさらされることなきよう意をつくしたいと思います。」彼は言いました。彼はその言葉を無愛想に、そしてまた感じよく言ったのです。ちなみに彼女は彼の言うことにまったく耳を傾けていませんでした。「今や私は貧しい女だ。」彼女はこう続け、さらに言葉を織り混ぜた。「若い娘の頃、私はある射手と、とても美しい男と結婚した。」「素敵なカップルだったというのですね。」またもや彼女は盗賊のお愛想を無視して続けました。「しかし結婚して分かったが、彼はさほど役に立つ人間ではなかった。彼は眠りこんだような人間で、しかし、私は情熱に溢れた人間だった。」「そこであなたは彼のことを馬鹿にしたのですね。」語り手の女はこんな話を続けました。「彼は金色の葉をつけた樹木のようだった。」「あなたにとっては十分に青々と茂ってはおられなかったようですな。分かりますとも。」話していた女性は舌で唇を濡らし、続けました。「彼は自分自身に腹を立てていた、私を満足させることができなかったからだ、私に対しても腹を立てていた、自分自身も楽しくなかったからだ。私は彼に満足しているように見せかけようと努力した。しかしその努力が、また彼を不機嫌にした。」「お見通しだったということですね。」彼女はぼうっと前方を眺めると、ポーチから化粧筆と手鏡を取り出し、すでにいくぶんみすぼらしくなった頬に化粧して、鏡に映った顔を覗き込むと、その美しい男との結婚生活を続けてゆけなくなったことを告白し、それからまさに哀しいとしか言いようのない人生行路をたどったことを語り、そして盗賊に訊ねました、「正直にお言い、あんた警察の人でしょう。」「とんでもありません」と盗賊は返答すると、立ち去ろうとして腰をあげました。森の中からはまるで天使が茂みの中で敬虔な音楽を奏でているかのようにハープの音が聞こえていました、街からはさらに続々と散歩の人びとが歩いてきました。「明日の早朝、またここへ来なさい、いいわね」、彼女が固く命じました。彼女が一目置き始めたようにも見えた盗賊は、遠ざかりつつ、品よくお辞儀をして彼女に敬意を表しましたが、むろん心中では彼女のことを少しばかり笑っていました。排除された女に対して高貴に振舞ったことは愉快なことだったのです。その同じ日に、すなわち午後四時に、彼ははじめてヴァンダに出会いました。彼女に出会うことは彼女を崇拝することと同じことでした。その頃、エーディットはすでに彼女のホールで働いていましたが、盗賊はまだ彼女のことは知りませんでした。わたくしたちは、公平を期して次のことも言い添えねばなりません。盗賊はある場所に招かれ、人前で自分の半生について話をしたことがあり、聴衆たちは彼のそれはきわめて品のよい話しぶりに、見たところ多大なる関心を寄せつつ聞き入っていたようでした。すでにこの講演の夕べが彼をいわば揺すり目覚めさせた、彼のうちにあって眠り込んでいたものを息づかせた、というのはあり得ることです。彼は、こう言っていいでしょうが、長い間、死んでいたのです。友人たちは彼に同情していましたが、実のところ、彼に同情する気持ちを感じることで、自分自身に同情していたのです。ともかくも、今や彼の内にある何かが、まるで彼のただ中に夜明けが訪れたかのように、目覚めました。ところでその頃、彼は小さな庭でゴム遊びをしました。このゴム遊びがとりわけて重要だと言いたいわけではむろんありません。また彼はこの時期、そうです、ある娘が劇場を訪れるのにお伴しました。舞台にかかっていたのは、ほかならぬベートーベンのフィデリオ、ご存知のように、最初の響きから最後の響きに至るまでのことごとくがえも言われぬほどに美しい、奇跡のオペラです。そんなことはむろん、ことさらあなた方に言う必要もなかったでしょう、とうにご存じのことなのですから。そして、ここであなた方には少々絵画的なことをお話ししましょう。ヴァンダを見たとき、そのとき彼女の小さな若い足元には、ふんわり柔らかく感じるように、何一つ苦労することがないように白雲がたなびいているかのようだったのですが、彼は即座に、すなわち自分の思考による全権委任を受け、といってもそれは非常に問題のある全権委任だったかもしれないのですが、彼女をロシアの皇女に仕立ててあげてしまい、そしてカフェの音楽に額を優しく包まれながらも、彼女が六頭あるいは十二頭立ての煌びやかな馬車に乗り、歓喜する群衆が眼を瞠る中を、サンクトペテルブルクの通りを駆けてゆく姿を眼前に思い描いたのでした。後になって盗賊がこう言われたのもまったく故なしとは言えないのです。「あんた、頭がおかしいんじゃないの。」バイオリンの音に彼はすっかり革命気分になってしまいました。まあ大目に見てやることにいたしましょう。精神が息づいている者は、時として突拍子もないことを考えるものです。こう考えて良いと思うのですが、彼が総じて迫害されていたのは、それがほとんど自明の成り行きだったから、容易《たやす》いことだったからなのです。すなわち、彼はいつも連れ一人おらず、まったくの天涯孤独でした。人びとは、彼が生きるすべを学ぶよう、迫害していたのでした。彼はかほどにも世間の風に晒されていました。彼はポツンと一枚ぶらさがっているせいで子どもの眼にとまり、鞭で枝から叩き落とされる葉っぱのようでした。すなわち、彼は迫害を招き寄せていたのです。そしてそれから彼はこうしたことすべてを愛するようになりました。これについては、次の章でさらにお話ししましょう。「子どもたちは朗らかだ」と通りで誰かが言っているのをわたくしは耳にしたことがあります。彼は観察される立場におかれたみずからを面白いと思いました。いわば管理、監視するに値する者と見なされたことをこそばゆく感じました。そうでなければ、ことによるとに自分が腑抜けた存在に思えていたかもしれません。いわば迫害されることは、彼にとっては沈んでしまった世界がふたたび立ち上がることを意味しており、それは彼自身の世界であり、彼によればふたたび活力を与えられることを必要としている世界でした。人びとは彼と関わること、関係することによって、彼のことを理解したのです。それはむろん彼にとって快いことでした。同時に彼は、いかなる魂も本気では彼のことなど気にかけていないということを経験しました。人びとは、いつもほんの少しだけ彼の行く手を遮りましたが、それはそれでなにがしかのこと、もしかするとかなりのことで、というのも、妨げるものは、周知のように、わたくしたちを感動させ、高め、元気づけてくれるのですから。注意しなければ、と彼はひとりごちました、もっとも落ち着きを失ってもおかしくなかった者が、もっとも落ちついた者となったのです。しかし、彼はそのために時間をかけたのでした。「あなたは決して神経質にはならないのですね」と一人の娘が彼に言いました、まるでそのことで彼のことを場合によっては、少しばかり責めるかのように。彼は誰ともつるみませんでした。主としてこれが、彼には負担となりました。加えて、物を、例えば櫛やら旅行鞄やらを買うことにおいて、彼はなんとのろまだったことでしょう。彼はいまだに、かつてあるご婦人から貰ったあの間抜けな婦人用トランクを持ち歩いていました。当時、断じて彼はズボンを自分で繕ったりすべきではなかったのです。なんという取り返しのつかぬ失態でしょう。そしてさらにあの排除された女とのこと。そうしたことを人びとは決して忘れないものです。そうなのです、そうしたことはなかったことにはできないのです。どんなことも許されるとしても、これだけは無理なのです。

「愚か者！」、彼女は彼に吐き捨てました。こんな侮辱的ともいえる野卑な言葉を口にした女が、心中、彼のことで苦しんでいたのは疑いのないことでした。花束のごとく色とりどりの人混みの中、彼は新聞スタンドのすぐそばで、この逆上した女とすれ違ったのでした。これについては、後ほど解説、解明いたしましょう。この紙片に書かれた事柄のうちには、読者にとってなお秘密めいて見えているものもあるかもしれませんが、それはわたくしたちが望んでいることとも言えましょう、だってもしすべてがあからさまに分かりやすく書かれていたら、あなた方はこの文章の内容に欠伸し始めるに違いないのですから。あの女が彼にあんなことを言ったのは、求めるところが少ない男であり続けたからでしょうか、自足した態度を見せすぎたからでしょうか、ご婦人ならびにその他の欲望をかき立てるものに、何のアタックも試みなかったからでしょうか？　前面に出ようとしなかったから、「何ほどかのものになる」必要を感じていないように見えたからでしょうか？　ああ、その口でもって上述の嘲りを彼に投げつけた女の両の眼が、なんとすばらしく憤っていたことでしょう。この憤り、優美で甘美な憤りそのものが、彼には実に美しく感じられたのです。この「東洋の華」は、彼がいつもわたくしたちの屋根つき通路もしくはアーケードをギムナジウムの生徒さながら、楽しげにうろつきまわっていることにご立腹だったのでしょうか？　こうして人群れをぬけて歩いていくことそれ自体が、彼の心をうきたたせ、たまらなく愉快にしました。その他には、彼は何一つ考えていないように見えました、折にふれビアズリーの素描やら、芸術と教養の広大な帝国に由来する何やらのことを、瞬時、考えるということを別にするならば。ということはすなわち、彼はいつも何かしらを考えていたのです。彼の頭はいつもどこか遠くにある何かに向けられていました。彼を取り巻く人たち、その様子を見てとった人たちは、そのことをごく単純に少々悪くとったのです、この事情はお分かりになりましょう。近いもの、遠いもの、そしてまた、あの『神曲』と名づけられたダンテの詩の中の「飢餓の塔」、そしてあの重要人物が盗賊に向かって漏らした「迫害されているのですね、あなた」という言葉についても、まだ話は済んでおりません。確かに盗賊はこの発言を、こう言いたくもなるのですが、すぐさま忘れてしまいました、しかし、わたくしたち、わたくしたちの方ではこれが気にかかっているのです。この子どもときたら！　彼はその子どもらしさゆえに迫害されたのでしょうか？　これを認めるつもりは人びとにはないのでしょうか？　これはどうもありそうなことです。そしてまた次のことも視野に入れておかねばなりません、すなわち、彼は「当時」、間違いなく病んで、まったく奇妙なまでに均衡を欠いて、不安に満たされた状態で、わたくしたちの街にやってきました。いわゆる、ある種の内なる声が、その頃、彼を苦しめていたのです。彼はわたくしたちのところへ、健康になるために、明朗で満足した市民の一人へと変身するためにやってきたのでしょうか？　ともかくも彼はその当時、ある発作に悩まされており、それが起こるや「あらゆること」が厭わしくなってしまったのでした。その後もかなり長きにわたって、ひどい人間不信が続きました。迫害されていると思い込んでいたのです。そう、実際、それはそうだったのです、が彼はしだいしだいに学んでいったのです――ふたたび笑うことを。つまりは、彼は相当に長期にわたって、もはやまったく笑うことができない状態にあったのでした。その分、今日あまりに笑いすぎているとでも？　たぶん、そんなことはないでしょう。シュタルダー家の娘たちも彼のことを、こう言ってよければ、責め苛みました。しかし、彼女たちが彼のことを責め苛んだとすれば、それは間違いなく彼女たちもまた生によって責め苛まれていたからなのです。わたくしたちがお互いを苦しめるのは、誰もが何かに苦しめられているからなのです。人はそう、不遇にあればこそ、えてして復讐に燃えるのです。人間はすなわち、悪意からというより不幸から復讐するのであり、わたくしたちの誰もが不幸を逃れてはいないというのが実情なのです。わたくしの言いたいことは伝わったのではないでしょうか。シュタルダーの娘たちからしてもう、盗賊を眼の前にするとよく欠伸をしました。この欠伸は盗賊には意図的なものに思え、それは実際にそうだったようで、最初のうちこそ彼もそれを憎んでいましたが、後にはまったくどうとも思わなくなったのでした。ある時などは、路上で一人の立派な風采の紳士が、やぶからぼうに欠伸を向けてきたので、彼は煙草の吸いさしをその開いた口の穴に投げ込みました。そのような灰皿作戦に際して、男がどんな眼をしたかは、ご想像いただけるのではないかと思います。この行為にはこんなタイトルをつけることもできましょう――「盗賊の復讐。」幸いなことに、それは可愛らしいと言える類いの行為でした。人びとは欠伸を向けることによって、彼を苛立たせようと、混乱させようとしました。常に試みられたのは、不安感、分裂感、自分自身と一致していないという感情を吹き込むことでした。彼はかっとなって、飛びまわって跳ねまわっていなければならない、つまりは憤怒にかられていなければならない、熱くなっていなければならないというわけなのでした。しかし、このような意図に関しては、盗賊の方でも見越しているところはありました。最初のうちこそ、あのひらひら野郎たち、ジェスチャー屋たちには、相当いきり立つのが常でした。今日ではそんなことはもう久しくありません。それは盗賊のすぐ眼の前で、何かについて投げ捨てるように判断を下すかのごとく、さっと手を動かす仕草をする者たちでした。この投げ捨てぶりに、恐ろしく腹を立てたことが過去に何度かあったのです。つまり、これは最初の瞬間、まるで盗賊本人を投げ捨てる仕草に見えたのです。もちろんこれは視覚上の過敏反応です。欠伸、投げ捨て、そして他に何かあったでしょうか？　それから繰り返し目にする、あの喪章バンドがありました、誰かが亡くなった時に、自分たちは悲しみのうちにあるのだと告知する、あの腕巻き。この服喪バンドがなんと盗賊を怒らせたことでしょう。今でも彼はそれに腹を立てるでしょうか？　そんなことはありません！もしかするとほんのごくわずかにはそうかもしれません。しかしそれをのぞけば、この服喪の印はもはや、さほど彼の心を苦しめてはいません。彼女が彼にあの「ノータリン」を言ったさまはどうでしょう。この言葉で、彼女は文字通り、彼を不意打ちしたのです。どうやら彼女はその言葉を投げつけるためだけに、キオスクのところで待ち伏せしていたようでした。彼女はいくぶんぽってりした女性でした。いくぶんぽってりし過ぎていること、もちろんこれは残念なことでした。そして背筋の伸ばしようが足りない女性でした。それにしてもなんとたおやかな顔でしょう。彼女はいつもヴァンダと連れ立っていて、そして盗賊はヴァンダへの愛においては、倦むことを知らぬ点で、比類がなかったのです。とは言うものの、その後、ある日のこと、彼は何の断りも入れぬままに他の女に鞍替えしてしまいました。この件に関しては、盗賊とある娘の間でかなり長い会話が交わされており、わたくしたちはその内容をお伝えしておこうと思います、これは間違いなく必要なことに思えるからです。さしあたりは、彼は身も心も骨の髄までヴァンダの「下に」、つまり、ヴァンダの支配下にあり、いつも晩方には自室でこんなことを言っていました。「飢餓の塔よ、わたしをお前の中に永遠に幽閉しておくれ、ハンモックよ、彼女をお前の中で永遠に揺らしておくれ、わたしの境遇が呈する劣悪さに見合うだけ彼女の境遇が快適でありますように、だって彼女は南極から北極まで拡がるこの地上における最も愛らしい低俗品《キッチュ》であり、そしてわたしは無教養と不十分な教育から生まれたうっとりするような産物を、狂気という禿鷹の巣窟におりてゆくほどに愛しているのだから。」彼はこんな具合に熱狂しながらも、嘲笑しつつ語りました、というのも彼女は手紙すらまともには書けず、その一方で彼は一種の公証人だったのですから。「あんたはとっても可愛くて、私にすっかり夢中なのね」、二人が出会ったパーティーホールで彼女は彼に言いました。彼は天を仰ぎ、というのはつまり、天井を仰ぎ、声を立てずに笑いました。ある冬の朝、彼女はなんと凍えた顔をしていたことでしょう。彼女は眼を伏せて彼のそばを通り過ぎました。あるときなどは、彼が挨拶すると、彼女は友人の方を向いてこんなことを聞きました。「あなたの知っている人？」相手は答えました、「知らないわ。」しかし、この「知らないわ」には賢い響きも、本物の響きもありませんでした。そこには戸惑いがありました。二人は彼のことをよく知っており、ただこの瞬間、知らない方が好都合だったというだけの話なのです。そして別の日には、彼女の方がお願いしてきました。「ねえ来てよ、楽しく過ごしましょうよ。」すると今度は、彼の方が彼女など知らない顔をしたのです。「一発ビンタしてやりなさいよ」と彼女は他の女に煽られましたが、この煽りには本物でない響きがありました。そこにはおどおどした調子が感じられたのです。一度、建物が、というのはホールのことですが、人びとでいっぱいになったことがありました、ある女性歌手が歌うのを聴きに、あらゆる階層の人たちが集まったのです。空いている席は一つとしてありませんでした。盗賊はゆったりと席を占めていました。そこにヴァンダが両親と姿を現しました。彼らは空いている席がないか、辺りを見回しましたが、見つけられませんでした。ヴァンダは盗賊くんを見つめましたが、そいつは動こうとしませんでした、礼儀正しく席を立ち、わたくしの席をお譲りしてもよろしいでしょうかと訊ねたりはしなかったのです。なんという横柄な態度。ヴァンダは怒りと屈辱感で身を震わせました。彼女は来た道を戻って扉を押して出てゆき、あとはただ扉が揺れているばかりでした。「わたしはいまだ知ることのないある女《ひと》を、すでに愛しているのだ」、盗賊の心の中でこう囁く声がありました。「おまえは彼女と知り合わねばならぬ」、世界霊魂が大音声で命じました。ある女優が彼に手紙をよこしました。汝ら、戦いに斃れたものたちの魂よ、デパートからデパートへ急ぎ足ではしごし、ちっちゃなヴァンダの前で光り輝いてみせようとネクタイを選んでいるこの男を許したまえ、そのヴァンダはこの男を子どもだと思っており、しかし、ではその子どもがどのような特質を備えているかとなると、どうにも分からないでいたのです。あるときなど、緑とピンクの服を着た彼女はうっとりとするような姿でしたが、かくもうっとりとさせる姿を眼前にしながら、こうした盗賊のごとき輩はそのうっとりさせる姿に、ただたんにある種、幸せになっているばかりなのです。うっとりさせる姿は見る人をうっとりとさせます、それはたしかにそのためにあり、人を幸せにしてくれるのですが、しかし、愛と恍惚とは天地ほどにもかけ離れており、両者は別物と言わねばならないのです。それにしても、盗賊に社会的使命というものはないのでしょうか？　どうやらさしあたってはまだないようです。それに関しては急ぐことは全然ありません。彼女は悪女なのでしょうか、このヴァンダという女は？　この問いを窓から彼に投げかけたのは一人の男の子でした。盗賊は奇妙な言葉を口にしました。「彼女は十分に悪女ではなく、だからこそわたしは彼女が好きになれないのだ。ああ、一人の見栄えのしない女性がわたしのすべてであればよいのに。そもそも名声なき者たちの名声の日々はやってくるのだろうか？」ヴァンダが親愛の情をこめて、「ねえ来てよ」と言ったとき、盗賊は演劇雑誌をめくっていました。この愛らしいお願いをしたとき、彼女は茶色のビロード地の服を着ていました、しかし、まったくそれとは違う「さあ来るのだ」が彼の中で息づき始め、彼はその言葉を自分自身で、請い願うように口にしなければなりませんでした、というのも、彼はなんと長きにわたって貴重な時間を無駄に過ごしてきたことでしょう。彼は家庭教師になるべきだったのでしょうか？　ヴァンダはいくぶん厚めの唇をしていました。ことによるとこのいくぶん腫れぼったい唇のせいで、彼は彼女に対する敬意を失ってしまったのでしょうか。あれほどいつも、彼女の後を追い、彼女の方に跳ね、跳ねているさなかにも、彼女がどんな動きをするのかじっと動きを止めてうかがっていたその彼が、後には、こんな風につぶやくようになったのです「彼女が後を追ってくるのだ。」彼女がさらに年をとり、長いスカートをはくようになると、彼女はもう彼のお気に入りでなくなっていました。彼女にはもう、お道化たところ、鈴を転がすようなところ、愛らしいところ、おしとやかなところはなくなっていたのです。髪型も変わりました。お下げを垂らした姿は昔話の登場人物のお忍びの王子さま、まるでコーカサスかペルシャからやってきたかのようでした。けれども、その頃には彼はすでに、もう一人の娘を知るようになっていたのです。人間は二人の娘を同じように崇拝することはできません。彼は書きました、「いろいろ目移りしたあげく、わたしは別の女に鞍替えした、なんとなれば、ヴァンダのことではさんざんひっぱり回されたあげく、彼女が自分にとって多くを意味するのかどうか、今では分からなくなってしまったからだ。ヴァンダはいったいどこにいるのだろう？　わたしは彼女のことで、後悔するだろうか？　とんでもない。」エーディットのほかには、あのジュリーも可愛らしいと、彼は思っていました。しかし、ここで決然とエーディットの話に移るとしましょう。

かりにこのささやかな本がうまくいくようなことがあっても、舞台作品で数々の成功と何軒もの邸宅を手に入れたあのデューベンドルフ在住の大作家デュビーに、何の被害が及ぶわけでもないでしょう。そもそもわたくしたちは同じ葡萄畑で共に精出す、同志同僚に他ならないのではないでしょうか、そして幸いなるかな、実際、わたくしたちは、稔りを引き出すべく誠心誠意、仕事に取り組んでいるのです。それにしても母親は子どもたちのためになんと心を砕くことでしょう。子どもたちが夢にすらそのことを考えないのは、なんとすばらしいことでしょう。オペラ観劇は、ふさわしい場所と舞台がととのったところで、紅色に染まりつつ登場することになりましょう。わたくしの思うところでは、紅は柔らかく、また心地よく照り映えるでしょう。わたくしたちの盗賊のごとき、かくも無害な善人を、冷酷非情なベッドに寝かせるなんて、あの慈悲心を欠いたシュタルダーの娘たちは、果たして正しかったのでしょうか、人間的だったのでしょうか。ベッドは板切れのようにカチンカチンで、一方、盗賊の心情がバター麺のようにトロトロであることは広く知られているのです。わたくしたちは、この哀れな夢想家、女性の視線と姿の囚われ人をどれほど不憫に思っていることでしょう、もっともそこここでチクリチクリと批評を加えることをやめるわけにはいかないでしょう。このいくら賞めても賞め足りないシュタルダーの娘たちは絶対に、分別のある人間はつねに昂然と頭を上げているべきである、つまりは決して勇気を失うべきではない、などと刺繍がほどこされたクロスを箪笥の上に置くべきでは絶対になかったのです。ああ、彼はにもかかわらず、幾度、勇気を失ったことでしょう。失意のあまり、倒れそうになったことも一度ならずあったのではないでしょうか。「夜が明けたら、さあ朗らかに顔をあげて」――これがこのすばらしく道徳的な蛇腹もしくはテーブルクロスのモットーでした。これだけでももう彼が文字通りシュタルダー家のふところに封じこめられていたことはお分かりでしょう。この封じ込めという概念に関しては、折を見てまた論じることもできましょう。ともかくも盗賊が包囲されていたことに疑問の余地はありません。彼からユーモアを、この神の賜物を奪うというただそれだけの目的から、自身はそのようなものを持ち合わせぬ者たちは、こう問いかけてきたのです。「あなたのユーモアはどうなさったのですか。どこに飛んでいってしまったのですか？」そうした瞬間、彼はバランスを保つために、自分への信頼をふりしぼらねばなりませんでした。ありがたいことにそれはなんとかうまくいき、俗物市民になるなだの、そっけない弁護士屋になるなだの、朝には朗らかに朝焼けを見上げろだのといった、あらゆる戒めにもめげることなく、彼はそれらをいわば本能的になしたのです。いったい肉屋が肉屋であることを、パン屋がパン屋であることを、鍛冶屋が鍛冶屋であることを、生を楽しむ者が生の楽しさを、敬虔な者が敬虔さを、子どもが子どもらしさを、想起させられる必要などありましょうか。それは、働く人たちから働く喜びを、陽気な人たちから陽気な気分を取り上げてしまう、そういうやり口なのです。若者たちは、ことさら若さに気づかせてもらわねばならないでしょうか？　いったいそんなこと必要でしょうか？　剽軽者は快い日がな一日、ひたすらお人好しでいなければならないのでしょうか？　そんなことをしていたら正真正銘の愚か者となってしまうでしょう。その後、盗賊は、このシュタルダーの娘のユーモアを欠いた顔を繰り返し目にすることになりました。しかしながら、彼はあるがままにほうっておきました、つかつかと歩み寄って、不機嫌な、生意気な様子を非難したりはしませんでした、さあもっと顔を上げてなどとお願いしたりはしなかったのです。残念なのは、わたくしたちのあまりに多くが教師ぶった態度をとりたがることです。その他の点では、敬すべきわれら民族のうちには、いたずらに道徳化したがる病的傾向が認められるのではないでしょうか？　もしそうであるなら、人びとはこの特殊な傾きゆえにほとんど頭うなだれていなければならないところでしょう、というのも望ましくない、権利もないはずの道徳化によって良からぬことが引き起こされる可能性があり、実際にそうしたことはすでに何度も煽られ、唆されてきたのですから。しかし、どの民族にもつまるところ性格というものがあります。人びとはそれとうまく折り合いをつけていかねばならず、事実、そうしているのです。わたくしがある人に「あんたは阿呆だ」と言うと、その人はまるで二×二《ににんがし》＝四とばかりに、阿呆じみた真似をするのです。わたくしは例えば、所詮おろかな獣でしかない、という思い込みに安住してしまわないことによって、動物を調教するのではないでしょうか。調教するとはすなわち、愚かな動物に誠実に関わり、動物に働きかけることを通して自分自身にも働きかけてゆくことなのです。教養ある人間は無教養な人間に教養を注ぎこもうとすることで、同時に自分自身の存在の完成へ向けて努力しているのです。シュタルダー家の娘は盗賊をあざ笑いました、なぜなら彼は学び続けようとしたからです。嘲笑は見せかけ、ごまかしに過ぎませんでした。彼女たちの考えによれば、彼は娘の一人と、もっといいのは、二人ともと、さっさと結婚するべきだったのです、なるたけ何も考えることなく、これ以上なく明朗な楽天主義で、シュトックホルンに登るように、ちなみにこれはベルナーオーバーラントの山で、その峰が「角《ホルン》」の形に似た山の名前です。そうなれば盗賊は毎朝早くに腹の底から、自分はついに片が付けられてしまったと角笛《ホルン》を吹くこともできたでしょうし、娘の一人もしくは二人は一緒になって、絵を書き、詩を作り、歌を歌い、楽を奏で、ダンスを踊り、歓喜に酔ったことでしょうし、そうなればそこは真にスイスらしい農場となり、シュタルダー家の娘は女性解放の気概を備えたシュタウファッハーのごとき女性となったかもしれません。しかしながら彼女は、つまるところ単純素朴に、教養についてしゃべり散らす小娘に過ぎなかったのであり、つまりはまさに他ならぬゴットヘルフが『ウーリ物語』で描いてみせてくれたエリーゼちゃん、すなわち、ウーリを教化し上品にし矯正しようとしたあげく、その無理解に対する罰として、無思慮な男を夫とするはめになったあの小娘のようだったのです。盗賊は、ある時期、まさにウーリのごとくまっすぐでまめやかなお人好しだったのです。この男同様に彼もまた、どんな馬鹿な犬も賢いと、どんな悪い犬も良い犬だと考えるようになり、そのせいで、こう言ってよければどんなごろつきもほら吹きも、彼を馬鹿にする態度をとるようになったのです。しかし、フリッツはそうではありませんでした、わたくしが言っているのは、山の上に住む、自分に自信がもてないでいた、今は靴みがきばかりしている、あの若者のことです。彼の兄は先生で、少しばかり孤独を感じつつ暮らしていました。そうなのです、なお成長しつつある人たちはいて、この人たちは、人間とは消費されるべく五分で製造・販売される丸パンであるとばかりに、ぞっとさせる素早さで、内的、外的生活を片付けてしまうような真似はしない人たちなのです。幸いなことに、なお疑う人間、ためらわないではいられない人間はいるのです。まるでさっとひっつかむ者、ふところにねじこむ者、うるさく要求を突きつける者こそがお手本であり、属する国にとって善き国民であると言わんばかりの風潮です。が、そんなことは決してないのです。未完成な人間は完成した人間よりも完成しているのであり、無用な人間はえてしてして有用な人間よりはるかに有用なのであり、ついでに言っておくなら、誰もかれもがすぐさま、瞬時の間もおかず、使われるために存在しているわけではないのです。わたくしたちの時代にも、ある種の人間的な贅沢のようなものが、どうか朗らかに生き続けますように、そう、いかなる心地よさ、成り行きまかせをも根こぎにしようとする社会は悪魔の手に落ちているのです。ここで不意に、盗賊の前に、あの零落し、疲れ果てた女が立ちました。こうした女には注意が必要です。さもないと読者は恥辱を感じて咳払いするかもしれませんし、憤慨のあまり唾を吐き、立ち去ってしまうことすらありえます。いくつもの鼻が盗賊のそばでもう沢山と言いたくなるほどに擤まれました。なぜ彼がそばを通ると、かくも多くの人たちは大げさにハンカチで鼻を擤んでみせたのでしょうか、まるで鼻を擤む音が彼にこう告げようとするかのように——「可哀想な奴。」この鼻擤み、唾吐きもしくは痰吐きについては、またゆっくりとお話しすることにいたしましょう。わたくしたちに与えられた時間はそれを許容してくれるはずです。さてごらんになったように、わたくしはすでに感動的といえるほどの心遣いをシュタルダーの娘たちに捧げました。今わたくしが考えているのはしかし、あの美しい女性のことで、彼女は盗賊にこんなことを伝えようとするかのように、可愛らしい小指を口元にあてたのでした、「荒波の中に立つ巖《いわお》のように、じっといい子にしてなさい。」このとても愛らしい女性も、後には、そんなことには「もはやなんの意味もなくなった」かのように、指を口元にあてることはなくなりました。この愛らしい女性の、わけてもその瞳を、盗賊は彼女に出会うたびに、百回となく深く覗き込みました、まるで自分にとっての喜び、希望といったものをその中に読み取ろうとするかのように。わたくしたちにとってこの女性が特に重要というわけではまったくありません。といっても周知のように、この点についてわたくしたちは正確なところを知ることはできないのです。しかし、ともかくも、わたくしは彼女を愛らしい人、善き人と思っています。しかしながら、善人たちは場合によっては好意的に過ぎることもありえます。善意だけですべてが片付くわけではないのです。それにしてもいいかげんに、この鼻とあの散歩ステッキがわたくしたちを煩わせるのをやめてくれればよいのですが。ここでわたくしはまるで事務員さながらに書いているのですが、いまだに遠出からの帰り道、盗賊とある紳士とが公道でくりひろげた、あの決闘の話を終えることができないでいます。おひさまは天頂にかかっていました。さあ鼻の諸君、ここでおまえたちとはお別れです、わたくしたちはいまや拳銃の話に辿りついたのです、もっともそれはまったくもって存在しない拳銃であるのかもしれないのですが。それは脅しに使われただけなのかもしれません。彼はあるご婦人に道を譲ろうとしなかったのですが、婦人には男の連れがいて、すなわち彼女はその男の妻であったようなのです。おやおや、男はなんとわが妻のためにがんばったことでしょう。世の旦那たちが皆このようであればよかったのですが。男がこんな言葉を発しつつ、盗賊につっかかってきた様子は見ものでした。「礼儀とはどういうものか、思い知らせてやろう。」しかしながら盗賊は、獅子のごとき魂を見せたのでした。すでに二人はお互いに近づいていました。盗賊の手に杖の一打ちが命中しました。打擲を受けた盗賊はものすごい勢いで殴った人間に飛びかかり、哀れな婦人は声を限りに叫びました。「まあ大変、ヴィリー！」その叫び声は、まさに正真正銘のお助けの叫びのごとく、空気を切り裂きました。ステッキは公衆の面前で、礼節の擁護者の手からむしり取られました。「立ち去れ、さもないと撃つぞ」とインマーマン《永遠なる夫》氏、あるいは、インマーヒン《とにもかくにも》氏は叫ぶ、というか、大声を張り上げました。事実、男はとにもかくにも誠実で、妻を大切にしている夫であるようでした。われらが盗賊の方も、たまたまですが、拳銃というものをたいそう恐れておりました。この弱みのゆえに、また、過ちを犯したことを認めざるをえなかったゆえに、盗賊は闘技場を後にすることにしました。この退場を眼にして、すっかり不安に満たされていた奥方はにっこりと勝利の笑みを浮かべました。彼女のヴィリーが勝ったのです。しかし盗賊は頭を昂然と掲げて退却したのです、あたかもこの戦場の名はマリニャーノであり、今や彼は偉大なる交戦から威厳を保ちつつ引き上げつつあるかのように。盗賊は体の隅々にまで充実したしなやかさを感じました。それはもっとも満足を覚えた一日でした、そして家に帰ると、彼の罪のためにいわば犠牲とならねばならなかった手、義憤にかられた男がとにもかくにもカッとなって繰り出した一撃を受けとめた手に、キスをしたのでした。そうしたわけで、人が自分自身の手にキスをするという事態が生じたのでした。盗賊は受苦を耐え忍んだ手に心より敬意を表しました、いわれなく折檻を受けた子どもであるかのように、その手を優しく慰撫することは大切なことだったのです。だって、盗賊が上流社会にふさわしい振舞いをしなかったことについて、可哀想な手には何の責任もなかったのですから。本来であれば、傲慢さが巣食い鎮座する頭にこそ向けられるべき打擲を受けとめる手を持っているということ、これはなんとすばらしいことでしょう。わたくしがこのステッキ物語をいくぶん大げさに繰り広げてみせたことを、どうかお許しくださいますよう、注目に値する事件ではないかと思われたのです。そういうわけで彼は彼女を、つまりはわが手を見つめ、こう語りかけました。「そうなのだ、善き者にこそ恥辱はふりかかるのだ。」そして彼は、彼女が罰せられてしまったことを笑い飛ばしました。彼女はなぜ彼を守ったのでしょうか？　どうして彼女はかくも素早く盾となって彼の頭上に持ち上げられたのでしょうか？　生まれながらの召使だからでしょうか？　そして召使たちは、ピシリと打ちつけてくるもの、グサリと刺してくるもの、その他もろもろを受けとめるのにまさにうってつけの存在と言えるでしょうか？　愛すべき者たちはいつも、悪しき者、思慮の浅い者たちがしでかしたことの尻拭いをしなければならないのでしょうか？　自分の笑いがなんと心ないものに思われたことでしょう。「だってお前はなんといってもわたしのものじゃないか。」こんな言葉が浮かび、それを彼は自分と彼女に向けて言ってみました。つまりは、彼女は彼のものであったがゆえに、貧乏くじを引いたのです。とはいえ、もしかすると彼女はそのことを喜んでいるのかもしれません。そうなのです、ある不幸を妨げる一助となれたがゆえに、苦痛を耐え忍んだがゆえに、より高きことのために不興を買い、軽蔑と侮辱を一身に引き受け、飲み込むことが許されたがゆえに、身の奥底よりわきあがる喜びはわがものとなり、長い時を経たのちにもありありと意識しうるものになっている、そう感じている魂が、この世には存在するのです。そのような魂は、わが身に降り注ぐ不公正の雨の中にこそ、美、活力、渇望を鎮めてくれるものを見いだすのです。そして手は幸福であるようで、その所有者の仮借なさに笑みを浮かべているようでした。この言葉なき手のような魂が数多く存在したなら、そしてそのような魂が目覚めさせられ、ある全体の目的のために奉仕させられることができたなら！　いったいどれほどの力がなおざりにされていることでしょう、現に使われることを、恥辱を受けることを、十二分に働いて生を終えることを渇望していることでしょう。それにしてもなぜ盗賊は今、この善き者に、満足じゃといわんばかりにピシャリと一撃くれてやったのでしょうか？　わたくしたちはなんとそろいもそろって、強大な者、見下す者を演じるのが好きなのでしょう。これこそが感じることができない者たちです。わたくしたちは、いくぶん精神を欠いた存在、感情を失った存在となっているときにこそ、自分は優れていると信じ込むのです。ことによると、それはまったくその通りなのかもしれません。自己支配を完遂する前に、人はまずみずからの感情を殺さねばなりません。自己支配すること、それはまさに「感じる」ということを踏み越えていくことであり、しかしながら人は、そう、「感じる」ということにくりかえし立ち戻らねばなりませんし、立ち戻りたいと願ってもいるのです。というわけで、かくのごとく支配というものはすべからく不安定なのです。そして打擲を受けた召使たちこそ、ことによると強者であり、おのずから満たされた者であるのかもしれない。そして支配する者たちは、不安に苛まれる者、助けを必要としている者たちなのかもしれない。そして苦しみには、幸福な苦しみと惨めな苦しみの二種類があるのかもしれない。そして支配するとは、手にあまる、それゆえ病を呼びこむ仕事であるのかもしれない。そしてことによると、わたしの足元にひれ伏すことこそが、ある偉大なる人物を満足で満たすことなのかもしれないのです。ああ、こう考えたとき、彼はなんと朗らかに笑ったことでしょう。いったいなんという考えを抱く男なのでしょう。彼は賢くありませんでした。しかし、もしある統治者が、かくも偉大な人物がしたたかに笑ったとすればどうでしょう。昔々、あるところに決して笑わない王女がおりました。彼女の眼差しはまるで石のようでした。これはいつも変わることはありませんでした。ごく幼い頃から、いつも変わらず凝視しているように育てられたのでした。他の人たちがため息をついたり、笑ったり、悪戯っぽく世界を眺めたりするのを目にすると、彼女の中には何とも言えぬ不安が生まれました。彼女は自分自身に対してひどく不安を覚えたのです。そこで彼女は自分を心から笑わせることができた男を夫に迎えようというお触れを出しました、そこで彼が名乗り出たのです。それはとある職人の若者でしたが、ただ、見たところ少々愚か者といった風がありました。彼女は若者を目にするや、大声で笑わないでいられませんでした。しかし、だからといって若者の妻になろうとは思いませんでした。高々とそびえたつ彼女のプライドが、一介の仕立屋と結婚するという考えに抗ったのです。しかし、彼女は若者を受け入れることにしました。ここでわたくしたちは手仕事の話に行き着いたわけです。これが次章の話題となるでしょう。今朝早く、次のような考えがちらと頭を掠《かす》めただけで、なんとわたくしの手、そして脚はぶるぶると震えたことでしょう——わたくしは今や一人の礼儀知らずを彼女の前に導かねばならないのです。いったい誰の前に導くというのでしょう？

批評家の気楽さでわたくしは筆を進め、愛するエーディットよ、あなたにずばりこう明言しましょう、あなたはすでに有名になっているわけではないにしても、遠からずしてそうなるでしょう、というのも、よその国々の首都のサロンではあなたについて、きわめて洗練された物語が流布しつつあるのです。さあお喜びなさい、数週間来、雨に降りこめられたような、そんな「お顔」はおやめなさい。しかしながら、わたくしはごく丁重ながらも少しばかり、あなたを問いただしてみようと思うのです。あなたがいったいどこにいるのかは、わたくしたちには分かりません。あなたは公の場にはまったくと言っていいほど顔を見せていないのではありませんか？　最後に見たときは黒い帽子をかぶり、そのすばらしい背中に長いリボンを垂らしていましたね。身じまいをおろそかにしてはなりませんよ。あなたにここで伝えておきたかったのは、わたくしたちはあなたのことをもっぱら先入観に基づいて判断しているということです。あなたの恋人の盗賊のこととなると、この点、事情は違ってきます。彼はわたくしたちの保護下にあり、わたくしたちの求めに応じて、あなたとのロマンスやらなんやらを、細大漏らさずすべて物語ってくれるのです。最初のうち彼は、あなたにダイヤモンドをプレゼントしたところ、あなたは表情一つ変えず、それを受け取ったのだと言っていました。しかし後になって彼は、いくらか嘘をついたことを白状しました。咎めだてするのはやめておきましょう。ところであなたは見たところどうやら、バルト海に浮かぶリューゲン島《リューゲン》をご存じではないようですね、かつて盗賊はこの島をその健脚で隅から隅まで踏破したことがあるのです。彼はあなたよりも広く世界を旅した人間なのです、あなたは、そう、パリに行ったことすらないのですから。あなたが持ち出せる強みはやはりなんといっても、あのホールで一番美しいと言えるのはあなただということです。どのホールにも「看板娘」がいるものなのです。でも、お行儀となるとどうでしょう？　あなたには歯に衣着せずもの申しましょう。わたくしたちの周囲には社会で重きをなす友人たちがいます。主導権はわたくしたちの手に握られていて、あなたには逆らいようがないのです。盗賊は、さまざまなやり方であなたに注意を向けてきたことを、わたくしたちに請け合いました。わたくしたちは彼のことを、それにふさわしいと思える限りは、保護するつもりです。ところで、あなたはわたくしたちの言葉を恐れる必要はまったくないのですよ。世界の半分は、とりわけ文学に通じた世界は、あなたの愛らしさにすっかり心奪われているのですから。すでに多くのご婦人方があなたに関心を示しています。彼女たちは皆、あなたに対する盗賊の態度はひどいものだと考えているのです。とは言いながら、彼の監督者たるわたくしは、違う風に考えています。彼は他の誰にも今後二度とはできないほどに、というか、かつて一度もできなかったほどに、あなたのことを愛していたし、今日もなお愛しています。加えて彼は第三者を介して一二フランもした薔薇の花束を届け、あなたはそれをふさわしいものとして受けとったのです。贈り物をもらっておいて贈り主は一顧だにしないとは、なんと奇妙な振舞いでしょう。ねえ、愛しいあなた、いったいどこでそんなことを学ばれたのですか？　あなたには知っておいていただかねばなりませんが、盗賊はある女性教師の住まいを何度か訪ねたことがあり、彼女が彼と話すとき、もしくは彼が彼女と話すとき、彼女は装塡した拳銃を机上に置いて、礼を失する振舞いでもしようものならその武器を用いて応えようとした、そんな経験もある者としてそこに立っているのです。そんなことはまったくご存じなかったようですね。あなたの好意を求めていたのとちょうど同じ頃、彼はやはりあるホールでこちらも綺麗どころとして知られていた別の女性にも求愛していました。このことをちらとでもご存じでしたか？　お願いです、この文章をつづっている書き手の前で咎めだてするような顔をするのはやめてください、そんなことはおよそ無意味です、田舎くさいと思われるのが関の山です。あなただって、世界を旅して回ったわたくしたちの眼に、田舎者と映りたくはないでしょう。盗賊が好意を求めたもう一人の女性は彼に言いました。「あなたはお行儀がよすぎるのです。」この女性はとても感じのよい、感謝の心をもった方でした。あるときなどは、彼はそのもう一つの方のホールでチキンを食べ、ドールの赤ワインを飲みました。こんなことを書くのは、今この瞬間、さして気の利いたことが思い浮かばないからです。ペンというものは、ほんの一瞬であってもじっとしているよりは、たとえ許されざることだろうと書こうとするものです。ことによると、これはなかなかどうして、優れた執筆作業の極意の一つかもしれません、つまり、書くものには何やらとっさにはいりこんでくるものがなければいけないのです。ここで言っていることがあなたにはよく分からないとしても、大した問題ではありません。このもう一人の女性は、ある日、姿を消してしまいました、というのはつまり、別の街に引っ越してしまったのです。誠実だの不実だのと言いますが、あれは所詮、市民的な概念であって、そんなものは愛《アモール》はとことん笑いとばすのです。これはあなたにもきっとお分かりになるでしょう。あの頃、あなたのお鼻は街中で一番の可愛らしいお鼻でした。この愛嬌が失われてしまわぬことをわたくしたちは望んでいます。しかしながら、額に皺寄せる仕草では、あなたが抜きん出たことはありませんでした。盗賊がわたくしたちに告げたところでは、この点あなたはかなり力が足りない。どうやら必要なだけの努力をまだしておられないようです。あなたは十分にはご存じなかったのでしょうか、彼が子どもでありながら、かつてある英国人の船長に脚をつねられたという理由で、迫害されてもいたということを。あれはとあるお城の廊下でのこと、夕方の五時でしたが、十二月で日脚はもう短くなっていました。盗賊はランプを灯す仕事をしていて、椅子の上に、それも燕尾服を着て立っていました、まだ下働きではありましたが、召使として働いていたのです。そこに足早に英国人がやってきて先述の友情のこもった所業に及び、そしてその同じ日のことですが、二人は同じ通りにあった盗賊の部屋に座っていました、あわただしくも夕食前に、つまりはディナーの前に、だって夜の八時にしたためる食事は晩餐《ディナー》と呼ばれるのですから。そこでその英国人は盗賊に何やら細やかな問いを投げかけました、とここでわたくしたちは、エーディット、あなたに細やかに問いかけてみたいのですが、自分は盗賊に対して少々臆病だったのではないか、という気持ちになったりすることはないでしょうか。むろん彼の方もあなたに対して、そうであったことは間違いありません。ところで当時のあの頃のことですが、いったいあなたはとりわけてどんな理由があって、あるとき、布製の靴をナプキンで拭くような真似をしたのですか？　あれにはいったいどんな意味があったのでしょう？　折りあらばどうか教えてください。盗賊は何日も、いや何週間もそのことについて考えていましたが、どうしても答えを見いだすことができなかったのです。一度、彼はあなたの下皿、というか小皿を床から拾い上げ、あなたは気だるい声で「どうも《メルシー》」と言いました。あなたは気だるげにしてみせるのがお好きでしたね、ホールの天井を支えていた柱の一つに、よく百合の花のように寄りかかっていたものです、しかし、あなたが百フランを手にすることはついにありませんでした。もし盗賊からそれをもらっていたら、あなたは彼のことをただただ軽く見るようになっていたことでしょう、というのもその百フランはまったくもって文学に、作家協会に関わるお金だったのですから。すなわち彼はかつて原稿の中に、とあるホールの娘の手に百フランを握らせた話を書いたことがあり、それで今やこの街のすべてのホールの娘たちがこの詩情あふれるお金が手におしつけられることを期待していたのです。しかしながら、盗賊はそんな従順な子羊ではありませんでした。それにしてもあなたは薔薇の花束を受けとったあと、どうして彼に一言も声をかけなかったのですか？　あれはひどくこたえた仕打ちでした。その後しばらく、まともに眠れた夜はありませんでした、子どもにとって眠ることはそれはそれは大切なのですよ。気づかなかったのですか、あなたのそばにいるとき、魅了してやまぬあなたの姿を眼前にしているとき、彼のうちからは子どもらしさがこんこんと湧き出でていたことに？　どうして時にはせめて手を差し伸べ、彼の手を握り「いい子ちゃんにしてなさいね」と声をかけてやらなかったのですか？　こんな何でもない配慮をすることにどれほどの労力が必要でしょう、それだけで彼はあなたにも自分自身にも心底、満足していたことでしょう。もっとも、あなたには、どのみち彼は満足していました、しかし自分には満足していなかったのです。そういうわけで、あなたは、自分が彼のことを一度たりともわずかなりとも理解していないのは、あなた自身に責があると考えなければならないのです。あなたは緑の帽子で彼の前に姿を見せたことがあり、あなたが彼にとって何かしらであろうと行為してみせたのはそれがすべてなのですが、つまるところ緑の帽子ばかりが彼の魂を満たすわけではないのです。結局のところ、あなたはひどくものぐさだったのです。それを見習った盗賊も、同じようになってしまいました。彼がわたくしたちに言うところでは、あなたに対する彼の想いは、かつて彼のうちで燃やされたいかなる炎よりもそれこそ百万倍も高く燃え上がったのです。彼はそれをあなたに告げるべきだったかもしれませんが、あなたの心を占めていたのはいつもあの愚かな、くだらない、文学臭のする百フランで、それゆえあなたは盗賊を見ても一人の人間が眼の前にいるとは考えず、ただ債務を負った者、無為に日々を過ごす者がいるとしか思えなかったのです。あなたは周囲の紳士数人にこう言ったことがあるのではないですか、「あの人、少しばかり鈍重なの。」その他の点では、あなたは彼のことをきちんとした人間だと考えていました。彼を前にしてわずかばかりの品行方正しか見いだせないなんて、恥をお知りなさい。彼は世の人がまっとうな人間、きちんとした人間という言葉で理解しているものより、はるかに価値のある、個性ある、豊穣なる存在なのです。ある晩のこと、彼はとある、まったくもって並ならず重要なる人物のもとを訪れ、腰を落ちつけていたのですが、この人物は会話の中でわけても次のような自説を開陳したのでした。「性的にまっとうな生活を愉しまぬ者は、精神的にも委縮するのだ。」すなわちこの人物は、一種の痴呆化が起こると言明したのです。言い方が少々違っていたということならあるかも知れません。しかし、意味合いとしてはそういうことでした。あの夕食前にあわただしく盗賊と言葉を交わしたお城の英国人について言うなら、彼は盗賊にこう訊ねたのでした「娘たちのもとを訪れることはあるのですか?」、問われた相手は答えました「いいえ。」「ではどのように生を愉しんでおられるのですか?」すると盗賊は、どのように愉しんでいるのか、というか、どのように愉しみを欠く術を心得ているのかを言葉にする代わりに、かがみこんで彼の手にキスをしたのでした。このような人間に対して、ものぐさのあまり、「きちんとした」などという決まり文句でお茶をにごすのは、たとえそう意識しておらずとも相手を軽く見ているということであり、わずかばかりの好意こそ示してはいても、それ以上の深い関心を証してはいないのです。実際、この言いようは、理性を一ダース足し合わせても届かぬほどの繊細さを持ち合わせていた盗賊自身にも、ほとんど侮辱的に感じられたのであって、この点、理はまったくもって彼の方にあることを認めないわけにはいかないのです。きちんとしているばかりの人間が、どうして迫害されたりするでしょう? この点、あなたは説明できますか? そう、違うのです、幸いなことに彼はいつもきちんとしていたわけではなかったのです。それ以上であったことがかつて一度もなかったとしたら、彼は恥じ入らねばならなかったところでしょう。あなたはまるで、パン配達人、樽職人、もしくは他の何やらのレッテルを貼ろうとするかのように、彼を名付けてしまおうとしているのです。わたくしたちはあなたに要求します、この小市民的発言について、しかるべき責任をとることを。彼はあなたの前に出るとひどくおどおどしてしまい、それであなたは彼のことをおそろしく表面的に判断してしまうのかもしれません。ちなみに、あなたの振舞いはまったく正しいものであったのかもしれません。彼はあなたに多くを負っていることを、非常に表現豊かにわたくしたちに告白しました。あなたに出会うまで自分は涙というものを知らなかった、それがいまや人が泣くときにはどんな風に感じるのかが分かるようになった、魂の痛みは自分にとって楽園のように思えてきたと。この点について、わたくしたちは彼のことを長らく理解できてはおりませんでした、しかし彼自身にはわたくしたちに物語ったことがよくよく分かっていたのでしょう、そう語った際の彼の顔は、誤解の余地なき真率さに澄みわたっておりました。あなたはつまり、自身知らぬままに、まさにそれゆえに、彼の天使となっていたのです。あるときのことあなたは彼を拒みました、ある願いをされたにもかかわらず退けました、そこで彼は立ち去ってしまいました、が、なんとまた戻ってきたのです。というわけで、これは後を引く話にはならないでしょう。そう、あなたはなんといっても名づけようもないほどに愛しい人で、ただあなた自身そのことを分かっていなかっただけなのです、なぜなら、外から与えられる価値はわたくしたちを混乱させてしまうのですから。わたくしたちは誰も、ほどほどの意味において愛好される方が好きなのです。みんな気楽でいられるのが好きなのです。他人の崇拝物になることを望む者などいはしません。だってそうなってしまうと、像《イメージ》でいなくてはならなくなるのですから。偶像的存在となること、これはもちろんものすごく退屈なことなのです。そういうわけで、エーディットよ、あなたはおよそ考えうる限りの、偉大な、偉大な罪人なのです。そのことを分かってくれたならとても有難いところなのですが、もちろんあなたは、そのための時間がないことからしても、決して理解することはないでしょう。ちなみに盗賊は必要とするだけのものは持っていました。彼がわたくしに告げるところによると、彼はそれまではよく分かってはいなかった〈歩くこと〉を、あなたからを教えてもらった気分だと言うのです。わたくしたちはここでもまた、子どもらしさを連想させるものに出会っているわけです。彼は、あなたが彼の願いを拒んだちょうどその頃、ある詩人の住まいを訪ねました、その詩人には非常に賢いピアニストの妻がいたのですが、彼女は三人が、つまりは詩人と盗賊と詩人の妻とが席を共にしてもろもろの話をしていると、ふと立ちあがって隣室に赴くや一抱えの書物を手に歓談の席に戻ってきて、いかにも喜ばしげにこう叫んだのです。「私のきちんとした夫がこれまでに書いた全ての著作です。」詩人は、感慨深げに床に視線を落として、まるで、さまざまな記憶が連なり立ち現れてくるかのような様子をしておりました。盗賊はこの詩人の全著作を膝の上に載せ、ページを繰り、こう言いました。「なんと喜ばしいことでしょう。」わたくしも喜ばしく思っております、つまりは、次節に移れますことを。

こうしたバルト海沿岸の小都市の過ぎし日々を想わせる雰囲気、例えば、ほっそりした教会と貴族の娘たちの学舎が連なる、慎ましき従順と尊大なる敬虔の気に満ちたリプニッツの街並み、そして、山々に囲まれたシュタイアーマルクの湖、盗賊はモード雑誌に載っているそれらの写真を見て、すっかり夢中になったのでした。エーディットはかつて、こんな才気あふれる言葉を口にしたことがあります、「ああ、丘の上のマグリンゲンの街はきっときれいでしょうね、それにビール湖のほとりとかも。」いったい娘たち、とりわけ美しい娘たちに、知的精神に満ち溢れている義務はあるのでしょうか？　この領域に関する専売特許は、文化のために四六時中涙ぐましい努力を続けている良き紳士世界が一人占めにしているのではなかったのでしょうか。千メートルの高所に位置する保養地マグリンゲンにふれたこの言葉を聞いて、盗賊はヴァルター・ラーテナウのことを想い出しました、自分もマグリンゲンは知っている、あの高台は静かな場所だったような印象があるが、といったような言葉を、かつてその人の口から聞かされたことがあったのです。わたくしについて申しますなら、わたくしはマグリンゲンで大勢の平服を着たフランス人将校に出会ったことがあります。それは今なお忘れられぬあの大戦が勃発する少し前のことで、丘の上の花咲く野原でひととき憩おうとし、事実そうすることのできた、あの若い紳士方は、その後、国家による召集に応じねばならなかったのです。加えて、ビール湖に湛えられた青い湖水からは、もちろん、保養地として名を馳せた、あの有名なサン・ピエール島が夢のように浮かび上がっていました。それにしてもわたくしはなんと散文的にこうしたもろもろのことを語っていることでしょう、しかし、ことによるとこの淡々とした自然描写のうちにこそ、一片の詩心が潜んでいるのかもしれません。わたくしは健康な方々に次のような要求を突きつけてみたいと思います、「そんな健全な書物ばかり読むのはおやめなさい、いわゆる病んだ文学にも親しんでみるのです、そうした書物こそ根本のところで人間を陶冶するものであるかもしれないのですから。健康な人間はつねにいわば何かを試みてみるべきなのです。無礼千万を顧みず言わせていただきますなら、いったいなんのために人間は健康なのでしょう？　時きたれば、健康から死へスルリと移行するためでしょうか？　それでは、あまりにひどく侘しい定めではありませんか……。わたくしは今日、かつてなかったほどに明晰に、教養ある方々のサークルの中にきわめて多数の俗物がいることを知悉しております、わたくしが言っているのは、倫理的観点においても美的観点においても小心この上ない臆病者のことです。臆病であることはしかし不健康なことなのです。ある日のこと、盗賊は水浴の最中に、あやうく溺死の栄誉に浴するところでした。勇猛果敢に波濤等々と格闘した結果、彼は水の支配力からみずからを解き放った猛者として生に踏みとどまった、つまりはふたたび乾いた大地にたどり着いたのでした。そのときの彼は息も絶え絶えでした。ああ彼は心中密かに、なんと神様に感謝したことでしょう。それから一年後、その川では酪農学校の生徒が溺死しました。盗賊は自分自身の経験から、水の精に足を引きこまれたその生徒の様子が分かります。彼はかっさらっていこうとする水の力をわが身で知っているのです、死がわたしたちの前に姿を現すとき、なんと粗暴なやり方をするのかを彼はあの場所で感じとったのでした。いかに彼が闘い、手足をばたつかせ、ほとんどもう窒息した喉から、氷のように冷たく、焼けるように熱く、声にならぬ叫びを発したか、これは一見に値する光景でした。三人の男の子がこれを目撃し、棒立ちになりました、そして彼自身はと言えば、闘いを終えるや馬鹿笑いしたのです、なんと愚かな人間でしょう。しかしながら、彼は感謝の祈りを捧げつつ笑い、狂喜しつつ嘲笑していたのでした。ある晩、彼はダンサーとして、わたくしたちの街のとある橋の欄干の上でダンスを試みました。ダンスは楽々と成功し、見物人たちはその大胆さにすっかり気を悪くしたのでした。その大胆な男が、エーディットの顔を前にするやブルブル震えたのです。もう噴飯物、お笑い草と言うほかありません。エーディットの前で彼は例えば文芸娯楽欄《フェユトン》を、ドイツ語で言うところの評論《アウフザッツ》を読みました。彼女を前にすると論説という論説が神々しく思われてきました、そして学生たちは歌を唱和し、そして彼は青ズボンの男の子の姿をしばし思い描きました。距離がつまることのなかった、というかおそらくは彼の方からは決して距離をつめようとしなかったエーディットその人を迂回するように、そんな風に何か夢想にふけること、微かに笑みをおくるべき他の美しいもの、副次的なものに思いを馳せることは、感傷的な気分に浸ったりしないためには——そんな状態は厭わしいと考えるべきでしょうし、実際そうであるに違いありません——許される、いや必要であるとすら彼は考えたのです。他に心を移すことは、感傷的に固執し忠実でありつづけるよりも、倫理的にはるかに価値あることなのです。こうしたことが、この愚か極まりない人間にもしだいにわずかずつ分かってきてもよいはずなのです。ああ、昨日のことですが、聞きわけのない子どもが、なんと哀れに叫んでいたことでしょう。意に添わぬことを強いられた腹いせに、子どもは泣き喚き、哭《おら》ばないではいられないのです。可愛らしいちっちゃな子どもは、聞くも哀れに哭んでいました。ママにとってはその子どもは可愛い子ではなく、むしろ憎々しい子でした、なぜなら、その子は言うことをきこうとせず、ママと一緒なのに幸せではなかったからです。どんなママだって、子どもは自分と一緒にいてこそ幸福であることを望むものです。この子が小さな力の限りを尽くして、強大なママに抵抗する様子ときたらどうでしょう。それはまるで格闘のようで、むろん子どもは手もなく鎮圧されてしまいました。その気があろうとなかろうと、ママは子どもを引きずっていきます。子どもの両眼は絶望の涙に溢れかえりましたが、ママの方はそんなことは意にも介しませんでした。こうした母親はともかく優位に立っていなければならないのです。「えーん、パパのところがいい」、愚かな子どもは懇願します、なぜ愚かなのかと言えば、その子はいかにも愚かに哀願、泣訴したからです。その訴えはママを怒らせるばかりでした、だってパパとママの間にはよく知られているように、子どもの扱いをめぐって、いつも一種の妬み、嫉《そね》みがあるのです。ママというものは、子どもがパパの方へ行きたがるのを見て、つまりはパパのところの方がずっといいと言うのを聞いて、およそいい気はしないものです。こんなに子どもなのにママと一緒にいたがらないなんて、なんという恥知らずでしょう。ああ、子どもはなんと喚いていたことでしょう、そしてママはこのあからさまな喚きに、つまりはパパのところに行けないがゆえの嘆きになんと侮辱されたことでしょう、そしてわたくしはこのママの受けた侮辱になんと大笑いしたことでしょう。わたくしの笑いには恥知らずなところがあり、それはほとんど子どもの喚き、言ってみれば、慟哭や反抗と同じくらい、ふさわしからぬものなのです。そしてママは怒った眼をしていて、そしてわたくしはこのママの眼の憤怒についても声をあげて笑わないではいられず、それにしてもこんな子どもがママを苦しめることができるものなのだと考えたのでした。そして今やわたくしは、手仕事について論じることにし、こんなことを言ってみたいと思います。小説家にとって語ることは仕事でありますが、手仕事職人にとっては語ることはおしゃべりであり、すなわち、祝祭的なはめはずしであり、それはちょうど階段で出会った召使娘や主婦たちの場合と同じなのです。わたくしは、この国でただ一人の腹を立てることのできない人間だとでも言うのでしょうか？　その場合、わたくしは国を代表する、間抜けなお人よしということになりましょうが、それは遠慮させていただきましょう。少々の悪意無しには、そう、知性もまったくありえないでしょう。ひたすら善人でしかない者たちは、当然ながら腑抜けと見られるのです。このような発言をどうかお許しいただいて、ひどい暴言に目くじらたてつつも、これからお話しすることは信じていただきたい、すなわち、自分はもっと良きことのために選ばれていると思いこんだがゆえに、もはや学校教師ではいたくなくなった教師ほどに尊大な存在はありません。わたくしはそんな男を一人知っていて、その男は子どもを教えるのをやめて、男爵になって以来、わたくしにはもはや目も向けなくなったのですが、彼はご婦人と連れ立って歩いている紳士と一緒になると、もう我を忘れて激昂してしまうのです。教養ある者は教養なき者の十倍も速く、他人が教養ある者であることを認めます、なぜなら教養なき者はうぬぼれ深き者だからです。そうではありませんか、紳士の皆さん、さあこの一撃はいかがですか。そして地元の鳥たちの中に、他所《よそ》の鳥が一羽混じっているようなとき、一羽の地元鳥は一顧だにされぬものです。他所の鳥たちに混じっている地元の一羽となると、今度はその一羽が注視されるようになります、他所の鳥たちの中にあっては他所者だからです。仲よしこよしではなく他所者であること、以心伝心ならぬ、つゆ知らぬ間柄こそ望むべきなのです。この賢しげな文章には恥じ入るばかりです。小利口ぶった態度には気がとがめます。こんな風に守りに入るところが、わたくしの悪いところです。それにしても、人間がともすれば自己弁護に走ってしまうさまは、恐ろしいほどです。ご存じの通り、誰もが皆そうしています。そうしない者は、すべからく憎まれるばかりです。そうそう、愛の話なのです！　人は悪意と共にあるときは愛好され、愛と共にあるときは憎まれてしまうのです。それにしても、なんと素敵だったことでしょう、甘美で愛に満ちた冬の一日、両親が見守る中、あの可愛らしい男の子と子どもらしく雪合戦をしたのは。こうしたささやかなことは決して忘れないものです。そしてその夜、彼は彼女のことを耳にしたのです。わたくしは、わたくしと彼を取り違えてしまわぬよう、つねに気をつけていなくてはなりません。わたくしは一介の盗賊風情とつるむつもりはないのです。あの男にはもっと手厳しくしてやるつもりです。わたくしたちの、心温まる風景を、抱きしめたい気持ちに彼がもっとも駆られたのはいつのことでしょう。あの排除された女と散歩に出かけた時でしょうか？　その通りです。で、そんな男と自分を取り違えるなど、わたくしに許されたことでしょうか？　そんなことは願い下げです。品のよい散策者たちのただ中を彼はその「恋人」と歩いていました。彼は彼女にサラミを半ポンドほどプレゼントしたことがありました。彼女の姿はおぞましいものでした、そして彼の方に向き直るとき、彼女はいつもごく普通のことのように「おまえ！」と呼びかけてくるのでした。彼は二十回とは言わず、それをやめるようにお願いしました。が、彼女には通じませんでした。この素描されている女は、むろん淫猥な話、つまりは与太話ばかりを話しました。彼女はおよそ人が口にしないような、あらゆることを知っており、そうしたことすべてを彼に向かって話し、そして彼女が、人が知るべきでない、ひたすら胸の内にしまっておくよう努めるべきことを物語っている間、彼はわたくしたちを取り巻く世界の美しさすべてをいまだかつてなかったほどに感じ取り、夜は大きな明るいホールのようで、天空には理想主義と自己犠牲の至福が星辰となってまたたき、人びとは皆、無言のまま行き交っており、誰も彼もから歌が聞こえてくるようで、善きもの雅やかなものがゆらゆらと歩み出てきて、そして世を逃れた女が語る物語は盗賊を笑わせ、そしてわたくしたちは笑うとき、善良であり、美を愛しており、成すべきことに打ちこんでおり、勝者であるかのように人に従い、勝利を誇りつつも人に手を差し伸べ、そして夜はもはや闇ではなく、眠っている女の髪のようで、その女は生に別れを告げながらも、ふたたび生へ戻ってくるはずの女で、自分がどんな風に息をしているのも知らず、それはある民族に似ていて、その民族の内には諸々の力がまどろんでいて、まだみずからについてはすべてを分かってはおらず、なお幻想を抱いているおかげで働くことができ、その民族が幸福であるのは、あまりに多くを企てたりせず、情愛ある暮らしという贅沢をみずからに許しているからなのです。今やわたくしにはあの黒髪の侯爵夫人を訪うことは許されないのでしょうか、どうしてなのでしょうか？　このお話をしてよろしいですか？　彼女は本当のところはもちろん侯爵夫人などではなく、わたくしの知り合いの一人に過ぎませんでした。わたくしはすなわち彼女の前で、ほんのわずかばかり、ほとんど気づかれぬくらい、陶然とするほどに美しく妙なる涙を、別の女性のために流したのでした。彼女はこの高貴なる恥知らずが心に感じていることを見抜きました。彼女はただ一言「いかさま師」と言うと、えも言われぬ目つきでわたくしをじっと見つめました。わたくしは今やまさに、ある悪癖について語っているのに他ならないのかもしれません。悪癖はひどく愛好されるのが世の常でもあります。そしてこの後、盗賊には、もういいかげんに医者のところへ行ってもらわねばなりません。彼があらゆる吟味検分から逃れて行くのを、もうこれ以上手をこまねいて見ているわけにはいかないのです。彼にぴったりの連れが見つからない場合は、またわたくしの事務所に来てもらわねばなりません。そこまでは確かなことです。なんとも哀れな若造です。しかしこれは当然の報いなのです。それともこんな男は農場にでも送りこみましょうか。むろんこれは、とりあえず口をついて出たよくある言い回しであるように、わたくしたちには思われるのですが。

わたくしはもう一二〇〇回はこの歩廊《アーケード》の下を通った、強調して言うならば「歩《あゆ》んだ」のではないでしょうか。つねに若干抑え気味の口調で話すことは大切なことです。今日の時代、わたくしたちは粗暴な語り口には耐えられないのです。この屋根のついた歩道をもう八〇〇〇回も歩んだ人たちだっています。そんなことを考えると、もうただただ驚くばかりです。あれは美しい、本当に美しい日曜のことでした、盗賊は洋梨の樹々の下を、穀物畑が波打つそばを、自分のもとを去っていったエーディットのことを考えながら歩いていました。むろん、彼女は彼に対して何一つ負うべき責任はありませんでした――とは言っても！　いや、わたくしたちは口をつぐんだ方がよいでしょう。というよりこの話は後回しにする方がよいでしょう。ともかくも、この金の眼をした娘への愛の銃弾を胸に撃ちこまれた、心優しき盗賊は、想いを寄せる相手が住んでいる街からどんどん離れていきました。古の時代の流儀で、彼女のことを「無情なる女主人」と呼んだとしても、あながち不当とは言えないでしょう。いや、やはり今の時代の流儀で行くことにいたしましょう。犬たちが主人について散歩しています、樹々は物言わず静かに佇んでいます、小鳥たちは涼やかさのなかで歓喜の歌を歌うべく、なじみの友である夕闇を待ちうけています。それまでは並木道の樹々の緑を通して、おひさまがそれは明るく輝いていることでしょう、そして盗賊の許しを得て言わせてもらうなら、彼はちょうど今、地を這うジャガイモの蔓を眺めているところでした。ため息をつく自分を目の当たりにしなければならないことを、嘆かわしく思う気持ちがほどなくして湧いてきました。これは以前には決してなかったことかもしれません。ということは、彼は前よりも立派な人間になったということでしょうか？　彼のためにも、そう信じてあげることにいたしましょう。そしてこの瞬間、あの愛らしくも、つれない、美しいエーディットは彼のことを考えていたかもしれません。もしかすると、彼女は嘲るような笑みを浮べていたかもしれません。この残酷な想像に彼は地に倒れ伏してしまいそうでしたが、彼女を微笑ませておくよりほかに、為すすべはありませんでした。こう言っていいかもしれません、愛する彼の魂は馥郁たる花束のように芳しく香っていたのだと。そして感じとったものの芳香に、彼はもうくらくらとなってしまったのです。今や農場の前には、なんとも円やかに楽しげに、ほのかに揺れつつ夢見つつ、樹々が立ち並んでいます、そして世界中の教会から鳴り渡ってくるかのように、鐘の音が大気を震わせ空高く響きます、エーディットの鐘の音です。その響きをうけとめて、そうでなくとも打ち震えていた彼の心は、なんと千々に乱れたことでしょう。道は今や石がちになっていました。青空の深みから、にわかに夕立が愛する男の頭に降り注ぎ、五分としないうちに盗賊は全身ぐっしょりになってしまいました。雨水はからだをつたってポトポト流れ落ちていきます。しかしほどなく天気はすばらしく、この上なくすばらしくなりました、前よりももっとすばらしいと言ってもいいくらいです。キラキラ輝くメリーゴーラウンドが、どうですか乗りませんかと手招きし、彼がビロードの張られた座席に乗りこむと、というより、ゆったり寝そべると、彼はまるでもう、地上の悩みと苦しみ、すべての美しきもの、痛ましきもの、甘美なものをわが身に受けとめ、それを歌にする尼僧のようでした。若者たちや娘たちが、歓喜の神殿にも見まごう、この金ぴかの、林檎の花のように朗らかな、ぐるぐる回る建物を取りかこみ、その周りでは緑の風景がにっこり微笑んでいました。盗賊は自分の心臓を取り出し、まじまじと見つめ、ふたたびしまいこむと、歩を進め、谷の方へ下って行きました、そこには庭園の真ん中にお城が一つ建っていて、庭の池の真ん中には噴水があり、池の中では鱒が泳いでいて、その赤っぽい斑点が熱のある女の子のように微笑み、それから彼は城の中に入っていき、記憶に値する広間を見学したのですが、その滑らかな床の面には数世紀前の血痕をなお見てとることができたのでした。彼がその意味について訊ねると、理解すべきことはあまさず快く物語られました。この城はこの地方で一番美しく、一番大きなお城でした、さて今や、平和を愛するわれらが盗賊はさらに歩を進め、草の中の花々はどれもが急に、伝説に出てくる太古の森の樹々のように巨大になったかと思うと、また元のなじみの大きさに戻りました。日蔭になった場所から三人の娘が歌いながら歩み出て、誇りと謙《へりくだ》りについて、運命の変転とアイロニーについて詠い、草はその格調高い、愛らしい詩にざわざわどうどうと唱和し、それは天まで響きわたり膨らんでいき、盗賊の耳をその優雅な調べと内容で魅了しました。彼は少女たちに歩み寄り、帽子をとって礼を述べ、先へ進んでいきました、散歩する人びとがいたる所から、あらゆる道からやってきました、緑色にのったりと流れてゆく川では人びとが水浴びし、その身体が眩しく光りました、燕たちは屋根のある古い橋のまわりを飛び回りました、あるレストランの庭園では劇が上演されていました。盗賊はそのお芝居をしばし見物し、ハムを一皿たいらげ、娘と二言、三言、言葉を交わし、街へ戻り、そこで小一時間ほど、とある建物の前に立ちつくしていました、エーディットがまだいた頃に、そこで話をしたことがあったのです。彼はどうしても中へはいることができませんでした、そこに彼女がいるのが怖かったし、そこに彼女の姿をみつけられないことも怖かったのです。路面電車から人びとが降りてきて、他の人たちがひょこひょこ乗り込んでいきました。ベンチに座っている人たちがいました、あちらへ歩く人たち、こちらへ歩く人たちがいました。「ああ、きみはどこにいるんだい?」彼は問いかけました。彼はこの問いがいたく気に入ったのですが、そこで不意に、ある奇妙な出来事を想い出しました。ある晩のこと、彼はとある夜会に、いまだ正しい解を見いだしていない教授、とはつまり、分相応の結婚に踏み切るという答えにたどりついていない教授のごとき装いで出かけていったのです。この、彼の結婚という問題は、かほどにも実にふさわしいやり方で解決されねばならなかったのです。そして今、夜会のソファには一人のおあつらえむきの女性が座っていました。感覚細やかな人間として、彼は即座にその事実に気がつきました。そのおあつらえむきの女性は、ひどく気恥ずかしげに、そしてまた元気潑剌と座っておりました。彼女は考えました、「さあ、なにか良い話になるかしら？」むろんこの問いはすぐに彼女を畏縮させました。彼女が盗賊にとってのおあつらえむきとして登場したように、今や盗賊も彼女にとっておあつらえむきでぴったりの存在として登場したわけで、つまりは最初からどうにもぎこちなかったのです。ともに互いのためにあつらえられたような二人は、お互いに遠慮し合い、気後れしてしまいました、というのも、自分たちのことをその場にいる誰もがすばらしくお似合いの人間と見るだろうことを強く意識してしまったのです。いまや彼らはまさに華々しく知り合いになってしかるべきでしたが、残念ながらそうしたい気持ちには、さしあたってはまったくならず、この顔合わせをお膳立てして、ひっつけ、結びつけることを目論んだ人たちは気の毒そうに二人を見つめたのでした。とりわけ残念がられたのは盗賊でした。彼の方では、何も気づいていないかのように振舞いました。これは図々しい態度ではないでしょうか？　人びとは、良きことが出来る限りすみやかに成就するように、それは感じよく二人を夜会の輪に迎え入れてくれたのでした。とは言え、人びとがお似合いと思った彼女は、可愛らしくはありませんでした。まさにそれゆえにこそ、人びとはお似合いと考えたのです。そして間抜けな盗賊はそのことを分かっていませんでした、それとも、十二分に分かっていたのでしょうか？　この、親切にも、お似合いと認定された女性は、彼にはひどく四角っぽく思えました。ことによると、彼女はこうした何もかもぴったりずくめの事態に、何やらぴったりしないものを感じとったのかもしれません。彼女は躊躇うように地面に視線を向けました。「奴は食いついてこなかった。これはわたくしたちに対して、ひどく礼を失した態度ではなかろうか。」夜会に集まった人びとは、彼が立ち去った後で、言いました。彼がその場にいる間は、彼らは彼の態度に感心しているふりをしました。今やしかし、彼らは彼のことを思う存分非難していました。彼はおあつらえ向きの彼女を、礼儀正しく家まで送っていきましたが、しかしその道すがらも、彼女は彼にぴったりにはなりそうにありませんでした。そんな風に歩いていきながら、少なくともありがたいことに彼女はリルケの話をし、しかし、そのリルケをめぐる知識にも関わらず、彼女は永久《とこしえ》に彼には似合いそうもなかったのでした。なんとも、はや！

あの城池の白鳥たち、ルネサンス建築の正面玄関《ファッサード》。どこでわたくしはそれを見たのでしょう。というよりむしろ、どこで盗賊はそれを見たのでしょう。階段は古木の幹のそばあたりから上へ続いていました。お茶会のお客全員がそこを登っていき、緑の屋根の下で集会を催すことができました。そしてあの寂しげな山上の食堂、あの白樺か、それか何かほかの木の、小さな林。そしてあの丘の上の東屋《あずまや》、その家と低い塀、そして窓ガラスの後ろに立ち、厳しい顔でやってくる者たちを見つめていた誇り高きご婦人。誇りというのはえてして最後の逃げ場となるものですが、わたくしたちはこの逃げ場に逃げ込むべきではありません。ご存じの通り、誇りとは牢格子にほかならないのであって、わたくしたちはそこから歩み出て、取るに足らぬ者たちと話をし、そんなふうにしてみずからを救わなければならないのです。救いとはいつもすばらしくすぐそばにあるものです。ただ、わたくしたちが、必ずしもそれを見ようとはしない。ああ、わたくしたちが、自分を強めてくれるものにいつも、いつも眼差しを向けることができればよいのですが。「愚か者！」、盗賊に向かって彼女が言い放ちました、そしてこう言い放った女性は誇りに病んでおり、そう口にした瞬間、死ぬほど美しかったのです。そして彫刻作品に溢れたわたくしたちの街の中心にある、あの慈善家の婦人の噴水。それにしても、あれはいつのことだったのでしょう、例の紳士がわたくしのもとにしばし立ち寄り、元気づけるような言葉をかけてくれたのは？　あの頃の盗賊がいかに若かったか、あの紳士にはよく分かっていたのかもしれません。おや、あの愚かな盗賊が、また不意に姿を現しました、では、わたくしは彼のわきに身を隠すことにいたしましょう。これでよし、これでよし、さあどんどん先を続けましょう。というわけで、状況さえ許せば嬉々として夜通し創作を続けようとするこの病んだ男。伝え聞くところでは、彼のもとには耳に快い依頼が山のように寄せられており、彼はそれに対応できないでいるのだそうです。死んでしまう、あるいは為すすべもなく横たわる時になって、つまりは時すでに遅しとなってはじめて、同時代の人びとは祝福だの援助だの栄誉だのを手土産にやってくるものです。健やかな人間は健やかであるがゆえに不興を買います、朗らかな人間は朗らかさゆえに憎まれます。そしてこれは意図してそうなるわけではないのです、これが本能的に起こるということ、この点こそが、まったく、まったく気が滅入る、救いようがないことなのかもしれません。まあいいでしょう、ああだこうだ思索にふけるのはやめましょう。つまりはある日のこと、知識人サークルの紳士が一人、盗賊の住まいを訪れた、ということなのです。「あなたの召使のユリウスによりますと」とその紳士は盗賊の我楽多《がらくた》置場もしくは盗賊部屋に入りながら言いました。「あなたは事と次第によっては年に数回ほど、教養人たちに面会なさるとのこと。これは人品卑しからぬ人物に違いないと私は思い、あなたの元にたどり着けるか、一つ試してみようと考えたのです、どうやらこの試みは成功したようで、あなたが恐れ多くも目の前に貴重なお姿を現してくださったことをむろん心より嬉しく思っております。あなたは必ずやあらゆる点で発展し続けていらっしゃることでしょう。」「まあともかくも、まだちゃんと整えておりませんベッドの上にどうぞお座り下さい」と、召使いなどまったくおらず、むしろいるかのように振舞っていただけのその男は言いました。「わたしのユリウスはちょうど今不在なのです。」紳士は「ふむ」と言うと、難しい顔を崩さず、それから二人は道徳上、営業上の再建可能性について話し合いました。話し合いは望んでいた通りの展開を見せました。「あなたの召使にまつわる件は、私にはいささか眉唾に思われはしますが、と申してもお許し下さいますな、あなたには容易には我を失うことのない悠揚迫らぬ態度がうかがわれるという非常に好ましい確信とともに、お部屋を後にさせていただくことといたしましょう」と紳士は別れの際に言い、一方、アウグストやらユリウスやらを背後にかかえた盗賊は、訪問に対する礼を述べるとこう言いました、「わたしのことで言うならば、これからはまたうまくいくようになどと考える必要はないのです、だって、現にずっとうまくいっているのですから。」紳士は彼の身なりに視線を投げました、その顔にさっと微笑らしきものが走りましたが、ともかくも礼を失する表情をみせることはありませんでした。さてここで、盗賊の知り合いの中から、優雅さにおいて他に抜きん出た、ある女性のお話をいたしましょう。少女時代のこの女性は願望世界と庶民的快活を併せ備えたとでも言えそうな存在で、美しき民衆性のオーラに包まれ、稀に見るほどの素朴な瑞々しさを発散させていました。紳士も淑女も、誰もが例外なく彼女のことが大好きでした。彼女のどの指も人びとから向けられた一ダースばかりの好意で美々しく飾られているといった具合でした。彼女が歩いてゆくと誰もがそちらを振り返りました。彼女は小さな部屋に住み、プリンセス気分で暮らしていました。毎日のように、人びとのいるところで食事をすることだって、そこにそのまま腰を落ち着けることだってできはしましたが、彼女は姿を見せるのは稀にした方がよいと考え、その点、繊細で如才のない、身持ちについての感覚があることを示してみせたのでした。それから彼女はある紳士と知り合い、それは非常に洗練された、つまりはとても教養溢れる紳士で、彼はなお強烈な印象を残す瑞々しさゆえに彼女を愛し、そして彼女は彼と結婚したのです。しかし、彼の人間関係、職業生活、日常生活は、彼女が思い描いていたものとはまったく違っていました。彼は自分が生きる世界をきちんと彼女に伝えてはおらず、今や彼女は夫の生き方、考え方、人との交わりすべてについて、何百とない嫌悪を感じるようになり、幻滅した彼女は夫が彼女のために贅を尽くしてあつらえた豪華なベッドすら忌避するようになりました。こう言ってよいでしょうが、森の番小屋のロマンチックの中で育った彼女にとっては、いまや自分を取り巻くものすべてが、ひどく理性的で、味気なく、計算されつくしたものに思えたのです。彼女は抵抗しましたが、むろん無駄なことでした、しかしこの無駄な抵抗のせいで彼女はすっかり力つき、衰弱してしまったのです。教養に対する、知識に対する、このような抵抗というものを、どうか想像なさってみてください。実際、彼は恐ろしいまでにたくさんのことを知っており、しかし彼女の方はすべてを知りたいとはまったく、全然、欲していなかったのです。無知の中で彼女は自分をなんと豊かに感じていたことでしょう。それが今や、夫のおしつける数々の洗練されたもの、すべてを分解してしまう知のために、彼女は完全に病んでしまったのでした。しかしながら、彼女はしだいしだいに慣れていきました、今日では、自分は幸せでないなどと言い張るつもりは毛頭ないでしょう。実際のところ、彼女は幸せになりました、しかしそれには多くの内なる努力が必要だったのであり、まさに、何かを欠くということから、進んで断念することから、自分自身との闘いから、わたくしたちの満足は生い育っていくのです。この女性は克服すべき困難な課題に直面し、あたかもある列車から別の列車に乗り換えるように、ある種の関係のあり方、ある種のわが家から、まったく別の関係のあり方、まったく別のわが家へ移り住んだのです。彼女は心情、考え方に関して、一種の乗り継ぎ体験をしたのです。容易な結婚生活が、困難な結婚生活ほどに美しいことは決してありえません。ある詩人も言っているように、重き心からこそ軽やかなる心情は生まれるということもあるのです。この女性は彼女を取り巻く世界の中で、いつも少しばかりよそ者であり続けていたがゆえに、いわばいつも少しばかり震えていたがゆえに、そこが彼女にとって居心地のよすぎる場所とは決してならなかったがゆえに、かくもしっかりと足を踏みしめていたのです。わたくしたちの堅固さはあまりにガチガチになってはなりません、さもないとポキンと折れてしまうのです。真に確実に足を踏み出し、世界を感覚するためには、つねにわずかばかりゆらゆらしていること、ふわふわしていることが必要なのです。わたくしたちの足下の地面は隆起したり沈下したりしてかまわない、そうであることこそ望ましいのです、そしてわたくしたちが完全へ向かい続けるには、わたくしたちは決して完成しないこと、そしておそらくは今後も決して完成することはないだろうことを、絶えず感じていなければならないのです。ということはつまり、こういうことです、固有の土地と大地の上では、生まれ育ったわが家の中では、わたくしたちが展開していくことはいっそう難しくなるのです。世間一般の考えからすればわたくしたちが属してはいないところ、そここそが、まさにそこで生まれ育っていないがゆえに、わたしたちがうまく属していける場所なのです。この少女は、運動とは、移植とは、接ぎ木とは、自分自身に働きかけるとは、何であるのかを経験したのです。彼女は自分にいかなる価値があるのかを示す必要性を理解しなければならなかったのです。ああ、そうなのです、民衆の中には今なお、測り難い価値が潜んでいるのです。

他人が粗野であると文句を言う人たちがいます。けれどもその人たちは本当のところはわたくしたちが粗野なところを投げ捨てることを望んでいるわけではありません。彼らにとって重要なのは嘆くこと、不平を言うこと、不満を零《こぼ》すことなのです。わたくしとしては、文句言いであるよりは、堂々たる粗忽者でありたいと思っています。粗野極まりない者こそが、とりもなおさず繊細極まりない者でもあるということも珍しくはないのです。不平不満を述べる者たちは、このことがよく分かっていて、それで粗野な者たちが彼らの細やかさという宝を包みこんでいる優れた包装を妬むのです。纖細さを売りにする者たちは自分たちの粗野な部分を纖細さという表層でくるみこんでいます。粗野な者たちのまとう衣装はナイフの刃も跳ね返す、しっかり縫われた、長持ちするものですが、しかし、ついに行き着くところは同じであって、もしかするとこんな意見もありうるのかもしれません、つまり、わたくしたちは粗野と纖細という点に関しては、教育と環境というものを度外視するならば、恐ろしいほどに似通っているのだと。しかし、わたくしたちがここまで論争してきたことは良きことであって、まさにそれこそが粗野と纖細をめぐる話には本質的であるように思われます。盗賊は、粗野な人たちの方が好きでした。もろもろの纖細さは彼をもろもろの粗野な行為に駆り立て、粗野な者たちに対しては彼はうっとりするほどにふさわしく、慣習にのっとり、機敏に、したがってすなわち、きわめて上品、纖細に振舞ったのです。彼には適応能力というものが備わっており、また当然ながらバランスをとる必要もあったのです。細やかな人を見るや、彼は、自分もまた細やかであってはならぬという感情に襲われました。さもないと、あまりに同然の外観を呈してしまうでしょうから。纖細な者は彼を戦士に、粗野な者は彼を羊飼いに、あるいは粗野な者は彼を少女のごときものに、纖細な者は少年のごとき、やんちゃなものにしたと言えば、わたくしは見たところ非常に細やかなる真実を述べたことになりましょうか？　このことからロマンチックなこと、コート、カフスボタンに関わること、さらにこう言ってもよいなら、大胆なることが判明します。かつてのこと、季節は冬で、外では雪が降っていました、ある女性が盗賊に向かって言ったのは、どのようなことだったのでしょうか？　「それにしてもあなたは、あなたの内に住まう愛想よさとひどく破廉恥な形で戯れるような人びとすべてに対して、あまりに親切で愛想がよすぎるのではないですか、お行儀よさの湖に沈みこんでいるよりも、もっと為すべきましなことがあるのではないかと考えたことはないのですか？　どうやら、あなたは礼儀正しさの湯船にゆったり浸かっているのがお好きなようですが、この愉楽はあなたをばらばらに四分五裂させてしまうのではないですか？　私に対してもあなたはすぐにあけすけに馬鹿親切な態度をおとりでしたが、そんなとき人は、もしやあなたは皆のことを、例えば私のことを、あたかも優しく触れられることを、毛皮への甘美な接触を待っている子猫かなにかのように思っていて、それでいわば撫でさすりたいという衝動を抑えられないでいるのではないか、と考えてしまうのです。あなたはそもそもまったく見ず知らずの私のところにもそんな具合にやってきて、私に手を差し出すその態度も、同僚に対するというよりはほとんどむしろ、よく気のつく息子が母親に手を差し出しているかのようで、他の人間に対するときもあなたはおよそそんな風なのです。そして美しい、洗練された身なりの、フランス人なのに青い眼をしたお母さんたちの息子たちに対しても、あなたは召使のように仕えている。そんなことをしていたら、あなたは自分というものを失ってしまうのではないですか、無駄にしてしまうのでないですか？　あなたからは、いかなる主張も消え失せてしまったようです。社会的には無に等しいそんな子どもの一人が何やら落とすと、あなたは即座に飛び上がり誰かと熱心に交わしていた会話をそのままに、矢のように落ちた物を拾いに飛んでいく、見ていた私たちは愕然とするほかないのです。そのような振舞いのガラスを通して眺めるとき、あなたについてはっきりとした判断を下すのは、どうにもまったく不可能に思えてくるのです。あなたがいったい何者であるのか、分かる人間は一人としておりません。あなたご自身も、自分が人生に何を望んでいるのか、自分は何のために存在しているのか、いまだに分かっておられないのではないですか？　そして多くの人たちがあなたに腹を立てています、なぜならあなたは誰にも腹を立てないか、立てたとしてもいつもごくごくつかのまの意味においてそうするにすぎないからです。そんな風にやっていけるなんて、あなたの内にはいったい何がいるのですか？　あなたはいったいぜんたい人間なのですか？　あなたからは見たところまったく何一つ市民らしさが感じられません、そこであなたのお姿を拝見していると、もしや冒険者の精神をお持ちなのではと疑いもするのですが、この点においてもあなたは人をがっかりさせるのです。とても賢い女性たちが、あなたのことを考えると憤慨しないではいられなくなって、せっかく蓄えた賢さを質、量ともにだめにしてしまいます。そろそろ正体を現してよいのではないですか？　あなたのお姿にはレッテルが、あなたの品行にはスタンプが欠けているのです。あなたがそんな風に、こんなに小さな、まず間違いなく感動的なまでにどうでもよい子どものところへすっ飛んでいく様子ときたら――そんなあなたの姿を見ていると私はひどく当惑してしまって、つまりはあなたのことが、この無思考な幸福のありようが、この無意味な奉仕への、いくら言っても足りませんが、まったき私心なき悦びが、ただただ恥ずかしくなってしまうのです。あなたのこのお仕えぶりは賢明なる愚行、愚鈍なる知的営為というほかありません。まさに今、あなたが私に手を差し出してくるその態度、これもこのカテゴリーに属することです。無作法であることは苦痛だとでも言うのですか？　そうであるなら、あなたは少々恥じ入ってしかるべきです。あなたもどうやらその中の一人であるらしい一教養人として。私は特に深く考えもしないで、あなたのことを創造にたずさわる方だと思っているのですが、そのような行動力をお持ちの方が、さまざまな落っことされたもの、助けを要するもの、急を迫られたことがひしめいている床の上から、何を拾い上げるかと思えば、それは子ども用のラッパだの、チョコレートのかけらだの、およそ子どもの悪戯、悪ふざけの随伴現象と呼ぶほかないものなのです。世界へ足を踏み出しなさい。仕事に出会うことができるかもしれませんよ、だってあなたはほかでもない、とにかく働きたがっておられるのですから、それこそがあなたの関心事であることは、私もその一人というわけなのですが、表情を読める女であればすぐに分かることです、そして私があなたのことが分かるということを、あなたは信じてくださっている。だからそんなにも率直に、手を差し出してこられるのですね。」盗賊はこう言っただけでした。「あなたがおっしゃった言葉はいずれも、わたしが既に知っていることと共鳴するものです、でも、いいでしょうか、わたしは人間のことを――」「いったい何が言いたいのです」と彼女は彼の話を遮りました、そうされなければ、つまり、彼女が彼に中断することを強いなければ、きっとお仕舞いまで話したことでしょう。そう、そのとき、外では人びとの上に、荷車の上に、駄馬の上に、野菜の上に、道を急ぐ人たちの上に、人を待つ人たちの上に、わけてもちっちゃなヴァンダの上に、雪が降っていました、そして彼はこうも言ったのです、「もしかすると、人は役立たずであることで大いに役立つのかもしれません、なぜなら、ご存じの通り、すでにさまざまな役立つものは世に害をもたらしてきたのですから、そうではないでしょうか？ それに人間は歓迎され、熱望され続けようと、進んで心を砕くものなのです。」「それではしかし、あなたには単調ではありませんか？」「わたしはそれを耐えるでしょう。だってわたしには、耐えるべきなにかがあるところでは、ちっちゃな星が空に昇るのですから。今では、わたくしは気散じをする方法を見つけたことを、われながらとても才能あることだと考えています。あなたは私の言うことに納得しておられませんね。」「何をおっしゃるのですか。まったくそんなことはありません。」「そうであれば、あなたは間違いなくすばらしい性格をしておられる。あなたのところでは人びとは幸福ですか？」この問いに彼女は口をつぐんでしまいました。盗賊は彼女が舞台に立つ女性であると考えていましたが、それが思い違いでありうることを認めました。彼女はとても中身がある人間であるように思われました。

それがいつごろのことで、そのときの雰囲気がどんな風だったのかは分かりませんが、ある時、盗賊は屋根のついた階段を下りていったことがありました。軽やかな足取りは、木の段板にいわば「うつろに」響きました、さてはたしてこれがぴったりの言葉であるかどうか、わたくしたちは疑いをもっていますが、だからと言って、こう言葉を続けるのをとめるわけにもいかないでしょう、彼はつい今しがたある黒い服を着た女性にカーネーションを贈りました、なぜなら彼女は彼の眼の前で花屋さんに入っていったからです。その贈り物に大したお金はかかりませんでした。彼の両足はそのぶんいっそう元気よく彼を運んでいったのです。彼はすばらしい両足を持っており、その評判の両足でもって、今や彼は学校の建物に入り、投票場に行き、そこで選挙管理委員である旨を申し出て、二時間ほど職務を果たしました。投票する人たちが一人、また一人といわば神妙に部屋に入ってきて、自分の用紙を箱に入れ、何かしら選挙管理委員長に言葉をかけると、出て行きました。こうしたことすべてはまったく手順通りに粛々と進み、仕事を終えて解放されると、盗賊は橋の方に歩いて行きました。わたくしたちの街には、そういう橋がいくつかあるのです、それから彼はとある役人に、市民のための自然公園のようなものになっている雑木林で自由に跳ね回ってよいか許可を願い出ました。「あまりに派手にやるのではなく、ほどほどになさるおつもりならば、ご希望に文句をつけるわけにはまいりませんな」という返事が返ってきて、そういうわけで盗賊は例えばベンチの背もたれを飛び越えたりして、みずからの四肢を楽しませ、また鍛えたのでした。緑の樹々がおおいかぶさるその下には、古い石の紋章がありました。その上方の彼方には、高台の上に、まっすぐな通りが走る高級住宅地がひろがっていました。そこには一人の裕福な女性が住んでいて、彼女はいつも召使たち皆をどなりつけてばかりいる、という話を盗賊は耳にしていましたが、それは彼女には夫がいて、その夫が、その後どんな顔で妻の前に立てばよいのかも考えないままに、外国で力を使い果たして、すなわち、精力を出しつくしてしまったからなのでした。この美しい、善良な魂をもつ女性は抜群であるはずの夫の絶不調ゆえに不機嫌の影を湛えており、ちなみにそれは彼女の顔にとてもよく似合っていました。彼女は自分のことをあまりに悲劇的に捉えすぎていたのかもしれません。――多くの人が、不機嫌になると、この少しばかりの不機嫌さのせいで、どんどん機嫌が悪くなってしまい、まるで車に乗せられて運ばれていくみたいになってしまうのです。一度や二度、どうも気持ちが晴れないからといって、人間、かくまでへそを曲げてしまってはいけないのです。とりわけ、ちょっとむかっときたからといって、すぐさま自分を憎んだりする必要はないのです。残念ながらこうしたことは実際に起こっていることで、たいへん愚かなことなのです。つまり、人はみずからの内にある悪は悪いと思うべきですが、悪そのものはすばらしいと思うべきで、実際それは、写真にパチリとおさめるための、善良だけれども間の抜けた、それ自体には何の価値もない、経験不足を証しているに過ぎない顔よりも、ずっとずっとすばらしいものなのです。この高級住宅地の端っこにはまた森の名残りのような場所がありましたが、それは名残りという呼び方にはとうていおさまらぬ、相当に多くの樹木と奥行きをそなえた林地でした。さて、盗賊はもはや存在しない古い家にやってきました、とはすなわち、もっと分かりやすく言えば、古くなって解体されたためにもはや存在しておらず、それで人目にとまることもなくなった家にやってきました。つまりは、ありていに言えば、かつて一軒の家が建っていた場所にやってきたのです。ここでの脱線には時間を埋めるという目的があります。というのも、わたくしはある程度のかさをもった本へとたどり着かなければならず、さもないと今以上に、もっと深々と軽蔑されてしまうのですから。このままでいるわけにはいきません。この街の紳士たちはわたくしのことを阿呆と呼んでいます。なんとなれば、わたくしのポケットから長編小説がころころ落っこちてこないからなのです。道を歩いていくと、別の道につながり、それから彼は保健所のそばを通り過ぎましたが、そこでは大勢の人びとがわが国の住民の健康のためにこの上なく実直にペンを動かしていました。かつての竜騎兵の兵舎はいまでは学校博物館として使われていました。その建物を上がっていったところには大学があり、緑地に取り囲まれていましたが、この緑地は長年ミシシッピに滞在し、庭師となった盗賊の叔父が作り上げたものでした。そこには一棟の東屋が樹々の梢の上方に浮かび、四方八方を広く見晴るかすとともに、駅舎脇にバロック教会が、大きく、悠然と、高貴に、均整よく、美しく、優美に、力強く、招き寄せるように、寄せつけぬように屹立している姿を、それは可愛らしく見下ろしていました。駅構内にはいつも種々雑多な人びとが集まっていました。列車が次々と到着し、発車し、靴磨きはそれを当然と考える人びとが靴墨を塗らせようと突き出してくる靴を磨き、新聞売りは新聞を売り、守衛たちはつっ立っていました。書類鞄を手にした旅行者たちは召使帽を頭にのせた召使たちの間でひときわ際立ち、ドアはむしるように開けられ、投げつけるように閉められ、切符は窓口で求められ、売られ、セールスマンや過ぎゆく女性たちはビュッフェでスープを飲み、そして盗賊はと言えば、あるときそこで、一人の失業中の男にソーセージを一本振舞ったのでした。この話は機会があればまたいたしましょう。ホテルの隣には百貨店が並び、さらにその横には書店が出版社と一体になって続き、その出版社というのは細心の注意と控えめな態度で作家諸氏に接する出版社で、社長は押しの強い要求はやんわりと拒みつつもこう言うのでした、「また風向きがよくなることもなきにしもあらずですから。」作家というものは出版者を前にすると畏まりつつも軽蔑的な態度に出るもので、そこにはさまざまな感情が入り交じっているのですが、ここではそれが十二分に敬意を持って遇されるというわけなのです。さらには衛生設備関連の品をそろえたお店、ストッキングが山と積まれたショーウィンドウ、そして教会脇の広場にはやや膨らんだ胴体のような形のファッサードが建ち、これが建築としてとても印象的なものとなっていました。上方の窓は少しばかり引き気味に、下の方の窓はせりだし気味になっていました。どこかしら落ち着きのある、安定感のある、どっしりした感触を与えるものでした。というわけで、その建物は少々太鼓腹の突き出た上流紳士に似ていたのでした。それから彼は栗の樹の下の広々とした散歩道にやってきました、そこで人びとは皇太子然としてそぞろ歩くことができたのです。盗賊はその散歩道を石の台座から台座へぴょんぴょん跳ねながら歩いていくすべを心得ていました。それはベンチが据えられている石の台座のことで、それらのベンチでは疲れた人たちが一休みしたり、編み物をする女たち、砂の山を作って遊ぶ子どもたちが腰を下ろし、鳩やらほかの鳥やらは、自分で見つけ出したもの、誰かの手が差し出したものを、つんつんついばんでおりました。教会の丈高い窓が何やら歌っているように見えるのはさまざまな色に照り映えるせいで、厳かな堂内からはしばしばオルガンの音が外の世界にまで響き渡り、それから盗賊はふたたび画廊の前に立ち止まり、もう決して何か読んだりしないと心に決め、しかしまた折りにふれては何かしらを読んだのでした。それから彼はまたもやあの、この街では知られた存在といえよう片腕の人間に出会いました。あるとき、彼はこの街で、いくぶん足早に歩いてゆく事務員の女性に、ひときわ元気よく挨拶したことがありました。とある母親は息子がいかに自分をないがしろにしているか彼にこぼし、とある息子は彼のための時間のない母親にもっとかわいがってもらいたい旨を彼に漏らし、洗練された装いの息子たちは彼の前を闊歩してゆき、品のよい暮らしを送っている娘たちは人生の春の中をあちこちへ漂ってゆき、そこへかつて妻に対して「牛舎の雌ブタめ」といかにも念を入れた罵詈雑言を吐きすてた場に盗賊が居合わせたことのある夫君も歩いてきて、そしてある中年の女性には鼻が半分しかついておりませんでしたが、ちなみに美術館館長で顔の半分が崩れ落ちかけているような人たちも、また数々の支配者に似たところのある朝刊紙の発行人も、世にはいるのではないでしょうか？　かつて彼は教会の塔に登り、チップ程度のお金を払い、日曜日ごとに彼の部屋にまでその響きが届いてくる大きな鐘を見せてもらったことがありました。盗賊はとある牧師にそのうち説教壇に登壇する気はないかと声をかけられ、その招待を受けることにしたのでした。

苗床からは緑が芽吹きますが、戦場では紅の花が咲き、一面が真っ赤に染まります、まだわたくしにも分からないのは、いつ、どこで盗賊が、熟考の末に為された悪行と確信の下に実践された不品行の報いを受け、あの弾丸に撃ち抜かれるかということです。一発食らわねばならないことは確実です、そもそも瀉血の必要があるということからしても。そうすれば、あの男も少しは楽になるでしょう。とは言え、この重要問題には、さしあたってまだ答えは出ておりません。菜の花畑がなんと涼やかに美しく、青空の下に照り映えていることでしょう、そして森がいつもほかならぬ緑色であろうとすることはまったくすばらしいことであり、それはその不撓不屈の力を証しているのですが、森だってたまには気分を変えて、違った姿でわたしたちの前に立ち現れてよいのかもしれません、そうは思いませんか？　あなたなら、どんな類いのかつてない新鮮な色彩を、森の装いとして提案しますか？　どうかご意見をお寄せください、いつなりと喜んで拝聴いたします。そこで盗賊は何年か前に、警告のための見せしめとして、反乱者たちが鋸《のこぎり》でゆっくりと挽かれた話を読んだことがあるのを想い出しました。この関連論文が載っていたのは、超一流の雑誌の一つで、そこにはかつての時代に由来する挿絵がいくつも添えられていました。そのときは、アイスコーヒーを心地よく賞味しながら、まるで何かが門を抜けて運ばれてくるといった調子で、鋸挽き刑というものをまったく屈託もなく、印象にとどめることができたのでした。彼はレストランがあった通りをまだ覚えていました。通りの両脇には並木が続き、そこから遠くない、つまりは通り沿いにあった彼の部屋では、一人の画家が病に臥せっていました。男は蒼白な顔でベッドに横たわり死を待ち受けていました、しかしながら、彼はふたたび力を取り戻したのです。ある晩、遅い時間に散歩したときのこと、円やかな斜面にちらりほらりと配された樹々が夜の銀に柔らかく縁取られ、それはまるで夜が、樹々のつつしみ深い姿勢、言うに言われぬ忍耐に、むろん樹々の忍耐など見る者の思い込みに過ぎないとはいえ、ダイヤの縁飾りで報いているかのようでしたが、そこで彼が静かに想い出したのは、かつていかに皇帝がいわゆる偉大な者たちによって殺害されたか、そしていかに皇帝の肉体、精神を傷つけた者たちが処刑されたか、そしていかにこれら犯罪者の妻たちが、処罰というものの必要性をいやというほど感じとらせるために、苦悶を見つめるよう強いられたかということでした。それまで自分たちに最も近しい庇護者であった者たちが罰せられるさまを、その場で眼にしなければならなかった女たちは、もしかすると犯罪者たちよりもはるかに無惨に、悲惨に、ずたずたに、傷つけられ苛まれていたのかもしれませんが、その罰は皇帝の親族のある女性によって指示されたものでした。この話は学校時代からもう盗賊の頭に刻み込まれていたものでしたが、今や彼はこう考えました、これらの偉大な者たちは往々にして、自分をあまりに大きな存在と考えてしまい、自分たちの意味についての認識を失い、自分自身と取り巻く世界に対してどう振舞うべきかの判断を誤ってしまう。もしかすると彼らは自分自身に対して目を瞠るようになるのかもしれず、そして俺様はご機嫌斜めだと考えるのかもしれない、そして取るに足らぬ者たちに対して支配者然と振舞うことに熟してゆくことで、間髪を入れぬ命令に慣れてしまうことで、つまるところは、明快な決断と呼びならわされている単線思考で愚行に至ってしまう。彼らはえてしてそのそれなりに高い地位に酔ってしまう、しかしほどほどに高い役職など、無邪気さという王冠、不可侵たる神の観念、そして富者の繁栄とまったく同様に極貧の日雇い、農家の作男の安寧を心にかけている皇帝が占める崇高な玉座に比べれば、いかほどのものだろう。皇帝は特定の誰かを優先するようなことはない、あるとしても強いられたときくらい、それも皇帝の感覚からすればまったく嫌々ながらだ。必要に迫られたときだけの話なのだ。皇帝は万民の父であり、その万人の安寧の擁護者をあの反逆者たちは粗暴に扱い、それゆえ粗暴な扱いをうけたのだと。そうなのです、取るに足りない者たちのためにも、優越することで課せられるもろもろの義務を一気に放り出してしまったあの優越者たちは厳しく罰されねばなりませんでした。わたくしは教養の課する義務を果たすときにのみ、教養人として認められることができます。これと似たような話なのです。これら優越した者たちは、低劣極まりない者たちよりもさらに身を落としたがゆえにかくも罰せられることとなりました、彼らはその騎士道精神から転落してしまい、そして犯罪者となった騎士は、堕落を妨げる教育を受けなかったゆえに過ちも無理からぬ卑しい悪人より、百倍も犯罪的であるのです。偉大な人間には、偉大、優雅であることが、そしてまた民衆を前にして臨機応変に物事を捉え行動することが、はっきりと義務づけられているのです。彼らはこの拘束を十分に意識し、認めています、そしてこれを破ったときには、ちょっと踏み外したでは済まぬほどに、深く深く堕ちてしまう、というのも、彼らには範例として生きる義務、それも放蕩、退廃においてではなく、遵法精神の確固さにおいて範例となる義務が課せられていたのですから。およそこうした理由で、わたくしはあの侯爵夫人の大いなる怒りを理解します。厳しい態度で臨むことは彼女にとって辛いことだったに違いありません。

学校は人間の精神生活にさまざまな印象をもたらし、それが生き生きと保たれるように配慮するものです、しかし永遠に灯るよう試みられた光も、大抵の人間においてはやがて消えてしまいます。学校を豊かなものとするために、まさに多くの富が国家やら市や町や村やらによって費やされたものの、学校教育の影響は増すというより減じてきました。これは、考えてみるに、およそ次のような事情なのではないでしょうか、人びとが学校と呼ぶものは、生活の精神のために、学校の精神を断念してしまった。学校の精神はいわば、もはや本来のものであろうとはしなくなった。教師たちは皆、もはや本来の教師であろうとはしなくなり、生にふさわしいものであろうとしています。彼らは学校の精神において生に対峙するのを避けており、一方、どうやら生の方もそれによって多くを得てはおらず、むしろ失っているのかもしれないのです。学校は生に媚び始めた、と言ってもよいのかもしれません。しかし、もし生の方がこの学校の媚び諂いに、根底において、何一つ関心を寄せてはいないとしたら、どうでしょう？　甘やかされるということは、様々な意味において、ごく単純に嫌なものです。生は自分がいかに親切で、好ましく、善良で、魅力的で、すばらしく、ものすごいかなどと並べ立てられるのは聞きたくないかもしれません。つまりは、そんなふうに学校は生に奉仕し、ほぼ考えうる限りの手を尽くしてひどく親切に生に接し、そのせいで生はただただ不機嫌に、反抗的になり、この親切によって辱められたと感じて申し出を拒む、そんなこともあるかもしれません。生はこう言うでしょう。「手取り足取りの助けなど無用、そんなことより自分の世話でも焼いているがよい」、そしてわたくしは思うのですが、生の言うことは正しいのです。学校は自分自身のことを心配しなければならない、みずからがあらゆる点において、つまりはただひたすらに、学校であるように配慮しなければならないのです。そうです、生には永遠に、まさにそれ自身の、未来永遠にわたってそれ自身の、まったくもって容易には説明し難い使命があるのです。生を理解し、教育の中に引き入れることは学校の課題ではありません。生に関する専門教育は、生自身がすでに、そのつど十分に早くから配慮していることなのです。学校がそれ自身に奉仕し、ひたすらそれ自身の精神において子どもたちを教育するなら、生はそのような子どもたちをずっと面白いと思い、もしかすると諸手を拡げて受けとめ、生の豊かさを教えてくれるかもしれないのです。生は、自分の方でも、学校から送り出された者たちを、自分自身の精神において教えたいと望んでいるのです。すでに学校において、子どもたちが生の精神において教育されるようなことになれば、その後で生の方は、それをきわめて退屈なことに思うでしょう。生は欠伸してこう言うでしょう、「さあ眠ることにしよう。おまえたちはわしから仕事を奪ってしまった。子どもたちはもう何でも承知だ。いったいわしに何を始めろというのだ？　この子たちはわし自身より生に通暁しておるではないか。」そうなると、すべては進まず停滞してしまうばかりで、まるで夢の中のようになってしまいます。生は、生のことを信頼する人間のみに、みずからを開いてみせるのです。子どもたちに学校時代から生についての知識を与えることは、小心翼々な臆病にほかならず、そんなあらかじめの慮りばかりしていては大したものは得られません。かくも頓着ばかりしている状況を考えるなら、わたくしたちはふたたびのんきな無頓着に立ち至らねばならないのではありますまいか？　生は言うでしょう、「わしのことがそんなにも悪意に満ちてみえるのなら、どうしてわしのうちに踏み入ろうとするのか？　そもそもやめておけばよいではないか。未熟な新参者を笑い飛ばすことが許されぬということなら、わしは無関心でいることにしよう。おまえたちが痛みを感じたくないのなら、楽しみも感じないことになるだろう。わしに対してあらかじめ準備万端整えておこうというのは、事のはじめから目指す方向が間違っている。そうなると正しい人間ばかりがわんさかわしのところへやってきて、誰もがわしを手なづけようとするだろう。だが、もしわしの方がやつらを相手にしなければどうする？　もしわしの泉水から何一つ飲ませないとしたら、わしのお宝すべてから閉め出すとしたら？　もしわしがどの人間にも喜びを感じなくなったら、やつらはどうやって喜びを見いだすのか？　やつらは皆、うまく生を御する術《すべ》を手にやってくるけれど、やつらが手にするものといえば〈術〉ばかり、肝心のわしじゃない。やつらが〈芸術〉を見いだしうるのは、わしのうちにおいてのみなのだ、だが、見いだしたときには、もはやそんな言葉で呼びはしないだろう。わしはやつらを不幸にすることはもはや許されないだろう、だが、互いを必要とする光と影のように、幸福と不幸がかくも分ちがたい以上、どうやってやつらは幸福になれるというのか、どうやって幸福とは何かをいつの日か感じることができるのか。やつらはもはや悪いものと良いものは望まず、良いものだけを望む、しかし、この我がままが叶えられることはないだろう。そして、やつらがいまやわしのことをすばらしく理解しているとしても――それで何が得られるというのか？　自惚ればかりだ。そしてやつらがわしを理解することは、そう、決してないだろう。やつらの理解が十分なものとなる日は永遠にやって来ないだろう。それにやつらの愛しようときたら！　このあまりに過剰なわしへの愛。なんと面白味に欠けていることか。それもわしのこととなると、最後の、最後の一滴まで味わいつくそうとする。でありながら、誰もが損ばかりすることになっている。皆、いったい、帳尻はどうやって合わせるつもりでいるのか？　わしにとって好ましいのは、わしを楽しもうとはしない者たち、見るからにせっせと働いている者たちだ。わしのことを大げさに大切にする者たちが、なんと使えない人間に思えることだろう。われこそはと売りつけてくる者たちが、どうにも役に立たなくなるさまときたらどうだろう。かくも求めるところが多い者たちを、こちらから求めようとはわしは思わない。楽しみを求める者はえてして、楽しみのそばを行き過ぎるものだ。やつらは真剣さに欠けているがゆえに退屈で、わしの方で退屈しているがゆえに、やつらもわしに退屈するほかはなく、そしてやつらが真剣になろうとしないがゆえにやつらの状況は真に深刻なものであり、わしの状況もまた真に深刻で、いやいや、そんなことはなくて、わしの方はそうでもなくて、そしてわしを通り抜けて賢くなる人間などおらず、それでいて誰もがとうにわしを理解して賢くなっており、けれどもいつもそのことを忘れてしまって最初からあらたに推し測り始め、推し当てたかと思うとまた忘れ、ついには推し当てることは永遠になく、というのもやつらはわしを思い通りにするためにやるべきことが山のようにあるからで、しかしそれはやつらの与り知らぬいくつものこと同様、わしにしか分からないことなのだ。やつらの知恵が至ることができるのは、それを気にするところまででしかなく、やつらは気に入られようと闇雲に気張るけれど、けれどそうこうするうちにまた子どもたちは大きくなっていき、そして子どもであること、子どもを作るために二人が一緒になること、そして教育の成功、知、努力、例えば永遠に回帰する無数の諸形式から構成される記念碑を求めての努力というものがあり、そして生は子どものように、すっかり知っておりそれでいて何一つ知ってはおらず、寄る辺なくそれでいて誰にも支配されることはなく、無限に大きくて極小の点のようで……」というところでまた時間が来たので、盗賊はそそくさと食事にでかけたのでした。彼は今や唐突ですが、まったく違うところに住んでいます。しかしそれでは話を先取りすることになってしまうのでは？　しかしたとえそうだとしても？　それで何か支障でも？　いやそこまで細かく気にする必要はないでしょう。

さきほどの節でわたくしがずいぶん大きな態度をとったせいで、ぎょっとして読み進める気がしなくなった読者もおられるかもしれません、そこでわたくしはこの節では静かにおとなしくすることにして、指貫ほどに小さくなることにいたしましょう。本当に強い存在は強そうに振舞わぬものです――どうです、いかした言い回しではありませんか？　さて人びとが集うあるホールに一人のきちんとした良人《おっと》が妻とは別の女性と座っており、盗賊の眼にとまることを望んでいました。盗賊は彼を眼にとめました、しかし、そのきちんとした良人の方は眼にとめられたことを眼にとめませんでした。ぜひここで気づいてもらいたかった男は、無念な気持ちで、ああ、気づかれなかったのだと心中呟きました、それほどまでに彼は気づかれることを楽しみにしていたのでした。すなわちここで、このきちんとした良人は、ついに念願のプレーボーイを演じてみせたのです。それも見事にそつなく。そして、彼は、知り合いである盗賊が、あいつもなかなかやるじゃないかと感心してくれる、その姿を眼にすることをそれは楽しみにしていたのです。しかし、盗賊が考えていたのは、まさにそのきちんとした良人になるにはどうすればよいか、ということでした。彼はウェイトレスに訊ねました。「わたしは妻をもつに値する人間にまだなれるでしょうか？」この問いに娘はこう答えました。「あら、もちろんよ。こんなに感じのいい方だもの。」この歓迎すべき答えに盗賊が欣喜雀躍し、きちんとした人間になれるチャンスはまだ残っているのだと至福の気分に浸っていた間じゅう、件のきちんとした良人、妻とは別の女性と同席していた男の方は、盗賊の関心からすっかり見放され意気消沈していました。まさにほかならぬ友人である盗賊の眼の前で、彼はある別の女性と過ごしている勇姿を誇りたかったのでした。そうなっていたら、盗賊はこう考えたところでしょう。「家では、哀れな、きちんとした奥さんが、一人つくねんとすわっているというのに、彼の方はこちらでお愉しみだ。」盗賊はこのきちんとした良人についてこう考えたところでしょう。「何というならず者だろう。」正直者は誰でもならず者と思われたがるものです、だって、正直者であることはどんなだらしない人間にだって可能なのですから。正直者に思われるというのは、屈辱以外の何ものでもないとすら言えるかもしれません。そしてここでは、正直者できちんとした良人が、実に華々しくならず者じみた振舞いをしており、そしてそのことには誰一人として気づきすらしなかったのでした。盗賊本人の方が、きちんとした人間になりたいと望んだということ、これは卑劣なことではないでしょうか。きちんとした良人は盗賊自身が婚姻関係をもくろんでいることを見てとりました、そして彼に対してひどく憤りました。カサノヴァさまの存在に気がつきもしないなんて！　これは無恥なのか、それとも愚鈍なのか？　そして盗賊がカサノヴァ好演中のきちんとした良人がいた方へ眼をやったときには、彼はもう行ってしまった後でした。どうやら、彼は人びとが自分を認めてくれないことに耐えられなかったようでした。そして無数の悪行を行ってきた盗賊は、ウェイトレスの一方の手を握って言いました。「わたしになお、結婚能力があると思われるとは、なんと嬉しいことでしょう。」「あなたのそのつつましさは、なんと珍妙なのでしょう。」これが、彼女の返答でした。きちんとした人間は、きちんとしてばかりいることに不快を覚えているものです。良いことへの憧れを感じるためには、かつて悪かったことがなければならないのです。そのです。つまりは、秩序正しさは無秩序を、美徳は悪徳を、無口は雄弁を、嘘は誠実さを、そして生に秩序をもたらしたいと望むためには、かつて無秩序な生を生きたことがなければならないまた後者は前者を導くといった具合に、世界は、わたくしたちの諸特性の運動は円環を成しているのです、そうではありませんか、あなた《ムッシュー》、そしてこの小さなお話は編み込み模様になっているのです。すなわち、これはありうることなのですが、あの例のきちんとした良人は自分が別の女性と一緒にいる姿を見せることによって、わが妻が以前より盗賊のことを高く買っていて、ぜひ会いたいと思っていることを、わが友人である盗賊に分からせようとしたのかもしれません。ところが当の盗賊の方は、一隅で幸せな生活を築くという考えをはぐくんでいるところだったのです。盗賊が結婚について考えていたちょうどその時間、遠からぬところでは、あるいきり立った女性が、ほかの女と出て行き自分と子どもを見捨てたという理由で良人を撃ち殺しました、どこにも居場所がないと感じていた男はある仕立屋に銃口を向け、それは上手に狙いを定めたせいで、仕立屋は心臓を撃ち抜かれました。こうなると人びとは後に残された遺族のために募金をしなければなりません、また別のある男は嫉妬にかられ、誰よりも愛していた、そしてしだいに誰よりも憎くなっていった女を殺しました。ああ、なんと奇異な話でしょう。そしてまた、ある不満を抱えた妻がおり、彼女はわが良人がきちんとしていることについて嘆きの歌を歌い始め、良人が縊死する物語を書き上げ、その愉快ならざるお話を刊行したのでした。この物語が印刷、出版されると、彼女はそれを哀れなるわが良人に読ませたのですが、あまりにきちんとしていてお行儀がよかった良人には、妻にむかっ腹を立てるなど、思いもよらないことでした。それどころか良人は妻に、なんともさえないおめでたいキスをしたのでした。なんとめちゃくちゃに平和な人間がいることでしょう。妻は昏倒、失神してしまいました。そうなのです。なんと可哀想な女たちでしょう、怒ることのできない良人を持ってしまうなんて。わたしなら、そんな良人を持つくらいなら、墓穴に埋められた方がましです。盗賊は、そう、彼は、あちらこちらでいきり立つことのできる人間でした。むろん、彼はいつもそのすぐ後ではポリポリと耳を引っかき、その耳はとても繊細な色をしておりました。彼の両耳は感動的でした、ああ、そうでした、オペラの話がありました。今になってやっと想い出し、話を持ち出すことをお許しください。彼女は彼から離れていこうとしました、しかし、彼は彼女を悔やませたのでした。彼女があれほど美しく歌ったのはそのせいでしょうか？　わたくしたちは、はっきりと答えることのできない問いを抱えこんでいるときにこそ、いつにもまして愛らしく振舞うのではないでしょうか？　その振舞いのうちに、矛盾、魂の葛藤、高貴なる不安が映し出されているときにこそ、もっとも美しく、もっとも見るに値する存在となるのではないでしょうか？　わたくしたちは混乱しているときにこそもっとも真実であり、ぼんやりしているときにこそもっとも明晰で、不安にあるときこそもっとも確固としているのではないでしょうか？　ああ、あの美しい女性がわたくしにはなんと哀れに思えたことでしょう、彼女は救われてしまい、もはやいかなる救いも花開くことはなく、もはやいかなる救いへの憧憬も唇から洩れることはなく、もはやいかなる救い主も現れることはないのです、だってそれはすでに現れてしまったのですから。生のうちにあって二十回も不幸になることができる者は幸いです。人は、ただ絶望の極みにあるときにのみ、みずからの美しさを感じるのではないでしょうか？　みずからの価値を感じるのではないでしょうか？　しかしこの話は、少々先延ばしにすることにいたしましょう。確かに、調子よくお話ししている最中かもしれません。しかし、中断したからといって、このテーマを楽しく続けられなくなるわけではないと、わたくしは堅く信じております。

さて、今や彼は新しい住居に座っていました。最初の日、彼はなんて顔をしていたことでしょう。嵐の夜とも言えようこの顔はしだいしだいに晴れてゆきました。彼はあたりを見回しました。それからバルコニーへ歩み出ると、想いは鳩のようにエーディットのところへ、それからもう一人、ヴァンダのところへ、それから以前住んでいた部屋へ羽ばたいていき、それから心中はしずまったりざわめいたりしました。「わたしにはソファだってある」と彼は今、ひとりごちましたが、その瞬間、ドアをノックする音がして、家主の女性が戸口に姿を現し、言いました。「さて、分かっておられるはずの払うべきものを、いまだお払いになっていらっしゃらないご様子ですね。」「何のお話でしょうか？」彼は訊ねました。彼はなんと丁重にその問いを発したことでしょう。なんとすばらしくまともな人間になったことでしょう。大家さんはゼルマという名前で、甲高い声をしていました。「この期に及んで、何のお話、ときましたね。」そう言うと彼女は体をゆすって高笑いしました。その大胆な悪戯心が彼は気に入りました。それでいて彼女は、実際は、蒲柳の質であるようでした。「いつか、ぎゅっと抱きしめてやろう」と彼は考え、そう考えてしまうと今度は彼の方が笑わないではいられなくなりました。今度は彼の方が愚鈍な笑いに体をゆすったのです。「あつかましいお方ですこと」と彼女が言いました。このコメントはいたく魅力的に思われました。同時に、彼の鳩はふたたび、彼の退屈なエーディットちゃんのところへパタパタ羽ばたいていきました。エーディットにはどこかしらすばらしく退屈なところがありました。このエーディット的退屈さについて今や彼は思い巡らせたのでした。どこかでふたたび彼女に出会うようなことがあれば、まずこのことが頭に浮かぶことでしょう。と、そこでゼルマが言いました。「あなたはともかく正真正銘のならず者ですね。お黙りなさい、私にはお見通しなのです。」彼女が言い放った言葉に彼は恍惚となりました。この恍惚感はまったくもって奇妙奇天烈なものでした。つぎつぎに影が、大きな、かすかな、物問いたげなツバメのように、部屋を抜けてゆきました。「トンカチを一つ拝借できますでしょうか？」彼の喉から大胆な言葉が飛び出しました。こう問いかける声は震えておりました。かかる盗賊がゼルマのごとき人間を前に繊細にも打ち震えるとは、感動的ではありませんか。またもや、なんともあつかましい笑いが彼女の顔をさっと掠めました。いやいや、彼女にあつかましい笑いはありえません、盗賊ならばそうも言えるでしょうが。事態はそんな具合だったのです。「何がお入り用なの？　もう一度言ってごらんなさい。」彼はふたたび願いを繰り返し、それはまたもや奇妙奇天烈な満足感を彼にもたらしたのでした。「トンカチを一つ、お借りしたいのです」彼はゆっくりとはっきりと口にしました。「間借り人であって、いかなる重要人物でもないあなたが、そうやってゆっくりとはっきりとお話しになるなんて、あつかましいとしか言いようがありませんわ。」彼女はこう切り返しました。このコメントが口にされるや、またもや盗賊は憂慮すべきほどの大喝采を送ったのでした。「だからといってトンカチが手に入ったわけではまだありません、それを使って壁に絵を飾るべく釘を打ちこみたいと考えているのです。」かつて口から発されたもののなかでも、かくも気高き落ち着きを湛えたものはないと言えよう言葉で、彼は言いました。ゼルマは、今は時間がないと言いました。「わたしはあなたと結婚したい、なぜならあなたに同情するからです」という言葉が、突然、稲妻のごとく、彼の当意即妙の精神から迸りました。彼はこの無作法きわまりない言葉を、完全なる意図、今にも洪笑せんとする意識とともに発したのでした。彼の気分は松林の続くイタリアの風景のごときものへ展開していきました。ゼルマ嬢は、冷静になりましょうと言うかのように、ビロード張りの肘掛け椅子の一つに腰をおろしました。彼女は軽蔑するように笑うと、口元に悲しみの微笑を漂わせ「おかしな男《ひと》ね」と短い言葉を吐きました。彼女が口にしたこの言葉は、くぐもったように響き、まるで自分自身に向けて言ったかのようでした。盗賊の頭にはある考えが浮かびました、性的に悦ばしく真剣に生きようとしない者は阿呆になる、ゆっくりと痴呆化してゆく、と言った、あの名望高き人物のことを考えたのです。「何を考えているのです？」彼女が訊ねました。「少々怪しげなことを考えていたのです。」自分の結婚申し込みに対して相手が何を言ってくるか、待ち受けていた側は答えましたが、彼女の方はその話にはもう戻らぬ方がよいと思っていたのでした。彼女は静かな誇らかな愛を、その人生を通して堅持していたのです。「本当のところはとても親切な人間だ」、盗賊は今やふたたびひとりごちました、彼は誰かが盗賊稼業のことを信じてくれたなら、喜んだのかもしれません。「あなたの身だしなみには非常に足りないところがありますわ」という言葉が、ゼルマの細くて上品で繊細な、ヴァイオリンの弓を思わせる唇から滑り出しました、実際、彼女の口はまるでヴァイオリンの響きのように、品のよい形をしていたのです。「あなたのしわくちゃになった教養にアイロンがけしてさしあげるために小説を一冊お貸ししましょう、もし、あなたが自分のうちに更生への真摯な願いを感じていらして、心根のしつけが必要なことに気づかせた私に感謝するおつもりがあるのならばの話ですが。あなたには個性というものが欠けているのです。」彼女の口から、ちょうど隠れ処から飛び出た野兎のようにスルリと滑り出した、この小さな、けれどもうまく言い表わされた言葉に対して、彼は黙って頭を下げました。しかし、彼女は驚いたことに、お辞儀などというものはカラカラとあっさり笑い飛ばしたのです。「どうしてわたしがならず者なのですか?」彼は身を低くして訊ねました。「それはあなたが生涯を通じてつつましやかな人間を演じて来たからです。あなたは悪党です、本当は全然そうではないのですが、どうあっても少しばかりはそうでなければならないという事情があって、悪党なのです。」彼女は力を込めて返答しました。彼女は心中の吐露を楽しんでいました。外では、なんと気だるそうにおひさまが照っていたことでしょう。彼方にはここでもまた山々が見えていました。「あのすばらしい山々への眺望」とゼルマ嬢は言いました、「これも追加料金で支払っていただきます。月にいくらかかるのかはあとでお伝えします。まさか贈り物だとでもお思いになって？そんなに思い上がってはいけませんわ。」これ以上ないほどの至福の微笑みが盗賊の口元に浮かびました。ゼルマの言った言葉はとても才気に満ちたものに思われました。このような見事な出来映えの仕事にはいかなる賛辞も追いつけやしないでしょう。それから彼女はふたたび「ならず者」の糸をたぐり寄せ、こう言いました。「この上なく繊細な人間の魂を、多感な心をとんとんトンカチで叩いてまわるような人間には、ヴァンダとやらを愛し、それからエーディットやらに鞍替えするような人間には――」「それにしても、どうしてあなたはそんなことをご存じなのですか?」わたくしは訊ねました。彼女はこの問いをいわばドアの前に立たせたままにしました。そしていまやわたくしは、これで約束を果たしたわけです。わたくしは盗賊の恋愛話をお約束したのでした。多くの人びとがわたくしたちのことを、忘れっぽいと思っています。しかし、わたくしたちはあらゆることを念頭においているのです。ゼルマ嬢はそのちっちゃな指でエプロンをつまみました。盗賊は考えました、「わたしはここに立って、エプロンつまみを眺めていて、そしてどこかでは人びとが赤貧状態と闘っている。」そんなことを考えた自分を、彼はまともな人間だと思いました。「同情しているのですね？」突然、ゼルマが高く響く声で言いました。「あなたは私のことが、そこまで分かっていないのですか？　品位ある家の出の娘をなんと思っていらっしゃるのです？」「あなたは、でも、もはや、もうすごく若いというわけでもないではありませんか」と彼は言いました。「ではトンカチをお持ちしましょう。戻って来なくてもよいように、ついてきて下さい。あれこれ考えてみるに、私はまだ仕事があるのです」と彼女は洩らした。この言葉を彼女はゆっくりと発しました、そしてあなた方にはお約束しますが、ゼルマはこの先もみなさんを驚かせることになりますよ。彼女にはいわば奇矯なところがあります。オペラのことは忘れてはおりませんし、つま先立ちの話も、機会がくればお話ししましょう。どうか、お焦りにならぬよう。

奇妙なことです、わたくしたちはなんと容易《たやす》く満足してしまうのでしょう。ここ最近のわたくしの振舞いなど、自己満足のおひさまに照らされて、鈍い光をぼうっと放っている始末です。ひどい状態です。しかし、残念ながら、どうやらこれが真実であるようなのです。わたくしは自分の欠点のことごとくを、とことん大目に見ています。わたくしの自己評価に至っては、一見の価値ある名所と言えるほどです。この自己満足と自己評価のつるみあいは、ここのところ相当にお互いの役に立ってきたようです。もっとも以前はお互いに損し合っていたのですが。わたくしは見下すような態度で、誰が損をして誰が得をした可能性があるか、どこで、どの程度そうであったのかを計算しています。そうしたことをあれこれと考えるのは楽しいものです。わたくしの場合、他の人間の心配をすることは、一種のスポーツとなってしまいました。むろん、他人の領分に介入するような真似はいたしません。考量したことは自分の中にとどめておくのです。コメントするに値するわたしの原則は、次のようなものです――〈わたくしの役に立たない者は、自分自身が損をする〉。どうです、ちょっと聞いたことがないほど良く考えられていると思いませんか？　さらにこんな根本原則もあります――〈わたくしに対して感じよく礼儀正しい態度を見せる人間は、過去になにかしら損をした経験のある人間である〉。信じがたい論理ではありませんか？　こうしたことすべてをわたくしは面白い、つまり、注目するに値することだと考えています。わたくしの盗賊もしばしば経済等々について考えていますが、確かに彼はそうした方がよいのです。「今やらないでどうする！」彼はもう何度この言葉を口にしたことでしょう。エーディットが姿を見せるレストランの様子がよく見えるようにと両足でつま先立ちしたときにも、彼はこの言葉を口にしたようでした。それにしても彼はいつからそんな風にうろつき回るようになったのでしょう、いつからそんなつま先立ちをすることで、実際以上に背が高そうに、スマートに、意味ありげに、重大そうに見えようとするようになったのでしょう？　この若造め。　わたくしたちはそのうちこの思い上がった男に一発喰らわしてやるつもりです。　はたして彼は五体満足でこの物語を乗り切ることができるのでしょうか？　この可能性は黙したままで、いわば控えめな態度で、じっと事態を注視しています。「今やらないでどうする！」――この言葉にはある種のロマン主義があります。とても賢い言葉ではありますが、とても馬鹿げた言葉でもありえます。さてそれから彼はその場を立ち去って、この賢くもあれば愚かでもある言葉を忘れてしまい、トコトコと広場を横切っていき、蛮勇をふるって四囲を見回し、その行為によって自分が現代小説の主人公であるかのような気分になり、それから為替相場が掲示してある板の前に立ち止まったりしたのでした。あれはどこだったでしょうか、彼がある俳優に、ちょっと真似できないような世慣れた態度で、ビールを一杯おごったのは？　控えめな姿勢こそ最良の執筆姿勢という考えを、わたくしたちは信奉するものであり、この点については理解が得られることを願っております。わたくしがお金を借りている人たち、あの人たちは損を被っています、あまりに相手に慣れ親しみすぎたのです。またもこのような商取引の原則論じみた話になってしまいました、むろんそんなに本気になっているわけではありません、人間はえてして熟慮の足りぬこと、それどころか浅薄といってもいいことを口にしてしまうものです、それがどうでしょう、そこにすばらしい考えが含まれていることがあるのです。冗談についても時として同じことが言えましょう。ともかく先を続けましょう！　ゼルマ嬢のお話には、すぐに、というのはつまり、十分ほどしたらぜひ戻ることにしましょう。この人並みはずれた人物は、おそらくはもう今の段階でも、読者を魅了していることでしょう。彼女は盗賊を魅了していたでしょうか？　もしかすると彼女はそのつもりだったかもしれません。そして彼自身も一時はそう思っていたかもしれません。そうなのです、人間というものはいとも簡単に、あれこれ思い込むことができるものなのです。ともかくも彼女は、まさにその人物に足るだけの知性を持ちあわせておりました。こういう言い方をしてみることにしましょう、彼女はユーモアのある人物で、登場人物としていわばまことに歓迎すべきキャラクターと言うことができると。ちなみに、ディッケンズの偉大な長編小説の中の、ご婦人方を描いたいくつかの箇所がありましたね。あの小説は何という名前だったでしょうか？　しかし、どうしてわたくしがそんなことを知っている必要がありましょう。全世界がこの本のことをよく知っていて、物の分かる人間はことごとく賛辞を送っているのです。ディッケンズが美しい女たちのことを話しだすと、彼はもうどこまでも優しくなって、愛情深く、言葉巧みに語りを展開していきます。彼ほどに女性を賞賛することに長けた書き手はいないでしょう。どうやら彼はそうすることが差し迫って必要であると考えたようで、実際、それはその通りだったのです。褒めなくてはならないと感じている相手に対して、人はある種デリケートな、負い目の意識を抱いてしまうものです。加えてその人には賛意をうまく言葉にのせるという課題がつきつけられますが、この課題は賢明さを要求するものなのです。それはともあれ、そう、ある晩のこと、お金を賭けた遊興が催されている鏡の間で、すでにお話しした通りヴァンダとエーディットが邂逅するという出来事が起こったのです。二人はなんと落ち着いて話し合ったことでしょう、そして二人ともなんと悲しくも美しい姿だったことでしょう。この話し合いで二人は、心の荷を幾分おろすようなことはあったかもしれませんが、胸襟を開いて向きあったわけではありませんでした。そして、ぴったりと閉じられたカーテンの後ろには、会話の対象たる人、すなわち、われらが盗賊が隠れ、一語あまさず話を聞いており、そしここで物語っているわたくしたちは彼のすぐそばに立ち、「冷静に、そして、できうるならば芸術的に」と耳打ちすることで、不偏不党であるよう促したのです。そしてゼルマ言うところの、この「おかしな男」は、カーテンの陰から姿を現さねばならないのではないかと思いながらも、わたくしたちの言葉に従ったのでした、この決定的な対話に加わりたいという欲望に、ひどく身を震わせてはいたのですが。彼はそこの賭博場で、みずからお金を賭けたことはありませんでしたが、興味津々で賭けごとを見つめておりました。友人の幾人かはゲームに加わるように彼に促しました。わたくしたちはここで友人という言葉を用いましたが、あまり厳密にとっていただく必要はありません。彼にはそんなふうに知り合いがいましたが、その中には、アメリカ人も一人いましたし、なかんずく若い法律家が一人いました。上流社会は、著しく近しいとは言えないかもしれませんが、まったく縁遠いわけでもなかったのです。「あなた、いったい調子はどんな具合なのです」と階段のところで、どちらかといえば浮ついた仲間に属する若い女性が短い言葉で訊ねてきました、「私はあなたのことが怖いのです。あなたは恐ろしく無害です、けれどもまったく無害なんて、むろんありえない話です。いったいあなたはどんな仕事をしているのですか？　あなたはアルトゥールツーラタコジア王の宝を守っているとでもいうのですか？　どうなのです？　黙りこんでしまうおつもりですか？　こうしてわたしたちは薄闇に包まれてしまい、言葉少なあなたを奇妙に感じてしまうのです。あなたを奇妙な人間と考えるのは正しいことなのでしょうか？　それにしても、あなたの振舞いようはどうでしょう。聞いたところによると、あなたは苦しんでいらっしゃり、そのことを楽しんでいらっしゃる。つまりは、あなたはひどい扱いを楽しみ味わうことがおできになる、それがまるで何かしら愉快なことであるかのように。かくも淡々と私の前につっ立って、あなたのことをいかように考えるべきかを、まったく教えようとしないことで、あなたは私を侮辱していることになるのです。しかし私はあなたに言ったとおり、あなたのことを恐れています、その点変わりはないのです、私の言っていることがお分かりですか？　私はあなたを危険な存在と考えるよう、最大限、努めようと思います。あなたは、まったく、全然、危険ではないがゆえに、危険なのです。あなたは悪党なのです、お分かりですか？　どうしてなのか、お分かりですか？　そう考える理由が分からないゆえに、そうなのです。まったくひどい話です。」「わたしがとても興味深い人間だということは、請け合いましょう」と盗賊は言いました。いわば、信じられぬほど率直に、そして誠実に。彼はちょうどその頃、縁なし帽を帽子屋で買い、そこで、正確さと呼ばれるところの義務に関して少しだけ、ほんのごくわずかだけ難があることに悩んでいる女性に、帽子が似合っているかどうか、訊ねてみたのでした。「まあまあですわ」と彼女はいくぶんぶすっとした調子で答えました、そしてこの縁なし帽をかぶって彼はそのあと、あの件の場所におもむき、そこでつま先立ちすることこそふさわしいと考えたのでした。取るに足らないこの振舞いは彼には取るに足ることのように思えました。その翌日、彼は匿名の手紙を受け取り、そこには次のような言葉が書いてありました、「この先あなたを尊敬することはできるでしょうか？　今日、公衆の面前でなさったことからして、まず無理でしょう。あなたはほとんど学童じみた振舞いをしています。あなたは臆病です。ほかならぬ誇大妄想から、あなたは小娘を演じています。なんとなれば、窓ガラス越しに覗くこと、中に灯っている明かりを見て喜ぶこと、他人が食べている食事に喜ぶこと、そんなことは小娘にしかできないのですから。あなたはご自分の両親を否定し、受けて来られた学校教育にビンタを喰らわせています。これはスキャンダルです。あなたの先生方はあなたに、かつて、細心の配慮でもって、シュリー、ヴォーバン、コルベールが成した仕事を解説したのではなかったでしょうか。ローマとギリシャのことは完全に忘れてしまったのですか？　あなたの振舞いようは、まったく不良少年のようです。紳士たちが、シリンダー帽をかぶったさらなる紳士たちを従えてやってくる姿を見ても、深々と感銘を受けることは本当にないのですか？　そうした見せ物が不安な予感を呼ぶことはないのですか？　人びとに幾重にも叱り飛ばされたことをお忘れですか？　この手紙はあなたに不快な思いをさせるかもしれません。あなたのことをお助けしたいのです、公正さとはいかなるものかが分かった、というお気持ちになれるようなやり方で楽しまれるようお勧めしたいと思っているのです。公正さとは、なかんずく、ほかの人間のことを、この仕事には不向きであると、場合によっては使い物にならないと考えることなのです。けれども、どうやらあなたはそれをまったく理解しようとはしなかったようです。しかし、いつの日か、あなたはついにこのことを理解しなければならないでしょう。帽子はあなたに似合っていません。凡人の外観を与えています。洗練された感覚をもつ人びとから不愉快な注目を集めています。世のおじさまというおじさまがあなたに腹を立てています。プロテスタントのおばさまたちはあなたのせいで、ほとんど十字を切らんばかりになってしまい、かくして儀式の基本にかかわるような過ちを犯しているのです。あなたは罵られるままにはなってはおらず、それを笑いとばしたのではないですか、それにあなたはゼルマという名の風変わりな女の家に宿泊、寄宿しているのではないのですか、そしてそこであなたがやっていることといったら、バルコニーから牛乳売りの馬を見下ろし、その馬の背をおひさまが照らしているのを眺め、そのおひさまの光をバルコニーが浴びているのを眺め、屋根職人が屋根を修繕しているのを眺め、苦しみを抱えたあるご婦人が別のご婦人に見つめられているのを見つめ、出入りする人びとによって開けられたり閉められたりする庭の門を見つめ、それから例えば今やバルコニーから部屋へ戻ることを考え、その部屋にあなたは不遜にも——それはあるときは尊大とあるときは行き過ぎた従属と紙一重なのですが——居室という呼称を与えているのではないでしょうか。」彼は手紙を読むと、呟きました。「すべてはきっとこんな具合に進んでゆくのだろう。」そんな具合に叱責されて、彼は庇護されているように感じました。こんなことは、どこの誰にでも起こることではないのです。

その風変わりな女性——盗賊はこの女性に好感をもっていました、突拍子もないところのある人間には、少なくとも何かがあると彼は考えていました——の話に入る前に、みなさまには盗賊の学校時代の同級生二人をご紹介しましょう。この二人は大いに出世した人間でした。一人は医者に、もう一人は印刷業者になったのです。後者の男は、やがては技術長の地位にまで昇りつめ、そしてこのポストを得たころに、ある美術展で盗賊に出会い、彼に対して無造作にこう言ってのけたのです。「お前はどうも気にいらん。次に会ったときには、もっと私の気に入る人間になっていることを願っているよ。」こんな調子でしゃべった男は、非常に上等なホテルで食事をとっていました。それは街で一番高価で、いわば一番豪勢なホテルで、長いことイギリスで暮らしていた、すごく若いとはもはや言えないご婦人によって経営されていました。このホテルの女経営者に、ある麗しき日、この街の中でも群を抜いて格が高いとされる印刷所の所長が言いました。「私が思うに、あなたはとても好ましいお方だ。その立ち居振舞いは、自立したお方であることを物語っている。できることならぜひあなたと結婚したいと思うのです。このような繊細な願いを口にしてしまったことをお許し願いたい。私たちは何かしら繊細な意味のことを言おうとすると、えてして繊細さを欠いた言葉を発してしまうのです。私はもうあなたの存在に対する温かな気持ちがからだじゅうを貫き流れているのを感じています。〈貫き流れている〉という言い方は、少々不適切だと思われるかもしれません。私もそう思います。この点において私たちは意見を一にしているのです、私の愛する、どこまでも尊敬するお方。〈どこまでも尊敬する〉という言い方をしてしまったことは、残念に思います、お聞きのとおり、どうも信頼できそうにない響きがあるからです。私は詩人なのでしょうか？　違います。それなりの名望のある人間でしょうか？　そうです。そしてそれなりに社会的重みのある人間として、すなわち、時を経て地位を昇りつめてきた人間として、そしてあなたに心から魅せられている人間として、私はここであなたに共同して事にあたることを、そしてその目的のために夫婦の絆を取り結ぶことを提案したいのです。」かくももったいぶったしゃべり方ではあったものの、彼の言葉は率直なものであり、そして彼女は彼を見抜いていました。まるでこの瞬間、彼はまったく透明なガラスでできていて、人はその内部を、つまりは彼の、ともかくもよき心情に満ち溢れた誠実な意図を覗きこんでいるかのようで、そういうわけで彼女はこの都市で一番上等な印刷所の所長の腕に身を投げ、そうすることで、彼女は彼の申し出に同意すること、そして、その提案を受けて幸せであることを示してみせたのでした。そこでまたさらに世界大戦が勃発し、このホテルは、〈平和主義者〉の旗印の下に、交戦国が国民に課するもろもろの制約に対して距離をとることを賢明と考えた外国人の間で名を知られるようになっていきました。今や、彼の所有物ともなったホテルは、正真正銘の、異論の余地なき、平和主義を謳い文句に掲げた、教養人たちのためのホテルへと発展を遂げ、そして、そこに集まった人たちがもっぱら裕福な人間ばかりで、しかもその中には反戦の熱弁をふるった記事を書き、それが印刷された人たちもいたこともあって、商売はいよいよ繁盛するばかり、そしてそうしたこと全体が、この上なく麗しき正当性に伴われてもいるというわけなのでした。幸運を得たもう一人の学友は、いわば静かな、少々鈍重な熱意で心の医者をめざして勉強した人間でした。心は神経と密接につながっていますから、彼はまた精神医としても通っていました、そして観察と配慮を必要とするいくぶん繊細で柔弱な神経を示しがちなのはとりわけ女性であるというわけで、この主として神経を扱う心の医者は婦人医としても通っており、事実そのような存在として、まったく苦労のない小道をたどって名声を手にしており、それはご存じの通りほぼすべての職業上の成功が、無頓着にあるいは成り行きまかせに進んでゆくのと同様でした。わたくしの聞くところでは、彼はとりわけ世の母親たちをえも言われぬほど品よく繊細に扱う術を心得ており、それで彼女らは自分の娘やら何やらを百パーセント信頼して彼の手にゆだねる事態となり、こうしたごく単純な方法に支えられて、彼はお金と地位を手に入れたのでした。うまく取り入るような人柄、深く覗きこむような、不安を消し去るような眼差しを備えていた彼は、この眼差しによって、幸運を手に入れたようであり、年取った男やもめでありながらきわめて若くて美しい女性と結婚し、この妻は、その容姿によっても持ち来った財産によっても疑いなく、そもそもすでに相当のものであった彼の快適生活を、並々ならず高め、向上させたのでした。そして、そうした二人の学友たちがかくも著しく市民階級の階段を昇っていったというのに、あの盗賊ときたら今やゼルマ嬢のところへ行って、もしや何らかの形で自分の力が入り用ではないかと、丁重に訊ねていたのです。彼はまたもや笑い、彼女は目を丸くして彼をみつめました。「なにかご希望でも?」彼女は訊ねました。彼女はコーヒーを飲みながら日刊新聞を読んでいました。ここで言い添えておかなくてはなりませんが、ゼルマ嬢はたいていの食事を質素に済ませておりました、つまり、彼女は食が細く繊細だった、別の言葉で言うなら、食生活という点においては、十二分に考え抜かれた制限をみずからに課していたのでした。ゼルマ嬢の家には、ちなみに、ロシア人の女子学生も住んでいました。

そして今や事態全体は、さしあたっては以下のような具合であるようです。エーディットは「彼女の」盗賊に対して、適切とはいえぬ態度をとりました。あえて言及するに足る失策をしでかしたのです。わたくしとしましてはこの紙片の中で言った通りなのですが、彼の手をとって彼女のもとへ連れて行き、一種の罪深き人として彼女の前に立たせ、許しを乞わせるつもりです。しかし、彼女が彼に対して不適切な振舞いをしたという理由で、彼が彼女に許しを乞うというのはいかがなものでしょうか？　そんなことをしたところで意味はないでしょう。わたくしとしても、この和解の件がここにきて不確かなままに宙ぶらりんになっていることに困惑しています。その一方で、わたくしは不確定になっていることは事と次第によっては好都合とも考えています。というのも、わたくしたちがおずおずとドアをノックしたとして、エーディットがわたくしたちをどのように迎えるか、わたくしに分かろうはずありましょうか？　彼女は「とっとと出てお行き」と言って、わたくしたち、つまり、わたくしと盗賊の鼻先でドアをピシャリと閉めてしまうかもしれません。わたくしのことを憎むに違いありません。彼のことも憎むかどうかとなると、わたくしにはなんとも判断できません。知っての通り、彼女は普段からプリプリしてばかりいるのです。しばらくの間、彼女はわたくしたちの、つまり、彼女に出会う者たちの眼の前に、こんがり焼けた姿を見せていました。かくも小麦色になるほどに日光浴をしたのです。また彼女は一ヶ月ほど入院していたこともありました、その間、盗賊は十二回ほどもレストランのホールに行き、彼女のことを訊ねたのですが、答えはいつも、まだしばらくは来ないわよ、でした。この頃、彼は彼女の同僚に紙玉を投げるような真似もしました。少なくとも百通くらいは彼女宛ての手紙を書きたいところでした、それも毎回、前回の手紙よりももっと感動的な調子で、けれどもそれはよしておきました。盗賊はためらうことにおいてはまさに巨人族《ティターン》といえる人間の一人で、この人たちは、自分自身から喜びを奪い去ることに喜びを見いだすのですが、手紙を書くことも、そう、喜びなのです。どんなに書きたくて書きたくてたまらなかったことでしょう。不意にレストランに噂が流れました——彼女が来ると。実際、彼女はやって来ました、そして今や、あれやこれやの奇妙奇天烈な児戯がすばらしく繰り広げられ、そしてある晩、それが何時であったのかはわたくしには正確には分かりませんが、彼女は彼に向けて、人魚のように微笑みかけてみせたのです。人魚のように、という言い方がここでまさにぴったりであるかどうかは、わたくしにはよく分かりません。わたくしの話し方が許されざるものである可能性もあります、そうであったらむろんとても残念なことです。ともかくも、彼女はその頃、彼に微笑んで、そしてその後で言ったのです。「馬鹿な男ね、いい加減にうるさくつきまとうのはやめてちょうだい。」こんな言葉を思い浮かべると、盗賊が彼女に何かしらひどいことをして、その過ちゆえに彼女の前に跪かねばならないなんて、信じがたいことに思えてきます。頑強にこれを彼に求めている人たちがいるのです。このエピソードには、学者も素人も含め、あらゆる方面からそれなりに知性ある方々が口出ししてきたのです。これでお分かりでしょうが、そもそも社会があるところには秘密は存在しないのです。「機嫌を直しておくれ、愛しい、愛しいエーディット、そしてわたしのことを不作法者と呼んでおくれ。」彼は彼女のところに行って、こう言うべきでしょうか、そうしたら彼女はソファに座り、編み物をするでしょうか？　わたくしはもう笑いをこらえきれません。にもかかわらず、事と次第では心から喜んで出かけてゆくつもりです。わたくしは原則として「いやだ」とは決して言わない人間なのです、むろんこの仕事に価値があるのかどうか疑わしいと思ってはいるのですが。全体として言えば、わたくしは目下のところ、そのような仕事を引き受けるには少々用心深すぎるくらいの気分でおります。エーディットがわたくしを、言わせてもらうなら、「高慢に」見下すようなことも、容易に起こりうるでしょう。わたくしとわたくしの秘蔵っ子を軽蔑の視線に晒すことを、わたくしが望もうはずがありましょうか？　他方、エーディットが大喜びする可能性もないわけではありませんが、あっさりそう信じる気持ちにはわたくしはちょっとなれません。彼女は、神経質な、非常に神経質な娘なのです。ああした内気な人間は、いとも簡単に、高慢の影に身を潜めるものなのです。そのような柔和な人間が夢想したり我意を張ったりするのを邪魔してしまうと、彼らは何かしら大胆な態度に出るのです、それでどんな偉大なことが達成できるでしょう。とりわけ、わたくしが考えるところでは、盗賊は、社会的に上昇することを考えなければなりません。それにエーディットからも、わたくしに言わせれば、冷たい態度ばかりが予想されるわけではありません。それにしても、あなた方には決して想像できないでしょうが、彼が彼女に懇願している言葉を聞いたなら、わたくしは可笑しくてたまらなくなってしまうでしょう。彼には懇願の才能があるのです。わたくしが請け合いますが、彼はとても感じよくやってのけるでしょう、しかしそのときには、聞く人は大笑いしないではいられないでしょう。わたくしは笑いの発作に陥りかねません、そうならないなんて、誰に保証できましょう、ともかくこれだけ言っておきましょう、世に良風をもたすために、道徳風紀について非難するのはむろん理にかなっています、しかし、そこで利を得るのは非難の対象となった人間であって、非難を口にした人間ではありません、このことはしっかりと見据えておかなくてはなりません。非難することはともすれば中毒になるもので、これは嘲笑しておけばよいのですが、その際、矯正される者は矯正する者よりもつねに魂の状態において優っているのであって、矯正する者がそもそも悩んでいる者にほかならないのに対し、罪ありとされた者は健康ではちきれんばかりに見える、いや、見えるばかりでなく、実際に健康そのものなのです。批判する際に冷静でいるのは難しいことです、これは批判する者が気が重くなってしまわないようにという配慮から言っているのです。人に批判されるということ、そこにはとても心浮き立たせるものがあります。批判された者は、いとも簡単に、褒められているような気分になることができるのです、というのも、彼は自分のことで骨折っている人がいると思うことができるからで、そしてそれは実際にそのとおりなのです。しかし、この事情を理解するには、思想というより、高次な世界にいくぶんなりとも通暁し、諸連関を見渡すことができなくてはなりません。真面目な顔で話し始めると、さあこれからいわば落ちていくぞと堅く信じ込む人間が十人中いつも八人はいるもので、彼らはいかなる喜ばしき人間も無条件に人間の英知の頂きに立っているかのように思っているのですが、これは必ずしもその通りではありません。もちろん、喜ばしさには大きな価値があります、しかし、喜ばしさと真面目さは交替しなければならないのです、真面目に始まったものは喜ばしさのうちに終り、喜ばしく始まったものは真面目さのうちに終り、つまりは分かたれつつ接しつつ、お互いを豊かにすることができるように。彼はかつて機嫌を損ねて彼女に一フランを投げてよこしたことがありました。わたくしたちにしてみれば、そんなこと、大した過ちではありません、わたくしたちは、そのような些事を理由に、ここでの叙述すべての対象となっている者に対して暴力を加えようとは、これっぽっちも思っておりません。そうこうするうちに、かつて盗賊が家で豆をごちそうになり、その際にはご存じのように性に関することが話題となった、あの重要人物の手になる、心の大切さを論じた論文が、年鑑のような刊行物に掲載されました。どうやらこの性の擁護者は性の擁護から、いわば心変わりしたらしく、そこでは、例えば、感官を働かせることの価値よりも、心を働かせることの価値の方を高く評価すべきであるといった、さまざまな愛すべき洞察が展開されていたのでした。この問題に関しましてはわたくしたち自身は、言うなればさらりと、というか中立的に触れておくにとどめたいと思います。しかしながらこの論文は盗賊の眼にとまることとなり、まっくらな孤独の中で陰鬱な気分に囲まれつつこれを読んだ彼は、それが深い印象を残したことを否定しなかったのでした。ついでに申しますと、それとほぼ時を同じくして、彼は小旅行を敢行したのです。しかしながら、あの哀れなゼルマ嬢がどうやらもうずいぶん長い間、わたくしたちのことをじりじりと待っているようです。男性が女性のことを分かっているよりも、女性の方が女性のことをもっとよく分かっている、と言うつもりはありません、男性は女性のことをロマンチックなやり方で知っているのであり、女性は同性のありようをもっとリアリスティックに、ことによるとこう言ってもいいかもしれませんが、理性的に、つまりは学校的に単純に、例えば二かける二は四といったふうに解しているのです。男性にとって女性はこの問題を解いたときの五という答えのようなもので、どこかしら非論理的、超論理的なものであり、それを彼は、たいていは口には出されないものの、より高次な目的のために必要としているのです。盗賊にとってのエーディットがまさにそうでした、そしてことによるとこの点に、この娘に対する盗賊の罪状があるのかもしれません。ことによるとこの点において、市民的意味における裏切りということが言われてよいのかもしれません。ご覧の通り、わたくしたちは彼のことでは厳格なのです、そして髪の毛一本ほどでも過ちの可能性を見つけようものなら、わたくしたちは彼をつかまえて彼女のもとへ連れて行きます、髪の毛をひっつかんででも引きずってゆかねばならないでしょう、そうなれば彼は助けを求めて大声で叫ぶことでしょう。叫んだところでどうなるものでもありません。しかし、そのような手段をとる必要はないでしょう、というのもわたくしが、「さあおいで」というと彼はついてくるのです、だって彼は食欲旺盛、つまりは、いつも少しばかり好奇心旺盛である限り、食いついてくるのですから。あのゼルマはエーディットを、非常に、非常に、「二かける二は四」的に見ていました。彼女はヴァンダの方に肩入れしていましたが、おそらくは、盗賊の裏切りを非難することができるように、そうしていたのだと思います。ゼルマにとっては、非難できることの方が、自分にとってはまったくどうでもよいヴァンダの幸福よりも重要だったのです。あるとき、散歩の途中、盗賊はこんなことを想像しました、自分はエーディットの言いつけを果たすために、歩きに歩き、ついには倒れ伏し、そしてそれを見た彼女は、ほんのごくわずかばかり心配したように笑みを浮かべる、その姿を思い描くと彼は恍惚となるようでした、そして、また別の折にはこんなことも想像しました、自分は国を離れて旅をしている、見知らぬ土地をさまよい、見知らぬ通りを抜けてゆき、見ず知らずの家のドアをあけ、見ず知らずの人たちと交わり、そして遠く背後に残してきた国のこと、エーディットのことを想う、そればかりを想う、自分がうち立てた愛の宮殿のことを、ただもうひたむきに誠実な愛情の上にうちたてた、ひたすらに魂の悦びばかりからできあがった愛の宮殿のことを想う、そして歩いて歩いて、もう最後には自分が何者であるのかさえ分からなくなる、けれどもことによるとそれもまたすばらしいことなのではと考える、どちらなのかあえて決めることもしない——このお話は、またふさわしい場所ではっきりと、丁寧に、話題とすることにいたしましょう。

さて、彼はある晩のことレストランで、まだひどく遅いわけでもない時間に香港出身の女性と——ある意味たまたま通りすがりに——親しくしていたという理由で、非難にさらされることに、すなわち、迫害されることになりました。これは正当なことでしょうか、明朗にして端正なる礼節の法にかなうことでしょうか？　この点についてどうかご教示くださいますよう。この中国から、あるいは他のどこかしらから来た女性は、頭に羽飾りをつけ、胸元と申しますか、胸部が堂々とした方でした。盗賊は自分と彼女のために赤ワインを半リットルほど注文しました。これが事のすべてであることは、このわたくしが誓って請け合いましょう。盗賊の母親は若い頃、小さな薄暗い小部屋で、それは山深い僻地だったのですが、学校の宿題をやっていました。こうした理由からも、人びとは、彼が享受していたわずかばかりの信頼を有無を言わさず奪っていったようでした。いったいそれは必要なことだったのでしょうか？　加えて、父親の仕事が成功しなかったという事情もありました。つまりは主にこうした理由で、盗賊の優美なる肩章は剝ぎ取られてしまい、彼は小間使い娘に降格されてしまったのです。こうした仮借ない仕打ちすべてに対して、友人たちはなすすべがありませんでした。彼の友人であることが分かった者は、社会的に面目を失ってしまったのです。そういうわけで、彼は下働きの女中に変えられました。エプロンをつけて走り回っているようです、それに、この可愛らしい装束を素直に喜んでいるようでもあります。実際、奇妙なことですが、その出で立ちをした彼はまったくすばらしく引き立って見えるのです。つまりは、彼の父が心根が善く貧しかったせいで——ああ、神さま。その先を繰り返す必要はありません。愛するエーディットは幾度、彼らに言ったことでしょう。「お黙りなさい！」しかし彼らは、盗賊ちゃんの、この信じがたいほど繊細な存在の平安をかき乱すことだけは、絶対にやめるつもりはありませんでした。「ろくでなし」は、彼に向けられた言葉のなかでも、もっとも可愛らしいものといえました。で、どうして彼らはそんな言葉を投げつけたのでしょうか？　理由は単純明快で、いまだに、これはという長編小説が生まれてこないからでした。むろんかつてずっと以前には、盗賊の方がある紳士をどやしつけたこともありました、口頭ではなく手紙でしたが、どちらであっても同じことです。後になって、とりわけこの過ちに対しては、こっぴどい仕返しがなされました。それにしても、彼の父が貧乏であったこと、このことは許しがたいことでした。他のことであれば、人びとも大目に見たところでしょうが、これだけはだめでした、というのも、これはともかくもおぞましいことだったのです。貧乏というのは、世の中全体が貧しいときには身の毛もよだつことなのです。そのような時代にあっては、これ以上の犯罪はありません。そしてみすぼらしさ、すなわち、父たちの罪過は子孫の代をも襲います、幾代にまで及ぶのかは知りませんが、わたくしとしては百代までとしておきましょう。あの善良で実直な父親がこのことを知ってさえいたら――いや、もうこのお話はやめにしましょう。何か他のお話にいたしましょう。ああ、そうです、あの小説にでてくる、年老いた、毛がぼさぼさになった犬。いや、他の作家の長編小説など、わたくしたちに何の関係がありましょう。ここで問題なのは、あの盗賊がひょっとして一時的に本当に少女に、ちっちゃな召使娘になってしまったというわたくしたちの長編小説なのです。繰り返すなら、このことは「一時的に」、おそらくは内的にのみ起こったことで、適応能力からなされたことで、あらゆる迫害にしなやかに適合することが差し迫って必要だったのです、そして大抵の場合、それはうまくいきました。彼は少女たちの手つき、顔つき、身のこなし、表情、ものの見方を研究し、前例のないほどの成功を収めたのです。例えば、少女たちは嘲笑され馬鹿にされるとき、この嘲られようをいわば楽しんでいる、面白いと感じているのです。このような特質、あるいはその他の特質を彼はきわめて精確に覚え込み、それを一種の武器として腰に巻きつけました。これを彼は自分で「小娘化」と命名し、ひたすら朗らかに小娘化し、ともかくもなお、精神の健康を維持したのです。小娘化するのは、むろん容易なことではなく、わたくしは他のどなたにもお勧めしようとは思いません。これを試みる際には、自分自身に対して、万全の注意を払わなければならないのです。どうして彼は盗賊になったのでしょう？　それは、彼の父が心根が善い人で、けれども、貧しかったからです。そして彼は遺憾ながらあちらこちらで、ほかならぬ彼の機知でもって迫害者たちを一刀両断にしました、そのことについてはいかなる責任をも、つべこべ言わず引き受けています。盗賊はすなわち、大きな良心をもつにはあまりに繊細に生まれついており、もっていたのは、ごく軽くて小さな良心だけで、ほとんど感じないほどのもので、それは若枝のごとくしなやかだったので彼を苦しめることもなく、もちろんそのことを彼は心から喜んでいたのでした。わたくしたちはこの迫害については、あの地位のある人物が厳しく言い放つことがなかったなら、とてもではありませんが自分たちから話題にすることはなかったでしょう、ある晩、その人物の家で盗賊がお茶を飲んでいたところ、次のようなコメントが漏らされたのでした、「そうそう、あなた、人に憎まれるようになってしまってはね。」この知識人と出会う前には、盗賊は「こうしたことすべて」については予感すらしていませんでした。この性的人物もしくは知的人物が彼の眼を覚ましたのです。盗賊はいわば純真無垢にベッドに横たわっているようにすやすやと寝入っておりました。わたくしであればそのような子どもは寝かしたままにしておくところです、先ほど申しましたようなコメントを耳に吹き込んだり、ぎゅっとつまんで、ひどく知的に「おい、眼を覚ませ、時間だぞ」などと呼びかけたりしないで。そういうわけで盗賊はもちろん起きないわけにはいかず、かくして彼はここに立っているというわけです。そうでなければ、彼について耳にすることは決してなかったことでしょう。ああ、あんな愛らしい声が響き渡ったら、オペラの舞台上で演じられている出来事にかぶりつこうと、人びとは眼を開き、耳をそばだて、手すりから身を乗り出さずにはいられないでしょう。ここで登場しているのは本物の天使であって、それはある美しい逞しい若者に捕えられたのでした。その天使はちなみに、オリエントでは慣わしの、襞のゆったりしたズボンをはき、その靴先は反りあがっていました、それは一種の子ども用のスリッパのようなものでした、少し経つと、なぜかははっきり分かりませんが、わたくしはこの権力者が可哀想になってきました、まず、彼の振舞いようはとても、とても礼節をわきまえたものでした、おそらくは精神生活の根底において、あらゆる権力がいかに無力であるかを思い知らされていたのです。わたくしの眼には、彼は、「悲哀」という美しき病に屈服しているように映りました。「誠実なお方、わたしを愛してはくださらないのですか？」彼は歌いました。「お返事する必要がありましょうか？」彼女は歌いました。「だってあなたはご存じでしょう。わけても、わたしを救い出す者がすぐそばに来ていることを、どんな富と財宝をほしいままにしていても彼に対しては手も足も出ないことを、どんな位階も地位も彼のたゆまぬ愛を前にしては粉々になってしまうということを。あなたは、そう、愛がどんなに高貴で、どんなに強力なのかを知っている。」彼女は繰り返し繰り返しただ一つのことを歌い、それでいてそれはいつも何かしら新しいことで、彼女は同じことを同じでないように歌い、そして今や愛する男がやって来て、抑えめの勝利ならではの激しさと激しいまでの自己抑制とともに、歌いながら彼女をかきいだき、抱擁の中へとみずからを歌いこんでいったのでした。すなわち、彼は彼女の腕に倒れこむことが許される前に、まずは歌わねばならず、美において修練しなければならず、抱擁のアリアが成功しないあいだは、彼女を抱擁することは許されなかったのです。それから、なんと彼はみずからの歌の中へと沈み込んでいったことでしょう、というのも彼の恋人とは、彼の歌が歌っている当のものであり、それは彼の感情であり、彼の歌であり、彼の世界であり、彼自身の魂なのですから。そう、彼女は彼にほかならず、彼は彼女にほかならないのです、そして二人がいまやともに不幸になろうとも、二人はいっしょなのであり、もしあの権力者が彼女を幸福にすることができたとしても、文字で書かれた掟はその者から彼女を分かつのであって、そしてもし二人が不幸になったとしても、その不幸は彼らにとって幸福なのであって、というのも愛は幸福にはるかに優るものであり、それは固有の財産であり、所有物であり、そうでしか在り得ないものであり、甘美なる必然であり、圧倒的なるささやかなるものであり、そんなわけでわたくしはすでにこのオペラについて、それなりに詳しくお話したのではないでしょうか、いまや先立って触れておいた医者がわたくしの方に合図を送っています。いろんなことを約束するから、こんなことになってしまうのです。そうなると、約束したことに追いつくべく、走らなくてはならないのです。ついでに言いますと、当地に滞在するようになってすぐの頃、盗賊は葉の落ちた樹々の下に彫刻で飾られた噴水がある庭園に、たまたま足を踏み入れました。それは三月のことでした。当時まだ彼は、自分のいる環境が分かっていない青二才といった感があり、それから彼は丘の上に登り、ある記念碑を見つけました。それはある将軍の記念碑で、盗賊はその石に刻み込まれた碑文を読み、監視人がやってきて彼のことを追い払ったりしないことを不思議に思っていました。いいえ、彼を追い払うような人間は一人もいませんでした。当時、そのことを彼は非常に好ましい状況と感じました。そうです、多くのことが状況がどのように織りなされるか次第なのです。「状況次第で」というのは、重要な言葉なのです。

そして今、彼は医者を眼の前にして立っていたのですが、その医者は心の善い人であるように思われました。盗賊もまた、ついでに言っておくなら、まさに善意そのものでした。少なくともここでは、すなわち先生《ドクター》の診察室ではそうでした。待合室ではさほど長くは待たされませんでした。何人かの男性と女性が待っていました。娘も一人待っていました。不意に医師の手伝い娘が待合室に入って来て、あなたがあの有名な肩章をつけた盗賊なのですかと訊ねました。彼がその問いに「はい」と答えると、娘は言いました。「では先生のところにおいで下さい。」これを受けて彼は読みさしの雑誌を置くと、軽快な足取りで天井が高くアーチを描く部屋へ入ってゆきました、彼の前には先生が座っており、その先生に向って彼は言いました。「率直に思うところを告白いたしますが、わたしは時おり、自分が少女であるかのように感じるのです。」こう言った後、彼は先生がなんと答えるか待ちました。しかし、先生は小さく「お続けください」と言っただけでした。盗賊は詳しく話し出しました。「もしかしたら、わたしがやって来ることを予期していらっしゃったのではないでしょうか。まずお願いしなければならないのは、わたしがかなり貧しいということを想像して下さることです。あなたのお顔は、そのようなことは大した問題ではないと言っているようですね、ならば聞いていただきたいのですが、尊敬するお方、わたしは自分が他人と変わらぬ一人の男性であることを固く信じているのですが、ただ、すでに何度も、といっても以前にはなかったことですが、ここのところ気づいたのは、自分のうちでは、攻撃したい、所有したいという欲望が燃えあがることも、うごめくことも、外に向かって溢れ出そうとすることも、いっこうにないということなのです。その他の点では、わたしは自分のことを至極まっとうな勇敢な男、まったくもって有用な男だと考えています。わたしは働き者です、もっとも今現在はさほど多くのことをしているわけではありませんが。あなたの落ち着いたご様子を拝見すると、さらに打ち明ける勇気がわいてくるのですが、思うに、わたしのうちには、ことによると子どものようなもの、男の子のようなものが生きているのではないかと思うのです。わたしの内面にはなにやら朗らか過ぎるところがあり、そこから、そう、いくつかのことが推測できるのです。わたしが自分を何度か少女のように感じたのは、自分が大喜びで靴を磨いたり、家事をしていると楽しくなってきたりするからなのです。綻んだ衣服を自分の手で繕う仕事をあきらめることができないという時期がわたしにはありました。冬にはそれが当然であるかのように、暖炉はいつも自分で火をおこします。もちろん、本物の少女というわけでは全然ありません。どうか少しの間、こうしたことすべての原因についてじっくり考えさせて下さい。特に今、頭に浮かんだことですが、自分がもしや少女なのではないかという問いがわたしを不安にしたこと、市民的平静を失わせたこと、不幸にしたことは、決して一度も、ほんの一瞬たりともないのです。わたしはそもそも不幸な人間としてあなたの前に立っているわけではありません。このことはわけても強調しておかねばなりません。というのも、わたしは性のことで身を苛まれたことなど一度もありませんし、実際のところ、そうした衝動から解放されようと思えばできたろう機会はいくらでもあったのですから。自分に関して、独特つまりは重要だと思った発見といえば、頭の中で誰かの召使になってしまうや、もう可愛らしいほどに心浮き立ってしまうということでした。むろんこの傾向は自律的に決定されているようなものではありませんでした。どのような状況、連関、環境が決定的であるのか、わたしは何度も自問してみましたが、これはという答えを見いだすことはできませんでした。わけてもピアノの名匠たちが、わたしの敵として姿を現しましたが、どうしてそのようなことになったのかは、わたしにはもちろん見当もつきません。それが男性であれ、女性であれ、誰かに付き従いたいという止みがたい欲望と闘わねばならないのは以前からのこと、というわけではなく、いや、そうではなくて、とくに最近になってからのことで、それはまるでやっと今ごろになって無自覚状態から一皮むけてきたといった具合なのです。表面的に見ればわたしは完全なる健康をほしいままにしています。子どものときに悪戯をして顔に傷を作って以来、医者の世話になったことはありません、しかし、女性と夜を過ごそうという気がまったく起きないので、これはともかく一度お医者さんの意見を聞いてみる必要があるだろうと、みずからに言い聞かせたのです、というところで、またもやほんの少々、考えを整理する間、ご辛抱いただきたいのですが、というのはあなたに的外れなことを申し上げたくはないからで、これはご理解いただけると思うのですが、まったくもって説明不能なることに関して説明するというのはきわめて困難なことなのです。わたしは鉱山の奥底深くなり、山のてっぺんなり、豪奢をきわめた邸宅なり、貧相この上ないあばら家なり、お望みどおりいかなるところに置かれようと、いっこうにかまわぬ人間です。わたしは平静この上ないのです。もちろんそれはしばしば無関心、つまり関心の欠如と取り違えられてしまったのですが。わたしに対しては、数え切れぬほどの非難がなされてきました。これらの非難すべてはいわば寝床となって、その上で、わたしは手足を伸ばし寝そべったのですが、このことはひょっとして大いに不当なことだったかもしれません、けれどもわたしは考えたのです、のんびりしなくてはいけない、だって後になれば不快なことが山ほど押し寄せてくる、それに耐えてみせねばならないのだからと。先生、それなりのやり方ではあれ、わたしはどんなことだって凌いでみせることができるのです、ひょっとしてわたしの病の本質は――わたしの状態をそう呼びうるとすればの話ですが――あまりに愛し過ぎてしまうというところにあるのかもしれません。わたしのうちにはものすごく巨大な愛する能力の蓄えがあって、通りに出るやいなや、もう何かを、誰かを愛し始めてしまい、それゆえにこそ至るところで、わたしは個性のない人間と呼ばれてしまうのです、このことをどうか少しばかりあざ笑って下さいますか。にもかかわらずあなたが真面目な顔をしてくださっていることに、わたしは深く感謝するとともに、あなたには誓って申し上げたいのですが、わたしは家にいて知性を要求される仕事に取り組んでいるときには、こうしたもろもろのことはすべて忘れ去ってしまっていて、世界愛だの人間愛だのといった話は気持ちよいほどに遙か彼方に置き去りにしているのです。そういうわけで、わたしは持って生まれたもののせいで、主として人びとにとって好ましかったり、便利であったりするよう仕向けられるのです。ついこの間などはある小市民階級の女性の方につき従って、新じゃがで一杯の手提げ袋をあきれるほどの熱心さでうんうん運んだところです。彼女はそれを自分で運ぶこともできたでしょう。こんな具合に言えばいいでしょうか、わたしの内なる独特な存在は、わたしが認めたところによれば、ときとして母親を、女先生を、つまりもっとうまく言えば、近寄りがたい女性を、女神のようなものを求めようとすると。その女神を一瞬のうちに眼前にすることもあれば、彼女を思い描くことができるまでに、つまり、その朗らかで快さを呼び覚ます姿を認め、その力を感じ取るまでにずいぶん長くかかることもあります。人間としての幸せに至るためには、わたしはいつもまず何かしらの物語を考え出す必要があって、その物語の中ではなにがしかの人がわたしと関わっており、その関係の中でわたしは下に立つ者、従う者、尽くす者、見張られる者、監督下に置かれた者であるのです。もちろんこれがすべてというわけではありませんが、ともかくもなにがしかのことは明らかになったのではないかと思います。多くの人たちが、したがって、わたしを扱うのは、いわば飼い馴らすのはおそろしく簡単なことだと思っています、しかしながら彼らは皆、ひどく勘違いしているのです。というのも、誰かがわたしに対して小君主に成り上がったかのような態度をとるや、わたしの中では何かが笑い出し、嘲り始め、そしてそうなるともちろん敬意などはどこかに消え去ってしまい、そして見たところ価値が低いもののうちに優越するものが生まれ、そうしたものがわたしのうちにやってきたときには、わたしはそれを排除したりはしないのです。わたしの中の子ども的なものは、まったくもって軽視されることに甘んじようとせず、また、時として、嬉々として少々厳格に叱りつけられようとするのです。ここでわたしはあなたに、つまりはある矛盾をお伝えしたことになるのかもしれません、そしてわたしの中の男の子は、ともすればひどく行儀の悪い態度をとり、それはもちろんわたしにとっては愉しみであるのですが、しかし、存在がかくも大枝小枝に分岐した状態にありながら、わたしはある娘を愛しており、それも心底から純粋無垢に愛しており、力強くそしてまた優しく愛しており、それはまっとうな人間にふさわしい愛し方であり、しかしわたしの五感は完璧に平静であり、この理由からわたしは彼女の前ではまったく無力なのです。けれども、この無力さをわたしはいささかなりとも認めるつもりはなく、ということはつまり、無力であることはわたしにとって何の役割も果たしてはおらず、それでいてそのことは重要かつ決定的なことであり、でありながらこれっぽっちも事を決定したりしてはおらず、しかしこの状況もまた、わたしを不幸にしているわけではなく……」「そのままでおいでなさい、この先もこれまで生きてこられたように、生きておいきなさい。どうやらあなたはご自分のことがすばらしくよく分かっておられる、ご自分とすばらしくよく折り合っていらっしゃる。」医者はそう言って、腰をあげました。それから彼は盗賊をほかの主題についてのおしゃべりに誘《いざな》い、彼と近づきになれたことを喜んでいる、また折りにふれ自分のところを訪ねてほしいと言い、彼を書斎に連れてゆき本を一冊持ってゆくように勧め、そして盗賊が医者の尽力に対していくら支払えばよいのか訊ねると、「いったい何のお話ですか」と言いました。それにしてもあの二人の娘は鏡の間で何の話をしていたのでしょう？　この話を想い出したのは、好都合なことです。

そういうわけで、ともかくもわたくしはここで、この盗賊物語についての指揮権を手中にしています。わたくしは自分を信じています。盗賊はわたくしを信じきってはいませんが、人がわたくしを信じるかどうかなどに、わたくしは重きをおいていないのです。自分自身がそうできることこそが必要なのです。「あなたのことを信じておりますわ。」かつてある女性がわたくしにこう言ったことがありますが、わたくしはその言葉を一種の戯れ言、ひょっとして本気かもしれぬ言葉、程度に受け取りました。ともかくも、わたくしのことを信じている、というのが、その女性の意見だったのですが、意見とはいったいなんなのでしょう。意見などというものはすぐに変えることができます、そして信頼は意見に従うのです。そうしたことを誰かに言うのは良いことではありません、だって、言った相手を待ち受けている困難を推し量ることがわたくしたちにできるでしょうか、わたくしたちはその人を信じており、その人はいまや万難を排してその信頼に応えなければならないのです。そうなると彼は、わたくしたちをがっかりさせないという、ただそれだけのために、心休まらぬ時を過ごすことになります。わたくしたちの信頼のせいで、というか、わたくしたちが信じますと言ったがゆえに、彼はいまやあらゆる状況を、そして最悪の状況をも耐えてゆかねばならず、ものすごい大成功、でなければ、ものすごい、延々と続く大失敗に至るのです、ちょうど最後には十字架に磔になってしまったあの男のように。わたくしはその女性に言いました、それは大変に有難いことです、けれども「あなたを信じています」を諦めて下さる方が、いっそう輪をかけて有難いと。この「誰かを信じる」というやつは、あまりにおそろしく安逸な態度ではないでしょうか？人は、まったくだらしないやり方で、何らかの信仰をもつこともできます。およそ考えうる限りの無価値な存在でありながら、それはらくちんに敬虔に、誰やら勇敢な人、立派な人を信じまくることだってできるのです。チョコレートをかじりながら、何も食べるものがない人のことを、何ら支障なく信じ続けることだってできます。そう、信じるには、まったく一銭もかからないのです。信じること、そして信じていますと伝えることは、これまですでに、人の助けとなるのと同じ数だけ、人に害を与えてきました。「私はあなたを信じます」――この言葉がなんと意味ありげに響くことでしょう、まるでこうした人間が信じるかどうかに多くがかかっているかのように、まるでそれが大切なこと、まさに光り輝くこと、それどころか神様であるかのように。もしわたくしが足を折ったとして、わたくしのことを信じると言った人間が、助けてくれるとでも言うのでしょうか？話にもなりません。わたくしはここで、神に対する信仰の話をしているわけではまったくありません。その人間は何一つ気づかず、わたくしの状況について何一つ知ることはありません。神学的な話をする権利はないのです。場合によっては権利はあるかもしれませんが、そうする理由がないのです。宗教はわたくしの関心にははいって来ません。ここでわたくしは、いくぶんサロン風の臭いのする語り口について話しているのです。「私はあなたを信じます」――確かに人は他人のことを思いのままに信じることができます、しかし、それは多くの役に立つわけではないし、さして賢く考えられたことでもありません。ある主婦が酒飲みを、あるいは、もっとひどい男を夫とし、にもかかわらず彼に「私はあなたを信じます」と言い、それを実践したとしてみましょう、おそらく、わたくしはこの女性のことを嘲笑し、けれども同時に、そこに何かしら美しいもの、心動かすものを見てとるでしょう。もし信じるがゆえに耐え忍ぶべきことが何もないのであれば、それは自称しているものではまったくないでしょう。それは腰を低めたポーズにすぎず、信じるという言葉において理解されるべきものではないのです。本当に信じる者、千々に思い悩んだ果てに信じる者は、そのことについてもはやしゃべったりはしません、一言も口にしないままにただ信じる、信じそして耐え忍ぶのです。しかし、それはおそらくは相当に稀有なことであって、高貴な存在でなければまったくありえない話であって、犬のような服従とは何一つ関わりはありません、あれは自然の領分に属することで、思考の行使とは呼べないのです。信じる者は寡黙である、これはまず間違いのないところでしょう。口にすること、それはつまり、信頼を殺すことなのです。しかし、その場合でもなお、信じるということはきわめて単純な、安っぽい魂の状態であり、それは文字通り、そのあたりの路地で拾い上げることのできるほどのものなのです。というのも、信じるときに、人は何一つ、まったく何一つ、まったくこれっぽっちも働きかけてはいないのですから。じっと動かないで信じる、それだけです。まるで誰かがもくもくと靴下を編んでいるようなものです。それほどに夢見心地の、成り行きまかせなことなのです。人はただただ信頼し、「信じてますから」という小部屋にのうのうと腰をおちつけてしまうのです、まるで小鳥がちっちゃな巣にちょこんととまっているように、ハンモックにゆらゆら揺られ、香気に包まれるように心地よい想いに浸っているといった具合に。それよりもあえて自分から音頭をとって人に会う、その人を揺すぶり、引っ摑み、さあこの道を行け、この行路を歩め、私、この私がそう望んでいるのだと言う、この方が、こちらの方がよっぽど価値あることなのです。そこからは何かが生じるかもしれないのです、けれども単に信じているだけでは何も得られはしません、だって信じられた当の人を手助けしてくれるのは、その人自身だけであり、信じている者は空気のようなもの、たとえそうでなくとも、ともかくも大した意味はないのです。わたくしとしては、信じられない方が、愛されない方が、一千倍も有難い、そういうのはひっついてくるだけなのですから。まるで何かを引きずりながら歩いている気分です。すでに多くの方々が、愛されてしまった状態を引きずらなければなりませんでした。人は彼らを信じ敬い、そして難癖をつける段になると、今度はなんとも心地よく美しく彼らを見捨て、そしてそれから、計り知れぬほど価値があったはずの彼らの、今や欠点が露になってしまったことに、雲にも届くほどに不思議がってみせたのです。彼女はわたくしを信じていると言い、そして同時に、あるいは少し前に、その女性は機嫌を悪くして刺々しくこう言ったのです、「そう、たいしたものね。自分がなりたいものになることができたら、あなたはさぞかし嬉しいことでしょうね。」あなたが彼らに注意を向けなければ、彼らはあなたを信じるのです。つまり、彼らがあなたを信じることと――それはその限りではまったく悪くないことでしょう――それをあなたが望むのならば、彼らのことは忘れることです。そうすれば彼らの方があなたのことを想い出すでしょう。あなたが彼らの信頼を必要とするときには、彼らはあなたを信じることはないでしょう、というのも、そうなるや信頼はもはや安逸なものでは、それがそうであることを望み、その性質からしていつもそうであってきたもの、つまりは娯楽では、なくなってしまうからです。権力をもつ人間たちの間では、つまり、サロンでは、信じるということは、洗練された時間つぶしにほかなりません。下層の階級においては、信じるということは往々にして、もろもろの不如意、不自由と結びついています、しかしこちらにおいてもやはりそれは、何かしら価値の低いもの、何一つ生み出すことのないものです。盗賊はエーディットを小指でもって信じているわけではありません、彼は彼女を愛しているのです。愛はそれ自身において一つの帝国をなし、信頼の、そして希望の領域とは、接しているにすぎません。もしそれらが同じものであれば、それらに対する表現は同じ一つのものとなっていたでしょう。

愛とはまったくもってそれ自身の足で立っているものなのです。信頼はどこかしら物欲しげです。希望は物乞いをしています。盗賊は希望も信頼も必要としていませんでした。彼が必要としていたのは自分の財産といえるものであり、そして彼はそれを所有していたのでした。

自分自身の悲哀は見つめたところで味気なく退屈なだけですが、他人の悲哀は、大いに覚醒を促してくれるものです。例えば、あのレストラン常連客の二人の女性がそうです、彼女たちの姿が盗賊の眼になんと哀れに映るようになってきたことでしょう。彼女たちはいつもほんの糸くずほどの幸せを追い求めていました。そう、そんな風に見えたのです。「切々と憧れているように、生を求めているように、そもそも何かを望んでいるように見えてはならない」と彼は考えていました、「それは見栄えの悪いことであって、わたしたちは可能な限りいつも、人びとが評価できるような、好ましいと思えるような様子をしていなくてはいけないのだ。愛を求めているように見える人間は、好意も愛も見いだすことはない、嘲笑されてしまうのだ。みずからのうちに安らっている人たち、経験豊富な懐の深い人たち、自分自身とも他人とも和解している人たち、調和のとれた印象を与える人たちは好もしいものだ。しかしながら、人間というものは、何か欠けているといった感触をもたらす人たちに対しては、与えようという気になる代わりに、さらに奪おうとする態度に出てしまうものではなく、みずからの在りようと持ちものに足りているように見える者は、さらになにがしかを手にする見込みがある、そうした人に対しては世の人は喜んで応じてくれるもので、それは、この人間は持つことをわきまえていると分かるからであり、実際、これはわきまえていてしかるべき事柄なのである。」ああ、彼はこの二人の、本当のところは貴婦人とは言いがたい貴婦人たちを哀れに思っていました、といいますのは、貴婦人であるためには、ごくわずかばかりの、とは言え、同時に非常に多くのことが必要だからです。貴婦人でありたいと願う女性は、なによりも自分を稀有な存在にしなければいけません、あまりに頻繁に姿を見せてはいけないのです、そうすることで人びとはこんな美しい感情というか、信仰をもつのです、あの方は忙しくしているのだ、どこかできっとすばらしい、彼女にしかできない仕事にいそしんでいるのだ、そこここで楽しく過ごしてるのだろう、朗らかで才気に満ちた社交界で生きているのだろう、たとえば旅行中なのかもしれないし、おひさまの下でテニスをしているのかもしれないし、肘掛けソファに座って可愛らしい足を足台の上にのせているのかもしれない、こうしたことを人びとはまったく造作なく、考えることができるのです。また手仕事にいそしんでいても、学術的なもしくは非学術的な雑誌を読みながらでも、人びとは真の貴婦人を思い描きます、要するに、普通の人間が少しばかり夢想することができるような存在でなければならないのです。そうした普通の若者あるいは人間が、問題になっている女性を何度も繰り返し眼にしたならば、彼は彼女のことを考えなくなりますし、考えるとしてもありきたりのやり方で考えるにすぎず、そのうち我知らず、彼女のことを批評するようになり、こねくり回すようになり、分解するようになり、こうした批評、吟味、分析によって、彼女は貶められ、ついには軽蔑すべき対象となるのですが、こうしたことは、他でもない、彼女が頻繁に彼の視線に晒されることによって起こるのです。そもそも紳士方が女性をじっくり吟味したり、見つめたりすることには、どこかしらさもしく醜いところがあります。そんなとき視線は無遠慮に無作法に女性の体の線をなぞるばかりで、そうすることで何かしら賢いこと、良いことをしているわけではなく、愛情を欠いている以上、むしろ破壊的なことをしているのです、多くの人たちが路上で、またレストランでそうしているということは、品よく愛らしくあり続けたいと考えている女性の方ならば当然知っておいて良いことで、こうした知識をもっていれば、不特定多数の人が出入りするような場所にはできるだけ足を向けないはずです、だって、そうした場所ではギリシャ、ローマの昔より、もっぱら無関心と無責任がはばを利かせているのですから。お行儀というものは昔も今も変わることなく並々ならず大切であることを決してやめず、やたらにうろつき回ることは繊細な精神にとってはやはりお行儀のよいこととは言えず、というのは、見さかいがないこと、思慮が足りないことは、粗野であること、さらには単調になること、習慣化すること、鈍感となることにつながるわけで、わたくしのいうことを信じていただきたいのですが、そのうちにそれは顔に、一挙手一投足に、言語表現に、およそ外に見えるものすべてに刻印されることとなるのです。真に貴婦人であろうとする女性は、つねに瑞々しさを、無邪気さを、そして、もっと繊細な気配りを、もっと視野の広い、学問的なとは言わないまでも、まったくのびやかで、社会にも眼を向けた思考を、言うなれば「香らせて」、いやもっと正確に言うならば「放って」、もっとずっとうまく言うならば「見せて」、「響かせて」いるような何かを備えていなければならないのです。彼女は美しく描かれた素描のようであってほしいもの、そのそぞろ歩く姿は、価値高きものでありながら、誰も読んだことのない、誰一人出会ったことのない、詩のようで、箴言のようであってほしいものです。貴婦人には手がつけられていないといった雰囲気があるもので、どこからどうみても完全無欠である必要はまったくありませんが、気高き微光のようなものによって他の女性たちから際立っている必要はあり、そして気高さというのは、どこかで、何かしらのかたちで、役に立ったり、満たされた気持ちになったりすることであり、静かに生を送り、葉陰にみのる果実のようにゆっくり熟してゆくことであり、その姿を目にした人びとが我知らずやはりなにか気高いことを考えたり、我知らずすぐにも仕草で、眼差しで敬意を表するよう仕向けられるということであり、敬意というのは知っての通り、基盤であり、柱であり、あるいは言うなれば土台であり、その上に社会がうち立てられているのです。とわたくしは、まったくありふれた、いくぶん賢しすぎる、正しすぎる口をきいてしまいました。大変、残念なことに想っております。ともかくもわたくしはゼルマのところにゆかねばなりません、彼女は何というか、いかにもとってつけたような貴婦人らしさを備えた人なのです。ああ、盗賊に次のような言い方をしたとき、彼女はなんと貴婦人らしさを強調したことでしょう。「そのような真似は、絶対に二度とはなさらないように。」その視線だけで彼を完璧に叩きのめすべく、彼女はなんとずばぬけた力を発揮して見せたことでしょう、あれはまさに天にも昇るような光景でした。彼女はちょうど彼の書き物机の埃を払っているところでした。彼は彼女のすぐ後ろに座っていて、他にふさわしいことも思いつかなかったので、自分の腕を彼女の腰にまわしたのでした。彼女はぎょっとして彼の方を振り向き、まるまる二分ほどじっと黙りこみました。このどきどきする、長い、けれどもとても短い二分間には、何がこめられていたでしょう。それは沈思黙考の世界でした。そしてついに彼女は理解しました、いかにして平静にならなければならないかを理解しました、そして彼女は前述の言葉を口にして、盗賊をひどく、ものすごくちっちゃな存在にしたのです。「あなたのような存在には」と彼女は付け加えました、「世の殿方のように振舞う権利はないのです。」彼はその言葉を二度とは言わせませんでした、ただ一度聞かねばならなかったということで十分だったのです、そしてひどく狼狽して、しかし確固とした決意をもって、彼は次のように言いました。「あなたは軽い体をしていらっしゃる。」彼女は大声を張り上げました、「私がなんですって？」そしてそれから彼女はもう一度、さらにまるまる二分間、彼女の最高の家柄に由来する青い魔法じみた両の眼で、じっと彼を見つめ、彼の方はゆったり検分されるにまかせつつ、実に愛想よく彼女のことを見つめ返し、ついには彼女の口から次のような言葉が迸りました。「こうしたことすべてにもかかわらず、あなたは感じのよい人間です。私はあなたにそう言うほかありません。というわけであなたは、本日大胆にもなさったことを、ふさわしい機会があれば、近いうちにまたなさってても構いません。」「もうそんなことはいたしません、だってあなたはそれを許可したのですから。」そして彼女はこの言葉に続けて、またけたたましく笑いました、そしてその間にも彼の耳には、あの女子学生が軽やかな足取りで、廊下を歩いてゆく音が聞こえており、そしてまったくもって奇妙なのは、彼にとって、この、足音が聞こえただけの、すなわち眼にしたわけではない女子学生が、一人の貴婦人と化したことでした。この三ヶ月ほどの間に、彼女を眼にしたのは、全部で四度ほどでした。「あの娘には秩序という観念がないのですよ。ベッドを整えることですら、あの娘にできると思っているの。」盗賊が娘のことを崇拝していることを察知したゼルマ嬢はこう言い放ちました、それは彼女のお気に召さなかったのです。「貴婦人ともあろうものが、どうしてまた、自分の部屋をなんとしても整えなくてはならないのでしょう」と彼は返しました。「あの娘が貴婦人ですって？ そんな深く軽蔑するほかない物言いをされるようなら、あなたには絶交を言い渡すしかありませんわ。この私に向かってなんと大それた口をきくのです。私の所有するこの宿所には、貴婦人という称号を掲げ引きずって歩くことが許される女性はただ一人、それは私なのです、お分かりになって？ あなたは私の家に住んでいたいのでしょう？」こうした言葉を吐きすてる、最高の階級の出自だとされる顔は、えも言われぬ満足感に神々しいばかりに輝いていました、そして彼女は今や、わが言葉に励まされたかのように攻勢に転じ、こう言い放ちました。「あなたが煙草で焦がしてソファーカバーにあけた穴、あれも勘定に入れることにいたしますわ、お分かりですね。さてそれでは、心慰めていただくためにも、あなたに一冊、長編小説をおもちしましょう、それに読み耽っていただくのがよろしいですわ。」彼女は立ち去ると、一冊の長編小説を手に戻ってきました、盗賊は従順にもその日のうちに読み始めましたが、その本の内容はなんとも疲れるものでした、なぜそうだったのかはすぐに申しましょう。この本においては、楽譜に従ってソナタやら何やらを少々弾くことができるだけで、市場に買い物に出かけたりもする、つつましくしているのこそふさわしいような女たちが、偉大な貴婦人にほかならぬ存在にまつり上げられていて、それが不協和音のように感じられてならなかったのです。「この本は市民階級についてのお話でありながら、あまりに大仰な騒動、あまりの厚顔無恥が演じられている。」こう言うと盗賊はなんと厚かましくも、欠伸をしてみせたのでした。何かしらそれ自体において十分に根拠づけられていないものが、ぶくぶく溢れていたのです。それにしても、この小者たちが、作者に励まされ、さも重要そうに振舞うさまときたらどうでしょう。彼が心中でつぶやいた言葉をゼルマ嬢が聞いていたなら、もう一度、彼の前に立ちはだからなくてはいけないところでしたが、その印象を彼はみずからのうちにとどめておきました。それから彼はこう言ったのでした。「これはまさに、人生を知らない多くの人たちのために書かれた書物だ、残念ながら大量に出回っている、卑小な存在たちの間に高慢の種をまく本の一冊だ。」

公衆が飲食するホールで騎士らしからぬ、傲岸不遜な、品位を汚すような振舞いをする将校たちは、即座に、職位を剝奪して然るべきです。第一次大戦後の時期に聞かれた数々の大言壮語は、頑迷固陋のために失ったものを厚顔無恥によって取り戻そうとする類のもので、暴徒のごとき思考に光り輝いていました。礼節ある振舞いとは何かなど知る必要はない、と考える将校たちは豚小屋送りとする、以上。わたくしが述べたことはきわめて大胆ではないでしょうか。紙はそれに耐えることができます、ではその後で、例えば読者は、いわんや平均的読者はどうか、となると、これはまた別の問題でしょう。ゼルマ嬢はもう夢中になってこうした将校の話を延々と盗賊に聞かせました。すなわち、彼女は見込みのないままに一人の将校を愛していたのです。「お互いに理解しあっていて、もう随分前から一緒にお出かけなさる間柄なら、そもそもどうして結婚なさらないのですか？」おお、なんと素朴な質問でしょう。ゼルマ嬢は驚愕のあまり、良家に出自を持つその両手を打ち鳴らしました。「私と結婚などできるはずがありません、あの方は将校で私などより、そう、ずっと上の世界の方なのですよ。いったいなんということをお考えなのです。」「将校を前にすると、そんなに自分に価値がないと感じられるのですか？」「将校と私とでは」ゼルマ嬢は答えました、「ほんのわずかでも将校の制服のことを考えるや、文字通り体が震え出してしまうほどに違っているのです。未来のよきことはすべて、ただひたすら将校たちによって、せいぜいのところ、将校のために雄叫びをあげて、猛火の中を突進する兵士たちによってもたらされるのです。頭がどうかしているのでは、と思われたかもしれません、実際、私は少々どうかしているのかもしれません。でも、あなたに私を見通す権利があるでしょうか？　いいえ、あなたにはそんな権利は微塵もありません。明晰に思考する者、そして主として、心情豊かな者にとって、文明の再建のことごとくは将校階級の肩にかかっているのです。あなたは将校たちが戦争でいかに不可能とも見えることを成し遂げたか、覚えていないのですか？　彼らは自分たちに可能な限りのことを為すことによって、人間に不可能なことを行いました、彼らはおそらくは部下たちのパンを食べてしまったのではなく、兵士たちに与えるべきパンを闇商人に売り、その代金でシャンパンを買ったのです、そちらを楽しむことの方が、祖国防衛には重要であると考えたのです。それにしても私はまったくの放心状態のなかで、何を言ってしまったのでしょう。どうかわたしが言ったことは忘れて下さい。あなたは誠実なお方でしょう？　いいでしょう、誠実な心の持ち主である、少なくともそう見えるあなたは、将校崇拝のうちにどっぷり頭まで沈み込まなくてはなりません、今日ほどそれがまっとうな考えをもつ人間の義務であったことはありません。どの時代も何かにのめりこんだり、愚行をやらかしたりするもの、私たちの時代はほかならぬ将校にのめりこむのです、もちろんあなたも、そうありたいと思っておられよう敬虔なる人間として果敢にこれに加わるのです、たとえそのことで正気を失うとしてもです。私たちのようにどこにも嫁に行かず家にとどまる女たちは、世界が逆さまにひっくりかえり、荒唐無稽が花開き、健全な理性が軛に繋がれるのに貢献すべき使命が与えられているのです。このことは必ずやお分かりのはずです。」「ゼルマさん、あなたの精神の理路整然たるご開陳には、まったく眼も眩む思いです、これ以後わたしは、路上で将校閣下が哀れな罪人たるわたしの方に歩いてきたら地に跪くことにしたいと思います。」「それは非常に賢いことです。今日ではどちらをながめても一種のカトリック主義が流行のようです。十字架が打ち立てられていきます。そして誰もが喜んでそれを背負っているのです。」「すばらしく深みのあるお話をなさる」、盗賊はまじめに認めました。彼はもうゼルマ嬢の演説に聴き入るばかりでした。ちなみに彼は、一瞬、あの選別排除されてしまった女、もはや姿を目にすることはなくなったあの女のことを考えました。ところで、ゼルマ嬢と盗賊との間でこの滑稽な会話が交わされていた頃、哀れなちっちゃなヴァンダは世間からはるか遠く離れた場所に暮らしていました。彼女は街で噂の種になり、もはや人前に姿を晒すことはできないと考えていたのです。両親は彼女を厳重なる監視の下に置きました、というのも、保守的な考えの持ち主であった彼らは、公道で盗賊の話に耳を傾けたことで、わが娘にひどく汚点がついたと考えたのです。ああ、なんという神経過敏でしょう。そして、騎士精神に欠けたあの男はと言えば、今では彼女の家の前で歌を歌ったりはしていませんでした、だって、彼女はある時、バルコニーからこんな言葉を投げつけたことがあったのですから。「ねえ、いったいこんなところで何やってるの？」そして、彼女はいまや毎週のように鞭のお仕置きを受けていました。すなわち、世界大戦が多くの人たちにとって意味していたような、かくもすさまじい道徳上の大惨事の後、鞭打ちはふたたびいろんな家で、警告手段として取り入れられていたのです。それまでは百年にもわたって、忘却の中でまどろんでいたのですが。ヴァンダは街で人目を引いてしまったために、そして、盗賊がもはや彼女の美しさを讃える詩行を書こうとしないせいで、罰を受けていました。彼女はしばしば氷のように冷たいシャワーの下に立たされました、それが効果がないと分かると、今度はガラス箱に入れられ、かんかん照りのおひさまの下、屋根の上で日干しにされました。そしてこうしたことすべては、ただただあの忌まわしい追っかけ男、盗賊のせいであり、彼は今やゼルマの家で平然として珍妙きわまりない小僧を演じており、その役どころに悦に入っているようなのです。彼女は彼に延々と何マイルにもわたる演説をぶちましたが、すでに零落気味の精神に見放されてしまったときなどは、そこここで言葉に詰まってしまうのでした。演説するときには、彼女はずっとマントのボタンをつまんでいました。ある時などは、こう言いました「うちのマリーとの結婚ならば、許可しないでもありませんが、私と結婚というのは無理な話であって、ご存じのように私の頭にあるのは将校だけで、そしてお分かりのように、あなたがこの名誉ある位階に、有能さの証明に達することはありえないのですから。もしもあなたが私の美しさを——これは歳とともにすでに少々陰りが見えていますが、それはあなたは言ってはならないことで、そんなことがあれば私はへそを曲げてしまうでしょう——心の底から信じている、あのうちのマリーと一緒になるとしても、それでもマリーは決してあなたのものにはならず、依然として私だけのものであり、彼女は議論の余地なく、否定しがたく私のものであると考えることを私がやめることはないでしょう。彼女に触れては、近寄りすぎてはなりませんよ、そのことはあらかじめ申し渡しておきます。」「わたしは今では世間の評判などというものからはおよそ見捨てられておりますので、ボタンというボタンを閉めたような少々窮屈な条件ではありますが、喜んで同意することにいたしましょう。マリーはものすごく若い娘でもなければ、美しい娘でもありません、彼女に触れる必要がないこと、それどころか、そばを掠めるのも、息をかけるのも許されぬという話には、もう心からほっとするばかりです。彼女の体つきは、かたくてごつくて、ものの摑み方はまるで土方のよう、結婚生活においてわたしを摑むのを禁止して下さるなら、あなたの前にかしこまっている人間ほどに感謝する者はいないでしょう。」「愛撫も接吻も問題外ですよ。」「それもまったく必要ないことです。彼女の頬はなにやら角張っています、優しくしようと頭を摑んだりしようものなら、髪の毛がごっそり抜け落ちるでしょう、だって彼女はつるっ禿げで、まあなんとか鬘でごまかしているのですから。」「マリーについての厚顔無恥なら喜んで聞きましょう、だって私はあなたがもしや彼女を気に入っているのではないか、と恐れていたのですから。」「おお、わたしは彼女を相当に、ある点においては評価していますが、ここではつい思慮を欠いた物言いをしてしまいましたが。」ゼルマの眼が突然キラリと光り、彼女は罰するように大声を上げました。「そういうことなら、あなたが彼女を手に入れることは絶対にないでしょう。私が彼女をあなたに、あなたを彼女に与えるのは、二人がお互いにとって耐えがたい場合のみなのです。私はそこであなたたちに教えてやりたいのです、同類相哀れみ合うことを。」ゼルマ嬢は不機嫌になることなしには幸せな結婚というものを想像できず、その一方で、ぼろぼろになった、廃墟のような、不和の嵐にひっくり返された結婚のことはこれでもかというほどに思い描いて、存分に楽しんでいたのでした。「幸せなどというものはありません、義務のために尽くすほかはないのです」と言うとき、彼女は密かにこう考えていました。「私は幸せを見つけていない、だから他の人間も幸せを見つけることは許されないのだ。」こう言ってもよいでしょう、ゼルマは盗賊に魔法をかけたのだと。ではいったい、どんな手段を用いたのでしょうか？　おお、こうしたことを書きつけている今も、わたくしたちはなんと奇妙な具合にぐったりしていることでしょう。まるで、わたくしたちもゼルマの金縛りにあっているかのようです。しかし、わたくしたちはえいっとばかりに気を取り直し、集中することにいたしましょう。あたかもエーディットの穏やかさが盗賊に感染《うつ》ってしまったかのようです、彼は彼女にみたとおりの感じよい行儀よい話し方で話しています。彼女のように振舞うことは、この上ない喜びを彼にもたらしたのです、そしてゼルマはそれを見抜き、それゆえ大胆にも次のように言ったのです。「これ以降、私はまるで自分の部屋であるかのように、あらかじめノックしてお断りすることなく、あなたの部屋に立ち入ることにします。この取り決めにはあなたも同意されたことといたしましょう。」そしてある日、前代未聞の事態が生じたのでした。盗賊はその日、彼の奇天烈な世界にそれは暖かく心地よくおひさまが差しこんでいたので、服を脱いでソファの上に寝転がっていました、そして置きっぱなしにした洋服ブラシを取りに、という言葉を唇にのせつつ部屋に踏み入ったゼルマは、眼にするや生命も脅かされるほどのものを見てしまったのです、なぜなら、彼女はメドゥーサのように、眼前に深淵がぱっくり口を開いたかのように、石と化してしまったからです。彼女の口は何一つ音を発しませんでした。上品な将校的態度ばかりに慣れ親しんでいた彼女は、まるで森で道に迷った哀れな子どものようでした、それから彼女は否定するようにただ首を振ると、「いったいよくもまあ」とだけ言い、静かに立ち去ったのでした。それ以降、彼女は部屋に入るときにはまた、まずは慎重にノックするようになりました。おずおずとした様子が彼女の態度に忍び込むようになりましたが、やがてそれはまた消え去っていきました。当時の振舞いについて盗賊に釈明を求めるのは馬鹿げています。そんなことをしても、何の説明にもなりません。その頃、一人の将校が、彼の邪魔をしてやろうと、その魂の平安に冷水を浴びせてやろうと、彼のすぐ背後で騒ぎを起こしたことがありました。盗賊はごく子どもらしく、お行儀よく、ちょこんと席に座っていました。エーディットは彼にワインを注ぎました。ヌーシャテル産のワインでした。壜の中にはコルクの欠片が落ちて浮かんでいました。彼女はコルク片をとろうと壜を持っていきました、いやそうではありません、別の壜を取りにいったのです。そこで数人の紳士が彼の背後でこれ見よがしに騒ぎを起こしたのですが、その中には一人の将校がいました。つまるところ、盗賊はそのままそこで、場にふさわしからぬ態度のただ中で、間抜けな男の子のようにお行儀よくしている気がしなくなり、そこで彼は憤怒のあまりエーディットに向かって飲み代を放り投げると、今度は彼女がまるで石と化したように立ちつくしたのでした。しかし、彼の振舞いはまったく自然なものでした。彼の怒りは正当なものでした、なぜなら彼は故意に揺り起こされたのですから。盗賊はいかなる将校に対しても、たとえそれが世にある最高位の将校であっても、許しを請う必要はありません。それどころか彼は打ってかかるでしょう。そして、もし彼がそうするならば、わたくしも事と次第によれば、笑いながら助太刀するつもりでいます、これは皆さんもお分かりでしょう。あの将校はごく単純に部隊の名誉を汚しているのです。それにしても、盗賊が別の折りに、たんなる鉛筆書きで、短い挨拶を彼女に投げてよこしたこと、あれはやはり無作法というべきでしょう。しかし、だからどうだというのです。確かにいくぶん激烈ではありました、しかしなにゆえ、それではいけないのでしょう。わたくしたちの歴史は軍隊とはまったく何も関係はありません、それはまったく完全に、文明化された社会の枠内を動いて来たのです。ヴァンダに打ち下ろされたという、あの鞭の話、あれは冗談です、むろん、まさにわたくしたちの時代こそ、ことによると鞭も悪くないかもしれぬ娘がいると言えばいるのですが。しかしながら、彼女たちを痛めつけなくてはならない仕事をやりたいかと言われれば、わたくしは御免こうむりたいと思います。ある日のこと、盗賊はとても美しい、瑞々しい洋梨を買いました。その洋梨を持って、彼はヴァンダのそばに歩み寄りました、まるでその美味しいものを彼女に見せびらかそうとするように。すると彼女は人差し指で彼を脅しました。この人差し指は、わたくしたちのお話での「鞭」同様、ほとんど冗談であったのかもしれません。「彼を私から奪うなんて、よくもそんなことが。」彼女は鏡の間でエーディットにささやくように問いかけました。わたくしたちはいつも、人が自分たちから何かを盗んだと考えたがります。なんと小心者なのでしょう、わたくしたちは。

月並みであるということは、つまるところ、イタリア的なことなのかもしれません。この話にはすぐにまた戻ってくることにいたしましょう。この言葉を奇妙に思った方々もおられましょう。ともかくも、しばしの沈思黙考をお願いします。昨晩のわたくしの振舞いようは非の打ちどころのないものでした。わたくしはなかなか眠りにつけないでおりました、つまり、眼はつむっているものの、眠ることができないという状況だったのです。わたくしはじっと静かにしておりました、ほとんど映画に出てくる王子かなにかのようで、周りには警護の者たちが立っており、その者たちは当然ながら礼を失せぬことばかりを気にしていました。本当に眠りこむことができるように、わたくしは両眼を大きく見開き続けました。するとわたくしはもうぐっすり眠っていたのです。つまり、眠りに落ちようとするのなら、無理にも起きていればよいのです。眠ろうとしてはいけないのです。本当に愛そうとするのなら、愛さぬよう努めればよいのです。そうすればすぐにも愛に落ちることになるでしょう。尊敬の念を持てるようになるには、しばし敬意を欠いていればよいのです、そうすれば尊敬したい気持ちも湧いてくるでしょう。みなさんにはこのすばらしいアドバイスを無料で提供いたしましょう。この助言に従ってごらんなさい、言うことを聞くというのではなく、あなた自身が満足するために、そしてあなた自身が利益を得るために、というのも、人が助言を与えるのは、幸せになってもらいたいからであって、認めてもらいたいからではないのです、しかし、その助言を認めることで人びとは活動的になります、そして活動的になることで健康にもなるのです。

と、ここで真なる思考の大海が、わたくしの周りでチカチカ、キラキラと輝きました。わたくしはたいてい、夜の間に考えたことは、朝には何一つ覚えていません。朝には何か新しいことを考えるのです。ああ、今気がついたことなのですが、この物語すべてに責任があるのは、他ならぬあのバタビアの叔父の月並みぶりなのです。よくもまあ、あれほどにも健全かつ理性的なやり方で、この世に別れを告げることができたものです。彼の死去はまごうことなく、かつてあった中でも、抜きんでて月並みといえるものでした。彼は、早すぎもせず、遅すぎもせず、もう恐ろしいほどにうってつけの時期に亡くなったのでした。叔父は生涯を通して堅実な人間でした、そしてまた彼が盗賊に遺したお金も、これまたある点において、まごうことなく月並みな額だったのではないでしょうか？ 盗賊にとってはこのお金は並々ならず好都合なものでした。このわずかばかりの資産は、盗賊の手にわたることによって、いわば金的を射抜いたのでした。わたくしたちの話題の対象たるこの男は、この秋、パリに十日あるいは十五日ほど出かけようと考えていました。ある親戚の女性、すなわち、彼のことをいつも気にかけてくれていた女性に騎士のように付き添うことで、この庶民の出の女性に楽しい気分を味わってもらおうと考えたのでした。彼女はすなわちパリに夢中で、そして当然ながら盗賊もまた、賢い、蒙の啓かれた人びと同様、このたくさんの重要事が起こってきた大都市に夢中になっていました。盗賊にしてみれば、この忌々しい堅実なるバタビアの叔父が、なおしばし世にながらえてくれた方が、よかったのかもしれません。しかし事実としては、彼はあの世へおさらばしてしまい、盗賊の手には例のお金が流れこみ、彼はこのお金によって騎士を演じることができたのでした、世慣れたことには全然役に立たない、もっとずっとずっと意味のある、同時に、もっとずっとずっとちっぽけな存在であるあの男は。しかし、ともかくそれは起こってしまったことであり、ここでイタリア主義を話題にするならば、そこにあるのはたんなるポーズにすぎず、わたくしたちはこの文章にはこれ以上なにも付け足さないでおくのが賢明でしょう。最近、晩方に家に帰る道すがら、わたくしはある女が近所の女たちとベンチに座って、こんなことを言っているのを耳にしました。「ミルクには私もうお手上げよ。ミルクじゃなんにもする気がしないわ。ミルクなんて持ってこられたらむかっときちゃう。ミルクだけはもうとにかく勘弁だわ。ミルクには私、口をあけるつもりはないの、コーヒーを注いでくれるのなら話は別よ。コーヒーならいつだって大歓迎、ずばり愛してるって言ってもいいくらい。私、追いかけてくる人は好きじゃないの。でも、コーヒーに誘ってくれる品のいい優しい追っかけだったら、年じゅう見つめられたってかまいやしないわ。コーヒーを貶してミルクを賞める人とは、ともかく私、うまが合わないの。私の意見はこう、ないと困るのがコーヒー、なくても困らないものがミルク。ミルクなんてどっかに流しちまってよ！　だっておいしくないんだもの、代わりにコーヒーをもってきてちょうだい、だってそっちの方がおいしいんだもの。」このミルク罵倒とコーヒー讃歌がなんと夜気に響きわたっていたことでしょう。年じゅう、街なかに腰をおちつけている人たちは田舎の空気を賞めたたえるのが好きなもので、賞めることでいっそう楽しんでいるのです。わたくしの行く手を遮る者は、自分自身の行く手も遮っています。かほどにも単純素朴な話でありながら、まさにこのことを考えない人たちがいるのです。数学の世界では単純な問題は単純なだけですが社会生活ではそうではないのです。生においてもっとも単純なことを見過ごすものです。これはなんとも奇妙なことです。人間の盲目性から利益を得ているのが弁護士です。彼らも生きてゆかなくてはならなかったということです。賢さというものには、どうも月並みなところがあります。そしてわたくしたちは皆、あまりに月並みではなさすぎるのです。多くの人たち、とりわけ女性の方々は月並みであることに甘んじようとはなさらないもので、それはまさに月並みであることが正しいことであるからに他ならないからなのですが、もしや彼女らはこの正しさに嫉妬しているということなのかもしれません。女性たちは男性たちよりも月並みであり、つまりはずっと分別があり、その誰もが例外的人物と、つまりは賢さを欠いた人物と関わりあいになって、楽しませてもらいたい、その人物のことを想うとふと笑みが浮かんでくるという風になりたいと考えていて、それも道理で、そういった微笑みには何かしら心なごませてくれるものがあるからなのです。そのような並ならぬ人を妬ましく思う必要はありません、だって、彼はたいしたことをできるわけでもなく、それはその姿に見てとることができるもので、それが見てとれるからこそ、彼の姿は快いものとなっているのです。もちろん、並ならぬ人自身がそのことを知ってはならないのですが、いつしか彼もそれを知ることとなり、そうなると彼は並の、すなわち同等の人間となるのです。なんとなれば、並々ならぬということは、周りをきちんと見ていないということであり、きちんと見ている人たちは皆、いわば気分転換に、それができない人間と喜んで関わろうとするのです、というのも、いつも人間と事物をあるがままに正確にみるというのは、苦痛なことかもしれず、見られる場合にしても、人は細部にいたるまでありのままに、見られたがるわけではないのです。というわけで、人とはまったく違う、つまりはどこかしら正しくないやり方で、まだ子どもであるかのように世界を眺めることができる人が、好まれ、求められることになるのです。そして女性たちはすばらしく正しく判断できるせいで、正しく判断する男性に対してはライバル意識を持つばかり、おのずと健全なる判断の欠如状態の方に、つまりは自分とはちょっと違っているものの方へ惹かれてしまうわけで、そうなるのも彼女たちは皆、自分の能力に退屈しているからであって、彼女たちはみずからのことはそういうものだと見切らざるをえず、その一方で、にっこり笑いかけたり、それどころか嘲笑ったりする口実となるとなかなか見つからず、すっかり退屈しているのです。彼女たちはお互いに楽しむことはほとんどなくて、それは賢さにおいてあまりに似すぎていて、誰も他人を物笑いにすることができず、誰も他人に自慢してみたくてもみせることができないからで、人間には、他人より優れているということほどに、楽しく感じることはないのです。この理由から人は猿を見るとそれは愉快な気持ちになり、犬を見ても、猫を見てもそうなるのですが、月並みな人間にとって何といっても一番愉快なのは、人間の形をとった愚鈍、子どものような、信じこみやすい存在なのです。しかしこの信じこみやすい存在、他愛もない存在がこのことに気づいてしまうと、ある種の意義を自分自身に与えてしまい、その意義に合わせて振舞うのが好きになってしまう、ということも起こりえます。それどころかわが状態についての洞察に痛みを覚えるということもあるかもしれません。しかし、どうでしょう、もし彼がこの痛みをすばらしいと感じるとすれば？　もし彼がこの種のすばらしさのようなものを笑い飛ばしたら、そしてこのいわゆる笑い飛ばしのうちにすばらしさを見いだしたら。そして、こうした月並みさが一般に広く行き渡っているように見えるとはいえ――わたくしが言っているのは、あの卓越した性質のことなのですが――これら月並み人間たち皆が本当の月並み人間ではない、ただそう思い込んでいるだけである、ということだってあるかもしれないのです。そしてエーディットはと言えば、彼女は鏡の間で、よくも盗賊を奪ったわねという、ヴァンダの非難に答えていました。「私はごくごく普通の娘で、あの人のことはよく理解できないのです。私が彼を必要としたですって？　全然違います。ある日、あの人は私を見かけて、みんなが言うには、メロメロになってしまったのです。あの人はその姿に寄りかかれる存在を探していました、あなたに鞭打たれて目覚めてしまった考えを、跳ね回りすぎて疲れた子どものように寝かしつけるために。あなたは彼をへとへとにしてしまったのです。俗っぽいけれど、これが正しい言い方のようなのです。あなたが彼を見るといつも逃げ出してばかりいたせいで、じっとそばにいてくれる女に鞍替えしてしまったのです。あなたの絶えざる『見れば逃げ出し』にすっかりまいってしまったのです。あなたには分かるはずです。あなたの眼の前に立っているのは、自分ではちゃんとしているつもりの娘です。この点についてならいくらだって言えます。あなたは盗賊にとびきりの悪戯ばかりを要求しました。でもある時彼があなたに、こう言ってよければ、才能の片鱗を見せつけると、あなたは『助けて！』と大声をあげました。それからはもうご存じの通り、誰も本当には彼と関わろうとはしませんでした。それから彼は私と関わろうとしました、私なら大丈夫なんじゃないかって思ったからです。でも私は相手にしませんでした、どうしてそうしなかったのかは、本当に分かりません。彼の静けさが少々うるさく感じられたのは事実です。私は彼を虜にしました。第一にそれはこそばゆいような気分で、でも第二にそんなふうに虜になっている彼のことを退屈だとも思い、それでも目を覚ませてあげようとも思わず、どうも気に入らなかったり、心動かされるようなこともあったり、軽蔑しながらもそれでいて一目置いたり、そんな状態に彼をほうったらかしにしていました。ちょっと普通じゃない人のように思えたけれど、もしもっとかまってあげていたら、普通なところを見つけたのかもしれません。一緒にいるときは、まごついたふりをしてみせました、それが一番楽だと思ったし、実際その通りでした。私たちはみんな、楽な方に流れてしまうものなのです。あなたもそう、ヴァンダ、あなたもとても楽ちんにしていました、で、彼自身もそれなりに楽ちんにしてたからといって、私たち、ひどく文句を言えた義理でしょうか？　そんな権利があるなんて、私には思えません。私のせいで彼は裏切ったというあなたの言い分、あれだってお気楽というものです。私たちは二人とも彼に対して、ひどく似かよった態度をとったのです。わたしも彼から逃げ出しました、そして彼が私を見つけ出した時、私は仏頂面をしてみせました、もちろん彼はこの仏頂面を世にもすばらしい、またとない美しさだと思いました。もちろん私はつれない態度をとるほかはなかったし、実際にもそうして、彼に言いました、『いい加減にしてよ』と。そう、あなたとまったく同じように。あなたが私と話し合おうとしたこと、私から何かを聞き出そうとしたこと、これはすてきなことだと思っています、でもそれはできない相談です。だってどうしてこんなことになったのか、私はあなたに真実を語ることはまったくできないし、私自身、真実は何であるのか知らないし、今後も決して知ることはないのですから。事実はどうであるのかと言えば、私は自分自身のことが分からなくて、彼のことも、あなたのことも分からなくて、真実を語ることもできなくて、なぜなら真実は百万もの山々の彼方の谷底に隠れているからで、彼は最近はよくそこで過ごしているようで、その姿を見かけることはもうめったにしかなくなってしまいました。ある人の言うところによれば、彼は小さな森の中に豪華なベッドを作らせて、そこで誰に邪魔されることもなく何時間も私たちとの経験について考えているそうです、そして彼はあなたのことよりも、私のことを考えている、私の方がより近しい存在なのです、その理由は私の方が彼にとっても私にとっても、より説明できない存在だから、だから私の方がより美しい存在なのです、もちろんあなたの方が美人だけれど、彼はそんなことは忘れてしまいました。ただ一つだけ残念だったのは、知って嬉しくなかったのは、彼が上機嫌だと分かったことです。でも無理にでも思わなくてはいけません、そう、それでいいのだと。」こう語ったとき、彼女はなんと美しかったことでしょう。真実のところを言えば、盗賊はヴァンダに対しては父親のように、エーディットに対しては子どものように感じていました。しかし、どちらの娘もこんなことは夢にも知りませんでした。エーディットはヴァンダに手を差し伸べました。「いけすかないわ」とヴァンダは言いました。語気を荒げたわけではまったくなくて、むしろわざとむすっとしてみせたのです。「二人は互いに悪意を抱いているわけではないのだ。」聞いていた人は考えました。カーテンの後ろに潜んでいたその人が誰であるのか、あなたはもちろんご存じですね。わたしの記憶では、もうお話ししたと思います。

毎日のようにエーディットのもとを訪れていた頃、彼は周囲の人びとが眉をひそめはっきりとこう言うのを耳にしました――「あの男は彼女を不幸にしてしまう。」こうした囁きはことによると彼女の耳にも届いたのかもしれません。彼女は深く、深く、物思わしげになりました。あるときなどは雪のように真っ白い顔をして立っていました。もう死ぬしかない、と思ったのかもしれません、もっとも今では至福に満ちた薔薇色の顔で、彼女の月並み男と腕を組んでそこいらを歩き回っているわけなのですが。今日は、盗賊は詩作に没頭しすぎたあまりすっかり蒼ざめた顔をしています。というのは、ご想像いただけるでしょうが、わたくしがこの本を書くのに、彼はそれはもう果敢に手助けしてくれたのです。エーディットの庇護者、すなわちあの月並み男に――ちなみに彼はきわめてがっしりとした人間でした――ある日盗賊は何やら話しかけることがあり、その際、彼は次のようなことをつまびらかにしたのです、自分はある作家が小説を書くのを手伝っており、その小説ときたら確かに小さくはあるけれども文化と内容にはちきれんばかりで、その小説は主としてエーディットをめぐるもので、彼女はその小さいけれども内容に満ち満ちた小説に主人公として登場するのだということを。こうしたことを告げ、盗賊はにっこりと微笑みました、エーディットの恋人は抑えた怒りに文字通り体を震わせ始め、ようやくなんとか言葉を絞り出しました――「この悪党め。」「厳密に申しますならば」と盗賊は返しました、「わたしたち長編小説、短編小説を書く者は、配慮に満ちた無遠慮、繊細なる大胆、畏れを知らぬ臆病、苦悩に満ちた快活、快活なる苦悩をもってして武器の引き金を引く、すなわち尊敬おくあたわざるモデルに対して振舞う限りにおいて、皆、悪党なのです。とにもかくにも文学というのはそういうものなのです。尊敬すべき紳士であるあなた、あなたはどうやら、詩作芸術の友ではいらっしゃらないようですな、もしそうであったなら、先ほどのような突拍子もない言葉を唇にのせられるのははばかられたでしょう。しかしながらわたしは神かけてそのことを悪く取るつもりはありません、と申し上げたところで、この『神かけて』などという、あなたにとってもわたしにとっても、場にふさわしいとは思えぬ少々力み気味の言葉については残念に思っています。おや、わたしの見るところ、あなたはパイプをすぱすぱ吸っておられますね。」「それが悪いとでも?」「そのパイプすぱすぱも疑問の余地なく、小説の中に登場することでありましょう。」「おまえの溢れんばかりの非人間性の数々を名づけることのできる、名前がありさえすればよいのだが。」ここで二人は袂を分かち、それぞれにわが道をゆくことにしました。もちろん男はエーディットに話したことでしょう。あの盗賊はある詩人が物語を書くのに助手として仕えているのだと、そしてエーディットは驚愕を、平然をよそおった表情のカーテンの背後に隠そうとすることでしょう。しかし、彼の方は彼女を見抜きました。その月並みさゆえ、彼は、彼女を慰めるにふさわしい二、三の言葉すら見つけることができませんでした。彼女は非常に落ち着きがなくなり、静かにひとりごちました。「すべてがこんな風になるなんて、誰が予見していたでしょう。」そしてその眼には甘美な熱い怒りの涙がキラリと光りました。そして彼女は考えました。「私は彼を追い払った、そして彼は今や著名な作家のところへ行ってすべてを報告し、二人は今しも一致団結して私について作品を書いている、そして私はどうすることもできないし、誰も私の力になってくれる人はいない。私は、百フラン札を財布からするりと抜き出そうともしない、この物乞いに書きなぐられるままになっていなければならない。そしてこの出来事全体で何よりもおぞましいのは、彼は私への従属と畏れのあまり、私を愛しそして盗むということ、世界中が私のことを知りつくすことになる、こんなことがありうるなんて思いもよらなかったわ。天にましますす神さま、どうか復讐に力をお貸し下さい。」彼女は両手を組み合わせ、その間にも可愛らしい街に肩寄せ合い並んだ家々は雲に暗く覆われたから思うと、ふたたびおひさまに明るく照らされ、馬車は馬たちに引かれ、路面電車は咳払いし、というのはつまり、ゴーゴー、ガタガタ、ヒューヒュー唸り、自動車は滑走し、小僧たちは遊び始め、お母さんたちは男の子たち、あるいは子どもたちの手を引き、紳士たちはカード遊びに繰り出し、女友達たちは興味津々の新ゴシップに花咲かせ、街は生気に溢れ、動きはたえまなく、人びとは去ってゆき、別の人びとは徒歩で、また電車でやってきて、ある者は、一枚の絵を大切そうに包んで運び、またある者は一脚の梯子を運び、また別の者はなんとソファまで運び、そう、あなたはそこに寝ころんで運ばれてゆくことだってできますよ、街の外では人びとが緑の下を逍遥し、街の中では家並みの上に教会がそびえたち、それは協調と愛を説く番人のようでもあれば、家庭の大事に見舞われて立ちつくす背の高い若き妻のようでもあり、というのは、生は厳しいという感情、生は芽吹き、微笑み、花咲くという感情をいだいた瞬間瞬間は永遠に若々しいままで、そして信仰は最初のものであり、そしてまた、もはやさして信じなくなった、あるいは、まったく信じなくなった時代が長く続いた後ではしだいに最後のものともなり、芽生えつつあるものと似通ったものとなり、最初と最後、始まりつつあるものと終わりつつあるものはつながることになるのです。この気高き尖塔が、なんとその撓みなさにおいて撓んでいるように見えることでしょう。不屈なるものはえてして内なる、眼に見えぬところで屈するものであり、不動なるものは動きを呼び起こしたいと切望しているものであり、それを見ようと、周囲は動き回り、こちらへとやって来て、それを見ることはかなわなくとも、見ようと努めたことは確かなのです。歩いてゆく者たちは歩いてゆくことができないものたちのために何かを引き受け、石のように固いものを人びとは軟化させようと試み、柔らかいものは転じて石と化します。なぜ人びとは信仰のために寡黙な建物をたて、光を仰いで歌っては、心慰められ強められ、歓喜に満ち満ちて会堂を後にするのでしょうか？　あるとき盗賊にこんなことを言った人がいました。「あなた、頭がおかしいんじゃないですか。」それは彼が仕事への献身について物語ったからなのですが、わたくしたちはえてして無愛想な物言いをするもので、それは、まさに自分自身がみずからに言い聞かせたばかりのことが相手から言われてしまい、相手が正しいことを認めなければならなくなってしまうからなのです。そしてエーディットの恋人は彼女に言いました。「私のためにも、あの男のことは二度と考えぬように！」しかしながら盗賊はいつも確信を抱きつつ通りを歩いておりました、すなわち、彼女は折りにふれては、自分のことを考えているに違いないと。そういうわけで、ある午後のこと、あの例の教会での登壇と説教にあいなったのでした。

教会は、定刻になるとほぼ娘たちで埋めつくされており、その中にはともかくも幾人かの卓越した女性の方々、名士とも言うべき方々、例えば高名なる徳望家で、その慈善心と博愛心ゆえに抜きん出た名声を博しておられるフォン・ホッホベルク夫人の顔も見えました。人びとの物語るところでは、彼女は若々しさの花の輪に囲まれているのが好きである、とはつまり、朗らかな仲間との交際を好んでいるとのことでした。財界、学界もそれぞれ代表者を送りこんできておりました。雰囲気はこの上なく活気に満ちたものとなっていたのです。その場に居合わせている誰もが——その中にはむろん少なめであったとはいえ紳士界を代表する方々も含まれていました——盗賊の登壇を待ち受けていたということを、理解できない者などいなかったでしょう。時計の針は三時半を指しておりました。もちろん時は、刻々、先へ進んでゆくものではあります。ひとつ立ち止まってやろうなどという気を、時が起こしたりしないということ、これはこの事象独自のこととして、幾人かの知識人の心を捉えたことでした。もしすべてが、いわばちっちゃなベッドにもぐりこんですやすやと、眠り、安らぎ、停止してしまったとしたら、どんなに面白くて、不思議なことでしょう。けれどもそんなことはおそらくは、決して起こりはしないでしょう。堂々たる紳士である司祭が、いまや会衆の前に姿を現し、彼らに「自分の親愛なる友人であり、労働する市民であるところの」——という言葉に微かな揶揄が込められていなかったというわけでもないのですが——盗賊を紹介し、紹介された人間はごく自然な、というのはつまり、とても軽やかな、ほとんど愛らしいと言ってもいい歩みで、いや、もはや歩みなどというものではなく、ちょこちょこ歩きで、説教壇に登りました。会衆は皆、少々心配になって息をのみました。かほどにも威厳あるこの場所でこの男はいったいどのように振舞うのだろう？　思わず知らずこの問いが皆の心を占めたことは間違いありません、彼が一度、二度——これは、厳粛な場所においては少々ぎこちない様子こそふさわしいのではという気がしてならなかったゆえにしたことなのですが——かすかに咳払いをしておもむろに次のように語り始めた時には。「尊敬すべきみなさま、わたしの手を取り、この信仰と精神の高みの場に導いて下さった司祭様の許可をいただきまして、わたしは皆さまに愛について語ることにしたいと思います。そしてわたしの愛するその人は、わたしがどのように表現し、何を語るつもりであるのか聞きにきていることと思います。ああ、わたしにとって、なんというすばらしい瞬間でしょう。」

当然のことですが、盗賊は場にふさわしい、いくぶん安っぽくはあったかもしれませんが、厳粛な服装をしておりました。諸事情を洩らしてしまうならば、スーツは六〇フランの品であり、すなわち彼は今しも既製服店から出て来たところで、そこで一時間以上をかけて、専門的なアドバイスを貰いつつ、ちょうどぴったりの品を首尾よく見つけることに成功したのです。見ての通り、彼は役人としてではなく、私人として登壇しなければなりませんでした。カフスボタンはつけていませんでした。しかし、この欠点に気づいた人はいませんでした。彼の顔には、幽かなやつれが刻まれており、それは魂の平安に憧れながら、それを得ることがどうやらできず、昼夜ひそかにそれを勝ちえようと努めている人の顔によく見られる類いのものでした。彼の表情は、しっかりとしたものに感じられました。話し始める際には、地底に向かって歌うのではなく、天空に向かって歌い上げようとする歌手のように顔をしっかりと上げていました。ヴァンダは十三列目に座っていました。これは完全にきっちりと定められていたことで、年老いた男と男の子の間に座っていました。ご存じの通り、大きなものたちに仕えるのは小さなものたちの勤めなのです。こうしたことをよりによって今言うというのは奇妙なことです。しかしわたくしたちはこのコメントゆえに、頭の中をくまなく探索するのはやめにして、ヴァンダについて、それはすばらしく可愛らしい姿だったことをお伝えしましょう、彼女は桜の花のように可憐で、黒いベールに縁取られていましたが、それは必ずしも喪を意味するわけではないでしょう、それとも、もしや婚約者が亡くなりでもしたのでしょうか？　わたくしたちはそのことについて知りませんし、知るべきだとも、知りたいとも思っておりません。彼女の眼差しには支配者然とした様子がうかがえました。小さな存在が支配者然と振舞う場面にはよく出会うものです、それは言ってみるならば、人びとには思わず微笑んでしまう対象が必要であるといった風なのです。彼女のひどく真剣な様子にはどこかしら滑稽なところがありました。なんとすばらしく不動のポーズを楽しんでいることでしょう。彼女はラヴェンナにある一幅の絵画、魂の中に忍び入った若々しい敬虔な心持ちに驚いて、信者たちがかくも大きな、異国めいた美しい眼を瞠っているあの初期教会時代の絵に似てはいないでしょうか？　それで、エーディットもまたそこにいたのでしょうか？　もちろんです。彼女はずっと前の方に座っていて、雪のように真白い衣装をまとっており、そして頬は——その頬には赤みが勢いよく差していました、まるで死をも恐れぬ騎士がみずからを犠牲にある風景を魔法から解き放つために、岩壁を越えて奈落へ身を躍らせたかのように。ああ、彼女が紅潮するさまは美しいものでした。可愛らしい靴を履いた両足はトントンと打ち合わされていました、それはまるであらゆる興奮が足元に集められたかのようで、両の足が話し、喧嘩しているかのようで、お互いに腹を立てている二羽の小鳩のようでした。エーディットはまさに無垢そのものでした。全然来たくはなかったのに、まるで銀の糸で引き寄せられたかのようでした。彼女の庇護者は隣に座っていました。彼が聖別を受けた者としてここに座っていたのかどうかは、調査しないでおくことにいたしましょう、さて、盗賊が話を続け、こんな言葉が口から流れ出しました、「聴衆の皆様で満たされた高貴なる館……」、この言葉が彼の口から滑り出ると、ごくごくかすかなひそひそ話が、忍び笑いが、咳払いが、長椅子の列を抜けてさざめき、またすぐに消えてゆきました。どうやら、どの方面も、注意深さへの帰路をすぐに見つけることができたようでした。ここに集まったすべての人は一瞬の間、自分たちがどこにいるのか、忘れてしまったかのようでしたが、今や彼らはふたたびそれを意識したようでした。「彼は償わねばならない」という言葉がエーディットの口から流れ出しました、まるで彼女の人格はガラスでできていて、そのガラス製の存在の基質を伝って、決断が鳴り響いているかのようでした。つまり彼女は何一つ決心はしてはいませんでした。決心が、おひさまが透明な物体を貫いて輝くように、彼女を貫いて輝いたのです。「わたしがちょうど」と盗賊は「心の洗濯」を続けました、「新しいスーツを着て、通りを歩いていると、後ろでこんな声が聞こえました。『あの服、似合ってるじゃない。』このささやかな意見にわたしは少々、心浮き立ちました。わたしは生きていて、よく、何かしらの取るに足りない状況によって歓喜溢れる状態となるのですが、それはまるで自分がすいすい滑るもの、ふわふわ浮かぶものとなって、どこかへ運ばれていくかのようなのです。この、きっとたいしたものではない、とはいえ、ことによると非常に大きな罪のことで、わたしは親愛なる同胞市民のみなさんにおわびしなくてはなりません。」「ここでも、あの男は神のことを考えてすらいない」という正しい考えがエーディットの頭、というよりむしろ、魂を抜けていきました。こうひとり呟くことができそうなほどでした、「白状したわね。」「わたしはここで自分のへまを見せびらかしたいわけではありません、白状することによって、肩の荷を降ろすのは簡単なことではあるのですが。わたしはいつもいつもこうしたもろもろの些細なことについて考えています、例えば、ある日、恋人の前で深くお辞儀をし、そして彼女ときたらわたしを一顧だにしなかったこと、ある晴れた朝、街の中心にある本屋さんの前で、ある娘さんがまるで眼に見えぬ強大な存在に意識を奪われたかのように失神したこと。わたしは彼女に菫の花束を贈ろうと幾度考えたことでしょう、そして一度もそれを実行しなかったのです。そんな菫の花束は五〇サンチームも出せば手に入れることができます、しかし、請け合うことができますが、このささやかな好意を断念したのはケチだったからではありません。わたしはどちらかというと吝嗇よりは消尽に向かう性質《たち》なのです、そして彼女がいまや下に座ってわたしの話に耳を澄ましていること、わたしを懲らしめキスするためにここにやってきたこと、これはわたしにとってなんとも満足なことであり、そしてわたしは彼女のことを明々白々な権利で心の中で笑い飛ばし、そしてそれがまったくよいことではないということがわたしの虚栄心をさらに倍にもしてくれ、わたしの存在を構成している快楽を、羽のはばたきとも諸特性の合流とも思える快楽を、さらに確実なものにしてくれるのです。人間は人びとをただひたすら愛さなければならない、彼らに仕えねばならない、とあなた方は言うでしょう、おっしゃる通りです。わたしはしかし、この過ぎ去った時間のあいだずっと、この娘を愛しており、わたしがその娘をあざ笑うのは、彼女を愛しているからで、なぜなら、ある娘を愛するということ、恋人をもつということは、どこかしら心を引き上げてくれ、かぎりのない満足を与えてくれることで、それで人びとはほとんど朗らかとしか言いようのない感謝に傾くのであって、さらに不幸な愛というものがあるのではなく、どの愛も幸福な愛なのであって、それは愛は人を豊かにしてくれるからで、全世界がわたしたちに愛らしい顔を向けてくれるからで、そうなるのは心が生き生きとしてくるからで、そういうわけで彼女は説教壇の下に、望まぬままにわたしの身のまわりの世話をしてくれた人のように、まるでわたしが主人で、哀れな彼女は——そんなものには彼女は決してなりたくはなかったでしょうが——召使であるかのように座っているのです。それゆえにわたしは彼女を、至極当然ながら、哀れな女と呼ぶのです。紳士の皆様方、ご覧になられますでしょうか、わたしが彼女などまるでもはや存在していないかのように、頭越しに視線を投げていることを、そうでありながら、いわばあらゆる点において落ち着きはらった、好意に満ち満ちた態度で、彼女を搾取していることを。彼女はわたしの眼の前で侘しい小部屋につくねんと、略奪されつくした者、見捨てられた者として座っており、たとえ千もの喜びを感じていようとも、わたしの眼にはなお強奪された者と映っており、わたしは彼女に対する勝者なのだという感情からはまったく抜け出すことができず、これではちょっと果実の積みすぎではないかという荷車のように、ほとんどひっくり返ってしまいそうで、そして、その果実はといえばそもそも彼女のもので、全部彼女からくすねて来たもので、わたしの魂はその幸福どども、そのリンリン鳴り響く鐘の音ともどども、彼女のものと言えるのです。わたしは、彼女を愛するようになってこのかた、ずっと呆然とした、と同時に陶然とした感覚を抱いていて、わたしの内にはただもう小さな鐘がいくつもいくつも吊り下っていて、蠱惑するような楽の音を奏でていて、それはひたすらわたしを、この言葉の最高の意味において「楽しませる」ためだけに鳴り響いているといったふうなのです。そしてこうして響き渡る歓喜のことごとくが、今、この言葉を聞いているあの人からもたらされたもので、それがどれほどの喜びなのか少しでも知ったなら、彼女はわたしを羨むに違いありませんが、しかし彼女はさほどまで知的ではないだろうとわたしは考えていたのです。彼女は全体としてはいつも、わたしのための樹木となるべく振舞っていたのであって、わたしはその木陰でくつろいで過ごすことができたのです。彼女はわたしに十二分に陰を与えてくれました。彼女を知り、評価し始めるようになる以前、わたしはいわば少々尾羽打ち枯らした状態でうろつき回っておりましたが、それが今はこの王女さまの裳裾にすがり、緑に苔むした居所に腰落ち着けてゆったりと安らいでいるかのようで、実際、わたしはこの快適な機会を心ゆくまで楽しんでいるわけで、この気前の良さを軽んじているとは言わないまでも、さして特別視してはいないと言ったとしても、ここにいらっしゃる方々はご理解くださることと思っております。わたしは彼女を利用しつくし、あざ笑うことができます。わたしは彼女と密接に結びついていながら、そのわたしから彼女は何一つ得ることはありません。わたしは自分の思いのままに彼女を愛するのです。わたしは何一つこの愛のために支払う必要はありません。例の月並み男は彼女のことを気づかっています。わたしはそのことであの男を非常に評価しておりますし、この先もこの調子で続けてくれるよう、お願いしたいと思います。彼もまた今この場におられるようです。わたしの繊細なる感覚がそのことをかなり明瞭に告げております。あの男はわたしからの拍手喝采を疑う必要はないのです。わたしはいつも彼女の手にキスをしてきました。愛撫という絢爛たる布地にあの手をくるみこむことを禁じるなど、彼女にできようはずがありましょうか？　わたしが彼女のそばにいたいと思い、彼女に向かって「現れよ！」と言うと、間髪入れず、彼女は姿を現しました。彼女はいつもわたしが望む通りの従順な存在でした。わたしにとってすべてであることを躊躇ったことは一度もなく、そしてむろんわたしは彼女よりはるかに持てる者であり、それはわたしが彼女を愛しているからで、愛している者にはつねに至福となるために必要なものが与えられるのであり、いやそれ以上のものが与えられるのであり、それはあまりに多くを受け取ってしまわぬよう、注意しなければならないほどなのです。そしてこの娘の顔はわたしにとっておぞましいものであり、それがどうしてなのかは、皆さま、もうお分かりだと思います、そう、奪いつくされた者の顔だからなのです。わたしは彼女を眼にすると逃げ出しますが、もちろん臆病からではありません。彼女と話すのは、簡単なことだったでしょう。わたしはそれを望んでおりましたし、またまったく望んでもおりませんでした、わたしが彼女との対話を恐れていたのは、彼女が十分に聡明ではないと思っていたから、一緒にいると退屈してしまうのではと考えていたからなのです。わたしのような者が退屈することが許されるでしょうか？　いや、そんなことは許されませんし、そうあるべきでもありません。そんなこと何のために必要でしょう。そして彼女はいまやこうしたことすべてを聞き、わたしが語る言葉はすべて彼女を傷つけることを目的としており、それもしたたかに傷つけることを目的としており、そのことによって、いかにわたしが彼女に優越しているか、わたしの口から語っている精神、父の精神、母の精神、教育の精神、ヒューマニズムと道徳の精神、祖国の精神が彼女に優越しているか、それを感じさせたいと思っているのです。彼女は八月一日、すなわちわたしたちの自由と独立に必要な土台が作られた祝日にだけ、少しばかり、そもそも自分はどの国に属していたんだっけと考えるような人間の一人なのです。ちなみに彼女は、多くの人たちと同様に、いつもたんに楽しみたいと考えています。これはまさにこうした凡庸な人たちが、皆、やっていることで、この人たちは精神が現在していない人たち、現在を持たない人たちであり、なぜかと言えば、彼らには過去との繋がりがまったく、あるいは大部分、欠けてしまっているからなのです。彼女はこれまで教会に来たことがありませんでした。今日は純粋に好奇心からやって来たのです。彼女はちなみにわたしと一言なりとも話をしたいと思っているでしょう、しかし、わたしはそうはならないように振舞うつもりです。ある日のこと、彼女はわたしに何かしら盲人たちのためにやってくれないか、何か奉仕してはくれないかと頼んできましたが、わたしは断りました、拒絶された彼女がどんな顔をするか見てやろうと思ったのです。彼女はひどくがっかりした顔になり、わたしは、このひどく哀れな者たちに対する彼女の同情心を知り、いっそう彼女を愛するようになったのですが、この哀れな者たちは、福音にも見まごう薔薇の花を見ることができず、青白く霞んだ山々も、緑に微笑む牧草地も、森も見ることができず、そして、好きな人も見ることができず、しかし、ことによると何一つ見えないこと、内なる眼で見るほかないということ、見たいものについてはまず考えなくてはならないということ、そして考えたものをいつも十分にはっきりと見ることができる、それどころか見者よりもはるかに明瞭に見ることができるということ、これは羨むべきことなのかもしれません。ご存じの通り、愛は盲目でいたがるものなのであり、もしかするとわたしは盲目でいたかったがために、エーディットから逃げ出したのかもしれません。彼女を眼にするや必ず、なにやらあたりを暗くするようなものが、わたしの方へ押し寄せて来たのです。彼女を見ること、これはわたしにとって、彼女を失うこと、あるいは、彼女があまりに大きく眼前に立ちはだかることで、彼女はあまりに大き過ぎて、その姿はなにからなにまで隠してしまい、わたしのことも自分のことをも、すべてを覆ってしまったのです。これは、感じることのない人、感覚することのない人は、感づきすらしないことです。そんな人は何一つ感じない、今この瞬間だって感じていないのです。そういう人は、感じるなんて自分にとっては低俗すぎることだ、害になることだと考えています。そういう人には真剣さというものが欠けているのです。そして、彼女の庇護者は非の打ち所がないほどに凡庸きわまりない男です、凡庸さに文字通りはち切れんばかりですが、だからといって、絨毯に飾られたという以上には描写する必要もないような階段で、わたしが彼女にキスするのが妨げられることはなかったのです。みなさん、さあ、愉快とはいえぬ出来事にお備えください。とはいっても、もう数分は間があるでしょう。なぜなら、彼女はいまだに復讐する勇気を出せないでいるのです。自分がいかに臆病者であるのかがよく分かっているのです。わたしはひとつ怒らせてやろうと、それはひどい恰好で彼女の前に現れたものです。そして、わたしのポケットには報酬がはいっており、それはどこから来たかと言えば、彼女についてのお話をでっちあげて手に入れたもので、それを書くときにはもう笑って笑って椅子から転げ落ちたものでした。今、この瞬間、昏倒することができたならどんなにすばらしいことでしょう。わたくしは今や持ち上げられ、緑色の板に載せられ、寝かされ、テントの中に運び込まれるに最適の精神状態にあるといえましょう。」こう語ったところで彼は昏倒しました。小さな叫び声が天井の高い広間を貫きました。エーディットは高らかに立ちあがっていました。彼女の手からはピストルが滑り落ちました。説教壇の階段からは高貴なる盗賊の血が滴り落ちました。これほどに知的な血が流されたことはいまだかつてなかったでしょう。「ああ、なんと極度に知的かつ痴的な男でしょう」とヴァンダがささやきました。幾人かの紳士が恭しい態度で復讐をとげた女性を取り巻きました。彼女の月並み男は、今、この瞬間もまさに礼節を心得た、つまりは、月並みな態度を見せておりました。ホッホベルク夫人は盗賊の胸と額に手を当てました。小さな女の子が言いました、「心臓が動いてる、動いてるのが聞こえる。」彼は持ち上げられました。誰かが電話で救急車を呼び、それはほどなくやって来ました。「それにしてもあの男、少し言葉が過ぎたようですね。」アムシュトゥッツ教授夫人が言いました。銃声はほとんど聞こえませんでした。発砲音がまったくなかったということが、秘密めいて感じられました。「当然の報いだ」とエーディットの世話をしている紳士の一人が言いました。彼女は救いようのない状態でした。罰する者たちはえてして取り乱してしまうものです。それからが大変です。裁判官というのは簡単な仕事ではないのです。儀礼上、彼女は当面の間、逮捕されました。それはきわめて寛大な形で行われました。彼女の小さな口は震えていました。彼女が熱に浮かされて行動したのは明らかでした。その他にも、彼女がおおいに盗賊を慮っていることはうかがわれました。誰もがそのことを即座に見てとりました。人びとの意見によって彼女は裁くまでもなく罪無しとされました。「なぜ、そんなことをしたのです。」ホッホベルク夫人は、美しい娘に歩み寄りながら聞きました。「ヴァルター・ラーテナウが死んだときに、拍手をしたって聞いたから。」この発言は、それを運よく耳にすることができた人たちの間で、ある種の賞賛を呼びました。エーディットは何らかの組織から委託を受けた人間であるかのような印象を与えました。「それは真実なの？」ホッホベルク夫人は探りました。「いいえ、そう言ってみただけです。」教会は空っぽになりました。エーディットは付き添われて、しばらくのあいだ頰杖をついていられるように、とある山荘におもむくよう促されました。彼女は自分自身のことを考えて物思いに耽るようなこともあるかもしれません、その姿はとても可愛らしいものでしょう。それは執政内閣《ディレクトワール》時代の建築である点で、見るべきところのある建物でした。国立公園のような場所の中にある建物でしたが、はっきりとそう指定されているわけではありませんでした。わたしたちがそのことを想い出したというだけのことです。公園の中には、絵に描きたくなるようなひびの入った柱があり、エーディットは迎えの者が来るまで、その柱にもたれて座っているという義務、もう少し穏やかな言い方をするなら、課題を与えられたのでした。

　コンサートはむろん、この頁を執筆する間に終わってしまいました。またもや、有名どころを拝顔する機会を逃してしまったというわけです。いったい、これでもう何度目でしょう？　わたくしには、この国でもっとも有名な女性の一人とお近づきになる、確かな見込みがあります。彼女はわたくしのようなもののことをたいそう好意をこめてお訊ねになったのです。まあいいでしょう、それで、続きはどうなったのですか？　「わたしたちは人間知においてまだまだ駆け出しにすぎず、わたしたち自身を知ろうとする意志においても、とても臆病で、あるいはこういっても同じですが、とても怠惰なのですよ、だから、さあ、エーディット、病院で寝ている盗賊のところについていらっしゃい、かねてよりの馴れ馴れしさであなたに接することに気を悪くなさらないでね、でも、あなたは本当に美しい、善い方ですよ。」ホッホベルク夫人は庵室にいる彼女にそう言い、自分についてくるように促し、彼女を賞賛していることを告げました。「ああ、奥様、そんなことはございません。」エーディットはいつもの落ち着いた態度でそっと敬意を拒んでみせました。「それで、彼の様子はどうなのですか?」彼女は言うなれば不安な期待をこめて、問うように言葉を継ぎました。「ご自身の眼でごらんになることです。」こうホッホベルク夫人が美しい、白鳥のような少女の問いをかわすと、道すがら二人は黙りこんだのでした。ついでに言っておくなら、途中、二人はある出版社の傍らを通り過ぎましたが、それは主として学術関係の書物を扱う会社でした。純文学の作家たちとなると、彼らはどこかしらで山岳ガイドとして働いたり、美容師助手として髪をカールしたりして、収入の道を拡げる必要性に、できる限りの笑顔で応じていました。盗賊はちょうど食事が終わり、寝入ったところでした。治療のための費用は福祉扱いで市が出してくれることになりました、公的活動を遂行する際の出来事によって現在の衰弱状態に陥った点で、その義務があると考えたのでした。医者や看護婦たちはこの珍しい患者を、ある種、好意をこめて扱ってくれました。彼は回診に対して、差し伸べられた手に対して、そのたびごとに天使そのものの態度で感謝しました。彼はともかくも相当に趣味の豊かな人物であるようでした。読書はなお控えねばなりませんでした。脳が休息を必要としていたのです。むろん諸新聞は、この教会で起こったロマンチックな事件について、ごくごく慎重に、その詳細を報じました。かくも立派な患者の容態はどのようであるのかと問い合わせる葉書の数々が、ベッドの上とは言わないまでも、ごく簡単に引き寄せたり押しやったりすることのできる車輪付きの小卓の上に置かれていました。すでにご報告したように、彼は日曜日にはいつも、肉汁たっぷりの美味しい鶏《ころ》を食しておりました。しかし、こうした細部にあまりに深くかかずりあうのはよしておきましょう。さもないとそこから出られなくなってしまうでしょうから。盗賊は彼女の傍ほどに長くいた場所は他になく、それゆえ分離不能こそ理の当然、分離可能は理解不能と感じるようになっていました。彼女は彼をポケットに詰め込むことすらできたでしょう。エーディットへの従属のあまり、彼はそれほど小さく、取るに足らぬまでに小さくなったのです。わたくしたちは感情において小さければ小さいほど幸福であるのです。わけても彼はあの重要人物、性に関しての権威から手紙をもらい、ちなみにその手紙は諸体験を求めてピクピク、ドクドク、少なからず脈打っているもので、つまりは、性的なものを霊的に体験したい、もっとうまく言うなら、性霊体験に与りたいという欲求に満ち満ちたものでした。二人の女性が二七号室の病室に着くと、というのもこれが盗賊の病室であったからなのですが、男爵夫人が口を開き、言いました、「中に入る前に、いくつか確認しておかなくてはなりません。何を言おうと思っていたのかしら？

わたしたちが言おうとすることは、何か別のことが頭に浮かぶや、もうあっという間に飛び去ってしまいます、でもわたしたちは曖昧を排した明瞭、真理への愛に奉仕すべく記憶をふり絞らねばなりません。わたしは言い争いをするにはあなたに好意を抱きすぎているのです。愛する人への礼儀からしても、とうにあなたの手に渡っていてしかるべき、あの名高き百フランに関して言うなら、わたしは彼はその負い目から完全に自由であると考えています、だってあなたはまさにこの義務を怠っていたことで彼を罰したのですから。でもこのことについては、いつなりとお話はできるでしょう。というわけで、このお金はあなたにとって失われてしまったわけではありません、もし本当にお望みになるのなら、これから先もあなたにはその権利があることになるでしょう。彼はあなたのことをひどく侮辱しました、そしてあなたも彼にひどく復讐しました。行き過ぎた復讐だったかもしれません。でも彼は見ての通り、痛みを甘美に感じるほどに丈夫な輩なのです。彼があなたに催眠術をかけたということ、あなたの復讐を希求していたということ、自分の願望を押しつけようとする彼の奇術の犠牲にあなたがなっていたということ、これは街中に知れ渡っていることで、それであなたはこうして、無罪放免されたというわけなのです。最近の調査によれば彼の祖国はカラブリアであるようです。しかし、たとえ彼が一音節ごと、一投足ごとにスイス人であると主張しなくとも、わたしは彼のことを、他の誰とも変わらぬ、きちんとした、まっとうなスイス人と考えています。彼はあなたのことを滅茶苦茶に、阿呆のように、この上なく敬虔に、やんちゃに愛しています。もちろん、彼のことをどう評価すべきか、忠告しようなどいうつもりはありません、でも、あなたが自戒しておかなくてはいけないのは、その感情世界においてかくも繊細なることをしでかす者、何一つ所有しようとせず、自分が持っているものすべて、自分がそうであるところのものすべてを与えようとする者に出会うということは、めったにあることではないということです。あなたは彼にこう言いさえすればいいのです、〈それ、ちょうだい〉と、だって彼は身も世もなく、そればかりを待ち望んでいるのですから。しかしながら、奇妙なことに、世に在る者の中でももっとも臆病なこの男こそが、あらゆる娘たちをひるませるのであり、あなたたちを敬まっているこの男こそが、あなたがたのうちに敬意の念を吹きこむのです。彼はもちろん、いわゆる生をとてもよく分かっています、しかし、彼が生を愛そうとし、実際に愛してもいるがゆえに、生を誤解してしまい、世の中を知らない人間のように見えてしまう、そんなことも起こりうるのです。これはついでに言っておけば、ということです。しかし、重要なことは、彼のうちに決して涸れることなき、献身の姿勢が生きていることです。労働の報酬はあなたのもの、苦労の対価として彼が得るものと言えば、年に一度、あなたを見ることが許されるだけ、そんな条件であなたは彼を働かせることができるでしょう。この盗賊のような人間にはとにかく課題を与えなくてはなりません、彼は奉仕することを渇望しているのですから。しかし、もちろん彼のことを見抜かなければならないわけではありませんし、すべてが現状のようになったのは、間違いなくとてもよいことなのです、今、あなたが彼にキスしたなら、わたしはすばらしいと思うでしょう。彼は寝ています、あなたの好意をあざ笑う懼れはありません。彼はもちろん、あらゆる善きもの、美しきもの、聖なるもの、意味あるものを笑い飛ばすでしょう、まさにそれゆえに、彼は人びとから疎まれるのですが、しかしそれは人びとが感傷的だということを意味しているに過ぎないのです。そう、そうなのです、今日を生きるわたしたちのほとんどは感傷的なのです。」この言葉とともに、二人は病室にはいりました。「ごらんなさい、なんて子どもらしい顔をしていることでしょう。にもかかわらず、むろん彼は、申し分なくきちんとした男であるかもしれないのです」とホッホベルク夫人が言いました。「エーディット、わたしのことを許してくれるかい?」と眠っている男の唇から問いが漏れました、それは少々笑わせるようなイントネーションでした。夢の中で言った言葉でした。そうです、この男は夢の中においても、彼女のごくそばにいるという恥知らずぶりだったのです。彼女は彼の上にかがみこみ、彼があれほどいつも見つめていたその手に、彼の熱っぽい頭を抱えると、彼が何にもまして愛していた、もうそれ自体が聖なるものと化したその口を、彼の口に押しあてました。「毛皮だって全然買ってもらってない。世界最悪の男よ。」けれども、今、彼のことをそんな風に言った女は、彼の夢の中では最愛の女なのでした。そこでは彼女は高貴な存在であり、彼女が彼についてひどい考えをすればするほど、彼の中の彼女は、よりいっそう高貴に、よりいっそう美しくなってゆくのでした。「私たちは互いに理解し合うべく定められているのだろうか、私たちはむしろ、誤解し合うべく選ばれていて、そのおかげで幸福が沢山すぎることもなくなり、幸福はいやましに価値あるものとなり、そしてもろもろの関係は私たちが理解し合っていたら決してありえなかったような長編小説に紡がれるのではないだろうか？」ホッホベルク夫人はそう自問すると、エーディットを可愛い従順なわが娘と呼び、まずは彼女を外に連れ出し、成熟した女性として先ほどの問いを世界の顔《かんばせ》に向け直しました。「彼はよく自分の部屋の床に跪いては、手を合わせて、あなたを幸せにしてくれるよう、神さまに祈っていました。そのことに思いを馳せるのです、さあ、あなたが同意してくれるなら、私たちは少しばかり人びとの間にまじることにいたしましょう。」

さて、この本を締めくくるにあたって、最後のまとめを付け足しておきましょう。ここで書いたことすべては、ちなみにわたくしには、大きな大きな寸評、ばかげて底なしに思えるのです。あるまだ年若い、少年と呼ばれる年齢から抜け出てすらいない画家が描いた一幅の水彩画が、この文化に満ち満ちた詩行を書きつけるきっかけとなったのです。さあ、芸術の勝利を喜ぼうではありませんか。紳士淑女の皆様、今日はわたくしは、わたくし自身を褒めてあげたいくらいなのです。わたくしは自分自身の成し遂げたことに歓喜しています。あなた方もこれからはまた、もっとすみやかに、もっと徹底的にわたくしを信頼するようになることでしょう。これを疑うとしたら、それはユーモアが足りないというものです。この書籍取引、文学に関わる試みの冒頭にも言ったように、わたくしはこう主張したいと思います、お金がない人間、そいつは悪党であると。盗賊よ、跪きなさい！　さあ、ウェイトレスの娘の足元に這いつくばるのです！　もうそろそろ良い子になってもよい頃です。あの腕白小僧は太い木の幹の背後から覗いています。ということは、彼は世界の病院、施設のことごとくから、潑剌と歩み出てきたということです。彼はかつてないほどに健康です。エーディットは崇拝を受けて最高峰に立っています。このお祝いの大勝利は彼女に与えられてしかるべきでしょう。いったい彼女がどの程度まで、読者の方々も驚くばかりですが、いまだにわたくしたちがいかなる名前もぶら下げてはおりませんこの盗賊と、たんに戯れていたのか、もしや彼の方もまた、彼女と、そして彼女の金無垢、銀無垢の優美さと戯れていたのかは、明々白々の不可解事、不可開事として閉じられた墓穴の中に落としたままにしておきましょう。なんでも蓋を開け、光を当てればよいというものではないのです、そんなことをしたらあれこれ思案して楽しむことができなくなってしまいます。わたくしたちの真ん中に、思案する人たち、思考する人たち、感じとる人たちがいる、そうなるように配慮しましょう。ああ、森のはずれが何と美しいことでしょう。可愛い坊や、お願いだから、どうか分かっておくれ。おそらくは彼は二度とは、あの興味深い、意味深い、ありとあらゆる絵描き道具で描かれ、ワニスが塗られ、てかてかにされた、選別された女のような存在と知り合うことはないでしょう。わけても嬉しいのは、わたくしたちが盗賊をエーディットのところまで引っ張っていく必要はないということです。彼女の拳銃使用は思慮不足によるものでした。不注意な人間というのは世にも愛らしい存在なのです。そう言うわけで、彼が彼女のもとに行かなければならないというのではなく、彼が彼女の訪問を受けた、つまりは、高き誉れを与えられたというわけなのです。ホッホベルク夫人はきわめて洗練された趣味をおもちの方として知られておりました。わたくしとしては、エーディットがあの臆病なご婦人用下着崇拝者にしてレース飾り信奉者の仰ぎみる高き存在であり続けてもいっこうにかまいはしません。彼とわたくしはいずれにしても別物です。わたくしは彼のことを愚か者と考えておりますが、それは彼には生における魔法の杖とも言うべきお金がないからであって、この杖さえあれば喜びも浴びるほどの愛も、いまだ見つけられていないところからだって、いまだ楽しまれていないことからだってチチンプイプイと引き出してくることができるのです。彼は苦しみの両眼の周りに悲しみの黒い隈をつけていました。この悪党のことは、単純素朴の大海にうっちゃっておくことにいたしましょう。自分の感情の水塊のためには、自分で急斜面を探し求めればよいのです、われこそはこの世で最も美しい下方へ流れ落ちゆく人格の滝、とひとりつぶやくことができるように。彼の両手は天高く持ち上げられたり、どん底に突き落とされたりする王たちのようでした。こんな美しい文章にあなたは感銘を受けたでしょうか？　あの性にまつわるエンドウ豆は例の階級と地位を有する人間によって食され、ヴァルター・ラーテナウは十二分に報いを受けました。わたくしたちは数年前、一枚の葉書をオランダから受け取ったのですが、そこには、ある人物からのわたくしたちの創作状況についての問い合わせが書かれていました。思うに、わたくしたちにディレクターのポストを与えようという話ではないでしょうか。実際、わたくしは自分は命令すべき人間に定められていると感じるのです。もしかするとあなたは、わたくしの書き方から、とうにそのことに気づかれていたのではないでしょうか？　遅ればせに訪れる洞察というのもまたすばらしいものです。エーディットの口は、悪戯小僧の盗賊にとって、いまだ解きがたい謎であり続けています。わたくしは彼が監督下におかれることを支持します。何百ものペチコートが彼に共感を抱いています。病院から退院した彼は、まずは半時間ほど通りにじっと立ちつくし、それからちょこちょこと歩き、また立ち止まるとこう叫びました。「そこらじゅうすべてが彼女だらけだ。彼女は宇宙だ。」もちろん、わたくしたちはこのような突飛な行動に責任を感じるつもりはありません、こんな話をしたのは彼の理性の憂慮すべき状態をたんにお伝えしておこうと思ったまでです。ありがたいことに、人びとはわたくしたちのことは、思慮分別があると考えています。評判がよいということ、これはそれ自体すでに分別と言えるのではないでしょうか。運命を共にする同胞たち、すなわち女性たちは、男たちの仏頂面に対して、優美なる秘密同盟を結んでいます。組織しなさい、わたくしがみなさんの指導者となりましょう。あのオランダからの葉書は、ラーテナウの友人が書いたものでした。わたくしのような野生児も、無邪気に流れ出す、豊かな名声を広く有していることが、お分かりになったでしょう。これでみなさんが一目おいてくださるとよいのですが。つい先ごろ、エーディットはオートバイに乗って、ブーンと街を走り抜けていきました。わたくしはわたくし、彼は彼です。わたくしにはお金があり、彼にはありません。そこに大きな違いがあるのです。わたくしたちは、共同作業により、ヴァンダを見下ろす術を学びました。わたくしのような身分の者がお匙をなめたりするでしょうか？　ありえないことです。わたくしのような存在は日曜日の午前、若くて上品な人びととゲーテについて語り合うのです。卓越した諸新聞での寄稿における彼の才能、とりわけ、この手稿作成における彼の助手としての功績は正当に評価され始めたところです。大学教授の方々も恭しく彼に挨拶をしています。この間抜けは自分のことが分かってないのです。彼は一種の可愛い奴であって、とことんまで愚鈍なのです。もし愚鈍さにおいて大富豪と呼べる存在でなければ、彼は今ある彼の半分でしかなかったことでしょう。わたくしたちは彼のことをのんべんだらりが人となったものとも、全民族の良心とも考えています。なんとわたしたちは大きく構えたことでしょう。真剣な眼差しがわたくしたちを見つめています、わたくしたちもまた眼差しを上げて、どんなに非論理的に響こうとも確信をもって、次のように考える皆様方と意見を同じくしていることを、ここに宣言したいと思います――盗賊を愛すべき人間と見なすこと、これからは知人として挨拶を交わすこと、これこそ礼にかなった態度なのです。

フェリクス場面集

若林恵 訳

〔1〕

フェリクス、両親の店の前、四歳か六歳。

フェリクス　僕ときたらもうなんだって思いついてしまう、まだこんなに小さいのにね。ちびと言ってもいいくらい。ツバメが路地をひゅんって飛んでいく、すぐ近くをかすめてぶつかりそうなくらい。お兄ちゃんお姉ちゃんたちはみんなもう学校に通っているんだ。みんな学校でだされた宿題を家でやる。僕は自分の理解力がもうかなり高いと思っている。それだから当然他の人たちは僕のことを余計に低く見るわけだけれど、それは納得できる。小さいってことはなんてすてきなんだろう。なんの責任もない。僕は自分でも、文字どおりまだいろんな点で謎だ。ショーウィンドーの中にあるのは全部すてきな商品ばかり。路地から離れたいちばん奥にお父さんの事務所がある。そういう事務所がなんのためにあるのか、少しはもう分かる気がする。妹はすごく注文が多くて、僕がとっくに思いつきもしなくなったような要求をして、いつも口にコルク栓をしてなくちゃならない、さもないとその状況に耐えられなくなって、がまんできないんだ。どうしたらあんなふうに依存症になれるんだろう。僕が妹のことを笑いとばして妹がそれに気がつくと、妹は大声で、不満だってことや傷ついたってことを本当に悲しそうに訴えだすんだ、そうなると僕はただもううろたえて立ちつくすばかり。甘やかされた人間というのはなんて傷つきやすいんだろう。この四歳ながらの僕の雄弁さにはおどろきだ。今まで自分のことをこんなに分別があってこんなに利口で慎重だとは思わなかった。文字どおり自分にうっとりしてしまう。自分に満足できるって、なんて心地よいのだろう。お行儀よくしていてあげたいと思う人たちに、僕は幸せの贈りものをあげているんだと感じる。大人たちは食事の面倒をみてくれる。みんなが眠っているベッドは大人たちの持ち物だ。知の最初の閃光が自分の中でひらめくのを感じること、それはあらゆる知識をすべて所有するよりも存在を美しいものにしてくれるのではないだろうか、だってそんなものを所有していても、いくらかは重荷となって重苦しいにちがいないから。お母さんは、まるで専念したいことをあまりにたくさん見つけすぎたみたいにいつも急いでいて、ぜんぜん時間がない。許されるものならお母さんだって僕の相手をしてくれるはずなんだけれど。お母さんにはやらなきゃならないことが多すぎるんだと思う、僕のほうはなんの心配事もないのが心配になるくらいだっていうのに。何かを心配することに憧れてしまう。たぶん大人になったら、こんなふうな欠落を嘆いたりする必要もなくなるんだろうな。建物がなんて高くそびえているのだろう。ちょうど生徒たちが校舎から出てきた、休み時間だ。お肉屋さん、パン屋さん、仕立て屋さん、靴屋さん、建具屋さん、この人たちは職人さん。これは大地と呼ばれている、と思う、僕が立っているこれはね。うちのお手伝いさんは僕のことが嫌いなんだと思う。頭の上にはこの空。

母親　そこで何をしているの？

フェリクス　何も。

〔2〕

庭園レストラン「菩提樹」。テーブルとベンチ。若々しい緑の茂み。野原には満開の桜。家族全員がそろっている。日曜日。フェリクスは誰かのビールグラスの残りを飲み干した。このとんでもないふるまいは見とがめられる。フェリクスは叩かれる。それがフェリクスを、ぜひとも必要な満足感で満たす。これが彼の心の安定を生み出すと言ってよいだろう。不作法な態度がフェリクスをうっとりするほど喜ばせ、懲罰がフェリクスを正した。

〔3〕

箱が積み重ねられている父親所有の裏庭で、アーデルベルトとフェリクス。

アーデルベルト　何しようか?
フェリクス　何かしでかしてやりたいな。
アーデルベルト　僕も。
フェリクス　ツェザールは来ないのかな?
アーデルベルト　あいつに僕たちの結束力を見せつけてやろうよ。あんなふうにのんきに裏道を歩くってことがどういうことか思い知らせてやろう。あの朗らかな顔が僕を傷つけるんだ。
フェリクス　僕も。あいつの歩き方は何だか挑発的だ。
アーデルベルト　あの意図のなさは挑戦状のようなものだね。
フェリクス　あいつが僕たちの敵だってことにしようよ。
アーデルベルト　そうしたら、あいつとあいつのすべての軽率ぶりに向かって襲いかかるきっかけになるね。
フェリクス　あいつは何も考えてない。
アーデルベルト　そんなの恥知らずだ。
フェリクス　人生を単純に考えるあいつに罰を与えてやりたい。
アーデルベルト　あいつは真っ青にしてやるべきだ、仕立て屋の息子だという理由だけでもね。
フェリクス　君の説明は説得力あるね。だけどそれは……
（二人はツェザールに襲いかかり、裏庭に引きずりこむ）
フェリクス　ツェザール、おまえは僕たちの捕虜だ。いくじなしめ、地面に転がってろ。
アーデルベルト　僕たちと同じような人間が目の前で震えているのを見るってのはすてきだね。名前は何だ、小僧。
ツェザール　僕のこと知ってるよね。
フェリクス　おまえ、僕たちを知ってるのか？
ツェザール　どうして知らないっていうわけ。

アーデルベルト　もう知ってるなどと思い込むとは、思い上がったやつめ。
フェリクス　思い知らせてやらなきゃ。
アーデルベルト　僕たちに慈悲を請え。
ツェザール　よく考えてみなよ、君たちが僕にどんな仕打ちをしたか僕のお父さんが知ったら、君たちのお父さんと話すことになるよ。
アーデルベルト　そんなことしたら頭に一発くらわしてやる。
フェリクス　こいつがこんなに冷酷でこんなに慎重だとは思わなかったね。
アーデルベルト　みかけほどバカじゃないようだ。
フェリクス　こいつの態度がよければ仲なおりできるのに。
アーデルベルト　じゃあおまえは、目的もなくぶらつくために僕たちに赦しを請うつもりはないのか？
ツェザール　いくら努力したってそんなのは受け入れられないよ。君たちはそんな軽率なこと、ぜったいにしないと僕は信じてる。
アーデルベルト　こいつの舌のなめらかさは称賛にあたいするな。
フェリクス　もし穏やかに平手打ちを受け入れたら解放してやる。
ツェザール　僕は屈辱をぜったいに受け入れたりはしないし、どんなに些細でも不当な要求には同意しない。
フェリクス　こいつに一撃くらわして、裏庭から放り出してしまえ。

アーデルベルト　僕たちに軽蔑されるままになろうとしなかったこいつを僕は軽蔑する。
フェリクス　よく言った。
ツェザール　じゃあね、さよなら。（出て行く）
アーデルベルト　僕たちのほうがあいつの影響を受けちゃったね。さあ、あとを追いかけよう。何か面白そうなことが起こるかもしれないし。

母親が窓を開ける。

母親　おまえたち、静かにできないの、兄さんが重病なんですよ。あの子はしくしく泣いているっていうのに、おまえたちは騒いでばかり。
フェリクス　楽しむために何かしなきゃならないってことでは、男の子は全員意見が一致しているんだよ。僕たちは健康だから、思わず身体を動かそうとするんだ。
母親　そうでしょうとも、あの子は病気なのに、おまえたちときたらそのことを考えもしない。恥を知りなさい。

〔4〕

フェリクスと妹、新市街の一軒の家の前。

フローリイ　あたしも一緒にいく。連れてって、ねえ、連れてってくれないならお母さんに言いつけるから、そしたらお母さんに叱られるんだからね。あたしがお母さんに文句を言いにいくとお母さんは耐えられなくて、やりきれないからそれでお兄ちゃんに仕返しするよ。だからお兄ちゃんはあたしの言うことをきかなくちゃいけないって分かるよね。
フェリクス　いやだね。
フローリイ　どうして？　口ごたえするつもり？
フェリクス　ご招待されたのは僕だけだ。おまえのことなんて一言も言われてないんだからな。おまえには常識ってものが一切ない。おまえはあつかましくて、僕につきまとっている。
フローリイ　あたしのことで怒り狂ってる。気分いいな、こんなの想像できないでしょ。でもね、どんなに激怒しても、どんなに憤慨をあらわにして眼の前に突き出してみせても無駄よ、あたしがいったん思いついたら、それをやめさせるなんて無理な話、あたしも一緒にそのおうちに行こうと思いついたんだから、だってそこにはあたしたちのために何かおいしいごちそうがテーブルに出てくるんじゃないかなって想像してるの。
フェリクス　本当におまえには自尊心てものが一切ないのか？　おまえがつきまとうせいで、どれほど僕が憤慨させられているか、分からないか？
フローリイ　そんなに怒っても一緒についていく理由にしかならないよ。あたしについて来てほしくないというから、ついて行くしかないの。
フェリクス　階段から突き落としてやるぞ。
フローリイ　そんな乱暴な口はきくけど、でも実行はしないよね。
フェリクス　殴るぞ。

フローリイ　そうするには不機嫌さが足りないね。でもどっちみちお母さんはお兄ちゃんの不作法を知ることになるよ。
フェリクス　もし一緒にくることを許したら、黙ってるか？
フローリイ　お母さんが怖いの？
フェリクス　お母さんそのものが怖いわけじゃないけど、そのあとでお母さん、自分を責めるからね。お母さんの機嫌が悪いとかわいそうだ。
フローリイ　お兄ちゃんが怖がっているのは、それじゃあ、あたしが思っていたのと違うみたいね。お母さんに言いつけるかどうか、よく考えてみなきゃ。
フェリクス　もしおまえが告げ口したら、お母さんは僕よりももっと重い罰を受けることになるんだよ。お母さんをそそのかして僕に腹を立てさせたりして、心が痛まないの？　僕に腹を立てることがどれほどお母さんにとってつらいか、配慮してあげなくちゃならないのに。
フローリイ　そんなに繊細な神経をもってるのに、どうしてあたしの意向に反対するの？
フェリクス　（おいでと手招きし、二人は家に向かう、フローリイが偉そうな顔つきで先に立つ。）

〔5〕

フローリイが友だちのグレーティと一緒に人形その他で遊んでいる、廊下で。
父親　（娘に）　いったいどうして、おまえはよりによってそんな不作法な子を気に入ったんだ？

フローリイ　グレーティは、いっぱいいっぱいいるお友だちの中でいちばんの仲良しなの。どうしてそんなひどいことというの、お父さん。お父さんはあたしから友だちをみんな奪っていく気なのね。あたしには分かる。

父親（きわめて困惑した口調で）　そんなふうに言われるとはまったく不当だ。おまえにはこれまで、本来なら想像を絶するような偏愛の百もの証を与えてきたではないか？

フローリイ　もしお父さんがグレーティのことをよく思わなくて、あたしにもグレーティを厭だと思わせようというのなら、お父さんなんて大嫌い。

父親（笑いを自分の胸にしまって）　覚えておこう。

母親（会話を部屋から聞いて）　フローリイにいいようにあしらわれて恥ずかしくないのかしら？　まったく驚いてしまうわ。

父親はこんなふうに責められ、これまで家庭で見せた中でももっとも憂いに満ちた顔をする。いずれにしても非常に心配そうに見える。

フェリクス　このグレーティは、濃い髪が非凡な顔を絵画的にとりかこんでいて、まるでポエジーそのものだ。僕にはフローリイが理解できる。お父さんは自分の小さい娘の小さなスリッパに敷かれて頭が上がらなくて、それをちょっとあからさまに見せすぎるけれど、でもそうする権利をお父さんに認めてあげなければ。お父さんだって何かいいことに恵まれていいわけなのだし。

グレーティ　フローリイが護ってくれるおかげで、この家族の中であたしは勝利者だって感じる。今あたしの顔は誇らしげなはず。フェリクスがちょうどいい距離をおいてずっとあたしを見つめている。きっとあたしのこと、ものすごい美人だと思っているのね。興味があるってことほど楽しいものなんて他にはない。

父親は娘フローリイを傷つけないように、グレーティに敬意を払う。彼はグレーティに、君は自分にはそぐわないと言うつもりだったが、彼女は娘にお似合いで、娘をわざわざ悲しませたくはなく、フローリイとグレーティはきっと時には喧嘩くらいするかもしれないと自らを慰めてよしとする。しかし二人にそんな様子はほとんど見られない。二人は文字どおり、ぴったり融合しているようだ。おもちゃたちも、互いによく理解し合っている二人の女の子に使ってもらって喜んでいる。女の子同士の難攻不落の友情が繁栄をきわめるこの家は、ある皮革職人のものであり、マドレッチュ通りにある。

フローリイ（グレーティに）　いつでも好きなときに遊びに来てね。

〔6〕

調度品が美しく整えられ、いわば裕福の香りがふんわり漂うブルジョア風の明るい部屋。少なくとも趣味は主として田舎町風。臆病者であり同時に無意識のうちに貪欲なフェリクスと彼の叔母、彼女は堅実さにどっぷり浸かり、さらに午前十一時の陽光をあびて、女性らしく威厳に満ちて、言ってみればこんなに立派な重荷をのせて喜んでいる肘掛け椅子に座っている。

叔母　それで、いったい何のために来たの？　もっと大きな声で、先入観にとらわれずに話してごらんなさい。甥っ子らしいはにかみなど好きじゃありません。

フェリクス　それでは、叔母さんのために率直に話すように心がけて、遠慮ない告白をします。僕をここに来させたのはお父さんです。
叔母　お母さんも、ではなくて？
フェリクス　違います。お母さんはますます無口になっています。
叔母　いったいなぜ？
フェリクス　なぜ訊くのですか？　知ってるくせに。お母さんは病気です。
叔母　残念だけれど、彼女はいつもとても高慢ちきでした。
フェリクス　叔母さん、残念だけれど、叔母さんはお母さんにたいしていつも思いやりがこれっぽっちもありませんでした。叔母さんが何でも正直に話しなさいと要求したから、これがその命令の結果です。
叔母　続けて。
フェリクス　お父さんは、お誕生日にあなたに幸運を願うと伝えるために僕をここに寄こすのが正しいことだと考えたんです。
叔母　途中で割って入って申し訳ないけれど、おまえが幸運というものをどう理解しているか、言ってごらん。
フェリクス　健康と、できるだけ長くて快適な人生。
叔母　そして、それにふさわしい活動。
フェリクス　そのとおり。

叔母　私の言うことをいちいち確認しなくてよろしい。そういった役割、同意を示してそういうふうに頷くのは、むしろ私に似つかわしいのですよ。
フェリクス　僕の不注意をいつまでも根に持ったりしませんよね。
叔母　そんなことがあれば考えられないほど不適切でしょうね。それで？
フェリクス　叔母さんの前に立って、あえて告白させていただくと、叔母さんは僕にかなり好い印象を与えています。
叔母　喜んで与えましょう。
フェリクス　叔母さんちの家具は、僕のうちのよりも立派ですね。
叔母　いい家具が妬ましいの？
フェリクス　妬んだりしたら、自分を軽蔑します。
叔母　おまえの返事は気に入りました（いかにも意味ありげに手さげ袋から一ターラーを取り出し、フェリクスに与える）。おまえのお父さんは、私から一ターラーもらうために、おまえをここに寄こした。そうでしょう？
フェリクス　それだけじゃありません。僕にとってお父さんはとても礼儀正しい人間なんです。
叔母　息子というのは父親をあまりに尊敬しすぎて、そんなふうにただ自信をもって好意的には話せないものなんだけれどね。だけどおまえは、私が今日六十五歳になって、この機会におまえにプレゼントをあげたことに少しも感謝すらしていませんね。
フェリクス　全然したくありません。僕には誇りと呼ばれている特質があります。

叔母　ではご自由に。おまえがもう感謝した、あるいはこれから密かに感謝するのだと思うことにしましょう。私は少しは堂々と落ち着いて見えるかしら？

フェリクス　愉快ですね。少しは体面を気になさっているのですね。叔母さんのところは安心していられます。もう失礼します。つまりこの家の前で、僕が降りて行くのを首を長くして待っている友達がいるんです。そこにいる友達の仲間は僕にとってとても大切で、一瞬でも彼らと一緒に過ごせないと悲しくてしょうがありません。

叔母　どこで？　何ですって？

フェリクス　彼の仲間のところ。

叔母　きっと同級生ね。（彼女は座ったままフェリクスに別れを告げ、フェリクスは急いで去る。）

〔7〕

文房具店の前。

ハンス　（ショーウィンドーの中を覗き込む）

フェリクス　（ハンスをしげしげ眺めて、数歩遠ざかって）　近寄りたいという欲求には用心しなければ。少し前から僕はハンスを心の中でひいきにしている。それを彼に気づかれてしまうかもしれない。気づいたら彼はどれほど元気になるだろう。こういう想像によって僕は、自分自身に対する教師になって不機嫌な顔で自分を咎めている。ショーウィンドーを眺めている彼の様子、自分の姿に見とれてるみたいだ。どうして彼がこんなに素敵に思えてしまうのだろう？　彼がうぬぼれ屋だからかな？　彼はうぬぼれ屋なのだろうか？　同級生は誰もハンスとつきあわない、誰も彼を好きじゃない、彼はそのことに気づいてすらいないようだ。自分が好きで、それで満足なのだろうか？　自分が提供するつき合いで満足できるほど自分を高く評価しているのだろうか？　なんて無邪気に僕に背を向けているのだろう。彼には物思いがなんて似合っているんだろう。甘やかされた者だけがこれほど安らかでいられるんだ。彼の安らぎが僕を不安にし、自分と調和している彼の姿を目にして、僕は自分と調和できない。彼は実際には孤独なのに、孤独を感じているようにはちっとも見えない。どうしてこんなに繊細でありながら同時に安全にかくまわれているように見え、どうして隣や背後で起きていることを怪しんだりしないのだろう？　彼自身、良い教育のごときものを身につけている、いや、おそらくそれ以上で、彼が美とうまく折り合っていく以上に好奇心をもつ必要がないというのは、生まれつき備わったものなのだ。もしかしたら彼には少ししか特性がなく、もしかしたらたった一つしかないのかもしれないけれど、このたった一つの特性が彼を豊かにしている。この豊かさを目にすると僕は貧しくなってしまう、だから彼から遠ざかるほうを選ぶのだ。むしろ彼には何も言わないほうがいいだろう。言ったら丁寧すぎる印象を与えてしまい、そうしたら彼は微笑むことになるだろうが、僕は彼にそんな幸福を恵んだりしない、幸せである理由を彼にものすごく与えてやりたいのはやまやまだけどね。利発さよ、おまえはなんて意地悪なんだ。（去る）

ハンス（思い違いして）僕に関係ないやつらのところにさっさと行ってしまえ。

〔8〕

宗教の授業。

牧師　今回君たちに別れを告げる前に打ち明けよう、わが祖国には、予測できない誘因によって危険が迫っている。隣国の者がわが領土で不穏当に騒ぎ立て問いつめられて、その結果国外追放となった。わが国と国境を接する国の指導者は、名声ある政治家であるが、侮辱されて衝撃を受け、わが国の最高裁判所に宛てて釈明を求める上申書を送ったが、それは回答のないまま放置されてはならない、というのも、各国の代表者たるものその重要さを堅持しなければならず、それは利益の維持と同等の意味であり、それは君たちも納得できるだろう。すでに我々のもとにも迫り、平和を好む人びとが考えうる中でももっとも好ましくない見通しを語る意見が声高に叫ばれるようになった。神よ、わが小国を戦争勃発から慈悲深く護りたまえ。授業はこれで終了です。

生徒たちは、自分たちをきわめて真剣に見つめる、あの顔ならぬものに慄然とする。それは復讐の女神フリアの、覆い隠されたかんばせである。生徒たちはひそひそと囁く。今日、ふだん通りの活発さで教室を去るものはなかった。生徒たちの頭を考えがよぎる――もし、歴史の授業で日頃よく先生から聞いているあの歴史上のできごとが現実のものとなったなら。全員が妙な気分になる。誰も一言も発しない。皆ぼんやりして呆然となる。

〔9〕

ツィアリヒ夫人の別荘。ところで彼女は州議会議員である。それが何になるだろうか？　私たちは、それが昨今ではとりたてて何の効果ももたないのではないかと懸念している。

フェリクスとこの州議会議員の息子がビスケットを食べている。

ツィアリヒ夫人（玄関口に姿を現す）　あなたたち、それじゃあ仲直りしたのね。またすぐに喧嘩しないといいわね。

フェリクス　平和状態は嬉しいけれど、それでも後悔しそうです。ちょっとばかり退屈になってきたように思います。戦いほど手に汗にぎることってありません。

ツィアリヒ夫人　いったい何が原因で、あの子をやっつけてクラス中があの子を攻撃するようにけしかけたの？

フェリクス　返事する前にまず笑いをこらえなくては答えられません。

ツィアリヒ夫人　あなたは良いお天気をお手本にして、良いお天気のように礼儀正しくふるまうように努力すべきね。

フェリクス　千回お詫びします。

ツィアリヒ夫人　一度だけで充分です。

フェリクス　つまり、ハインリヒを憎み始めたのは、あんな恥知らずな踵の高い靴をはいて、ズボンがとてもよく似合っているからです。
ツィアリヒ夫人　あの子の見かけがよいから傷ついたというの？
フェリクス　そこに甘ったれのお母さん子みたいなところがあると思ったんです。
ツィアリヒ夫人　それを私に言うのですか、あの子の母親に？
フェリクス　それに彼はいつも上機嫌すぎました。あの、いつでも満足しているって様子のせいで、僕の中に反抗的な考えが生まれたんです。彼の人生をつらくしてやりたいという欲望と欲求が襲ってきました。彼は僕をあまりにも信頼しすぎて、自分のことをあっさりと唐突に、僕のお気に入りだと思い込んでいました。実際にある程度はそのとおりだったんですけれど。それは誓ってもいいです。でも彼はだからこそ、そのままではいられなかったんです。主として事実とは、その事実が否定されるというところにあるのです。本当のことというのは、少しあつかましい印象を与えるものです。
ツィアリヒ夫人　ハインリヒをあなたの高慢ちきの対象にしないように、大真面目に要請します。あなたは残念ながらいくらか利発そうに見えます。でも私たちは自分の精神をしっかり制御しなければならないということを、あなたも理解すべきでしょう。どうかこれからは温和になってね、どうかしら？
フェリクス　もっとビスケットをくれるのなら。
ツィアリヒ　ハインリヒとあなたの新たな友情の思い出を私に保証してくれそうなこんなにも心地よい一日のために、喜んでその条件に応じましょう、たとえ図々しいと思ってもね。

（家の中に入る）

ハインリヒ　ママは君に敬意を払っていると思うな。

フェリクス　こんなに従順な僕にはそうせざるをえないだろうね。

ハインリヒ　君を信頼していいかな？

フェリクス　それは成り行きに任せなきゃ。いつだって少しは僕に不信感を抱かなくちゃだめだよ。

ハインリヒ　君はそれでおだてられて気持ちがいいの？

フェリクス　さあ、草地を通って行こう。僕たちは願いをかなえてもらうのを待たないのが礼儀正しいと思ったんだと君のお母さんが知ったら、とびきり見ものだろうね。善意と好意なしでいられるということを常に示さなくちゃね。小屋を造りにいかない？

ハインリヒ　いいよ、そうしよう。

〔10〕

フェリクス（木の上で）　登っておいでよ、上は気持ちいいよ、木の上でどれほど崇高な気分になれるか、信じられないだろうね。今なら物語に出てくるカリブの海賊たちのことが理解できる。まるで原生林のやぶの中にいるみたいだ。海賊の魂――まてよ、この高所での炎の演説を続ける前に、まずはよく考えてみなくちゃ。すべての始まりは常にとても大胆なものだが、もう最初のうちから続きを視野に入れておかなければならない。バイロン卿、マゼッパ。このポーランド人のことをどれほど僕が、彼が体験した冒険ゆえに、穏やかな気持ちでうらやみ、しかしまた他方では猛烈にうらやんでいることか。あんなふうに半死状態で、雪のように白くきらきら輝いて傷という装飾に飾られた身体でコサック人たちのもとにやって来て、そしてコサック首長の娘に包帯を巻いてもらって崇められる。魅惑的な運命。彼女の同情、彼の熱にうかされた幻覚、彼が静かに横たわっている小屋、ベッド、黄色がかった広大な草原、眺める人びとの顔、お茶もしくは何であろうと彼がすすめるもの、「彼は眠っている」としきりに囁く声、この野卑で見慣れぬ人間たちのやさしい敬意、すべてを聞きとる耳、眠りながらの覚醒状態、考える無思慮。さあ、がんばれ。波瀾万丈の美しい物語が僕のまわりを取り囲み、小旗のようにひらひら飛び交い、僕は上方の七〇〇も部屋のある宮殿の最上階の部屋で、このそよ風のキスを受けながら暮らしているインディアンのようだ。君には、僕が夢を見ているのが聞こえるだろう、僕が幸せでいるのが聞こえるだろう。僕には海の音が聞こえる、僕は元気いっぱいに飛ぶように走る船の感激した船長だ、僕の水夫たちは、義務への熱意と義務を果たすときの電光石火のごとき機敏さにおいて、少しも非の打ちどころがない。珊瑚礁が、青いヴェールのかかった遥か遠くから、異国ふうの美しい女性のように僕に笑いかけている、それなのに君ときたらいまだに、ここまで登ってくる気などあまりない、もしくはこれっぽっちもないし、香りを漂わせて洗練され格別にお行儀のよい状態を分かち合う友となり仲間となる気もないんだね。ああ僕は木の上から大枝のように、そしてか細い小枝みたいに嘆いている。もし今が夜で、女魔法使いが僕を、彫金するようにきらきら光ってジグザグに歌いながらひとつの音の恍惚から別の音の恍惚へと突進していくナイチンゲールに変身させてくれたらいいのに、そして子どもたちが僕の声に耳を傾けてくれたらいいのに、子どもたちはもしかしたらもうベッドの中にいて、もしかしたらお祈りもすませているかもしれないけれど。ここから礼拝堂のホールを覗き見て、そして今、すこし離れたところに、刺繍をほどこされた朝用室内着にまめまめしくくるまれた貴婦人が窓辺に姿を現す、その家は彼女自身が所有しているようだ、というのも彼女はとても家主らしく見えるから。ある種の我の強さといったものがどの抑えた動きからも垣間見える、そしてまわりのすべての樹木は、僕が一本ずつ快活に個別訪問してまわって直接敬意を表することを望んでいる。

木の所有者の女性　いったいなんだってこんなものを目にしなければならないのかしら？

ルドルフ　ほら、みたことか。

不安でいっぱいの女性　ああ、私のかわいそうな樹木たち。お待ち、悩めるかわいそうな両親に、おまえのことを訴え出なければ。

フェリクス　どうしてかわいそうなの？

女性　おまえのようなろくでなしをわが子と呼ぶからです。

フェリクス　もう少し思いやりのある称号をお願いしたいです。僕はフリゲート艦を指揮しているんです。僕がインディアンの首長だということが分かりませんか？

女性は理解しようとせず、金切り声で、よじ登った高いところにある司令官室から中央通りの現実の中に降りてくるようフェリクスに命令する。

〔11〕

顔にやけどを負ったフェリクスがベッドにいる。

医師　いったいどうしてこんなことになったんだね？

フェリクス　僕と彼は……

医師　「彼」とは誰だね？

フェリクス　ヘギ。

医師　正確な報告を要望されたら、そう言わなくてはいけないよ。

フェリクス　ヘギと僕はカエルをもっていたんです。

医師　それはどう理解したらよいのだろうね？　普通にわかるように、あまりに専門的にならないように言ってごらん。

フェリクス　カエルというのは花火のことです。この花火に僕たち、火をつけようとしたんです。

医師　つけしようとしただけかな？

フェリクス　はじめは、ただそういう目論みだけだったんです。しばらくはそう考えて遊んでいるだけでした。それから実行に移したんです。それは実現して、そしたら火薬が全部僕の顔めがけて飛んできたんです。残念ながら僕は両手で傷をさわってしまいました。

医師　そうすべきではなかった。

フェリクス　でもそういうことになったのです。

医師　したがって、つまりはそうなってしまった。

フェリクス　疑いようもありません。僕の顔が決定的証拠です。僕はこの冒険を誇りに思います。

医師　あやうく目を犠牲にするところだったんだよ。

フェリクス　つまり、実際にうまく行ったということですね。

医師　今は安静にしていなくてはいけない。それが火遊びに対する罰だ。

フェリクス　僕の人生で、もちろんまだ若くて、だからほんのわずかな人生で、病気で寝込むのは初めてです。なんだか魅力的です。この気持ちをはっきりとは言えないけれど。

医師　私の訪問を光栄だと感じているようだね。

フェリクス　そうです、病気になるというのは、なにやらとても繊細なものですね。うやうやしい扱いを受ける。気遣わしげに見つめられる。病人は注目度が高いのです。それは自尊心をくすぐられずにはいられません。

医師　そんな楽しげな言葉が思いつくうちは深刻な重病人ではないな、それに、そこまでひどく憂慮しなければならないほどではない。君はあまり自慢に思ったりする必要などないよ。

フェリクス　ただ何か言いたかっただけです。

医師　一週間もすれば回復するよ。

〔12〕

フェリクスはキッチンで母親の手伝いをしている。

フェリクス　（スイス史的気分で）　だから彼らはそのときもうすでに、あらゆる方面にむかって大成功をおさめていて、たぶんその結果、自分たちの力量にときおり大きすぎるといえるくらいの信頼を寄せていたのだろうね。それは十五世紀のことで、これほど活発な時代の室内装飾と色彩を個人的に体験できなかったのが残念でならないな。

母親　英雄にでもなったつもりなのね。

フェリクス　すばらしいものや偉大なものを頭に思い描くことは可能だし、思い描くのに皿洗いは何の邪魔にもならないよ。僕たちが生きているのはまさに昔より洗練された穏やかな時代だ。義務の性格も昔とは違う。彼らがあんなふうに名声の高みにあって、この名声を、見たところまったく誠実な手段によって、つまりあらゆる生き生きとした生のぴんと張りつめた緊張によって引き寄せたとき、あちこちで敵どもが多数出現して、彼らにとってそんな敵の出現は、彼らに考えるひまがあったらだけど、奇妙に思えただろうね。かつて、彼らが包囲されて弱体化しながら奇妙なことにそれでもなお征服されなかったということがあって、すなわち征服されながら勝利者のままであったのだけれど、それはたぶん、敵の胸の内に強い印象を残すあらゆる方法の中でももっともすばらしい方法だろう。まもなく彼らは並外れて豪胆であったことの償いをしなければならなかったけれど、その後、考えうるもっとも慎重な指揮に助けられ、ある種の権力の頂点に登りつめ、しかしそこから運命が彼らを引き降ろし、彼らの威信を縮小に追いこんだ者たちがあり余るほど備えていた重要な装具や補助具がいかに足りないかということを彼らに意識させた。こうして彼らは実際、負傷で身を飾り悲劇的な努力の勲記を身につけて、丘の高みから、いやこう言えるだろう、彼らの栄誉の山から、ゆっくりと落ち着いた足取りで、自分でも妥当だと思える序列である平地へと降りて行き、そして自分たちの方法の維持と、誠実に勝ち取ったと同時に自らに課された慎み深さで満足したんだよ。

母親　おまえの話に聴き入っていたらヌードルが焦げてしまったわ。

フェリクス　じゃあお昼に皆集まるんだね。

母親　たぶん、おまえは歴史に対する愛情をもう少し減らしたほうがよさそうね。

フェリクス　でも歴史ってすばらしいんだ。お手本となる人物といっしょに歴史の中に入り込むと生の喜びをすごく感じるんだ。

母親　健康すぎるなんてこともありうるし、場合によってはあまりに元気いっぱいだと自分で感じることもあるのね。

フェリクス　人は知らず知らずのうちに才能ある部分の練習を重ねて、そういう部分に本能的に長々とかかずらうものだよ。

母親　残念だけど、おまえはいつも母親よりもよく知っているのね。ひょっとしてまたそのことで悩んでいるの？

フェリクス　それが望み？
母親　贅沢な坊やね。そんな坊やは面倒な目にあいますよ。
フェリクス　僕としては、それならいっそう面白いけど。
母親　おまえは本のことばかり考えて、私のことなどまるっきり考えもしない。いつかきっと大勢の人たちが、いろんな関係が豊富だからといっておまえに文句をつけるでしょうね。おまえを叱りつけて、指で差し、この情のないやつを見ろ！と皆が口々に言うでしょう。
フェリクス　どうでもよいものが何もないとき、まるで何もかもがどうでもよいように他人には見えるものだよ。
母親　美味しいヌードルなのにもったいないわ。どうしましょう。
フェリクス　この繊細な人はちょっとした過ちでどれほど苦しむのだろう。すべては感じるかどうかだけが問題だ。（大声で）たしかにそれは僕のせいだね。お母さんは皆にそう言えばいいよ。
母親　そう言ってもらえて嬉しいわ。少しは気持ちが楽になった。

〔13〕

フェリクスは裸足で、つまり靴下も靴もはかずに「美しい部屋」にやって来る。田舎町ではいわば、首都で「サロン」と呼び習わしているものをそう呼ぶのである。
兄　もう少し気をつけたほうがよくはないか？

フェリクス　どういう意味？

兄　僕はそれほど完璧に大はしゃぎしたい気分ではない、おまえは期待しているようだが。いったいいつから室内でそんなにのびのびと自由にふるまうようになったんだ？　兄というのは弟から必ずしも何の敬意もなく扱われなければならないわけじゃない。こんなこと、おまえに今さら自覚してもらうまでもないだろう。分かっているだろう。

フェリクス　基本的にそれは正しいよ。

兄　それじゃあ、おまえがとにかく僕をひどく怒らせようとしたのは、きっと退屈だから、それにおまえが形式的観点では僕のことを厳密に知っているからだな。僕は厳密すぎるということを白状するとしても、一般的にいって、ある程度行儀よくふるまう努力はぜったい不可欠であることを思い出してほしいものだ。

フェリクス　裸足で兄さんの前に登場してみるのはすごく魅力的なんじゃないかと思ったんだ。物乞いの少年みたいで、ナポリっぽい。

兄　不作法であることに価値を認めることはできないな。

フェリクスは兄を不機嫌にしたことで自分も不機嫌になり、用心深く引きさがる。あれほどあからさまな態度を示す必要があると思わずにすんだなら、そのほうがよかったと思う人物によって、陣地は固守される。勝利者のほうが追われた者よりも厳しく自分自身と闘うというのはよくあることだ。

〔14〕

キッチンにアーデルベルト。フェリクスがためらいながら入ってくる。

フェリクス　この誇り高い兄弟精神の克服におけるためらいがちな前進のために僕がどれほどの犠牲を払っているか、正しく評価しようという決意など君にはさらさらないだろう。君の顔には、僕や僕がここで始めたことに指の太さ・高さほどの価値を認めるのに必要なエネルギーがまったく表れていないし、だからこのキッチンが、これまで人間が苦労して手に入れてきた中でももっとも大胆で恐れ知らず、そしてまたもっとも無鉄砲な行為の証人となるのだ。まだ回りくどい言い方をしてるな、なぜって熱いおかゆのまわりをうろつくには、ある意味それがふさわしいからね。〔「熱いおかゆのまわりをうろつく」は「肝心なことをなかなか言わない」の意〕君は僕のことをだるそうに厚かましくじろじろ見ているけれど、君が作っているその顔つきは本当の顔ではなくて仮面をかぶっているんだ、君が震えているってこともありうるだろう、君は今、僕という新参者の目の前で冷酷な拒絶者ぶっている、あるいはあらゆる面で落ち着いた人間を演じているけれど。いや、君は今僕が何か質問するんじゃないかと落ち着きがなかったし、いくら驚いていないかのような顔つきをしてみせようと、同時に驚きでいっぱいだ。大きく見開いた目でこっちを、見かけ上は平静を装って、見てみるといい。君は平静ではない、だって僕の到着があまりにも嬉しいから、君がどれほど喜んでいるか僕には分かっている、さしあたっては君自身についてちゃんと知ることを君が拒絶するということもよく分かっているがね。僕たちは二ヶ月間というもの、敵対していなかったら払ったはずの注意を払うことなくお互いに無視してきた。でももし君が、この仲違いに僕がまるっきり耐えられなくなったんだと思うなら、重大な過ちをおかすことになるだろう。僕はこの不仲を君と同じくらいがまんできるだろう、そして君には、君が僕と同じくらいそのことで苦しんではいないと僕に信じ込ませるなんて決してできやしない。この数分間、君は僕よりももっと苦しんでいる、なぜって君は途方もなく反抗的にそこに立っているから、そしてもったいぶって見せびらかされた反抗心など、その総量が明らかにされる哀れな嘘にすぎない。もし君が信じられないほどの無理をして、僕の態度のせいで僕に軽蔑の札を吊るして悪の衣を着せるためにそんな顔をしていても、君は自分の心と激しく闘っているんだ、君の心は本当は僕への嬉々とした友情でいっぱいなのであって、ただ断念するのが癖になっているだけ。僕は震えてる、本当に君も震えてこないだろうか？　他人を赦さない人たちは、彼らを赦す人たちを前にして震える必要はないだろうか？　でももちろん、ここで君がおそらくは何かの目的でちょうど食料戸棚をのぞき込んでいるところに僕が到着したのは、君を赦すためではない、そんなのは正しい態度とはいえないだろう、そうではなくて僕がここまでやって来たのは、大真面目に君の赦しを請うためだ、でも君はきっと心の中ではとっくに僕を赦しているだろう、だって君はこだわりなく僕とつき合いたいと熱望しているのだから。もちろん分かっている、平和を願う者がどれほど貶められた気持ちで立ちつくしているか、でも僕にとってこれは貶めではなく、気高い気持ちであり、たとえば感情のアルプスの壮麗さのような何かが感動的にそこを支配していて、君の中でもそれは今どうしても輝くほかなく、この美しいものに対して君はきっと僕にお礼を言うだろう、ほんのわずかでも口を開くのが君にとってどれほど難しいか、僕は感じるし理解しているけれど。僕はまるで長いこと君の姿を目にしていなかったような、目の前から君が消えてしまっていたかのような、君が消えてから長い時間たって今日やっと君に再会したかのような気持ちだ。たしかに僕たちは毎日のように顔を合わせていた、でもどんなふうに？　どっちみち喜ばしい形ではなかった。

アーデルベルト　今日おまえに会えて嬉しいよ。

フェリクス　ようやくだね。

アーデルベルト　何？

フェリクス　一言。

アーデルベルト　この一言を言うには、もうほとんど愛情を抱くほどまでになった恨みを断念する必要があったんだよ、おまえにはいつになっても分からないだろうけどね。

フェリクス　いや、よく分かるよ。

アーデルベルト　しばらくひとりにしてくれないかな。

フェリクス　いいよ。

アーデルベルト　たぶん、これまでのおまえの態度やおまえがここに来るまでに辿った歩みを、公正の光に照らしてみることができると思う。

フェリクス　僕と仲直りしたんだし、ひとり静かに少し歓びを噛みしめるんだね。

アーデルベルト　僕がおまえにまだちゃんと認めていないのは…

フェリクス　え？　まだ認めてないもの？
アーデルベルト　……は、愛情にどっぷりつかったこんな勇気がおまえにあったということ。おまえがそんなに高潔だとは思いもしなかった。
フェリクス　僕を褒めるのは、自分が幸せだからだね。（去る）
アーデルベルト　どうして僕はさらなる考慮期間を請い求めたりしたんだろう？　何か考慮することなんてあったかな？　（叫ぶ）フェリクス！
フェリクス　それじゃあ、もう君の生まれ変わった部屋、あるいはもしかしたら部分的にはそもそも潑剌として跳ね上がる親愛の部屋に僕を招き入れる準備ができたんだね？
アーデルベルト　告白するけど、おまえの敵でいるのは退屈だったよ。
フェリクス　そういうことなら軽蔑するより尊敬するほうが元気もでるだろうね。
アーデルベルト　その話はもうよそうよ。

〔15〕

フェリクスとベルン出身の休暇中の大学生が丘の上にいる。岩だらけのロマン主義、オークの木。
ベルン出身の大学生　僕らにとって奇妙な名前をもつこのシェイクスピアは、ストラトフォード・アポン・エイボンに生まれ落ちたんだよ。
フェリクス　それはもういつかどこかで読んだことがあるよ。

大学生　彼ははじめ書記で、ある弁護士事務所で働き、そのあとロンドンに移住して戯曲の創作で生計を立て、大成功を収めたと言われているんだ。話によると、彼は昇進して家の所有者にまでなった。彼はまた自分の芝居に役者としても登場した。言い伝えでは、彼はなにかしら仕出かして、ちょうど観客がぎっしり詰まった芝居小屋の舞台で演じていたときに捕らえられたということだ。女王が臨席し、周りを貴婦人や貴族たちが取り囲んでいた。女王が詩人であり役者である彼に、喝采と親愛のしるしとして花束を投げ、しかもきわめて可能性が高いのだが、片手で投げたちょうどそのとき、作者を捕らえようと全員の目の前に捕吏が現れた、がしかし女王のウィンクひとつでそれは回避された。シェイクスピアは舞台ばなに出てきて、彼のパトロンの前で膝をかがめ、安心して意気揚々と演技を続けたのだ。
フェリクス　彼は芝居をいくつ創作したの？
大学生　だいたい三〇から四〇くらいかな、正確な数は言えないがね。いずれにしても彼は驚くべき創作力を示した。彼は文学界でもきわめて珍しい大量生産者だった。彼のおびただしい数の子どもたちは、くりかえし喜びと成功のうちに上演されることで、現在でもまだ生き続けている。
フェリクス　それは何度も上演する気になるほどすばらしいの？
大学生　彼の芝居は真に迫った人物たちで溢れているんだよ。たとえば彼が描いたジュリアス・シーザー以外に、この人物を思い描くことは不可能だ。王子は両目を刺し貫かれることとなった。父親が二人の娘に裏切られるのは、父親に善良で良い子だと思われるのが彼女たちにはつまらなかったからだ。父親が誤解して追放した三番目の娘はたえず彼を敬い、この感情の美しさゆえに彼女は死ななければならなかった、そして自分自身を見誤った哀れな男は、その理性がもはや苦痛に耐えきれなかったがゆえに彼に襲いかかった狂気の中で、彼女の屍を抱きしめた。

フェリクス　なんて美しくて、なんて恐ろしい。

大学生　芸術が意味するのは、人間本性の由々しさ全体が美的感覚によって和らげられ、美しいメロディの響きに包まれて登場するということ、ついには悪でさえも、悪を意味するすべてにおいて、僕たちを悪の現象と和解させるということなのだ。シェイクスピアは高貴な個性をもった悪人を数多く生み出した。眠っている妻を刺殺しようと画策して、それを完璧にやり遂げることを欲した嫉妬深い男も彼は生み出した。

フェリクス　そういうのはすばらしく舞台映えするにちがいないね。

大学生　そうなんだ。偉大な理念を胸に育む将軍が一国の最高位の人物に肩を並べられるまでになり、そして没落する、彼の没落はかなりひどいものだ、そして兄と妹のふたりはこの上なくメルヒェン的に再会する、それから彼はどの作品にもさらに大勢の脇役たちを散りばめて、物見高く娯楽好きな観客の希望に添い、もしこの脇役たちを一列に並べてみるなら、色とりどりの扮装の長い長い行列ができあがるだろう、豪華な一群にも似て、飾り帯みたいに。

フェリクス　君の話に耳を傾けるのは楽しいな。君がベルンの知識欲旺盛な階層の出身だってことが分かる。

大学生　君みたいにありがたくて信心深い、とさえ言いたいが、そういう聴き手がいると話すのも喜びになるよ。

フェリクス　じゃあ二人とも満足しているわけだね。
大学生　そうだね、人間が正しい状況にあるならどこでも可能なことだ。健全なふるまいが重要だね。
フェリクス　君は僕に貢献してくれることで、自分自身に貢献しているんだよ。
大学生　僕は感激して、その感激を君に分け与えたのだ。
フェリクス　ああ、僕たちが一緒に感激できるものをいつでも見つけられたらいいのに。あえて優美なこと困難なことにぶつかっていく高貴な人びとに、僕たちはどれほどお返しすればいいんだろう。
大学生　もう少し体操でもしよう。

〔16〕

大学生からフェリクス宛の手紙。

僕がお宅を訪問したとき、君は屋根裏部屋と君の本への誠実な愛情に目を向けさせてくれました。でもだからといって君が将来、本の虫になるとはさらさら思っていません。僕たちは長い快適な会話へと深く入り込みました。話の内容はまだこの先も記憶に残るでしょう。学業のかたわら僕は時おり、住んでいる家の庭にある鉄棒で練習しています。ぜひ一度訪ねて来て、僕を喜ばせてください、鉄道料金はそれほどかかりません。お小遣いを工面してみてください（この文を読んでフェリクスはヴォルテール全集のことを想った)。君が積み重ねた古典文学は見たところ、ただ買ってあるだけでなく、きちんと読まれているようですね。読書とは、ある種の人びとが思っているほど無駄なものではありません、とくにパパに怯えてはいけません。彼はもちろん君のことが好きだし、もし彼が君に、精神的なものとの付き合いを続けないよう勧告するなら、それを理解するのは君の義務ではあるけれども、だからといってその忠告に従わなければならないわけではまったくありません。その善良な心をして彼はさまざまな可能性を考えて、たとえば息子たちが充分に経済的成功を収められないのではないかと恐れているのです。文学にこだわることを彼は単なる気晴らしだとか多くの有益なものからの逸脱だと考えていますが、実際のところそれはまさに専門教育にかかわる問題なのであって、気散じなどではないのです。君の屋根裏部屋での洗練された喜びは僕にとって喜ばしく、もし君に、僕があげた机に向かう時間と気持ちがあるなら、僕に手紙を書いてほしい。断言しますが、君が書いたものなら何でも歓迎です。湖面の上にそびえるパビリオンからの眺めは大変すばらしいと思うし、きっと君もそう思うでしょう。愛情深いと同時に思慮深い君でいてください、そして僕がこれを君に対してだけ言っているのだとは思わないでください。正しいものあるいは重要なものとして念頭に浮かんだことを多少なりとも表現する場合、その人はその言葉をとくに自分自身にも向けているのです。君と僕は今、我慢が時に苦痛となる年頃なのです。ではさようなら。

〔17〕

屋根裏部屋で。

フェリクス（ヴォルテール全集に話しかける）　疑いなく君は才気に満ちているけれど、君の洗練された言葉、君が表現している偉大な思想は僕の心を動かせはしない。君のあらゆる高尚なる長所に対して、僕は無関心を装うつもりだ。許してくれるだろうね。ほら、僕にはお小遣いがない、すごく欲しいんだけどね、一方で君はそうやってひとりぼっちでそこにいる、誰にもかまわれずに、まったく使われないまま。君だって何かの役に立つべきだろう、ねえ。君は全部で何巻になる？　どの巻もそっくりだ。兵士の一部隊みたいに見える。君が生きるに値するものだということは確信しているよ、でももっと確信しているのは、君を下の路地の古本屋に運んで売ってしまうのが望ましいだろうということ。どうか僕がここで犯す無教養の罪を許してくれよね。君を全部そろえて腕にかかえ、家をそっと抜け出そう。お母さんは今、ルーマニアでいくつもの冒険を経験した家庭教師のプリューガーさんと一緒にお茶を飲んでいるし、お父さんは街を歩き回っている。この瞬間は貴重だ。とことんまで金色に染まり、これほど都合よく現れることはおそらく二度とないだろうこの機会を利用しない手はない。（略奪品をもって出て行く）

〔18〕

家族の昼の食卓。よそから来た教授。

教授　あなたはこれほど多くの後裔に恵まれてお幸せですね。

父親　しかし、この子どもたちがそれぞれに何か会得するまでに、この二人の学業ですが、どれほどの金がかかるか、ご想像いただけるでしょう。どうぞご自由にお取りください。料理はそのためにあるのですから。

母親　でもお父さん、あなたったら先生がまるで地元の人でもあるかのように急き立てたりして。何が礼儀にかなうか考えもしないで。

教授　ご主人は非常に愛すべき方ですよ。

アルノルト　物質的関心は必要とあれば、いわゆる良好な健康状態に反するとしても、精神的関心の下位におかれる。

父親　いわゆる？　いいかね……

教授　ご子息は学問の道で成功なさると私は確信していますよ。彼の考量にはもうすでに望ましい深遠さが見られます。

父親　子牛の焼き肉がこの上なく従順に、味わってもらいたいと請い願っていますよ。

母親　いつも食べ物のことばかり。他の人にとっても自分と同じで食べ物が重要だと思っているんでしょう。
教授　ご主人は感嘆すべき方ですが、この方が現在ご子息たちのために犠牲になさっているものは、のちにご子息たちによって報われることになるのは間違いないでしょう。
父親　気がかりがありまして。
母親　お客様の前で自分の気がかりのことなんて黙っていてくださいよ。恥さらしな。
教授　いや、私にとって価値あるあなたのご夫君に、私ごとき価値なき者の前で、何も気にせず少しばかり恥をかいていただいてかまいませんとも。経済的困難との闘いは決して些細なことではありません。
アルノルト　ある観点からすれば、ちょっとした困窮の克服は、一見そうせねばならないと思われても、それほど高く評価されてはならない。
父親　そうか、ちょっとした困窮か？　言わせてもらいたいが…
母親　あなたは黙っていればよろしい。
アルノルト　お母さんは誰にでも反抗する。
母親（激高して）　そのとおりよ！（あまりにも激しい、だからこそほとんど美しいとさえ呼べる激情で、よそから来た教授の頭上の壁にナイフを投げつける）
父親　いったいどうしてまたそんなに分別をなくしたんだ。いいから落ち着きなさい。
母親　どうして？
教授　声高に言うべきだと思うのですが、あなた方は本当に途方もなく興味深い人たちですね。

（笑う）
アルノルト　母がこんなふるまいをするのは、神経の消耗が原因なんです。
母親　何が原因だって、無礼者め。
アルノルト　申し訳ありません、先生。
母親　冷酷な息子だこと。
教授　いやいや、彼は間違いなくまだ冷酷ではありませんよ。私が臨席させていただく栄誉にあずかりましたこのご家族は、私の見解によりますと、非常に単純なことに、現在いくらか過酷な時期を経験なさっているのです。
母親　先生はもちろん息子を援助してくださらなければいけません、そしてそれが礼儀にかなっているのだと私は納得すべきでしょう。
教授　お気に召さなかったのなら申し訳ありません。
父親　分かったたか？
母親　ええ、すぐに分かりますよ、先生が経験豊かでいらっしゃることは。いくらあなたが経験豊富だといってもね。
教授　あなたはおそらくご父君を少々過小評価するのを好んでいらっしゃるのではないかとお見受けしますが、残念なことです。
母親　先生のお話は的を射ているのだから、私のことを悪くとったりはしないわね。（夫に手を差し出す）

アルノルト　いずれ時はやって来るだろう……
母親　おまえの時など放っておきなさい。
教授　それで、君は将来何になりたいのかな？
フェリクス　それについては、ありがたいことに、はっきりしたことは分かりません。
教授　その答えは懸念を呼び起こさざるをえませんね、しかし、私としては君をたくましい若者だとみなしたいのですよ。
フェリクス　必要以上に他人に必要とされる必要はありません。
母親　なんて話し方かしら。
教授　彼の話しぶりはおそらく、あまりに思慮が足りないというわけではまったくないでしょう。彼には精神があります。
父親　残念ながら、この子はただもう寸暇を惜しんで本にかじりついております。
フェリクス　お父さんは僕に好意をもっている。（フェリクスはこのとき大学生の手紙のことを考える）
母親　たしかに私たちは、先生が私たちにまるで良い印象をお持ちにならないのではないかと、かなり気を揉んでおりました。
教授　その不安なお気持ちが私の自尊心をくすぐるのです。あなたは善良な方ですね。
アルノルト　お母さんの善意だって……
母親　私の善意の批判なんてやめてちょうだい。
教授　お母上は君の学問や学問に没頭するときの熱意を、きっといくらか羨んでいらっしゃるのですよ、私としてはこれでお母上に賛辞をお送りしたかったわけですが。
母親　先生がここを去って行かれたら、先生の従順なるしもべである私は寂しくなります。
アルノルト　卑下するのはやめたら。僕に恥をかかせることになるんだよ。
父親　お母さんが時におまえに恥をかかせたところで、たいして害にはなるまい。
アルノルト　（食事を終えようとする）
母親　座っていなさい。先生に上の娘をお引き合わせできず、残念でございます、どうもあの子の姿が見えず、お引き合わせできなかったのです。あの子は家よりもお気に入りの場所にいるものですから。
教授　おお、それは娘さんに対する不当な非難ですよ。感受性が強くていらっしゃるのですね。
母親　こんな私で残念でございます。
父親　気を取り直しなさい。
母親　しょっちゅう気落ちする夫がいる場合には、そうしなければならないでしょうね。
教授　誰も恨んではいけませんよ。あなたには躾のよいお子さんたちがいるではありませんか。
母親　そして躾の悪い母親は、食事が終わった合図として席を立つ許可を求めます。先生はきっと、もう少しお残りになって私どもを喜ばせてくださいますわね。それではすぐに客間にコーヒーを用意いたします。
彼らは席を立った。

〔19〕

母親は、ホテルで電話交換手として働いている上の娘に手紙を書いている。フェリクスは母親を眺めている。筆跡は非常に細く、いわば少々奔放だと思わなければならない。サロンと庶民の奇妙な混合。

愛する娘、ここから遠く離れて、ある種とても優雅で快適な環境にいるあなたを想って私がどれほど心配しているか、あなたに分かってもらうために、筆をとるに先立ってよくよく考えてみたかどうか自分でも分かりませんが、今の環境はあなたにとってたぶんあまりにも快適なのでしょうし、楽しくて私のことなどすっかり忘れてしまったのでしょう、というのも、私はあなたからの便りを少ししか受け取っていないように思いますから。テーブルクロスのかかったテーブル、広間、つややかに煌めくなめらかな床、そして感覚をちやほや甘やかして包みこむよう気を配らなければならない楽師さんたちが、聖書が私たちに語りかけて誘惑されないよう警告しているものからあなたの目を背けさせたのでしょう。そちらの上流の方では国際的な富がそぞろ歩いて、無為が気晴らしを探しまわり、巧みにあなたに取り入ろうとしている、そのせいで私はたまらなく心配になり、それで私は（彼女はまるで疑念を抱いているかのように、真実と戦っているかのように、しばらく手を休める）慎み深さを忘れないよう、あなたに警告したいと思います、まじめでいようと思う人間であれば、常に慎み深さに服従したままでいたいと願わなければいけないのです。あなたは美しい、そして皆があなたにそのことを洗練されたやり方で感じさせるたびに、あなたは嬉しがっていることでしょう、でも私は、私はもう美しくはない、あなたは自分の良心にかけて本当に、私をこんなふうに一人きりにして、孤独にさせておいて責任をとれるつもりなのかしら、夫がいても私は孤独なのです、夫は私が感じるものを感じないのだから。帰ってきてください。

彼女は泣く。フェリクスは彼女を眺めていたことを気づかれないように、すばやく部屋を出る。手紙の内容がこれ以上私たちを煩わせないように、ただそのためだけに手紙を発送するというのはよくあることだ。ひょっとしたら今回もそのケースかもしれない。

〔20〕

古い鉄やその他のものが散らばっている中庭。

フェリクス（檻に入れられているフクロウに）　どうしたら君みたいに黙っていられるんだろう？　これこそ無口のやりすぎと言うべきじゃないかな？　もしかしたら君は見かけより意味があるのかもしれないね。少しでいいからしゃべってみて。心を打ち開ける気がまるでないのかな。眠ってるの、お嬢さん？　それにしても、いつも同じ顔つきなのは見せかけだけじゃないのかな。でもこんなの表情とはいえない。本当に僕に言うことは何もないっていうの、アマーリエ？　ここは庭園だ、そしてカールは今ボヘミアの森でやり遂げなければならないことがたくさんあるんだ。だから僕はこの場合フランツという名前になって、君にちょっとした好意の徴を求めるわけだね。君は忘我の状態にあればそれで充分な言語表現になるとでも思っているのか？　君には僕の忍耐も切れそうだ。いったいどれくらいそこにそうしているんだい？　教えて、教えてよ。さあ話して！　君は一言も答えないことを〈話す〉と呼び、僕は単調さを約束する君の眼差しで、未来の理解不可能を予感しなければならないのか？　君は錯覚なのか、それとも見たままなのか？　こんなフランツ的質問には答えもない？　老モールは塔の中で備え付け家具と化している。どうやって君はそんなふうに身動きもせずに見つめることができるの？　おお、君のまん丸い眼の中には世界中のありとあらゆる知恵が含まれているようだ。ねえ、僕は一週間後には学校を出て見習い修業を始めるんだよ、シェイクスピアがどれほど偉大か知ってる？　君は人生をこの格子の檻の中で過ごすつもりなのかな、でもひょっとしたら、この無目的の中に目的があるのかもしれない。君の愛の夢、忠誠の夢が、飛び去り流れ去っていく瞬間を感じ取る力を君から奪ったのだろうか？　自分のことが、この美貌がもったいないとは一度たりとも思ったことはないのだろうか？　いったい君はどうしてしまったんだろう、歌を歌い幸せを映し出す首筋をなくして、首が頭といっしょくたになって、まるであらゆる美しいうなじなど永遠に不要だと言わんばかりに？　カールの心に寄せる郷愁が君をこんなふうに醜くしてしまったのか？　去れフランツ、彼女はかたくなに沈黙を通すつもりのようだ。この謎めいたご婦人をどうしたらよいというのだろう？　彼女は自分では話しているつもりなのかもしれない。そうなのかもしれないが、僕には何も聞こえない。そしてまた別のものが近づいて来て、体験してごらんと誘っている。いたるところフクロウ、フクロウだらけ。大昔の奇蹟が今でもまだ僕たちの間に紛れ込んでいる。僕がいると思っている場所には、もしかしたらキルギス人がいるのかもしれない。まさしく、ありとあらゆる可能性を計算に入れねばならないのではないだろうか？　僕は後ろに退くが、もしかしたら前進しているのかもしれない。何か主張するときにはいつも大いなる軽率さが伴うものだ。何人かの同級生は僕のことがもう分からない、なぜなら別の領域が僕の顔から外を覗き見ているから。時間など追い払え、最愛の君。君に何か親切を尽くすことのできるような人間などいない。おお、もし僕がいつかフクロウになって、もはや微動だにせず、何かに取りかかることもないとしたら。それはまったく惑星めいた考えではないだろうか？　逃げなくちゃ、さもないと彼女が僕に魔法をかける。僕はこんなに早々と、怪しいやつなんじゃないかという嫌疑などかけられたくない。

〔21〕

フェリクスの父親の小さな事務所。問題となっているのは、ひとりの小柄で有能な商人であるが、彼は見たところしっかりしているとは言いがたく、さらに残念無念、厭わしい困窮に服従する他に何もしない。資産家でない人たちは、世間でなかなかの人物と呼ばれるような者にはなれない。みずからの地位をこの装飾で飾りたてるのは、裕福な人びとに似つかわしいだろう。

フェリクスの父親　よく聞きなさい。
フェリクス　聞いてます。
父親　おまえの上司は魅力的な人物だ。
フェリクス　お父さん、きっとお父さんにそう見えるだけです。

父親　おまえの抗弁をそれ相応の無視をもって扱うことについてはおまえも理解するだろうが、ありとあらゆる父親らしい親切心でおまえに言っておく、頼むからこの親切心を信じてもらいたいのだが、主任はおまえが口をきこうとせず、何も話したりしゃべったりしてくれないと嘆いて、おまえの態度のことで苦情を訴えているのだ。彼は、おまえが仕事熱心で知的だということを強調している。この件に関して何か言うことはあるかね？

フェリクス　お父さんの好意ある許可を得て、僕は上司の感傷主義、僕に対する彼の攻撃をこのように呼ぶほかないのですが、彼の感傷主義に驚きを禁じえません。話すという行為は見習いの若者ではなく、むしろ主任にふさわしいのです。彼が僕と話をしたいというのなら、なぜ彼のほうから僕を会話に誘わないのでしょう、優位に立つ彼のほうから？　僕は彼の部下で、彼は僕の上にいるのです。彼は権力者、僕は弱者です。僕の意見では、彼が僕の知らないところで彼の従者に、つまり教師が生徒に抵抗するとしたら滑稽に見えますね。彼はたんに僕に対して何か恨みがあって根にもっているんです。彼が主任の地位を辞するなり回避するなり心得ていたなら、もっと立派で手強く、その地位にもっとふさわしかったことでしょう。高い地位にある人は、なんといってもまず第一に公明正大で信頼心を呼び起こすような人物でなければならない、そうじゃありませんか？　僕が彼とうち解けて話したりすれば、彼が僕の顔に向かっておまえは厚かましい人間だとわざわざ説明するようなことになりかねません。彼が居座っている地位は彼に、僕なんかを仰々しく扱わなくてよいことを許しているのです。

父親　おまえは自分の上司のことをそんなふうに話すのか？

フェリクス　あの人は僕を避けて回り道をするんです。
父親　彼は魅力的な人物だとみなされているのだがね。
フェリクス　皆でたらめをしゃべり散らしているんですよ。
父親　おまえは私に心配をかける、息子よ。
フェリクス　お父さんのせいで僕は考えこんでしまいます。
父親　考えこむなどおまえには似合わないぞ。話し合いはこのへんでやめておこう。どうやら人生はいずれおまえに切実に教訓を与えなければならないようだな。
フェリクス　僕としてはガールフレンドたち、つまりまだ未知の経験に多くを期待したいと思います。
父親　そういったものの素性が明らかになるときがきっと来るだろう。これでおまえは解雇だ。
フェリクス　眼を向ければいたるところに困窮、不満、中途半端な友情、中途半端な厳しさばかり。
父親　この手紙を届けてくれるな、おまえのすばしこさを私は自由にできるのだから。（郵便物を手渡す）

〔22〕

フェリクスから、ご存知のとおり役者であるエルンスト・ポサルトへの手紙。

偉大なる真実の巨匠よ、あなたの広大な部屋部屋には月桂樹の冠が掛けられているでしょうけれども、一通の手紙に眼を通していただきたくお願いしたいと思いますが、この手紙はとある田舎町の若者によって書かれたものでして、この若者は絵入り雑誌であなたの挿絵を見て、役者の世界に、もし這い上るという言葉遣いがあまりふさわしくないならば、よじ登りたいという、赤々と燃える願望をひたすら心に抱いております。僕はシラーとゲーテを読みましたし、僕の住居は失礼ながら壁紙もない屋根裏部屋にあり、僕はよくこの部屋の小さな窓から、あなたがいらっしゃる方向を眺めています。僕は自分の劇場計画について、すばらしく美しくて雪のごとき白い、庭園に囲まれたヴィラに住んでいる当地の芸術愛好家に手紙を書きました。しかしその人からは、はかり知れないほど残念なことに、計画を思いとどまるよう忠告されました。もしかしたらあなたも、たんなる憧れにすぎないような経歴にかかわる時間がなくて、同じようになさるかもしれません。僕は、舞台を目指す実に多くの若者たちがあなたに手紙を書いているのではないかと推定すべきだろうと思っていますし、ひとりひとりの若者を呼び寄せてそれ相応に個々に舞台芸術について教授するなどというのは、間違いなく忍耐を要する仕事であって、そんなことが不可能であると理解するのは難しいことではありません。おお、微笑んでください、そして少なくともあなたのおられる芸術の高みから答えをください。あなたからのちょっとした通知が僕にもたらしてくれる喜びを、あなたは想像すらできないでしょう。父は、僕が全身全霊をあげて舞台に執着していることを、少しも、ほんのわずかですら気がついていませんが、舞台について僕はきわめて良好なイメージを抱いておりまして、それというのも、舞台は幅広い方面に細分化して度量の大きい施設であると思っていますし、人をひきつける魅力、そして敬虔とさえいえるものに溢れているからです。そもそも僕はもちろん、これほど著名な方にご相談する勇気を自分の中に見つけて非常に驚いており、こうした気持ちを抱きつつ、あなたに向かって深々とおじぎいたします。

〔23〕

春の山の斜面。フェリクスは見習い期間をとっくに終えている。フェリクスは、すぐに私たちの耳に入ることになるが、感傷的な女性たちの相手をつとめている。

フェリクス　スミレの香りがしますね、匂いを感じますか？

エレオノーレ夫人　彼はあなたに手紙を書いているのですか？

フェリクス　誰のことをおっしゃっているのかはたやすく推察できますが、それでもまずはお尋ねしたい、いったい誰のことでしょうか？

エレオノーレ　あなたが大いに尊敬している方ですわ。

フェリクス　ヤーコプは実際のところあなたを、無意識であれ意図的であれ、かなり軽んじていますよ。

エレオノーレ　その言葉だけでも、わたくしの周辺から消えてくださるよう、あなたに丁重にお願いしたいところですわ。

フェリクス　でもあなたは、彼が僕に手紙を書いてよこしているかどうか知りたいのですよね？

エレオノーレ　彼が手紙を書いていることは分かっています。それはそうと、あなたの今の身なりの念入りさには驚いてしまいますわ。
フェリクス　それで僕を尊敬してくださるのですか？
エレオノーレ　あなたには、わたくしたち女性のことを知っていただくべきですわね。
フェリクス　眼下にある街は僕にとって愛すべきものです。つまり、この街は義務を思い出させてくれますし、この街が喜びを与えてくれるのだとほのめかしていると申し上げたいわけです。
エレオノーレ　なんて熟慮を重ねたような話しぶりでしょう。わたくしを侮辱するためにそんなふうになさっているの？
フェリクス　あなたはなんて傷つきやすいのでしょう。その傷つきやすさは、あなたが彼を愛しているのに、彼から愛を返してもらえないせいですか？
エレオノーレ　そんなふうに無遠慮に話すのは、あらゆる繊細なものを思わせる春のせいかしら？
フェリクス　僕がこんなふうに話すのは、あなたに反論のきっかけを与えるためですよ。彼は僕を尊重しているのに、あなたにはそれがお分かりにならない。
エレオノーレ　下の街を見ていると、幾晩もの眠れずに過ごした夜を想い出すわ。
フェリクス　ベッドに横になって眠れないというのは、とても退屈にちがいありません。僕だったら不幸な愛を退屈だと思うでしょうね。感傷的になって無為に過ごすくらいなら、どんな種類でも仕事するほうを選びますね。
エレオノーレ　あそこでわたくしのことを優しく見つめている、あのプリメラの花を取ってくださらないかしら。

フェリクス　見つめているなどというのは、ただそういう気がするだけですよ。さもなければ、そのフレーズを何かの本でお読みになったのでしょう。花が発芽するのは、僕たち人間を見る眼をもつためではありません。花は盲目であり神聖なのです。そう思って小さな花を見ると、人間存在の無目的性全体が僕の認識能力の前に立ちはだかりますが、僕はその無目的性を摘み取りたくはありません。僕はあなたの召使いではありません。
エレオノーレ　蛇。
フェリクス　僕が？
エレオノーレ　ええ。
フェリクス　春の花々は僕たちのように微笑んだりはしません。僕にとって花は単なる気まぐれのためには美しすぎ、意味がありすぎるのです。あなたならきっと同じく、こんなふうにも言えるのでしょう――「どうかそこの馬を摘んでちょうだい、うちに連れて帰りたいわ。」
エレオノーレ　わたくしを軽蔑しているの？
フェリクス　ええ、そうですとも。
エレオノーレ　それは説明できないでしょう。
フェリクス　なぜでしょう？
エレオノーレ　あなたは女性に何も感じないのです。
フェリクス　だからできないというのですか？
エレオノーレ　あなたがそれほど野蛮だからです。

フェリクス　どうして僕が野蛮なのですか？　僕は何よりもまず自分自身を支持しています。ひとりの紳士を相手に、いかに自分が情熱的であるかを語ろうとする女性は、自分自身にも相手にも、本来あたえるべき評価をあたえていないのですよ。
エレオノーレ　あなたは見かけのふるまいよりは温厚なのですね。
フェリクス　まったく他愛ないおしゃべりをして、愛をただ感じさせてくれるだけの娘さんなら、僕も優しく扱うでしょうね。
エレオノーレ　つまり、優しくないのはわたくしのせいだとおっしゃりたいの？
フェリクス　そのとおり。
エレオノーレ　つまり、あなたは敏感でもいらっしゃるのね。
フェリクス　それについては未だ疑ったことはありません。
エレオノーレ　わたくしもです。
フェリクス　今ではあなたのほうがよくご存じです。
エレオノーレ　誰かを愛すると人はたやすく節度をなくすのです。
フェリクス　あなたが愛している男性の友人である僕は、まったく無価値なままあなたの前にいることなどできません。
エレオノーレ　あなたはわたくしを傷つけたのですよ。
フェリクス　あなたにそれが必要だったのは何のためでしょう。
エレオノーレ　誰かを少しばかり利用したいなら、いつも気をつけるべきだということでしょうね。

フェリクス　見下されていると感じているときに自分を主張しない者は賢明ではありませんね。
エレオノーレ　それではわたくしにまだ謝れとおっしゃるの？
フェリクス　僕はいま少しばかり恥じ入っています、だからどうか、お気がすむまで彼の話を聞かせてください。僕は聞き耳をたてている注意深さそのものになりましょう。
エレオノーレ　いまさら無邪気にお話するなんてできませんわ。
フェリクス　いいですか、孤島でなら僕は何らはばかることなくひとりの女性の前に無条件に身を置くことでしょう。でも僕たちは大勢の人びとの中にいて、その人たちに対していつでも軽やかなまま、そして礼儀にかなった程度の自尊心をもったままでいられるようにと願っているのです。
エレオノーレ　おっしゃることは正しいですわ、でもそれが残念です。
フェリクス　あなたはやはり、品行方正な女性だと思われたいのですね。
エレオノーレ夫人は肩をすくめ、しばらくのあいだ沈黙する。それから彼女は冷ややかに、かなり上から見下す態度で、他愛もないことをあれこれ述べる。

〔24〕

フェリクスにとって長年にわたるみすぼらしい身なりの時代が到来した。彼はさまざまな困窮におちいった。

ある日のこと、教養ある両親の息子である彼は、もしかしたらあまりにも表面的にしか彼を信じていなかったのかもしれないある娘を刺し殺した。彼は分相応な身なりをするために、娘から所持金を奪い取った。フェリクスは娘たちから外見の欠点を指摘されていたが、それについて悲観してはいなかった。上述の娘は、上述の若者が洗練された服装をしていられるうちは、彼を甘やかしていたのだろう。ひょっとしたらこの甘やかしから彼女の堕落が増大していったのかもしれない。というのも彼が彼女にとってもはや「高貴」だと思われなくなったとき、彼女はこの落ちぶれた男に、安っぽくてちっぽけで愚かでうわべだけの「驚愕」を悟らせたのだろう。彼は猛り狂い、復讐した。若き娘たちよ、気をつけよ、君たちの恋人は君たちを愛しているだけでなく尊敬もしている、君たちは互いにただ満たし合い望み合ってはもはや望まなくなり、それからまた新たに云々というだけでなく、もしそれが一方あるいは他方にとってもしかしたら苦々しくも必要であるならば、互いに慰め合いもする。ところで私は、率直に告白するが、彼を殺人にまで追いつめたのは恐ろしくも驚くべき力なのだと確信している。私たちは良い判例あるいは悪い判例を示すための道具にすぎない、判例の見解についてはもちろん議論の余地があるが。私たちの誰もが、彼が身体の内部をえぐる人間蔑視の犠牲になった瞬間を知ることになるだろう。そのような瞬間には、関節人形のような何か、機械のような何かが私たちに取り憑く。腕や脚や決断が、恐ろしくも計算的な法則にしたがって動く。あのお嬢さんは自分が危険の中にふわふわと漂っているのを知っていて、自分の不安をちらつかせ、とりわけ彼女の戯れ言もまた弾劾すべき行為へと彼を駆り立てた、というのはあり得ることだ。フェリクスはしばらくのあいだ非常に不格好な服装でうろついていた。同意を示す視線に伴われてカフェに入ることが一時的にできないからといって、私たちの感情が極端に害されてはならない。いや友よ、そこまでなってはいけない。フェリクスはたとえば四年間にわたって同じ帽子をかぶっていたが、幸運にもそれはただ田舎でのみ起きたことだった。いずれにせよこの帽子と彼の長年のこだわりは、かなり多くの同胞市民の誤解を招くのに貢献した。他方、あらゆる快適さを知ってその価値に気づくにいたった貴婦人がたは、彼と会話しようと努めた。フェリクスはいつでもとても忙しかった。私たちの忙しさは、多くの好ましからぬことをどこかへ持ち去ってしまうことができるくらいでなければならない。私たちはいつでも公然と何かの肩をもつべきなのだ。われらが愛すべき同胞の目を、何かしら着古した状態によって憤慨させるのは大きな罪であっても、互いに無条件に服装に判断をゆだねてはならないと信じることは回避できない。いったいこれは真面目な考察だろうか？　おそらく数人はそのことに疑いをもつかもしれないが、それはたいした害にもならないだろう。良家出身のあの若者は、自分で自分を傷つけていると分かった。そうでしょう、皆さん、もし私たちがどんな傷にも耐えられなくて、ゆっくりと挽回することができるならば、私たちの能力が足りないのだと非難はできないでしょう？　彼はそうやって陽光の真ん中に立ち、そして欠点だらけの服装がしだいに堪えがたく思われてきた。ほんの少しの傷でも彼から正気を奪った。彼は神経質に、つまり悪質になった。もし自分の状況が酷いもののように思われると、実際に私たち自身が酷い人間になりうる。もし自分に怯えているなら、他人も私たちを恐れてひるむのだ。君たちの誰もがこのことを一度は現実に経験してくれていたらと願う。このことを覚えておいてほしい。本当にかすかな、わずかな、つまりほんのうっすらとした能力の息吹を殺してしまうのだ、どうだろう？　その能力は私たち全員の中に潜んでいるのではないだろうか？　思うに、数世紀分もさかのぼる資質のきわめて微弱な残滓ではないか？　私は自問する。君たちも自問してみてほしい。彼がもっと悪いやつではないのかなんて、私たちの誰にも分からない。君たちは、私がどう思うかを知る必要はない。ただ君たちの中にも意見を生じさせさえすればいい。ぜったいに理解不可能な悪徳など存在しない。私たちはどんな過ちでも理解することができる。私たちはなぜうっかりと、あんな叫び声をあげてしまうことがよくあるのだろう？　それは他人に対する不満が私たちを満足させることによって生じる。おお、私たち常緑の――

ベルン時代の既刊・未刊の散文小品から

新本史斉／フランツ・ヒンターエーダー＝エムデ 訳

セザンヌ思考

その気になれば、具象性の欠如を指摘することもできるだろう、しかし、ここで問題になっているのは、事物を摑み取る一つのやり方なのであり、おそらくは彼の人が長年にわたって対象に関わり続けてきたということ、そのことなのだ。わたしがここで論じているその人は、あの日常的でもあれば注視に値しもする果実を、長きにわたって見つめてきた。彼は果実の姿形に見入り、その表面をぴんと包み込んでいる外皮に見入り、その奇妙なまでの落ちつきに、その笑うような、光り輝くような、物柔らかな佇まいに見入った。「悲劇的と言ってもいいのではないだろうか」、彼はこうひとりごちたかもしれない、「この果実たちに、みずからの有用性と美を意識する能力が欠けているということは。」できることなら果実に自分の思考能力を伝達したい、吹き込みたい、乗り移らせたいところだった、自己について表象する能力を欠いている果実を、彼は哀れに思ったのである。わたしとしては次のように確信している、つまり、彼は果実のことを嘆き悲しんだ、翻って自分自身に対しても同情を覚えた、そして、そもそもなぜそう感じたのかについては、長い間分からないままでいたのだと。

この眼前のテーブルクロスにもそれ独自の魂がある、そんなふうに彼は想像したがった、そしてこうした願望のことごとくは一瞬にして成就されることとなった。うっすら青く白じらと、謎めくほどに清らかに、テーブルクロスはそこに置かれていた。彼はそちらに歩み寄った、襞を与えた。この布がそっと触れる人の思いのままに、摑まれ、形をとるさまときたらどうだろう！　テーブルクロスに向かって彼が「生きよ！」と呼びかけた、そんなこともしかするとあったのかもしれない。こうしたことすべてにおいて忘れてはならないのは、風変わりな実験や訓練、遊戯にも似た精査や探究のために必要な時間が、彼にはあったということである。彼には妻をもつという幸いが与えられており、日々の心配事、こまごまとした家事などは、すっかり安心して妻にまかせることができたのだった。おおよそのところ彼は自分の妻に対しては、その唇を、花の萼《うてな》を、不満を口にするためには一度も開いたことのないような、そんな大輪の美しい花に対するように、振る舞っていたのではないだろうか。おお、この花は彼にとって愉快ならざることはすべからく、みずからのうちにとどめおいたのだった、彼女はわたしが思い込んでいるところでは、まさに奇蹟ともいえる泰然自若の人だった。夫の酔狂、沈潜を前にしてのおおらかさは、天使さながらだった。後者について言うなら、それは彼女にとっては魔法の宮殿であり、その存在を彼女は認め、是認し、ほんの微かな仄めかしによっても踏み入ろうとはしなかった、軽く視てはいたけれど、敬すべきものとしていたのである。これについては、彼女はこうひとりごちたことだろう。「私には関係のないことだわ。」人生の伴侶の――折に触れてはまったくこうとしか思えなかっただろうが――「生徒じみたところ」に影響を及ぼそうとしなかった点において、彼女は間違いなく人間愛に満ちた、いわば趣味のある人だった。何時間も、何日も、彼は自明なものを不可解なものとし、容易に理解できるもののことごとくに説明不能な基底を見いだそうとした。精確に事物の輪郭に沿ってあちらへこちらへと彷徨い続けるうちに、いつしか彼は待ち伏せる眼をもつようになり、輪郭は彼にとって神秘的なものへの境界となった。静かなる全生涯を通じて、彼は、音一つ無き、言うなれば、崇高なる闘いをたたかったのであるが、そこで彼が目指していたのは、枠線の――こうも言い換えてみることができようが――「山岳化」だったのである。

その言わんとするところは、例えば、ある領域は山々により、より大きくも、より豊かにもなるということなのである。

さて、どうやら妻は、このほとんど喜劇と境を接する、心身すり減らす闘いから足を洗わせようと、どこかしらに旅行させようと、いつもそんなふうにたった一つのこと、単調なことに没頭してばかりいないようにとくりかえし息抜きを勧めたようである。

彼は返事をした。「いいね！　さっそく必要なものを詰めてくれるかい？」

彼女はそのようにした、しかし、彼は旅行には赴かずとどまった、というのはつまり、彼はふたたび物体の境界を経巡る旅にのりだし、その物体を再現し造形的に再生し、そして彼女はといえば、細心の注意を払って荷造りしたものを同様の慎重さで籠もしくはトランクから取り出し、そしてすべては古いままとなり、そしてこの古いものをこの夢想者は繰り返し若返らせたのである。

奇妙なことを確認しておかなければならないが、彼は妻のことを、まるでテーブルクロスの上の果実のようにながめていた。彼にとって、妻の輪郭、シルエットは、花、グラス、ナイフ、フォーク、テーブルクロス、果実、コーヒーカップ、コーヒーポットのそれとまったく同じく、きわめて単純明快であるがゆえにこそ、複雑怪奇きわまりないものだった。一かけのバターは、彼にとって、妻の衣服に認めたたおやかな膨らみとまったく同様に意義深いものだったのである。わたしのここでの表現が十分でないことは分かっている、しかし、それにもかかわらず人びとは理解してくれるものと、それどころか光漏れ落ちるそうした不完全さゆえにこそ、わたしの言うことはいっそう良く、深く、理解してもらえるのではないかと考えることにしたい、むろんわたしは原則的には、やっつけ仕事には意義を唱える者である。彼はともかくそういった類のアトリエ人間であり、家族の観点、祖国の観点からすれば、間違いなく異議ありとされてしかるべき人間ではあった。彼はほとんど「アジア人」だった、と考えなければならないのかもしれない。アジアは芸術、精神性の故郷、およそ考えうる限りで最高の贅沢が生まれた土地ではなかっただろうか？　彼のことを食欲のない人間と考えるなら、それはおそらく間違いだろう。彼は果実を探究するのと同じくらい、それを食べるのが好きだった。ハムのことは、美味であるのと同じくらいに、形態と色彩において「秀逸」、現象として「非凡」と考えていた。ワインを飲むときには、その快い味わいに心から驚嘆しもしたが、これをとりわけて特徴とすることはできないだろう。そのワインもまた、彼は造形の領域に持ち込んだ。彼は魔法によって紙の上に花々を咲かせ、それはあらゆる類の植物の戦きで、打ち震え、歓喜し、微笑んだ。彼にとって重要だったのは、花の肉だった、特別に創られたもののうちにあって理解されぬままとなっているもの、そこに具わる秘密の精神だった。

彼が把握したものはことごとくが婚姻を遂げた、彼の音楽性について語ってもよいと考えるなら、彼の観察の豊かさからは音楽的なものが生まれたのであり、それは彼がいかなる対象に関しても本質的なものを開示するよう、同意をとりつけようと、勝ちとろうと努めたからであり、そもそも彼が大きなものも小さなものも同じ一つの「寺院」のうちに置いたがゆえのことなのである。

彼が観察したものは、多くを語るようになった、そして彼が造形したものは、まるで幸福に酔い痴れているかのように彼を見つめ、そして今日なお、わたしたちをも、そんな具合に見つめてくる。

次のように主張することは正当と言えるだろう、彼はその手のしなやかさ、従順さを、倦まずたゆまず、思う存分に使い続けたのだと。

あつあつのおかゆ

つい最近見た夢に出てきたように、このおちびの散文小品にはちっちゃな姿がよく似合う。

わたしは、近いうちにそれなりに分量のある文学作品が完成することを望んでいる、とはいえ、願望というものをできるだけ抱かないというのが、わたしの原則とするところなのである。建物の中に入るとき、人は大抵、上空から飛来するのではなく、地上から住んでいる階までのろのろと、もしくは、とんとんと登ってくる。この点、人間は、自然による制約と折り合いながら生きていかねばならないようである。さて、ここで話題とする建物に関して言うならば、それはプロレタリア的特徴を示してもいれば、夢想的で可憐に感じられるもする家屋だった。わたしは、この細部まで配慮の行き届いた文章の冒頭で言及した存在と一緒に、段々というか階段を登ってきたときに、一群の腰を下ろした人たちのそばを通り過ぎたのだけれども、その人たちはどうやら労働者であるようだった。

今回のわたしの作品はアメリカ主義とはおよそ無縁のものであるはずなのだけれど、わたしとわたしをいわば訪問しにきた人が掠めたこの小さな集団の中には、若い娘も一人いたようである。

とここでもう、わたしはおそらくはいくぶん声高に、つまりは大仰にもったいぶって、本日のささやかな文章を「作品」と呼んでしまった。が、本当のところはそう呼べるような代物では、まったくもって、ないのである。礼儀上から、つまりは話を簡単にするために、人は手すさびと言わずに「作品」と言い、殴り書きと言わずに「執筆作業」と言うのだけれど、これはなんともうかつにも、読者というものは十分にユーモアを具えているとする、思い込みからくる物言いなのである。

もろもろの場合において、実際そうであったならどんなによいことだろう！

わたしに来訪の喜びを与えてくれた当の人は、招じ入れられた環境を眼のあたりにしても、これっぽっちも驚いてはいないようだった。

どういうわけか、どこかしらからか、わたしがいわば家具付きで間借りしていた部屋の女家主が、わたしたちの方へ、妙にもの柔らかに軽やかに歩み寄って来た。まるで浮遊するなにかでできているかのようであり、動くことのできる絵姿であるかのようだった。

夢の中のわたしには、彼女は誰かに似ていると思えてならなかった。むろん、イタリア主義等々は、探究しつつ吟味しつつ手探りしつつ進んでゆく、繊細この上ない関心に基づいた散文小品にはそぐわないと感じられていた。眠りにおいて体験したものを描き出そうとするようなとき、一気呵成に突き進む文章では大した成果は得られないものなのである。

もしここで、いわばオーストリア式にやってよいという可能性が、ごく僅かなりともあるのであれば、わたしは迷うことなく即座にそうしたことだろう。しかしながら、まず第一に、そのためには必要な気分が訪れるとは限らないし、次いで第二に、オーストリア式にやろうとする者は、必ずや主題と動機に揺るぎない自信を持っていなければならない。オーストリア式とは、本質においては、無思想でありながらも思想豊かであること、停止しながらも疾走すること、叙述対象の上方を石と化しながらも滑空してゆくことにほかならないのである。こうした仕事上の勘所は、やはり定義することは難しい。そして難しい物事というのは、わたしの考えるところでは、分析される、すなわち、理解可能にされる以前に、ささっとぱぱっと遂行されるものなのである。

わたしの住まいへの入室を、同伴者は妙に寡黙なままに実行した。時おり、言葉に似たものにも思われる小さな合図を使って、彼の両手が話をした。

彼は知り合いであるように思えたと言えば、わたしはなにか変なことを言っていることになろう。実際、夜中に夢見るものすべてにおいて、出来事はそれ自体、変であることが多いのである。

夢見られたことにはなべて奇妙さがつきまとうものであるが、どうやらつかの間に過ぎなかったとはいえ、訪問の栄誉をわたしに与えてくれた客人は、少しばかり奇妙であるように思われた。

その建物自体もまた、つかの間のものに過ぎなかった、というのもわたしは、独特の建築的配置が、開いたり閉じたり、生じたりまた消えたり、遠ざかったり近づいたりするのを眼にしたのである。

今や、わたしたち二人はある部屋の中におり、その部屋のまわりにはさらにもう一つの部屋が続いていた。そもそもの最初の部屋は、外皮の中の種のように、枠の中の絵画のように、第二の部屋に包まれ鎮座していて、その様子はとても可愛らしく、また優雅に見えた。

ちなみにわたしは、後になってからほとんどこのように考えたくなったのだけれど、机の上には数冊の書物が置かれていたのではないだろうか。

ことによると、物を書くということは、なによりも書き手が主要事を、まるでこの上なく美味なにかのように、まるであつあつのおかゆかなにかのように、絶えずよけてまわる、後回しにし続ける、そういうことなのではないだろうか。

人は書きながら、重要なこと、どうしても強調しておきたかったことをつねに先延ばしにし、さしあたってはひたすら別のこと、まったく二の次のことを話したり、書いたりするものなのである。

一つ、わたしには分かっていたことがあった。すなわち、わたしのところへやってきたその人は、名高い作家であり、そのこと自体に驚くべきところはまったくなかったとはいえ、やはりそれは非常に奇異なことにわたしには感じられた。わたしにとって彼はあつあつのおかゆだったのだろうか、あるいは彼にとってわたしがそうだったのだろうか？　彼はわたしに、あるいはわたしは彼に、何かしら大切なことを言おうとしたのだろうか？

と、ここで、わたしは目覚めたのである。

というわけで、配慮はできかねます。わたしは今朝早く、この金言らしき言葉を耳にした。しかしこの言葉は本当に黄金の品性をもつ男の唇から飛び出したのだろうか？　そんなことはもちろん、この瞬間には知りようもない。「そんなことには配慮できかねますな」、朝食をとる人たちのただ中に座を占めていた男は言った。男がいったい何者であるのか、わたしは言うまでもなく知らなかった。ただ何度か眼にしたことのある男で、そのさして友好的とも思えぬ顔には見覚えがあった。配慮不可という見解に表現を与えた顔は、とりたてて愛情深いものとは見えず、むしろそこからは無愛想と呼ぶべきものが輝き出していた。配慮できかねる、ふむ！　なんとも奇妙奇天烈な物言いではないか！　もしも誰もが、この人口に膾炙しているらしき言葉を発した男のように考えているならば、わたしたちはいわば金無垢の無配慮状態にどっぷりつかって生きているわけで、これによって人びとは時としては、つまりは特定のタイミングと前提のもとでは、ひどくうまい商売をすることもできるかもしれない。しかしながら、わたしの考えるところによれば、一般に人は配慮をすることによってこそ、同じくらいにうまい、いや、はるかにうまい商売ができるものなのである。わたしはこの主題について、失礼ながら次のように考えている、個々人は本来、それによって他の誰かが害されたり、笑いものになったりすることがないように、全体にとっての利益の中で、みずからを役立てようとすべきなのである。こう言ってもよいだろうが、これは非常に重要な意味をもつ問題であって、もし本気で文化、文明を主張するつもりであるなら――むろんそうあってしかるべきだが――個々人もしくは民族全体がそれなりに解決に向けて努力しなければならない問題なのである。つまるところ、わたしたちの間には、今もって相も変わらず、あれやこれやの問題に配慮できかねると語る権利が自分にはあると考えている人間、住民、市民がいるということなのだ。どうして彼らはそうすることができないのだろう？　わたし自身が思うところでは、ある方面に向けて配慮することはできかねると言うとき、人は石頭の外観を呈している。それが誰であれ、同郷人一人ひとりが、あの点この点に関して配慮する可能性を見出すことができはしないかと絶えず探っているのでないとしたら、それは奇妙なまでにぞんざい、無頓着な状態ではないかとわたしは思う。これはごく単純に国民としての、また個人としてのわたしの考えである。さらに言わせてもらうなら、無配慮はさらなる無配慮を生み落とす、あるいはこうも言えよう、あなたに対して配慮しない者に対してはあなた自身もまた配慮することはできない、さもないとあなたはみずからを貶めてしまうことになってしまうのだから。

さほど手間取ることのなさそうな、別の事柄に話を転じることにして、まず先触れしておくならば、今日、とあるいかにも人の良さそうな女性が大声でショーウィンドーの華やかさをほめそやすのを聞いてすぐに思ったことなのだけれども、一般に女性方にはあれやこれやの事象についてあまりに安易に賞賛してしまう傾向がありはしないだろうか。場合によっては賞賛の習慣のうちには、ある種の危険が、すなわち、すべてが同じままにとどまってしまい、社会、国家等々において何一つ発展しなくなってしまう危険が潜んでいるのかもしれない。賞賛する者は、既存の諸状況に徹頭徹尾、同意している人間と受け取られてしまう。例えば、妻が夫を賞賛することは、夫の自惚れを後押しし、ことによっては公正ならざる振舞いに誘ってしまう限りにおいて、大いなる無思慮の実践ともなるのである。わたしが思うに、もし影響を及ぼしたいと思っているのなら——彼女たちは全体として少しばかりはそう望んでしかるべきなのであるが——賞賛、是認に関しては、ほどほどにしておくにしくはない。わたしの見るところ、女性たちにはいわゆる悪しき政、良き政を、公の舞台に立つことのないままにとりおこなう機会が十分に与えられているのである。

もし許されるなら、以下のことも手短に書きつけておこう、紳士界に属する面々の中には、自分たちの口から発せられる異性に対する発言、呼びかけは常にすべからく、広く美しいこの世界で、もっとも快く価値あるものとして受けとめられると信じ込んでいる方もおられるようだ。しかしながら、そのような言葉は娘たちから女性たちからも、必ずしも喜ばしきこととは受け取られぬことを、わたしは昨日、ここで話題にしているようなお世辞言葉に不快感を覚えておられたある「ご婦人」——日常においてそれなりに感じのよい女性にこの呼称を用いることは許されていよう——の態度に見てとったのである。あらゆる恋愛遊戯には、時、空間、雰囲気その他もろもろの状況がなお関わってくるのであって、感じのよい眼差しが時として、最高に感じのよい口説き文句よりもずっと感じよく受け取られることもあるのである。

さらに私事を少々持ちこむことが許されるなら、ここでご報告したいのだけれど、わたしはペンを用いてできる限り丁寧に清書するその前に、毎回、散文をまずは鉛筆で紙に書くというやり方を思いついたのである。すなわち、原稿をじかにペンで書きこむ行為は、いつしかわたしをいらつかせるようになり、みずからを宥め落ち着かせるためにも、わたしは鉛筆書きの方法をとることにしたのである。もちろんこれは、遠回りであり、手間隙が増えることを意味してはいた。しかしながらこの手間はわたしにいわば満足感を与えてくれるように思われ、こうすることでわたしは健康になるように感じられたのだった。わたしの魂にはそのつど、自分がかくも念入りに、注意深く、書く行為にたずさわる姿を眺めることができることで、満足の微笑みが、また微笑みのように感じられるいくばくかの自己嘲笑がわきおこった。とりわけ、鉛筆で書くことでこれまで以上に夢見心地に、落ち着いて、快く、熟慮しつつ書くことができるようで、この筆記方法はわたしにとって独特の幸福へと成長していくようで、そういうわけで、わたしが世に向かって何かを言うときによくするように、この文章の頭には、読者のみなさんが最初にご覧になったようなタイトルが冠された次第なのである。

新年の一頁

変わり目《ヴェンデ》は両手《ヘンデ》、壁《ヴェンデ》と韻を踏んでいる。トントンとドアをノックする音がして、わたしは「どうぞ」と言うと、洋服だんすの中に身を隠した、やってきた男はしばらくの間、耳を澄ませ、待っていたようである。長編小説の中には大いに期待を抱かせるような始まり方をするものもある。昨夜、夢の中でわたしの両手は朽ち果て崩れ落ちようとする塔に変わった。かつて、一つの廃墟が——とはすなわち、ある老いさらばえつつある百万長者の女性のことだが——わたしに十万フランを遺贈してくれたことがあったが、わたしはそれをあっという間にすっからかんに使ってしまった。なんと眩暈のするような想い出だろう。遊興に耽った店内からさわやかな路上に足を踏み出したとき、目の前に広がった世界はすばらしく美しいものだった。お金の消尽には間違いなく何かしらうっとりさせるものがある。わたしは近いうちに、マンドリンの音がポロンポロンと零れ落ちるように書かれた短編小説を仕上げたいと思っている。先ほど触れた夢の中で、わたしの両手は助けを求め、声にならぬ呻きをあげていた。口元まで熊さながらに這い上がってきた怪物じみた唸り声でわたしは眼を覚まし、かつて十万フランの時代に、そのうちに深くため息をつく日がやってくるわよと予言した、ある娘のことを考えたのである。そうした変わり目にわたしはすでにさしかかっているということなのだろうか？　そうであろうとわたしの上機嫌に変わりはないのであって、わたしを蹂躙せんとする意図があるかのごとき展開をみせたあの夢のことはあらためて近いうちにまたお話ししたいと思う。子どものころの話であるが、ある日のこと、雑誌をぱらぱらとめくっていたわたしの眼に、奴隷懲罰の写真が飛び込んできた。さてここでささやき声で書くべきか、それとも声高に書くべきかという問いがトントンとわたしの肩を叩いている。同じく問題となるのは、辛辣な響きでいくべきか、それともぴりっとしない調子でいくべきかである。わたしの見解を言わせてもらうなら、このスケッチは高潔な、信頼のおける悪党の頭からひねり出されたといったトーンで書かれている。先に述べた裕福な女性は、ちなみに、非常に個性豊かな不美人であったが、わたしにしてみれば、ギョッとするようなところなど何一つありはしなかった。あるときわたしが到来した機会をとらえ、彼女が具現している姿の前に跪いてみせると、この悪女の噂高き善女は、この振舞いゆえにわたしのことをことのほか愛すべき人間と考えるようになったのである。わたしが嘘をついているのでなければ、彼女は喜びのあまり涙を流したのであるが、むろん他の理由でも彼女はまったく同じ振舞いをしたことだろう。わたしに禍々しい予言をした娘もまた、ある午後のこと、おひさまの光に包まれてはらりと涙を流したのだった。これについては、むろん、わたしは並々ならず良心の呵責を感じている。選りすぐりのシャンパンに酩酊していた日々に仕立てたコートは今もなおわたしの手元に残っている。ある冷え込んだ晩のこと、どこかしらで一群の祖国防衛者たちが野営をしていた。言いようもないほど美しい顔をした一人の尼僧が、そこここに気持ちよく散らばっていた部隊全体の中でももっとも見栄えのしない顔をした兵士に、洋梨を一つ差し出した。与えた側、慈愛を示した側は、優美な所作ばかりからできあがっていたのに対し、当の兵士はまったくの礼儀知らずだった。どう見てもそれだけのことでしかないこの取るに足りない体験が、わたしには奇妙なものに思われる、なにゆえこれはいわば永遠に、こうしてわたしの記憶に刻み込まれることとなったのだろう。さていまや、ある悪童に注目してもよいだろうか、この小僧はその無能ぶりによって、繊細なママの心に不安を吹きこんだのだった。その不安は、世界史によれば初期中世のヨーロッパを疾駆蹂躙したという、あのフン族の群れのごとく彼女の内心を駆けめぐったのである。しばらく以前にわたしたちの住む都市の近くの畑でフン族の時代の蹄鉄が発見されたが、それは歴史博物館に収蔵されることとなった。不安を吹きこんでしまうこと、これは生来の、巧まざる不調法と呼ぶことができるだろう。

ノーベル文学賞の栄誉は今や二度続けて女性の頭上に輝いた。

ついでに言うなら、ある晩、皮手袋のようにごわごわの悪党の手がわたしの顔に触れたことがあった。このぞっとする体験はわたしのうちにモンブランのごとき巨大な恐怖をもたらしたのである。

ふと思ったことであるが、昨今、危機云々について読む機会が少なくない。どうやら今の時代、一種の危機にあると言い立てることは、良き論調に属するとすら言えるのかもしれない。

数年前のクリスマスはなんと可愛らしかったことだろう。わたしはひっそりと路地を抜け、鐘の響きの中を、白銀の雪ひらが舞う中を歩いていた。わたしが、その完《まった》き不在によって燦然と光り輝く恋人を愛する、その心地よさは、柔らかく膨らんだ魅惑的な安楽椅子のようだった。ある名高い女性作家が、恍惚とさせるような新作で彼女の信奉者たちを喜ばせたのは、その頃のことだった。変わり目？　この言葉はほとんど、ほんの少しばかり、憂愁の薫りを漂わせていないだろうか？　一つの年が終わるとすぐに新しい年が始まる、まるで頁を一枚めくるように。物語は先へ進んでゆき、人びとはそこになんらかのつながりを感じとり、美しいと思うのである。

ちょっとした敬意

わたしはここで散文小品を書いているのだけれど、そこでわたしはどの文章も自意識たっぷりに「わたし」で始めることにしたい。

わたしは加えて、ひどく深刻な顔をしてみせる。

わたしは世界を意味するとされる日刊各紙にせっせと書くことによって、世の関心が製本、装丁された文芸書から逸れ、いわばひらひら舞い散っていくものに向かうのを後押ししている以上、書籍出版界の繁栄に思いいたすなら自責の念にかられてもおかしくはないのではないか、などとすっかり自惚れているのである。

わたしはしかしその一方で、雑報販店の店主として日々の糧を得ているのであって、費用のかさむ刊行話を持ちかけて書籍出版諸氏を煩わせるような真似は一切してはいないのである。

わたしは以下のような文言が連ねられた手紙はもうずいぶん長いこと書き送ってはいなかった——「即刻とは言わぬまでも、可及的速やかなる相当額の前払いを是非ともお願いしたく。」

わたしは昨日のお昼時に、ひとりの子どもを、いや、まずは若くてほっそりした女性を、続いてその人の子であるらしい、ひとりの子どもを眼にしたのであるが、わたしはその子に笑いかけ、その子もわたしに笑いかけ、しかる後にわたしはお母さまに微かなる笑みでいわばご挨拶しても許されるのではないかと考え、先方も丁重にそれに応えてくれたのだった。

わたしが考えるに、身の丈からすれば心細やかな同行者の膝にすら達しない、共にこの世を生きる存在に眼をとめることは、好もしいことではないだろうか。

わたしの確信するところでは、そんなふうにごく身近にありながらも縁遠い、目立たないながらも注目に値する、めぐりめぐりつつも同じままである点においてこそかけがえのない、平々凡々な取るに足らぬものたちを見るには、注意深くあることが習いとなった眼差しが必要不可欠なのである。

わたしは今朝ほど早くに朝刊をひろげ、広告欄の検分に必要なだけの時間を捧げ、さまざまな興味津々たる事実を確認するに至ったのであるが、例えばそこでわたしは、今日性という点において映画館は劇場の一歩先を行っている、とひとりつぶやいてみたのだった。

わたしの観察するところ、名のある作品は先に挙げた施設でも後に触れた施設でも上演されていたのだが、その先をつらつらと考えてみるに、劇場はみずからが伝統に結びついていることを知っているがゆえにこそ、大きな犠牲を強いられているのではないだろうか。

わたし個人について言うならば、今のシーズンが終わり、もろもろの愛らしさとともに春が近づく頃になってみると、劇場を訪れたのは今季はたった一度だけ、ということになっているかもしれない。

わたしは今後数日についても、芸術に奉仕するあの建物、のみならず社会的地位のある客がやって来ては今日的に過ぎる役回りを演じているさまをも眼にすることができるあの建物には足踏みいれぬことにしようと、かたく心に決めているのである。

わたしは次のような、信ずるに足る、真実と思えるところを言明しておくことにしたい、すなわち、あまりにも度を越して今日的であるものは、少々煩わしいとすら言えるのであって、生を、言い換えるなら、現実をあますところなく楽しみ、受けいれるありようとは、どうにもうまが合わないのである。

わたしはところで、まず疑いなく歓迎されよう覚書きを書きこんでおきたいのだけれど、わたしは女性の方々を実に多種多彩な存在として見つめているのであって、つまり何が言いたいかというと、わたしは違いを見分けるのが好きなのである。

わたしは、この「わたし」という言葉がわたしにぴったりであるおかげで、すっかりわたしの役柄にはまった気分でいるのだけれど、ここで劇場に立ち返ることにするなら、つまりは再び劇場の話を始めるなら、わたしはなんとも申し訳ない気持ちになってしまう、なぜなら、わたしが劇場を敬して遠ざけているさまを、劇場自身もまた眼にしなければならないのだから。

わたしはこんな感情を抱いても許されるのではないかと思うのだけれど、劇場はいわばわたしが関心を寄せるようになるのを心待ちにしているのであって、主として上映内容の世界史性ゆえにわたしをいわば魅了しえている映画館よりも自分の方こそを贔屓してくれるよう、わたしの心を動かすことができはしないかと期待しているのである。

わたしはこの点については、いくらか距離を置いた、ニュアンスの異なった理解をしているのであって、並々ならず魅力あるものとしてわたしの心に触れるのは、映画における技術、速度なのであり、そこではまるで晩方に、とある宿屋あるいは修道院あるいは邸宅あるいは一軒家で、ランプの灯りに照らされたテーブルにつき、筆舌に尽くしがたい生が盛りこまれた絵本をパラパラとめくっているごとくに、諸々の意味がみやびやかに掠め過ぎていくのである。

わたしはちなみに劇場に対しては、こう言ってよければ多大なる敬意を払っており、しかしその一方でとある講壇社会主義者も知っているのであって、その男は奥方が精勤欠かさぬ会員として劇場に通いつめているにもかかわらず、自分の方は劇場にはすっかりごぶさたしていると、なんともあっけらかんと白状したのである。

わたしは、彼のような教養人にどうしてそのような物言いができるのか分からないでいるのだが、それに答えようとすると、こんなふうに考えてみたくなる、すなわち、彼は劇文学のすべてを一字一句に至るまで知りつくしている人間なのではないだろうか。

わたしが思うに、今の時代に歩調を合わせて生きるそうした方々は、劇場にはいわば飽き飽きしていて、それで例えばファウスト博士がグレートヒェンに「お美しいお嬢さん、よろしいですかな」などと語りかける、幾度となく出会った覚えのある場面を客席で眼にし耳にしているよりも、どこかしらで満開の花に埋めつくされた木、雪ひらの飾りに覆われた木を愛でていたいのである。

わたしは、劇場は古色蒼然としているなどと言いつのるつもりはない、というのも、他のいくつもの事象同様、それは運命によって定められたことであり、また世には新しいといっても度を越した新しさもあり、そしてまた劇場にはなお血気盛んな、粗削りに過ぎるところがあるのかもしれず、それで劇場は、幼い、最初の一歩を試みている生に対置してみると、激しく、きびしく、どぎつく、したがってまた、いくぶん押しつけがましく感じられてしまうのである。

わたしは遅くならないうちに寝かせてやりたい坊やのように、この小文を寝床につかせてやることにしたい。

わたしはあれやこれやの機会に、言うなれば、ちょっとした敬意を払うのである。

ミノタウロス

作家として目覚めているときのわたしは、生のそばを一瞥《いちべつ》することもなく通り過ぎてゆく、人間としては眠りこんだ状態で、わが内なる市民など相手にする気配もないようだが、これなどはもし姿形を与えられたならば、さっそく煙草も執筆も邪魔しにかかることだろう。昨日わたしはベーコンとお豆の料理を食べながら諸国民の行く末について思いをはせてみたのだけれど、やがてそんな考察にうんざりしてしまったのは、そのせいで美味しい食事も美味しくなくなってしまったからである。ここでこうやって書いている文章がご婦人の絹靴下をめぐる文章となっていないことは、わたしにとって喜ばしいこと、おそらくは好意的な一部読者にとっても格別に望ましいことであり、のべつまくなしに小娘たちを話題にしたり、女性たちを気にかけないではいられなかったりといった事態がある種の睡眠状態とも見なしうることは、生気あふれる思考を展開する人であれば誰もが認めるところなのではないだろうか。今や、わたしの心を占めているのが、ランゴバルド族等々に教養の如きものがあったのか否かという問題である以上、わたしは誰もがすぐに目をつけるとは言いがたい道に足を踏み入れてしまったことになるのかもしれない、というのもご存じの通り、民族大移動の時代ほどに奇異に思われる世界史上の局面はないのであって、この時代と言えばわたしは翻訳芸術のおかげで読めるようになった『ニーベルンゲンの歌』のことを考えてしまうのである。国民問題に頭悩ませながら右往左往すること、これは身の丈を越えたものの餌食となった状態と言えるのではなかろうか？　何百万もの人びとのことをやたらむしょうに考察するなど、脳味噌にしてみれば間違いなく積載オーバーである！　わたしが椅子に腰を落ち着けて、この生ある人間たちを数字上、いわば中隊単位で検討している間にも、このいわゆる多数のうちの一人はただ生きている、その限りにおいて精神的には眠っている、ということもあるだろう。そして眠っている者たちの眼には目覚めている者こそが眠たげに映る、というようなことも、もしかするとあるのかもしれない。

ここまで書いた文章が織り成すもつれほつれの中にあって、わたしには遠くからミノタウロスのうなり声が聞こえているような気がしていて、その声は国民問題を解き明かすなど毛むくじゃらの怪物並みの無理難題であると言っているようにも思え、わたしはそんなものはニーベルンゲンの歌のために断念することにして、悩み煩わせるものにはいわば触れないでおくことにしたい。同じくランゴバルト族等々についても、そうっとしておく、つまり、眠らせておくことにしようと思う、ある種の眠りは、それ独自の生を送っている以上、有益であるに違いないと堅く信じているのである。わずかばかりの幸福が生まれ落ちるには、絹靴下ほどの隔たりこそが大切であるようにわたしには思え、それを国民に対する隔たりと比べてみたいとわたしは思い、ミノタウロスじみたものに感じられもする後者の隔たりには、どちらかと言えば関わらないでおくことにしたいと考える次第である。わたしの内ではこんな確信が出来上がりつつあるのだが、あれやこれやとこちらに要求を突きつけてくる存在のように見えもする国民は、こちらで相手にしないような態度を取っているときにこそ、もっともよくこちらを理解してくれる、すなわち認めてくれるのではないだろうか。このミノタウロスに対してこちらから理解の姿勢を示すべきだとでも？　そんなことをしたら狂暴化することをわたしが知らないとでも？　奴の方ではわたしは奴なしでは存在しえないと思いこんでいる、要するに、奴は忠誠というものをまともに受けとめることができず、例えば、愛着なども誤解してしまう傾きがあるのである。わたしは国民というものをミステリアスなランゴバルト族と見なすこともでき、それはわたしにとって、何と言うか、いまだ探究されざるものであるがゆえに、疑いの余地なく強い印象を残すものではあるのだけれど、考えてみるに、国民に対してはその程度の関わり方でまったく十分なのである。

かくして揺り起こされた諸国民はすべからく、おそらくはあれやこれやの有難い、あるいは、有難くもない諸課題の前に立たされているわけなのだが、これはそれら諸国民にとってはきわめて良いことだろう。わたしの考えるところ、人は自分がそうであるところのものに度を越してなるべきではないのかもしれず、みずからがどんなに意味ある存在であるかについても誇り過ぎないほうがよいのかもしれない。ことによると、なだらかに弧を描く丘に寝そべっているでくのぼうの問題もそれなりの関心を寄せるに値するものであるのかもしれないのである。規則正しい息遣いでうたわれるニーベルンゲンの歌の内容からは勇士たちが立ちあがり、独特のプロセスを経てできあがったこの詩に対して、わたしは敬意を表さずにはいられないのである。

ここで知識と無意識の両方から生まれたものを「迷宮」と考えることが許されるなら、読者諸賢はいまやテセウス張りにそこから歩み出るという次第である。

猫にくれろ

わたしは散文小品を書いていて、それは今ここで、静かな夜更けに、生まれ落ちようとしているようなのだけれど、わたしはそれを〈猫〉のために、つまりは、日々の消費に供するために書いているのである。

〈猫〉というのは一種の製作所のようなもの、生産工場のようなものであり、そこに向けて物書きたちは毎日、いやそれどころかことによると毎時、まめまめしく汗を流す、というかせっせと原稿を送る。よりましなのは送ることであって、「送ること」について役にも立たぬおしゃべりにかまけたり、「役に立つ」とは何かについてぐたぐた議論したりすることではない。それどころかあちらこちらではなんと詩人たちまでもが〈猫〉に向けて詩を書いていて、何もやらないでいるよりやっている方がまだ賢いのだと自分自身に言い聞かせている始末である。この商業化の化身とでも言うべきもののために何かをする人間は、そいつの謎めいた眼のせいでそうしてしまうのである。人は〈猫〉のことが分かっているとも言えるし、分かっていないとも言える。そいつはうとうとまどろんでいて、眠りながら満足するとゴロゴロのどを鳴らす、そしてそいつを説明しようとする者は、不可解な問いの前に立ちつくすことになるのである。〈猫〉はよく知られているように、例えば教養にとって危険であるにもかかわらず、それなしに人は生きてゆくことができないかのようでもあり、というのもそれは時代そのものであって、わたしたちはその中を生き、そのために働き、それがわたしたちに仕事をくれるのであって、銀行、レストラン、出版社、学校、数限りない取引、息をのむほど広大な商品生産活動、そうしたものすべて、そしてもし該当するものを順々に数え上げていくつもりがあるなら、むろんそんなことは無駄であるが、さらに多くのものが〈猫〉、そしてまた〈猫〉なのである。〈猫〉はわたしにしてみれば営業活動に役立つもの、文化的世界の運営にとって価値あるものにとどまらず、すでに述べたように、言うなれば歯車の回転そのものなのであり、我は〈猫〉のためのものにあらずと主張することが許されるかもしれぬものと言えば、いわゆる永遠の価値を有しているとされるもの、例えば、芸術の名作、あるいはまた、日々のあくせく、いそいそ、せかせか、こせこせから抜きんでて高くそびえたつ偉業くらいのものなのである。嫌悪と偏愛によって、言い換えれば、はるかに凌駕するなにものかであることは間違いない〈猫〉によって平らげられたり、食べつくされたりしないものがあるとすれば、と想像してみることもできようが、それこそがいわば「永遠なるもの」として、貨物船もしくは豪華客船さながら、「後世」という彼方の港にめでたく入港となるのである。わたしの同業者のビンゲリ氏などは、きわめて要求するところの高いものを書き、詩作しているにもかかわらず、わたしの見るところでは、あらゆる点において〈猫〉のためにものを書いている。それ自体としては疑いようもなく卓越したその作品が「猫的」であるかどうかという点に関して言うならば、震えがくるほどに美しい妻を侍らせ、日々優雅に散策を楽しみ、ロマンチックな館にお住いのディンゲルリ氏も、自分は〈猫〉などには無縁であると思いこんでいる限りにおいて、明白この上ない過誤のうちにある。猫の方では彼はわが手中にありと見なしているのに対して、彼の方では自分などに〈猫〉は関心はないはずだと無理にも思いこもうとしており、それはまったくのところ、事実とは異なっているのである。

わたしは、自分の生きる時代のことを〈猫〉と呼んでいる、後の時代に対して気安い呼び名をつけるような真似はできない。

〈猫〉はしばしば誤解される、人はそれを小馬鹿にし、なにがしかのものを投げ与える、それもおよそふさわしからぬ態度でそうする、あたかもすべての人間がかつてより、それのために働いてきたわけではない、と言わんばかりの横柄な態度で「そんなものは猫にくれろ」と言うのである。

成し遂げられたものすべてにまずありつくのはそいつである、そいつはそれを味見する、にもかかわらず、生き延びるもの、活動し続けるもの、それだけが不死と呼ばれるのである。

ミクログラム

新本史斉／フランツ・ヒンターエーダー＝エムデ 訳

この都市に、いったいどのくらいの人間が住んでいるのかすら知らないけれど

高山より流れ下る奔流に貫かれつつゆったりと広がる丘陵地に、朗らかに伸びやかに寝そべったこの都市に、いったいどのくらいの人間が住んでいるのかすら知らないけれど——この都市の名前は州の名前と一緒で、つまりは州の都となっていて、そしてこの州は国内で一、二を争う大きな州で、さらに言えば、そのわたしたちの州都は崇高かつ意義深いことに国全体の首都ともなっていて、少なからぬ数の人たち、いや、ことによると非常に多くの人たちがためらうことなく、この都市をわたしたちの国でもっとも美しい、いわばもっとも忘れ難い都市と呼ぶのである。この——それ自身にとってもこう呼ばれることは快いに違いないだろう——「われらが大都市」の通りや広場では、それぞれ固有の故郷言葉を話す諸州出身の人びとに出会う。わたしたちの国ではご存じのように、ドイツ語、フランス語、イタリア語という三つの主要言語が話されているのである。叙述の際に忘れてはならないのは、この地が外国の公使たちがいわば会合《ランデブー》する場所であり、それがむろんさまざまに都市の活性化、洗練に寄与しているということだ。不肖わたしは四年ほど前に、至極単純な仕

事につくためにこの地にやって来たのだけれど、この職が許すもしくは命じるところでは、わたしはあるご婦人のために散歩をする、つまりは用を足すというか済ます必要があり、その際にはいくつもの塔の下を抜けて急がねばならなかったのだけれども、この塔に関しては幸いなことに、と言いたくもなるが、当地には丈高く興味深いものがいくつもある。古の時代に由来するこれらの塔の一つは、「牢獄塔」と呼ばれる堂々たる建造物であり、別の塔は「時計塔」という名で、人形が沢山ついたからくり時計で飾られており、塔の前には正午になるたびに人びとが集まってきて、その可愛らしい装飾にしばし眼をみはる。この群衆の中にはもちろんいつも、少なくとも旅行シーズン、そして夏のシーズンには一定数の外国人が混じっていて、実際、わたしたちの都市は少なからぬ程度において、国際都市と呼ばれ、見なされるにふさわしい都市なのである。見晴らしのよいいくつかの場所から眺めたときにいかに美しいかを体験すれば、きっとあなたも、この都市を好きになるだろう。ある晩のこと、カフェでわたしとおしゃべりをして大いに愉快な時を過ごしたあるご婦人は、話題にしている都市について、ここは夏の都市だと思う、という言い方でみずからの思うところを言い表した。実際のところ、ここは夏場が比較的快適でいつも少しばかり涼しく、それは万年雪に覆われたアルプスに近いことが暑い季節を通じて非常に快く実感されるのであり、またそれ自体どこかしら不思議にも感じられるこの近さは、住む人の間にも何かしらの影響を与えているのかもしれず、それは力づけてくれるような、ある意味、愉快にしてくれるような影響であるのかもしれず、また場合によっては山々の眺めがわたしたちに少なからず戒めの気持ちを、それゆえまた畏敬の念をもたらしてくれるのかもしれず、そのためか大仰な振舞いはわたしたちには似合わない、わたしたちのやり方ではないということで、羽目を外すような騒ぎはこの地ではごく稀にしか起こらないのである。さて、世には数多くの都市があり、どの都市にもそこならではの美しさがあるものだ。わたしたちにはともかくも連邦議会議事堂があり、その内部にはこの国の行政機関と政府が座を占めていて、わたし自身はいまだ足を踏み入れたことはないけれども——いやちょっと待て、わたしは真実ならざることを言っているのではないだろうか？　わたしはかつて一人の聴衆として、上下院合同会議に密かに臨席したことがあったのではないだろうか。それにしてもわたしたちはなんと容易に、事実と一致しないことを口にしてしまうことだろう。とは言え、幸いなことに、後から訂正することが人間にはできるのである。わたしたちの都市は役人の都市であるという言い方が、ある程度、正当性をもつことは間違いないけれども、それはもちろん国家と行政府が必要とするあらゆる類いの事務員がこの都市にいるからであり、事務員というものは商売人やら耕作者やら農場主やらと同様に、なんといってもなくてはならない存在なのである。わたしたちがさほど歴史が古いとは言えぬ大学も有しており、これがうまい具合に都市の堡塁跡にそびえ立っていること、この話は後回しにしても許されるだろうか？　都市をいわば飾るように取り囲んでいる施設の一つは「薔薇園」という名前で、気持ちよく散策を楽しむことができる場所になっている。この薔薇園は折々の庭園での祝祭にも用いられている。劇場に関して言えば、十八世紀にできた古い劇場は、もはや観客の要求に応えることができなくなって潰れてしまった。その代わりに、時代に取り残されたこの建物からさほど遠くない場所に、今では威風堂々たる新しい劇場が建っており、ここでは実際、非常に好ましい作品を、時には抜群の作品を観ることができるにもかかわらず、残念ながらこれまた、いつも満席というわけにはいかないようだ。わたし自身もまた、白状しなければならないけれど、熱心な観劇客とは決して言えず、頑張っても一シーズンに三公演、せいぜい四公演といったところだろうか。しかしその代わりにわたしは大量の書物や冊子を読んでおり、これはすぐれて知的な活動であると確信している次第である。あなた方にわたしたちの都市のありようについて正しいイメージを持っていただくべく、何よりもお示ししたいのは、丘陵の上に広がるこの都市が川の流れにいわば抱きしめられているということで、それはまるでこの都市が丘陵ともども、愛情深い川の美しい、愛しい、かけがえのない妻であるかのようなのだけれど、むろんこれではあまりに美辞麗句を連ねた言い方に聞こえてしまうのではないかと思う。ぎゅっとつづめられた旧市街はその姿形と連なりにおいて、たくさんの住まいを抱えた大きな建造物のようであり、お互い同士が建物のごとくまた中庭のごとく、イタリアの趣をたたえた回廊とアーケードで結びつけられている。そして、この家々の連なりの真ん中にあって屹立している巨大な建物が教会であり、その上には僅かばかりの代償を払いさえすれば思うがままに登ることができ、そのてっぺんに辿り着くとこれ以上の贅沢はない三六〇度の眺望を心ゆくまで楽しみ、知的好奇心を満足させることができる。この都市の由来についても一言しておいてよいだろうか。それはわたしたちの国が土地として、つまり、地理的、空間的には存在していても、政治的にはいまだ存在していなかった時代、方伯、辺境伯、公爵、諸侯たちの時代のことで、時の流れの中で目覚ましく発展を遂げるこの形成物の礎石を築くよう命じたのはツェーリンゲン公爵だった。この創設者の記念碑は栗の樹に飾られた、建築的にもきわめて優れた特色ある広場に建っている。今は冬で、先ほど言及した栗の樹には、もはや一枚の葉っぱも残ってはいないけれど、また春がくれば葉っぱも生えるだろう、そう、春は心のうちですでに片づいたと見えていたものを新たに生み育てることができるのである。記念碑と言えばさらに触れておきたいのが、ルードルフ・フォン・エアラッハ伯爵の騎士像であり、これはミュンスター広場に立ち、この男が成し遂げた事績を想起すべく、毎年、花輪で飾られることになっていて、その際には、賑々しい祝祭抜きには事は運ばないことになっている。絵画にも似たわたしたちの都市を舞台とするとき、祝祭の催しは非常に美しく引き立つのである。もう一つの重要な記念碑はアドリアン・フォン・ブーベンベルクの像であり、こちらはきわめて好戦的で、支配者然とした立像である。甲冑に身を固めたこの男はただ手を広げただけの姿であるにもかかわらず、いわば英雄そのものといった姿で屹立している。彼は、わたしたちの国が困難な状況にあった時代に、誰よりも勇敢で忍耐力を示した守護者であり、この人物のことはいつの時代であっても、今のような平和な時代であっても、思い起こすに値するのであって、というのも、わたしたちにとってかけがえがなく、愛おしく、崇高なもの、奪い去られたくない、いや奪い去られてはならないもの、わたしたちがその上に立っていて、それ自身もわたしたちの上に成り立っているもの、こうしたものは繰り返し繰り返し守り抜くに値するものなのであり、今言ったことは、何かしら分別ある結果につなげるべく、どうか理解していただきたいものである。お互いに平和を望んでいる国々や人びとは、決してお互いを蔑視するようなことがあってはならず、お互いに敬意を抱くことが求められており、望まれており、義務づけられているのである。

緑蜘蛛

それは午後の二時のこと、それもきわめて高価な家具がおかれ、その調度類はことごとくが緞子織りであるような住居での出来事だった、ということになろう。そもそも緞子織りというのが何であるのか、わたしは分かっているのかという話は無しにしていただきたい、いつぞやどこかしらの本で読んでこっそり仕入れた、それで十分である。すばらしいのは、わたしがかくも自由に衒いなくこのことを認める姿勢、そして四の五の言わず一匹の緑蜘蛛をこの館に配する手つきであり、ちなみにこんなものが登場するのはわたしが以前に変わらず完全に意のままにしている諸感覚がそれを捉えたからにほかならないのだが、わたしは健全なる理性というものに退屈するあまり、楽しむことだけを目的に狂気じみた振舞いに及んだり、高貴なる無分別のビロードにみずからをくるみこんだりすることがあることは言っておかねばならないだろう。さていったい何があったのかと言えば、その体毛は獅子色で、その眼玉は底知れぬ緑石のごとく陰険、狡猾に光り、その四肢は赤い斑点だらけで、実際そのようなものに覆われていたのか、あるいはそう見えただけであったのかは判然としないが、そのような姿形をした緑蜘蛛が一人の陶然とするほどに若く美しい、高貴で名望ある、今一度繰り返すなら若くて前途有望な人間を支配下においていた、つまりは、うまい具合に操っていた、魔法にかけていたということなのだ。それはあるときなどは若者をそそのかして、さる億万長者の女性が彼に二五万スイスフランもの価値のある宝石をすんなり手渡すように仕向けさせ、さらにそれを自分の上等なのか、擦り切れているのか定かならぬスリッパを履いたポンメルン地方生まれの足の下に置かせたのだった。そんなことがあったのである。どうだろう、胸を引き裂くような出来事ではないだろうか？　意欲溢れる若者の中でも抜きん出て優れたこの人物について語られてよい、おしゃべりされてよかろうことと言えば、彼は崇拝する恋人の写真をコーヒー色の書斎机、ドイツ語で言うなら書き物机《シュライプテッシュ》の上に置いて、もしくは立てかけていたのであるが、それを見た緑蜘蛛は何を思ったか、この肖像画をあたかも薫香馥郁たる何かのスケッチでもあるかのように、彼の鼻先にぶら下げると、その眼の前で、小さな可愛らしい雪片となるまでズタズタに引き裂き、彼はと言えばしゃくりあげながらそれを恭しく拾い集めると、以降、いつなりと訪れることが許されていた客間を見限り、断ち切り、打ち捨てることにしたのだった。可愛らしい口をいつも愚鈍に開けっ放しにしておくのが緑蜘蛛にお似合いの表情で、かほどにもひょうきんな顔にはめったにお目にかかれるものではなかった。ああ、社会的存在の蒼穹の高みへ昇りつめせんとする哀れな飛行士たる君よ、全意志力の重みと精力活力の連隊を動員し、染みだらけのエプロンに勝ち目のない戦いを挑む君よ。倫理的に難ずべきところがあり、道徳的にもゆらゆら揺れているというきわめて単純な理由から、この若者に関心を寄せているらしい良家の娘は一兵団ほどもいたのであるが、なんとその娘たちのぞんざいなる支配者たる彼が千回も唇を自分に押しつけるよう、この緑蜘蛛はまんまと仕向けることに成功したのである。願わくば、ここでわたしが書いていることが真実でありますように、さもなくばわたしは、うっとりするほどに汚らわしい色合いを備えまた見せつけ、好んで会合に出かける、とはつまり宗派の集会にいそいそと出かけていく、緑蜘蛛の餌食になってもかまいはしない。巨大なまでに丈高い窓は、夜になると華やかに光り輝き、そのさまはわたしの口、そしてそのささやかな道具、すなわち慣れ親しんだ言語などにはとうてい描き出すことも、たどたどしくなぞることすらもできないほどであった。谷底では流れがゴボゴボと音を立てていた。ビクトリア通りでは夜っぴいてへとへとになるまでヴェデキントだのなんだのについてぺちゃくちゃおしゃべりが続いていた。チーズの匂いのする指でもってこうしたすばらしく繊細な詩行に取り組むのはわたしのお好みのやり方で、つまり今しもわたしはこの食物を相当に分厚くのっけた丸パンを食し、さらに続いて洋梨のジュースを芸術的にチュウチュウ吸い込み、いまや満ち足りた面持ちで唇をぺろりと舐めたところなのであるが、その唇でもって追加のご報告を行うならば、緑蜘蛛は時おり、甲高くも精妙にピーピーと口笛を鳴らすことがあり、それを受けて特権的存在となる展望を十分に備えたあの尋常ならざる若者が彼女のところへすっ飛んでいくと、「あんた、気でも触れたの」という無礼きわまりない一言で片付けられてしまうのだった。緑蜘蛛よ、お前は色艶にほかならず、それをお笑い草にすることが、すき好んでやるわけではないにせよ、わたしに与えられた仕事なのだ。彼女はわたしをも絡めとり丸めこもうとする。彼女を前にするとわたしもまた震え戦いてしまうことは、異論の余地なく確認されていることなのだ。さてここで突然、このうねくねと蛇の絡みついたような物語は、どうしても、どうしても、終わりにしなくてはならない、というのも正直に告白しなければならないが、わたしはビールを一杯飲みたくてたまらず、この渇望を容赦なき厳しさで鎮めねばならないのである。このお話が展開する間じゅう、辛抱強く耳を傾けてくれた読者には、茹でたてホカホカの熱い感謝を捧げることにしたい。

あの頃、ああ、あの頃

あの頃、ああ、あの頃、わたしはおひさまの下、若くて、愚かで、無邪気で、無頓着な日々を、風光明媚で知られる小都市トゥーンで過ごしていた。あの遙けき山なみ、そして、わたしがひっそり暮らしていた古びた薄暗い部屋。ひっそりと？　どうしてそんな言い方を？　いや、とりたてて深い意味はない。ただ口をついて出ただけのこと、これについては機会があればまた後ほど触れることにしよう。で、何の話を？　そうだ、あの淡々しい光。そう、あのバイオリンの幽かな音色のごときもの、もう半ば消え去りかかった、過ぎ去ったウィーンの名残りとでも言えようもの。そうそう、あれがいい。あれについて、後でもっと詳しく話すことにしよう。とりわけあの淡々しい光のことは何としてもまたお話することにしたい。今は何をおいても、とりあえず言ってみるならば、当面の話題はトゥーンの街なのであって、そこでわたしは貯蓄銀行の事務員見習いとして、ひっそり静かに暮らしていたのである。あの頃、ああ、あの頃、わたしは誇り高くも感情を昂ぶらせたあまり、抜きん出て教養ある方にこんな言葉を書き送ったのだった、「わたしはあなたに命じます！」もちろん常軌を逸した振舞いだった。しかし、いわば常軌を逸せずして、人は若いといえるだろうか。この点はご理解いただくとして、さて今やわたしは、先頃見た映画に出ていたすらりと丈高き麗人、その体にしなやかにはりついた乗馬服姿が不思議なまでに心に沁みた女性のことを想い起こしたい。彼女はその出で立ちで鞭を弄び、まるで憂いなどなさそうに見えながら、深く、深く不幸だった。ああ、なんと魂を揺さぶり心を痛ませる姿だったろう。あの姿にふさわしい言葉をわたしは残念ながら持ちあわせていない。そう、あの頃トゥーンでわたしはある好人物らしき方から手紙をもらい、この方は、後ほどたっぷりお話しすることにしたいが、あのすらりと丈高き麗人、とらわれなき眼差しを生に向けた佳人に朗読者としてお仕えしている方で、「おひさまの下」と書くことがわたしに許されようあの時分には実際に文芸誌のような雑誌を出版していて、そこに掲載されたわたしの数編の詩は当時まったく自由気ままに無形式なままに生まれた詩で、自分自身におうかがいを立ててから書いたようなものではなく、勝手に飛び立っていった詩句であって、これについては、機会があれば、後ほど詳しい事情を開陳させていただくことにしたい。すらりと丈高き女性の衣装はビロード織りのようで、実際、そのようなしなやかな動きを見せていて、取り巻く男たちは彼女をめぐって決闘を繰り広げていた。彼女はあらゆる人の胸の内に絶えず畏敬の念を呼び起こす人で、奇跡と言うほかない手で雪のように白いほっそりした愛犬を撫で、そんな風に居所定まらぬ高貴な生を送りながらはたしてどこへ向かうべきかを知らず、そしてわたしは座席でその姿を眺めながらトゥーンのことを考え、そして彼女はヒールの高い靴でフェンシングの練習をし、それから誰かがやってきて彼女に面会を請うたのだった。この映画はわたしを魅了したと言っていいだろう。わたしはもちろん、この話についてもっと微に入り細に入り話したくて仕方がないのだけれど、さしあたってはこれで満足することにして、皆様方にも同様のことをお願いすることにしたい、というのも、今日のように苦しい時代にあってわたしたちは畢竟、かつてゲーテもそうであったように礼節と善意と愛情に溢れていなければならないのである。ああ、わたしはこの「畢竟」という一言を、なんとこの上なく誇らしく感じていることだろう、それはもう言葉にできないほどである。支配者として振舞うこの女性、という言葉で言いたいのは映画の中で命令を下し、燦然と輝いていたあの麗人のことなのだが、彼女はどこにあってもまともな安らぎを得ることはできなかった。彼女はつまるところ魂の平安をひどく欠いていたのである。わたしの言ったことが十分にお分かりになっただろうか？　結婚生活は彼女をさして満足させることはなかった、むろん彼女はこの点、埋め合わせを求めたけれど、はたしてそれがうまくいったのかどうか、そんなこと誰に、誰に知ることができよう？　ああ、彼女はなんと気品に溢れた、哀愁に満ちた帽子をかぶっていたことか！　彼女はしばしば旅に出かけた。哀れな夫は座して頰杖をつき、孤独だった。そしてわたしもまたそんなふうに観客席に座っていた。この「座っていた」については、お許しがいただけるのであれば後でまた戻ってくることにしよう。わたしはあなた方のことをさほどにも寛大な方々だと考えているのである。ご存じのように、人間について、美しい心象を抱くというのは、それは感じのよい、すこぶる気持ちのよいことなのだ。わたしは機会さえあればこの楽しみを味わうことにしていて、それは基本的にはいつもうまくいっていて、それゆえわたしはめちゃくちゃに、言うなれば、億万長者のごとくに、うらやまれてしかるべき人間なのである。この愉楽ゆえにわたしは自分自身のことをうらやましく思っているほどである。わたしの言っていることがお分かりになるだろうか？　ここで、折あらば戻って来ようとお約束した、あの朗読者の話に立ち戻ることにしよう。男の名前はなんといっただろう。もしやいまだご存命で、名前を挙げると不興を買ってしまうようなこともあるかもしれない。誰一人傷つけることがないよう配慮することが肝要なのである。これはわたしたちに課された最も高次でもっとも繊細な義務と言えよう。存在の高みに立つような方々も、時には詩文等々に触れる機会があるやもしれないのである。絵画についても同じことが言えるだろう。ともかくも、彼女はうっとりするようなたたずまいの城をいくつも所有していて、それでいながら常に何かしらが足りないようだった。これについては、後ほどさらに詳しくお話しよう。どうだろう、あなたはここでの習作じみた文章に賛意を示してくれるだろうか？　良い文章と思っただろうか？　もちろん、わたし自身はそこに上質なものがあることを信じている。自分自身が書き上げたものにすっかり夢中で、その甘美さに胸締めつけられるようで、そしてそうなることは好ましいことだとも思っている。不確かなものはわたしたちに落ち着きを与えてくれ、確かなもの、つまり、定まったものは、時として定まりなき状態へ踏み出す契機となってくれるのだ。で、わたしはこう考えたいのだけれど、皆様にはあの崇め敬うべき女性に対するわたしの崇敬の念について十分に理解していただけたことと思う、彼女は朗読者をそばにおき、その朗読者はかつて何年も何十年も前にわたしにとても親切な手紙を送ってきた方で、その名前をわたしは繊細なる配慮から挙げようと思わず、それはすでに恭しく強調したことではあるけれど、重要であるがゆえに再度ここで繰り返すことにしたい、というのもわたしたちがお互いに配慮しあうことを、あなた方は間違いなく、良きこと、大切なこと、肝要なことと考えるはずだと思うからである。それではしばしお暇《いとま》を。食事にまいらねばなりませんので。

ぶらぶらと、つまりは、あてもなく、昨日の午後わたしは

ぶらぶらと、つまりは、あてもなく、昨日の午後わたしは、読者諸兄姉のお許しのもと、種々の風景の印象をわがうちにふらりふらりと歩み入らせつつ、緑の中を、また、その他もろもろのなべて快い色彩の中をそぞろ歩いていた。わたしがてくてくと、のびのびと、だらだらと遊情の美を楽しんでいる限りにおいて、ここにはささやかなれど、それそのものとしては重要でないとは言い切れぬ散文の試み《エセー》を見てとることができる、ということを主張しておきたい。川波は、わたしの楽しげな、和やかな会話の立会人とばかりにぽちゃぽちゃと岸を打ち、それなりのやり方で楽師の才の片鱗を見せていた。ちなみにわたしは今朝ほど早くに——これはまったく嘘のない話で、そもそも生まれてこのかたわたしは嘘を必要としたことはない、と思う——わが関心にかなうものに違いないと見定めた新聞が読了されるまでの言い知れぬほど長い時間を待ち通すことで、驚異的な忍耐力を示してみせたのだが、何時間にもわたるように感じられた数分が過ぎてみると、事実はまさにその通りであったことが見事、判明したのだった。ある小さな猟館の小さな窓からは、心満たされるまで慰撫されることに焦がれつつ生きてきたとでも言えそうな、世にもたおやかでわびしげな

小さな女が一人、顔をのぞかせていた。いや、この話は止めにしておこう、わたしの質実剛健な現実描写に耐えるには、この種の浪漫主義はあまりに華奢にすぎるのであり、それは今やはるかに力強い対象に、すなわち、あの荒野のガンマン、バッファロー・ビル顔負けの人物に向かっているのであって、そいつときたら、自分には六つの眼があり、眠っていながら四方を怠りなく見わたす至便なる能力があるのだと言いつのることでわたしを不安に陥れようとしていたのである。もし彼がわたしに面と向かって、お顔の表情からして、いまだ均し整えられてはおらぬものとなお格闘し続けておられる学識あるお方とお見受けした、と言っていないとしたら、わたしはわたし自身でなくなってもかまいはしない。彼のすぐそばに座っている間に、あちら側から無礼ならざる態度で手を差し伸べてくれるよう懇願してきたために、わたしは彼と、いわば手に手を取り合う関係となった。そしてこれが遂行された暁に、わたしは見たところ無害にも思われた願いを叶えてしまったことを我が存在の深奥から悔やみ嘆じた、というのも、握りしめるべくゆだねられたものを彼が揺すぶるそのやり方ときたら、もうあまりに万力じみたすさまじさだったのである。「わたくしが難く感じとったところによれば」とわたしは出来る限り冷静に、冷淡に、豪胆に言い放った、「あなたは運命によって壇上の講演者とはならぬよう定められた怪力自慢のようですな。わたくしの方は、運命の女神のきまぐれによって、豪腕鞭をふるう男爵となることが許されなかった、精神界の労働者であると自己紹介させていただきましょう。」この知性の存在を証し立てる挨拶を受けるや、彼はすばらしく迅速なる決然、遅滞なき行動でもってわがものである帽子をわたしの前で持ち上げると、日常の度を越えて強烈に、その肉食獣的壮麗さでわたしを圧倒することを止めにしたのである。

「拝見して安堵いたしましたが」とわたしはほっとして言った、「あなたは二種類の顔、すなわち長き歳月を経た顔と若々しい顔を意のままにされるのみならず、文化的活動の意義に対していわば内奥深くより敬意を表す能力もそなえておられる。」かくして相共にすっかり喜ばしい心持ちとなって、では本日はこのあたりで、とわたしたちは互いに別れを告げた。試み《エセー》としてのドイツ語とでもいうべきものがあり、それとは異なる、歴史作家じみたドイツ語というか、ナポレオンばりにロディ橋を越えて猪突猛進していくような、ファンタジーの旗を振り回すような、血湧き肉踊るストーリーにかっさらわれてしまったような、思想過多ゆえの無思慮に陥ってしまったような、太古原初そのままといわんばかりの、不随意反応と呼んだ方がいいようなドイツ語もあるのだということを、わたしは彼に、なおほんの一言でも、仄めかしておくことが許されるのではないかと思いもしたのだけれど、そのままわたしは彼から遠ざかることとなり、そしてこの遠ざかりというものが、ここで報告された形式に体験を練り上げるためにはどうしても必要であったようなのである。以上の文章をわたしは誇らしく思っている。

ああ、わたしはここで散文で作文を書いていて

ああ、わたしはここで散文で作文を書いていて、それは手紙のような性格をもつもので、それはまた、もしめでたくも望んでいる通りのものになりおおせたならば、最後には詩のようなものになっているだろう。ちなみに今日のわたしは、うっとり酔い痴れつつ、しらっと醒めていたのだけれど、その眼の前に一人の子どもへの感謝の念が、緑光発する流星のように天から落ちてきたのである。わたしは放蕩息子をさがす父親のようにうろうろ歩きまわることがある。むろんこれは、気晴らしに演じる喜劇のようなものだ。ちなみにわたしは、めちゃくちゃ優しい父親を演じているつもりでいるが、そんな真面目役にはまだまだ若いと考える方々は少なからずいるようで、そうした隣人等々の評価はそこそこ正しいと考えねばならないとしても、それについてみずからが思うところを記すことは許されるだろう。わたし自身の考えるところでは、わたしはたとえ白髪でよろよろで、年老いてぶるぶるしていても、疲れ果てていながらしなやか、病み衰えていながらすこぶる健康な子どもといってよいのである。幾人かの友がわたしのことを孤独そのものと考えているとしたら、それは間違いであることをはっきり教えてやらねばならない、だって、わたしは絶えず人びと

に交わっているのだから。もっとも、わたしたちの都市には見捨てられた者たちもいるのであって、彼らは自分が元気潑剌で、愛するものも与えられていて、それを持たない心持ちなど見当もつかぬといった顔をしているせいで、まったく見捨てられた人間には見えないけれど、まさにそれゆえにいっそう見捨てられた存在となっているのである。ある人が自分は倦み疲れているのだと書いてきたけれど、それは主として、彼が十分に同意してもいないのに扱き使われているせいであるようで、この場合は忍耐を強いられている特殊な状況ゆえのことと言えるかもしれない。さて、わたしの見解によるならば、倦怠というのは、もはや何にうんざりすることもない、何に悩まされることもないという、ある種の惰性に由来する。わたしたちを目覚めさせてくれるのは、喜ばしきことばかりとは決まっておらず、喜ばしきことこそがいわば不幸にするということも、またありえないことではないのである。わたしは昨日、ある非常に折目正しい若者の隣に腰かける栄誉に浴したのだけれど、その若者ときたらまったくの無感動人間で、とりわけ、わたしがこの世にあってもっとも価値ある財産と考える、「思いつき」という泉とは終生無縁といった印象を与えたのである。思いつきを書き留めるかどうかを言いたいのではない。思いつきはわたしたち誰をも生き生きとさせることこそが重要なのだ。気取り屋で無愛想で責任感に溢れかえった人間にして市民となるなど、わたしにはすでに遅きに失した話であって、わたしはかつてよりずっと、きわめて不幸、それゆえにきわめつけに幸福な人間だったのであり、これからもそうであり続けるつもりである。そしてまさにこの理由から、わたしのことをよく思わぬ人たちがわたしを傷つけることは、およそ不可能なのである。わたしはひどく病み傷ついた状態でこの世に生を享け、そのせいで、人びとはわたしを病ませたり傷つけたりすることができないでいる。わたしはいかなる禍害にもとうの昔より慣れ親しんでおり、それゆえ、害されたという気持ちをわたしに抱かせるのは至難の業というべきなのである。冷遇するのが容易なのは、厚遇されてきた人間だ。そしてわたしは、かつてある教養人と思しき方が請け合ったように、自分自身が一種の子どもだからこそ、比類なき「子どもの友」なのだ。わたしにはすばらしく美しい娘がいて、その娘はちっとも世話をしてもらっていないらしいなどと信じている人たちがいるそうだ、なんともお笑い草の噂である。とりわけわたしの耳に入ってくるのは、いわば世の好天雨天を左右するあれやこれやの人物たちが、あれやこれやの理由からわたしを「お役御免にした」という話で、そうした話はそのような処分を下す方々には価値あることかもしれないが、わたしにとってはまったくどうでもよい話であって、というのも、時としてあちこちで自分のことを父親等々のように感じたりもする子どもにとって、貶められるべきものなど現実には何一つないからであって、とりわけその子どもが、いかに今日の人間たちがこの子どもらしさを高く評価しているか、いかに彼らがみずからはもたぬその優しいまなざしをわが身に受けとめようと至るところで物欲しげにしているかを、十二分に知っている場合はそうなのである。わたしにはすこぶる豊かな内的生活があり、それを思いのままに閉じたり開いたりできるのであって、その助けを借りてわたしは、こう言ってよければ、いつなりとご機嫌になれるのである。例えば、わたしにとって一人の娼婦は、好ましく思えたときは、現にそうであるところのものではなくなり、十分に愛らしくないと思った場合に限り、現実のものに、つまりは世間一般に認められているところのものになるのであって、これを誰かにひどいと言われようが言われまいがそんなことはまったくどうでもよいのである。ところで、わたしはおよそ考えうる限りでもっとも上品な方々と知り合いであるけれど、だからといってバランスを失うようなことは瞬時たりともないがゆえに、嫌な奴として目立ったとしても差しつかえないような場所においても、感じよい人間のままでいられるのである。わたしは自分の中で自尊心が目覚めるのに気がつくと、この種の病に対してはつつましさと呼ばれる一つの薬があることを思い出し、そしてもっぱらつつましくしている必要がなくなると、自尊心のことに思い至り、それが自立してもいれば、諸々の影響に左右され続けてもいる〈わたし〉という住まいの内にしばし立ち入ることを許可するのである。ある人たちがわたしを愛さなければ、別の人たちがこの役をつとめる。とりわけ、わたしみずからがわたしを愛し、時として理解しようと努力するのであり、ここでこうしたことを書くことをふさわしいことだと考えている人間にとって、これはとても興味深いことなのである。誰もわたしのことを誇らしく思ったりしないことは、わたしにとってはとても好都合に思われる、少なくともある品性すぐれた同国人はわたしにこう告げた、一群の人たちが彼のことを「買いかぶっている」ために、彼はしばしばべたべた触られたような気分になって、それが彼の魂を害してしまう、いつの日か過度の要求に応えられなくなるのではという不安に満たされてしまうのだと。多くの人たちが、時とともにあまりに多くの賢しさを身につけたせいで、見捨てられた者となっているようにわたしには思える。しかしながら、わたしに見捨てられた可能性のある者たちは、わたしのことをひどく心にかけていて、それゆえに真に見捨てられた者となってはいないのである。孤独な人間とは、みずからを苛む者であり、そして共に生きる人びとを苛む者は、あらゆる人間の中でももっとも苛まれている者なのである。尊大な人間は自分がいかに孤独であるかを知らない、というのも彼らが尊大であるということがとりもなおさず彼らが何に気づくことができないでいるかを証しているのだから。その害を被るのは社会である。数日前、わたしは最初良いものにも思われた一冊の本を、半ばまで読んだところで、勇を鼓し脇に放り出した。その本はわたしを倦み疲れさせ始めたように思えたのである。わたしがこうした振舞いに出るのは、この一冊の文学の産物に限らない、だって、子どもに対する権利があるのと同じように、歓迎されざる精神の子どもたちを非とする権利もあるのだから。おお、数々の自由が何と人を苦しめ、圧迫するものになりうることだろう、そして数々の制約が何とわたしたちを思いもかけず幸せにし、自由にしうることだろう。役に立つ人間は、必ずやついでに、大抵はほとんど気づかれることなく、自分自身の役に立っている、害を与える人間についても事情は同じであること、これはほとんど論理的必然であるとわたしには思える。人びとが「理性的である」と妄想するありよう、そこには憂慮すべきほどに多くの喜劇が含まれている。わたしのことをしばしばおかしな人間と考える人たちは、そちらはそちらでおかしな人間とわたしには思えている。自制は大いに必要だろう、というのも、物笑いとなるものをあざ笑わぬこと、嘆かわしいものを嘆かぬこと、これをごくごく素朴に必要と考える人びとは、賛辞に値する人びとと言えるかもしれないのだから。わたしはこの点に関してはありがたいことに他の人たちと同じように、きわめて人間的なのであり、つまりは弱いのである。

わたしの知るところ、かつて、法外なまでに感覚細やかな女性随行者であることを身をもって示した一人の詩人がおり

わたしの知るところ、かつて、法外なまでに感覚細やかな女性随行者であることを身をもって示した一人の詩人がおり、その詩人はある夏の夕まぐれのぶらぶら歩きのさなか、繊細なる女性のブラウスの背にとまった蠅等々、すなわち彼女を煩わせる存在を駆逐するという勇猛果敢でもあれば人間味にあふれてもいる任務をわが身に一手に引き受けたのだった。この詩人が、身を熱く焼くような冬の夜、この世のことならぬほどに冷徹に、変化に富みながらも単調に、ランプのひどく謎めいて優しい柔らかな黄光に彩飾された居室を讃える文をつづっているようなとき、実のところ、彼が遊戯的に軽やかにダマスク剣の文様を思わせる長く引くような抒情の響きを、アラベスク文様すなわち蜘蛛の巣もしくは絨毯織りを、つまりは長編小説を仕上げている可能性もまったくないわけではなかったのである。出版者たちはその都度、この一見して叙事的な制作物を販売網に受け入れることを大いにためらった、試し読みに際して四苦八苦した彼らは、尊敬おくあたわざる購読者においてももしや同様の事態が生じるのではなかろうかと自問してみないではいられなかったのであ

る。詩人はある城の中で長編小説に似ていなくもない詩を、すなわち、首尾一貫して血湧き肉躍る、比類なく繊細で凝縮度の高い文章を詩作し、それにはこれでもかというほどに砂糖がまぶされていながらも、ピリリと塩胡椒がきいていた。彼は、作家協会会員がかつて具えていた中でも最高に俊敏といえよう健脚の持主で、この歩行器官の助けによって折々エッセイが胚胎される場所に辿りつくまでの道のりを踏破したのだけれど、そのエッセイには、食する口をいっそう楽しませるために炙《あぶ》り肉にベーコンが差し込まれるように、短編小説的なものへの拡張可能性がそっと忍ばされていたのである。その一方で、詩人は何やら引っぱってきては張り合わせて短編小説を作り上げていたが、水晶のごとき透徹した真実をそなえたそれらの小説は、分析に満ち満ちた鍾乳洞窟といった趣をたたえていた。詩作するや物書きと化し、物を書くと詩人と化す、この詩人のものした機知が散りばめられた頁のせいでご婦人方は憂愁の発作に襲われ、その一方で、笑いとばすべきものと思われた彼の生真面目さに機知をとばすことで彼女らは元気を取り戻した、彼の真面目さがお笑いに思われたのと同様に、彼の笑うべきところは彼女たちを——言いようはいろいろあろうが——憂鬱で満たしたり、包んだりしたのである。注目すべきは、誰もが彼を極めつけの凡人と呼んだにもかかわらず、誰もが彼のことを一種独特な存在とみなしていたこと、そしてぷうぷう喇叭を吹いていたこの男ほどに頻繁に人前に現れた者はいなかったにもかかわらず、彼は表舞台から姿を消したとされ続けたことである。彼は自分自身をきわめてつつましやかな人間と考えていたが、他の人たちが彼を実際そうであるのとは違ったように眺め、彼自身の方でもいつか誰かがそう眺めたり評価したりしうるとはおよそ思えぬように自分自身を見ていたとすれば、かつて彼が謎めいた男と呼ばれたのも、故なきことではなかったのである。彼はあまりに容易に理解されたがゆえに理解されぬままとなったのだろうか？　容易に整理できたと思い込まれてしまったがゆえに永遠に片をつけられぬ存在となったのだろうか？　重要人物たちは彼のことを重要であるとのたまい、重要でない者たちには彼は重要でないように思われ、その反対には思われなかった、ともあれ彼にはいくらか重要なところがあったが、それが何であるのかは誰にも分からず、安心するために人びとは彼のことを寝太郎と呼んだが、彼はそもそも全然怠け者ではなかったのである。勘定書の抜き書きのようにも見える彼の作品は、眠りの中で生み出されたもののようだった。彼の振舞いようはぎこちないものだったが、そのぶん彼の戯曲は存分によどみないものとなっていて、それは最初は彼の頭の中に存在しているにすぎないものだったが、その頭の中で彼は、そこここで人びとが自分のことを何かしら思い描いているということを、折りにふれ思い描いていたのである。彼の醜さは美しさとして評価され、彼の美しさは耐えがたいほどに醜いものだった。彼をせせら笑った者たちは醜くなり、彼を理解した者たちは、自分は美しいと信じることができた。彼のことを明らかにしようと試みたゆえに、彼は今やわたしにとっても、知られざる者となってしまった。どうやら彼は、自分自身に耳を澄ませることが益あることなのかどうか、みずからを吸いつくす可能性はあるのかどうか、いつも自分自身を待ち伏せているようだった。わたしは彼を、みずからを吸いつくす吸血鬼と呼ぶことにしたい。彼自身がみずからをかくも長きにわたって解剖してきたせいで、人びとが彼のことをなお感知することはほとんどなくなってしまったのである。わたしはここで空想を紡いでいるのだろうか？　そう誘っているのは彼なのだろうか？　こうして誘惑されることによって何かしらの結果に導びかれうるということを、この紙片は実演しているのである、というのも、わたしにはこの文章を書いたのは彼であるように思えるのだ。寝太郎に関心を寄せたせいで、わたしは眠りこんでしまう、何かしらに片をつけてしまうことが目覚めということになろう。すでに多くの人間が彼のことでは疲労困憊している。彼を起こそうとする者は眠り込んでしまう。誰も彼のことを知らぬようになるとき、そのときはじめて彼は自分自身を知るようになるだろう。彼を知る者は、意識というものを失ってしまう、まるで彼は硝子の山の麓に横たわっているかのようで……。いったいどうしてこんな男にかかずりあってしまうのだろう?

様式《スタイル》

様式《スタイル》とは物腰のようなものだ。立居振舞いにすぐれた者は様式をもっているのである。ナイル河沿いにはかつて一つの様式があった、つまり、古代エジプト人の様式である。彼らのピラミッド、オベリスクを見るがいい、建築様式、生活様式を見るがいい。クレオパトラは征服者カエサルには様式豊かに思えたことだろう。建築様式に関していうなら、ロマネスク様式とビザンチン様式、ゴシック様式とルネサンス様式、バロック様式とロココ様式、アンピール様式とビーダーマイヤー様式はそれぞれ異なっている。ギリシャ人はその建築様式、部分的には思考様式を、いくつかのアジアの民族から受け継いでいる。ローマ人もまたさまざまなものをギリシャ人から受け取ったようだ。そのローマ風の振舞いよう、諸制度をわたしたちが受け取ったというわけである。ことによるとイランとメキシコの間には、様式上の類似が存在しているかもしれない。イタリアの鐘楼は東洋趣味《オリエンタリズム》に由来しているようにも思える。あらゆる諸民族が互いに陶冶し合っている。そこでは常なる交換が生じているのであって、それは日常生活において、交易、経済活動において、お互いにあげたりもらったりしているのと同じことなのだ。個人の一挙手一投足に流儀《スタイル》があり、政治において流儀《スタイル》があり、わけても物の書き方において文体《スタイル》がある。様式とは多くの人びとに理解されてこなかったものであり、これが把握されることは今後もまずないだろう。重大な事柄が人びとにまったくもって認められない、あるいは迂闊にも顧みられないということはこれまでにもあった。様式もその一例と言えよう。様式豊かな召使という言い方があるが、そこで言われているのは、熟練した、作法をわきまえた召使のことだ。きわめて才気に富んだ語り口、書き方でありながら、様式がないということだってありうるだろう。その一方で、才気を欠いていながらも、様式には富んでいるということもないわけではない。むろん、様式の種類はさまざまだ。例えば、若者の流儀《スタイル》もあれば、老人の流儀もあり、いわば曙光の時期の流儀もあれば、人生の暮方の流儀もある。たおやかでなよやかな人も、精気に溢れんばかりの逞しい人同様、その独自の様式を示して見せることはできる。しかしながら、様式という言葉で理解されているところはいつも、ある種の抑制状態であり、制御から生まれ、流れ出す快である。伸びやかさは、強制からこそ生じうるし、生じなければならないものなのだ。ある種の強制に従う者は、なんらかの形で身をゆだねることができるのである。自由闊達に振舞うことができる者は、みずからを統御する術を心得ているという感じを呼びおこさねばならない。ゲーテを読むとき、人はただならず美しく雅やかな若やいだ文体《スタイル》を感じとる。シラーの散文がまったくもって文体感覚の上に成立していることを否定できる者がいるだろうか。アーダルベルト・シュティフターの表現法について言うなら、これはほとんど少女らしいと言ってよいだろう。さらに多くの別の例も挙げることはできよう。日本の役者の演技はヨーロッパの役者よりはるかに様式化されている。かつてイギリスの劇場では、日本風とも言えそうな形式で演じられたこともあったのかもしれず、いずれにしても、こう考えてよいと思うのだが、すばらしく、つまりは表現豊かに演じられたのである。こんな問いがわたしの頭を占めている、なぜ今日では様式の統一というものがなくなってしまったのだろう？　何かしらの細やかさ、力、能力、集団の技芸、独創の才といったものがわたしたちから失われてしまったのだろうか？　むしろ謎なのは、いかにしてかつての時代には様式が生じたのかということだ。様式はそのつど、どこから生まれ出たのだろう？　誰が創り出したのだろう？　ある様式がいつも先行する様式から発展してきたのは確かだろう、ではなぜ今日ではそうならないのだろう？　様式感覚というものが人類にはなくなってしまったということなのだろうか？　今日、わたしたちはまったくほしいままの形態に建物を建てる、路上において、サロンにおいて、まったく種々雑多な振舞いをする。こちらである人間がこう振舞えば、あちらでは別の人間がああ振舞う。世間が熟するのを良しとした、直近の、まぎれもない様式といえば、感じよさげで夢見心地の市民的な様式、ビーダーマイヤー様式だ。鉄道路線の発明と工場生産の興隆とともに、生に精確なプロフィールを与えてくれるような活動は終止符を打ってしまった。諸連関を生み出す様式を考案するに足るだけの落ち着きが、人間から失われ始めたということだろうか？　これについては、あらゆる可能性が尽きてしまったということだろうか？　様式それ自体が何かしら高貴なるもの、偉大なるものの意志の表現であり、この高貴なるもの、偉大なるものが時とともに小さくなっていき、ついには消え去ってしまったということだろうか？　庭園様式に関して言うなら、すぐさま脳裏に浮かぶのはルノートルの名前で、わたしたちは精神の中でヴェルサイユ宮殿の敷地を逍遥することになる。例えば、今日、詩人が屋根裏部屋で仕事をしているとなると、この詩人は雑作なく建築家のマンサールに思いを馳せるほどに教養があると人びとは考えるのである。様式が意味するのは文化に対する感覚だ。文化とともに歴史は始まる。非歴史的な人間はいまだいかなる様式も持たぬ点において、歴史的人間からは区別される。そのための諸前提がいまだ存在しないがゆえに、彼は様式をもつことができないのである。このごく初期の人間は、主として裸で、せいぜいのところ粗野な装備で生を維持していた。自然のままの棲みかに生息し、後には粗末な小屋を建てるに至った。とはいえ、彼はまったく驚くべきことを考え出した、言語である。これによりで言葉にできぬほど多くの苦労がもたらされたことは間違いないだろう。これについてはおおよそ当たりをつけるといった程度の想像すらできそうにない。やっと火を起こすことを覚えるに至るまでにも、数千年の時がかかったことだろう。最初の人間に課された課題は、ごくごく基礎的な知識を獲得することだった。このような観点から見たならば、様式などは恥ずべきもの、贅沢ということになるかもしれない。それともこう言うことも許されるだろうか、それは精神と秩序に関わる事柄、それらが生み出した産物であると。様式は君主たちに由来するのだろうか？　それとも彼らはたんなる契機と言うべきだろうか？　ともかくもわたしは、様式感覚をもつことは楽しいことであると言っておきたい。そう、わたしはこれを知っているはずなのだ、というのもわたしが文体《スタイル》をもっていることはよく知られているからだ。そんなことは大したことではない、と思われる向きもあるかもしれない、しかし、これはことによると、大したことかもしれないのである。

この雪景色が可愛らしいものになりますように

この雪景色が可愛らしいものになりますように。どうか本当にそうなりますように。最初のうちは雪は降りたてで、幾分ふわふわしていながらなお十分に踏みごたえはあった。今やわたしの心の中も高潔な姿と化したかのようだ。わたしは人びとにとって好ましい人間となろう、とはいえ、全員にいちどきに背を向けられたとしても涼しい顔でいられる、というのが条件だ。わたしは親切な人間になろう、とはいえ、あまりに親切すぎる人間というのは御免である。どうだろう、何という企てだろう。わたしは、こうした文章を書きながら、自分がなにやらきらきら、ぴかぴかしているように思い、言うなればこれから焼かれる丸パンのように、うっすらとした一列の層の中に、えも言われぬ一並びのものたちの中に加えられ押し込まれたような気分になる。これからのわたしは、足ることを十分にわきまえた人間となることだろう。多くを求めないことは武器、生きていく上でもっとも光輝に満ち満ちた武器と言えるかもしれない。かつてわたしは騎士劇の舞台で、不可思議な微光を発する甲冑を身にまとった、年若い王を見たことがある。劇の出だしでは彼は非常に不幸な様子だった。その沈痛な態度にはもっともな理由があったのである。しかし、一人の勇気ある娘が王を助けた。どうしようもなくなっている人間のもとに誰かが駆けつけて、窮地から救い出す様子はすばらしく美しいものである。その白銀に輝く甲冑にも似て、今日は白雪が大地を覆いつくし、その上をわたしはわたってゆく。誰かが笑っている、けれどもわたしは書き続けよう。わたし自身にも笑みが浮かぶ、いついつ、どこどこでこんな楽しいことがあったよ、といつまでもお喋りし続けている六人、七人の人たちのことを考えたのだ。その六人はいずれもが光り輝くような表情で、歓声をあげ歓喜する彼らの様子を眼にした人は、この世を楽園と思うに違いなかった。ある者などは、自分はこの世に在るという悦びのあまり死んでしまいそうなほどだと請け合ったくらいだった。「することなすことすべてが悦びだ」というのが誰もが口にした言葉だった。事物に対する、出会ったものすべてに対するひたむきの愛に輝きわたることは、彼らには日々の習いとなっていたのである。わたしの雪景色に話を戻すなら、ほっぽり出され、わたしなどおらずとも何ということもなかろうと、もうほとんど怒っていてもおかしくはなかったのだけれど、それはいまや安らぎの肖像のような姿を呈していた。ご存じの通り、雪はあらゆる物音をほんわりその腕に抱きとめる、雪はそれ自体が一軒の家を作り出し、その家の中はしんかんと静まりかえっているのである。上流階級の紳士が物思わしげに道端に立っていた。一台の橇が飛ぶように滑ってゆくのを目にしたわたしに、紳士は言った。「橇の中にはわたしの妻と愛人が乗っています」「ただごとでは済まされぬ話ですな」そう言うべきだろう、そう言ってもよかろうとわたしは考えた。雪景色は堅信礼に向かう子どもに似ている、祭壇の前に歩を進める花嫁に似ている。むろん、他にもいろんな喩えを引っ張り出すことはできるだろう、聞きわけのない生徒を叱る先生のように、髪を摑んだり耳を摘まんだりというわけにはいかないけれど。わたしは雪景色の芸術的な写生画を描いた造形美術家もしくは画家と会ったことがある、追放の憂き目にあった王女に会ったこともある、その王女はどちらへ赴かれるおつもりかというわたしの問いに、教育者となることが自分には向いているのではないかと答え、わたしは少なからず憂慮しつつもそれを言祝いだのだった。樹々は白い野に戯れるようにたおやかに立っていた。家々の屋根も白に覆われ地につかんばかりに垂れていた、そして一軒の家からはちょうど一人の若者が見習い修業に出かけるところで、これは必ずしも砂糖がまぶされる必要はないことのようで、また別の家では子どもが病にふせっていて、母親は気が気ではなくなっていた。雪は何かについて考えたりしない、代わりに考えるのはわたしだ、折にふれては考えのようなものを抱くこと、それも深すぎず、長すぎず、それゆえあなたを疲れさせることもないものを心に抱くことは素敵なことだ。小さな村々が、といってもあのポチョムキンの見かけだおしの村ではなく現実の村が、魔法にかけられたように、ポチョムキンの村のように、描かれた書割りのごとくに浮き上がり、冬の日の柔らかな冷気に輪郭を震わせている。ある食堂では、政界で名を成したように見える男が、似たような外見の同僚にこう言った、「下層の人間どもがまともな分別をもっていることも無きにしもあらずさ。」権力の座についた者は、上機嫌という贅沢を楽しむことができる。わたしは信じられないほどに優雅な、スケートを歌ったシューバルトの詩、読者の心を打つ、女性ものの毛皮のでてくるツルゲーネフの短編を知っている、加えてここでシェークスピアの『冬物語』を読書の記憶の引き出しから取り出し、心中であらためて感嘆しつつ観賞し、この考えうる限りで最高の文学に感謝を込めてイエスと言うことに何の差しつかえがあろう、この作品からはご存じのようにあの誰にもまして心打つ女性が立ち上がる、あの故なくして罪ありとされながら、長年にわたる別離と追放の果てに姿を現した女性が、その間ずっと、謎を暴かれぬままに、最上の趣味にしつらえられた隣室に隠れ、ついに一計を案じ石像に姿を変えたあの女性が。なんと心に迫る数々の出来事が、その場面のために敷かれた絨毯のごとき、雪の上で演じられたことだろう。なおいろいろなことをこの作文に書き加えることもできるかもしれないけれど、幸いなことにそれはどうも必要ないようだ。日々の仕事のことを考えるなら、働き過ぎは禁物である、というわけなので、それでは皆さん、お休みなさい。

もしや今日またふたたび

もしや今日またふたたび、とりたてて立派というわけでもない村の上手にひろがる、あの森のはずれに立つことはできないものだろうか。何年か前には折りにふれて、あののどかな場所を訪れたものだった。他の何ものでもない自分自身の両の足を動かし、林に踏み入ってはまた歩みつつ、あの丘で無為に時を過ごしたことをありありと想い起こしたわたしは、時の大切さなど露とも考えることのなかったあの態度を、今日またふたたびとってみることができたらと思うのだ。畑の、森の、丘の足元に、そして高みに植えられた穀物の下手に位置するあの小村は、当時すでにいわば十分に言祝ぐべきものであったのだけれど、今日わたしがこの必見の名所というわけでもないものに眼差しを投げてみたいと思うのは、主にはそこに、天才たちが登場しては不幸になっていったさまを見つめた時代、才人、強者たちが、その才能、強さゆえに徐々に臆することを学ばねばならなかったさまを見つめた時代に建てられた小亭があるからなのである。英雄時代のただ中に立ち、歩き、食べ、眠り、話しているかのごとき幻想をわたしたちの内に呼び起こしてくれる神さびた街道があるように、わたしたちの内に疾風怒濤《シュトゥルム・ウント・ドランク》の感情をかき立ててくれる場所もあるのである。かつての英雄たちがごくわずかばかりの教養しか身につけていなかったことは間違いないところだけれど、一方、疾風怒濤時代の人びとに対するときには、わたしたちは教養人を相手にしているとわが身に言い聞かせなければならないのであって、彼らはその該博な知識によって様々なこと、場合によってはそれどころか、きわめて多くのことを成し遂げようと考えたのである。かつてわたしは野の花に飾られた街道を旅していた、空も四囲の大地もことごとくが静寂に包まれていた、そして静けさにはどこかしら偉大なところがあり、孤独なものすべては静けさに満ちており、花開くもの、咲き誇るものはすべからく寂寥を呼ぶものであるのかもしれず、いかなる植物も永遠なるものとその悲劇を想起させるものである以上、わたしはわれを襲った英雄主義《ヒロイズム》の感傷に驚きはしなかった、わたしはしばしの間、自分は徒歩でゆく傭兵であり、雄々しくも遠方に向かって、未知の運命に向かって足急がせているのだと考えたのである。その時には、ことによるとあちらこちらの樹々であれやこれやの葉っぱが、無意識裏に存在の意味をそっと不可思議に描出してみせるべくザワザワとざわめいていたのかもしれず、今やわたしはそれ自体においては、間違いなく疑いの余地なく美しい、かといって壮大すぎるとまでは言えないだろうある主張をしてみたくて、こんなことを言わせてもらおうと思うのだけれど、奇妙なまでに巨大な臥所、休息所にも見えた雲上からは、憩いつつある神々そして女神たちがこの寂れた風景を見下ろしていたのではなかろうか。これは躊躇うことなく言わねばならず、実際に言えることなのだけれど、わたしが歩みを進めるにつれ、幾つもの風景がわたしを抱きとめ、迎えいれ、その美しい生で笑いかけ、みずからのうちに組みこんでくれたのである。遠出やら何やらの際に、わたしがいつもまったく当然のように、自分は確固たる存在でありグラグラ、ユサユサ動かされ揺すられることなどなく、自分に何が役立つかは承知していて、望むことは為すことができて、幸せにしてくれるものは意のままになり、例えば葉巻タバコをさももったいぶった態度で吸うこともでき、などと思い込んでいたことは、軽率であったし、また相当に無責任でもあった、そして風景を前にしたときに、何かしら面白いこと、愉快なことが思い浮かんだことは、わたしにはほとんど皆無であって、そんなことはわたしはまるで必要としていないかのようで、眺める者、雲の海をぐるりに感じている者にとっては、あまりに美しさを欠いた行為に思われたのである。わたしは回想する、そしてわたしを理解している人間は今やごくわずかしか存在していないと考えるとき、わたしはこの上なく正直なのだ、わたしは回想する、そしてつつましくも大胆にこう言おう、わたしがある古びた木橋を渡っていくと、ある公園の門の前に立つと、眼の前に地平が開けると、ある景色を眼にすると、朝夕の大気を感じとり身を低くしようとすると、ただただ真剣にみずからと人類と存在と星辰の世界について考えようとすると……それにしても奇妙なことだ、わたしが物を書こうと決意するや、まるで物を書くということが滑稽に思われたかのように、四囲は朗らかさで溢れかえる、そういうわけでわたしは多くの深刻な事柄を自分自身のうちにとどめおくことになったのかもしれない。ちなみにわたしは喜んで、わたし自身の特徴を描き出すような告白をしたいと思うのだけれど、わたしは物を書きながらも、相当多くのことをいわば言わないできた、それもまったく意図せぬままにそうしてきたのであって、というのもわたしは物書きとして、厄介でないこと、言葉にするのが難しくはなかろうこと、簡単なことを好んで口にしてきたのであって、わたしは自分の内にある重いものすべてをたずさえると、ここで——これはわたしの性《さが》であるようなのだけれども――ほんのさわりだけ、お話ししたことの中へ出かけていったという次第なのである。

少なくとも何かが起きてはいた

少なくとも何かが起きてはいた。むろん、別の言い方だってできなくはないだろう。ちなみに、わたしはここで、書きつける文章を受けとめる紙片を見つめているばかりで、とりたてていかなる特別な場所も眺めてはいない。ここでは詩作はごくゆっくりと行われる。空想をつむぐ頭もまずは空っぽだ。生は登場人物とともにやってくるけれど、それは紙の上を生きる人物なのである。さてその心配そうな男は、状況は耐え難いと見るべきだと考えていたが、事実はそうとも言えなかった。わたしは一度視界に捉えた対象は粘り強く追い続ける、とはいえこれは新味に欠ける対象であった、すでに何度となくあったような話なのだ。何の話かはお分かりかもしれない。わたしは彼女の話をする気分にはまったくなれないのだが、その彼女のことでこの心配そうな男は心を痛めているのだった。彼女は美しく、性も善く、大人しく、愛らしく、見るからに人を心配させる女性であった。わたしは内省的な性格で、いつも物静かであることだけが取柄といった人間なので、自分の書きっぷりは騒々しくはなかろうかなどと怖れることもなく、愛とはきわめつけに単純素朴なものである以上、嬉々として愛に突っ走るこの愛人のことは純朴氏と呼ぶことにしたいが、その純朴氏は、そここで詩を書いていたのだった。女性の夫はもうかなり以前より長編小説を開くことはなくなっていた、読み物の中で笑い者となった夫に出会ってしまうのではないか、そうなれば嫌な気分になってしまうのではないかと戦々恐々としていたのである。むろんわたしは、ここで書いているよりもっと上手に詩作することもできる。後々のために力を溜めているのである。事実、もう精根尽き果てたといった状況はいまだ気配すらない。いわば少々おどけてみせるのは、それなりに愉快だからであって、正直なところわたしはここで楽しんでいるのである。「もっと用心なさるよう、わたしに注目なさるよう注意を喚起しているのです、わたしはあなたを目覚めさせよう、奮い立たせようとしているのです。」愚かなことに、愛人は口説いている女の夫にこう言った。そのような言葉を向けられた男はこの前代未聞の率直なる言明に仰天しつつ、はたしてこれを愚かさと見るべきか賢しさと見るべきか、見当もつけられないでいた。「私の秩序だった日々は整然と流れていました、あなたがその良質の教養に由来しよう無作法さでもって私の前に、そしてまた、鈍感無神経ゆえの些事拘泥と、高尚文学の読書と結びついていよう小胆小心を、終始、きわめて知的に嘆き憂えていた女の前に姿を現すまでは。」「わたくしの悲嘆憂愁はそれは美しいもので、わたくしはこれを愛してしまっているのです」とこの瞬間に紙の上に登場した人物がいまや注釈を加えてきた。純朴氏がまったくもって単純素朴には見えないということ、これが疑いの余地なく明確に存在している彼の単純純朴さを証していた。彼のおかれた状況はおよそ以下のようなものであった、すなわち彼は自然なる生の喜びを普及せんとするある協会より、細やかなる愛情の涵養という、とびぬけて優雅でもあれば、この上なく単純とも言えよう任務を与えられていた。そしてその報酬については、十分に理解できることではあるが、前払いしてもらっていたのである。いまや男は朗らかに生き生きと、この課題の実現をエネルギッシュにはかる代わりに、当該領域についてエッセイを数編ものすることでお茶を濁そうとしていた。彼のこの試みは、一方では確かに憂慮と危惧を呼んではいたが、他方ではしかし望ましいだけの満足をもたらしてもいた。「あなたの心配そうな顔、大好きよ」と彼女は自分の庇護者に言った。「口を慎みなさい！」男は彼女に命じた。かくも率直な物言いができるのは心配している人間のみであり、そうした人間には周囲を楽しませることが期待されているのである。「あなたは私の家において、細やかなる愛情体験の現実化をはかりたいとお望みなのですね？」他でもないこのような口ぶりで、その単純素朴さにもかかわらず、恐ろしく真面目に取らねばならないと思える純朴氏に、夫は相対したのだった。わたしの登場人物たちは紙でできているということを、わたしはここで主張しておきたい。この主張は真実であり、そしてこの真実は嘘を語るものであるかもしれない。こうしたことについては正確なところは分からないものなのだ。そもそもわたしはまったく別のことを物語ろうと思っていたのだった。そもそも物語など書くつもりはなかったのである。人ははえてして意志し、やらないままに終わる。わたしはここでやるつもりのなかったことをやった、だからこそ良かったと思っている。わたしは誘われるままに行為したのである。

「あなた」という呼び方で彼女はわたしと話したのだけれど

「あなた」という呼び方で彼女はわたしと話したのだけれど、これが他の誰もしようとしないことであることをわたしは承知している。わたしとしゃべったときの彼女が、いわば愚昧魯鈍を絵に描いたようであったこと、このこともわたしは承知している。どこの誰ともわからぬお馬鹿さんが不意にわたしの前に立ち、なよやかな腰に両手をつっぱり蠟燭もしくは街灯のように屹立するや、こっぴどく叱りつけてきた、というわけなのだ。あれ以上に陳腐で愚鈍な戯言がしゃべくられこねくられたこともなかっただろう。なかなかに興味深い出自を自称する彼女ただ一人に、わたしを貶めることは可能なのだといわんばかりに、その声はひそひそと轟き、がんがんと密めいた。人生知にかけては並ぶ者なしと思いあがった学童風情と関わりあうなど、嬉しくもなければ楽しくもないと彼女は言い放ち、その点、彼女の言うことはまったく正しいように聞こえもしたのだが、わたしはと言えば、心震わせつつ座しながらも、そのような正しさは恥知らずではないかと思いめぐらせていたのである。彼女はわたしが従順でおとなしい人間であることを知っていたわけで、わたしに対するつっけんどんな態度もとりわけて大胆不敵とは言えなかった。むしろ彼女に存分に思いをぶちまけさせ叱りつけさせたその手口手法も、わたしは娯楽として楽しんでいたのであって、誰しも何やら面白いものを見つけては、何の疑念も抱くことなく楽しみたいと望んでいるのである。多かれ少なかれ疑ってかからないわけにはいかない楽しみというのも、世には存在しているものなのだ。「あなたがライオンですって？　そうですね、遠くからならそう見えるかもしれませんね、でも近くで見たらネズミ、というよりどこかしらの布切れの端っこのそのまた先っぽというところですよ。」彼女はわたしに話しかけながらも、こちらに視線を向けることは絶えてなく、まるで公衆か世間に向けてのように言いたいことを言い、そのためか滑稽にも見えれば中立的であるようにも見えた。彼女がこれまでも何度もそうしてきたように、少年っぽい態度、若者らしい態度で押し出してきたことは言うまでもない。トランプ遊びをする人間が勝ち誇って場に投じる切り札に似ていなくもない彼女に、わたしは、自分ならではの個性を斟酌して欲しい、もしや風変わりなところがあれば大目に見て欲しい、と言葉を尽くして懇願した。「お黙りなさい、あなた、一言も発してはなりません！」彼女は時おりどちらかと言えば茶番じみた調子で、あたかもわたしが異議を申し立て、反抗し、抵抗したかのように叱り飛ばしたけれど、現実にはわたしはそんなことは一切していなかったのである。実際のところは、彼女はふざけようとしていたのであり、みずからの滑稽ぶりを楽しんでいたのであり、とりわけ「あなたは微塵の価値もない人間です、正真正銘の村人でもなければ、まごうことなき都会人でもないのです」と告げたとき、彼女が意図していたのは、自分自身を笑うこと、わたしの愚かしさについてのみずからの確信を笑うことに他ならなかったのである。ところが彼女は、真面目そうに見えることに熱を入れたあまり、それを笑うことの方をすっかり忘れてしまったのであり、というのも彼女にはその余裕がなかったし、怒鳴りつけられたわたしの方もただただ驚くことしかできず、まったくゆとりというものがなかったのである。驚く者が笑うようになったのはいつからのことだろう、笑う者が驚くようになったのはいつからのことだろう、戯れる者が戯れるばかりでなくなったのは、話す者、耳を澄ます者が別のこともするようになり、話し耳を澄ませるばかりで他は一切無視してやらないというのではなくなったのはいつからのことだろう？　多くを同時に行うことは容易ではない。ある一つの行為の遂行は常に、先立つ行為の完了もしくは後続する行為の着手を前提としているのであって、基本的には彼女の叱責はわたしに満足していることの、ある種、証拠のようなものだったのだけれど、誰かに対する満足は魂においても精神においてもこれで充分ということはないのであって、それで平穏はえてして不穏に入れ替わるのである。ちなみに、わたし自身、何を隠そう、つねに自分自身と話している人間だ。わたしは立つと同時に座り、黙ると同時に話し、たんなるわたし自身にとどまらぬ二人の人間を成している。考えうる限りの軽やかさ、啞然とするばかりの素早さで座っている場所から立ち上がり、立ちながら一瞬前にそうであり、今やそうではなくなった、にもかかわらずそのままでもあるような誰かと話をすることはできないかのように思われているけれども、ところがどうして人間はご存じの通り想像力においてみずからを見る存在なのであり、それは生を豊かにするものであり、わたしも使いたい時、使える時、使う気になった時には使っているもので、それはわたしのバランスを失わせながらも絶えず生み出しているもので、それはまた絶えざる運動性とでも言うべきもので、それによってわたしはいつも行き過ぎていながらも決して行き過ぎてはおらず、それでもってわたしは多重の存在となり、というか少なくともそこここで例えば今日そうであるように二重の存在となり、それは稀有なもの、愉快にしてくれるもので、為すべき課題を与えてくれるもので、それゆえ若さをもたらし愚かにしてくれるもので、その結果、喜びというものは生き生きと経験されるようになるのであり、それはあまりに自明なものでも、それゆえ、孤独なものでもなくなるのである。

つい先ほどある出版社から一冊の本が飛び出してきたところなのだけれど

つい先ほどある出版社から一冊の本が飛び出してきたところなのだけれど、どうも小舞踊曲《メヌエット》にはなりえていない、難を抱えた本であるようだ。小舞踊曲《メヌエット》ということでわたしが考えているのは、少々おしゃべりでありながら、洗いざらいぶちまけたりしてはいないもの、多くを語りすぎていないもの、可愛らしいところがありながら、それが偶々《たまたま》であろうはずがないことをよくよく分かっているもののことだ。よりによって賢明で教養ある作家の方々が、髪に櫛も入れず人前に出ることをよしとするのはなぜだろう？　もじゃもじゃを深遠と、ぼさぼさを自由と取り違えてでもいるのだろうか？　こうした方々は自分はインディアン風情ではないと断言しつつ、インディアンじみた駄本で一財産築いてやろうと虎視眈々でいる。「インディアン暮らしなどあり得ない」が公式見解でありながら、執筆に取りかかるにあたって背広にブラシをかけることすらしない。今日《きょうび》、小舞踊曲《メヌエット》はもはや時代遅れと言うべきだろうか？　一見したところではそうかもしれない、けれど本当のところはちがっている、常変わることなく、優美なるものは快いのである。おや、「今日の作家」氏が勢いよく飛び出してくるさま、ほどたたずしてうんともすんとも言わなくなるさまはどうだろう、どうにも香気が足りぬゆえに呪縛にかかった格好だ。「私こそが真実なのだ」と力んだところでどうなるものでもないだろう。うず高く積み上げられた時宜を違わぬ現実描写より、ごく幽かなる仄めかしのほうがずっと真実味があるのであって、あんなものはぶちまけにほかならないのである。小舞踊曲《メヌエット》的なものにおいては、時はいつも時、空間はいつも空間、人はいつも人、教養はいつも教養、美しきものはいつも美しきものであるように思われる。典雅なるたまゆらの仮象の数々よ、おまえたちはなんと愛らしいのだろう、おまえたちはみな髪を整え、体を清め、菫の香をのこし、つつましくあろうとし、満ち足りた気分をもたらしてくれるがゆえに、永遠の価値あるものなのである。絶対にどこであろうがこれぽっちだろうがインディアンになろうとしない者たちは言うだろう、小舞踊曲《メヌエット》などもはや存在しないと。これはしかし、わたしには、そして何人かの人間には、とうてい認め難い主張である。重要なこと、重要でないことは、古よりいつも存在してきた。そして小舞踊曲《メヌエット》は重要ではない、しかしまさにそれゆえにこそ小舞踊曲《メヌエット》にはチャンスがあるのだ。小舞踊曲《メヌエット》はにっこりと笑ってうなずくだろう、時には上品な身なりでインディアンごっこもやりますよと、つまりわたしが言いたいのは、かのように振舞う用意があるということ、例えば、まるでぶちまけるかのように振舞う用意もあるということだ。この四十年というもの、真剣に受け取られることを望む作家たちは、自分はおしゃべりではないと請け合ってきた、それはある点において、正当なことだったかもしれない。真面目な文学がおしゃべりしないというのは確かである、しかし、そうした文学の全体性は全体としてみて見るならば、下手なぶちまけに堕しているのではないだろうか？　小舞踊曲《メヌエット》はつつましやかな笑みとステップで踊りながらも、ことに意識してそうしているわけではないのかもしれない。「わたしはつつましやかだ」と言ってしまうと、もうこの念押しは声高に響き、それ自体がつつましやかではなくなるのである。いかに多くの反小舞踊曲《メヌエット》的なものが、今まさに執筆され世界にほうりこまれようと、それでも、あえかなるもの、こまやかなるものは繰り返し生まれ落ちようとするだろう。勇気ある試みはなされ、楽しまれている。もはや存在の権利をもたぬものが、なお存在しうるということ、これにはもう眼を見張るばかりだ。どうだやっているぞ、という態度をとらぬからこそ、人びとは受け入れてくれるのではないだろうか。

訳者後書き

ローベルト・ヴァルザー作品集第5巻『盗賊および、散文小品集II』をお届けする。本巻の刊行によって、ヴァルザーの長編小説のすべてが、そして、ベルリン時代以前（一八九九―一九〇五）から、ベルリン時代（一九〇五―一三）、ビール時代（一九一三―二一）、ベルン時代（一九二一―三三）に至るまでのすべての時期の散文小品がまとまった形で読めることとなる。ドイツ語圏においてはズーアカンプ社刊の普及版で全集二〇巻、遺稿集六巻が刊行されていることを考えれば、これでヴァルザーの作品世界が全貌を現したと言うわけにはいかないけれども、少なくともヴァルザーの主要作品と目されてきたものは、ほぼすべて日本語に訳出されたことになるだろう。カフカ、ムージル、ベンヤミンからはじまって、ゼーバルト、クッツェー、アガンベンにいたるまで、二〇世紀の最良の知性に愛読されてきた、この謎めいた散文作家の魅力を、ぜひ作品そのものの読みを通して味わっていただきたいと思う。実際のところ、「無内容さが重量であり、とりとめのなさが根気である」とベンヤミンが断言するこの作家は、内容を要約し、思想を抽出して理解することがおよそ不可能な書き手なのであり、真の意味でヴァルザーと出会いたいと望むのであれば、そのなんとも捉えどころのない文体に向かい合うことは必須なのである。（「文体」について、ヴァルザー自身がどう考えているかは、本書所収の小品『様式《スタイル》』をお読みいただきたい。）

ミクログラムという方法

「小説家」から「新聞寄稿者」へ——本巻に所収した作品はすべて、ヴァルザーの執筆期間中、最後の時期にあたるベルン時代に書かれたものである。この時期、ヴァルザーは書物としては散文小品集『薔薇（Die Rose）』（一九二五）の一冊しか出版することができなかった。ベルリン時代に長編小説三冊、散文小品集一冊、詩集一冊、ビール時代に中編小説一冊、散文小品集六冊、戯曲集一冊を出していることを考えれば、沈黙にも等しい停滞にも見えるだろう。しかし、ヴァルザーは書いていなかったわけではない。事実、ズーアカンプ版二六巻のうち、一二巻はベルン時代の作品を所収しているのであって、実のところヴァルザーはベルンにおいて、ある意味、最も多産な時期を迎えていたのである。

とはいえ、この執筆量と書籍刊行数のギャップには、この時期のヴァルザーの置かれていた深刻な状況が如実に映し出されている。一九二〇年前後、ヴァルザーは創作上の危機に直面して、作品生産方式の変更を強いられていた。そして、これは執筆方法の変更のみにはとどまらぬ、作品の内実にも関わる決定的な意味を持っていた。これに関するヴァルザー自身の証言を、本作品集所収の散文小品の中から紹介しておこう。

> ある時期、わたしは書物の執筆から散文小品書きへ立場を移してゆきました、というのも、長々と続く叙事的連関はわたしをいわば苛立たせるようになったのです。わたしの手は言うなれば仕事を拒む召使女へと成熟していったのでした。彼女を宥めるためにわたしは、有能ぶりを発揮するのをいくぶん控えてくれてもかまわないという態度をとりました、するとどうでしょう、こうした配慮によってわたしは徐々に彼女を取り戻すことに成功したのです。〔……〕思うに、かつて

のわたしの名前は今よりも名声高いものでした、けれども『新聞寄稿者』の肩書きにすすんで同意することによって、わたしはもっと知られることのない名前にも慣れていったのです。

（『わたしの努力奮闘』作品集第4巻二一二頁）

書籍執筆の断念は、まずは内的理由によるものであったことが推測できる。ヴァルザーは長編作品を構成するために必要な「叙事的連関」の形成に、分かりやすく言えば「ストーリー」を紡ぐことに困難を覚えるようになったのである。すでにベルリン時代の三編の長編小説にも程度の差はあれ見られた傾向が、ここに来ていっそう亢進したといってもよいだろう。無論、ストーリーを欠いた作品は、読者にも、出版社にも歓迎されないものである。一九一九年に完成した長編小説『トーボルト』、一九二二年に試みた長編小説『テオドール』は、いずれも出版先を見つけられぬまま散逸してしまったことが、手紙その他の資料から明らかになっている。そして、長編小説の断念は、作家としての名声を断念することをも意味していた。ヴァルザーは作品発表の場を、日々読み捨てられる新聞、雑誌に進んで移すとともに、書き手としても「小説家」から「新聞寄稿者」にいわばランクダウンすることを受け入れたのである。

「ペンによる執筆」から「鉛筆書きシステム」へ——これと並行して、ヴァルザーはこの時期、筆記用具も持ち替えている。この事情については本書所収の『鉛筆書きスケッチ』に報告されている。

わたしはペンを用いてできる限り丁寧に清書するその前に、毎回、散文をまずは鉛筆で紙に書くというやり方を思いついたのである。すなわち、原稿をじかにペンで書きこむ行為は、いつしかわたしをいらつかせるようになり、みずからを宥め落ち着かせるためにも、わたしは鉛筆書きの方法をとることにしたのである、もちろんこれは、遠回りであり、手間隙が増えることを意味してはいた。しかしながらこの手間はわたしにいわば満足感を与えてくれるように思われ、こうすることでわたしは健康になるように感じられたのだった。わたしの魂にはそのつど、自分がかくも念入りに、注意深く、書く行為にたずさわる姿を眺めることができることで、満足の微笑みが、また微笑みのように感じられるいくばくかの自己嘲笑がわきおこった。とりわけ、鉛筆で書くことでこれまで以上に夢見心地に、落ち着いて、快く、熟慮しつつ書くことができるようで、この筆記方法はわたしにとって独特の幸福へと成長していくようで、そういうわけで、わたしが世に向かって何かを言うときによくするように、この文章の頭には、読者のみなさんが最初にご覧になったようなタイトルが冠された次第なのである。(本書二九一頁)

「ペンは剣よりも強し！」、「署名はペンで、鉛筆は不可！」等々の言い回しが思い浮かぶが、硬質で先鋭な、一角獣の角を思わせもするペンにつきまとうある種の男根性と、書くほどに先がすり減り、力を込めようものなら折れさえもする鉛筆の卑小さを考え合わせてみるならば、いっそう散漫化していくヴァルザーの散文がペンのいわば高度な決定性に耐えきれなくなってきたことに、さほどの不思議はないのかもしれない。さらにもう一点、筆記用具の持ち替えに関して注目すべきは、それが満足のみならず、自己嘲笑とも結びつけられていることである。ここでヴァルザーは鉛筆で書くことをただ楽しんでいるわけではない、あえて卑小な筆記用具を選び、念入りに文字を書きつけている自分の姿を眺め、満足すると同時にあざ笑うことで、この時期の散文に「独特の幸福感」は生じているのである。この時期のヴァルザーが、「書く私」と「書く私を笑う私」の二重性抜きには語りえないアイロニカルな存在となっていることを忘れてはならないだろう。

文字の微小化――併せて興味深いのは、あれだけ自分について書き続けたヴァルザーが、筆記用具の持ちかえと同時に起こっていたはずの「文字の微小化」については、どこにも明示的には書いていないことである。ヴァルザーはこの時期、掌大の紙片に米粒大の鉛筆書き文字で原稿を執筆する方法、いわゆる「ミクログラム」も始めていた。これが遺稿として発見、保管、解読されるに至ったプロセスについては、第1巻巻末の解説を参照していただくとして、ここでは現在、スイス国立図書館の書庫において厳重に管理されている五二六枚のミクログラム紙片のうちの二枚を原寸大のコピーでご覧いただきたい。

これらの紙片は一九八一年以降、研究者ヴェルナー・モアランク、ベルンハルト・エヒテによって解読され、現在では綴じられた書物に印刷された活字の形で、さらには、パソコン画面上で好きなだけ拡大できる電子データの形でアクセス可能になっているのだが、そうした操作を経てしまうと逆に見えなくなってしまうものが、このとても「読め」そうにない原寸大のオリジナル紙片（の複写）からは読み取れるのではないかと思う。すなわち、〈小ささ〉そのものである。切り取られた無地の紙、カレンダーの一部、送られてきた葉書、手紙、電信文、はては税務署からの書類に至るまで様々な紙片の上で、左上隅から右下隅に向かって、あるときは数段組に区切られ、時には段によって九〇度向きを違え、文字や穴があれば飛び越え迂回しつつなお行をそろえて、一―二ミリほどの大きさの文字を書き連ねていくこと、これは間違いなく極度の集中を必要とする作業だったはずである。しかも、確認される限りで原稿は一九二四年から三三年の間に執筆されており、ということはこの作業に従事していた頃のヴァルザーは四六歳から五五歳、まさに小さな文字が見えづらくなる年齢だったのである。これだけを考えても、ミクログラムが功利的観点から選択された方法であったという解釈は成り立ち難いと思う。（ヴァルザー研究者の草分け、J・グレーフェンはミクログラムは迅速で機動的な執

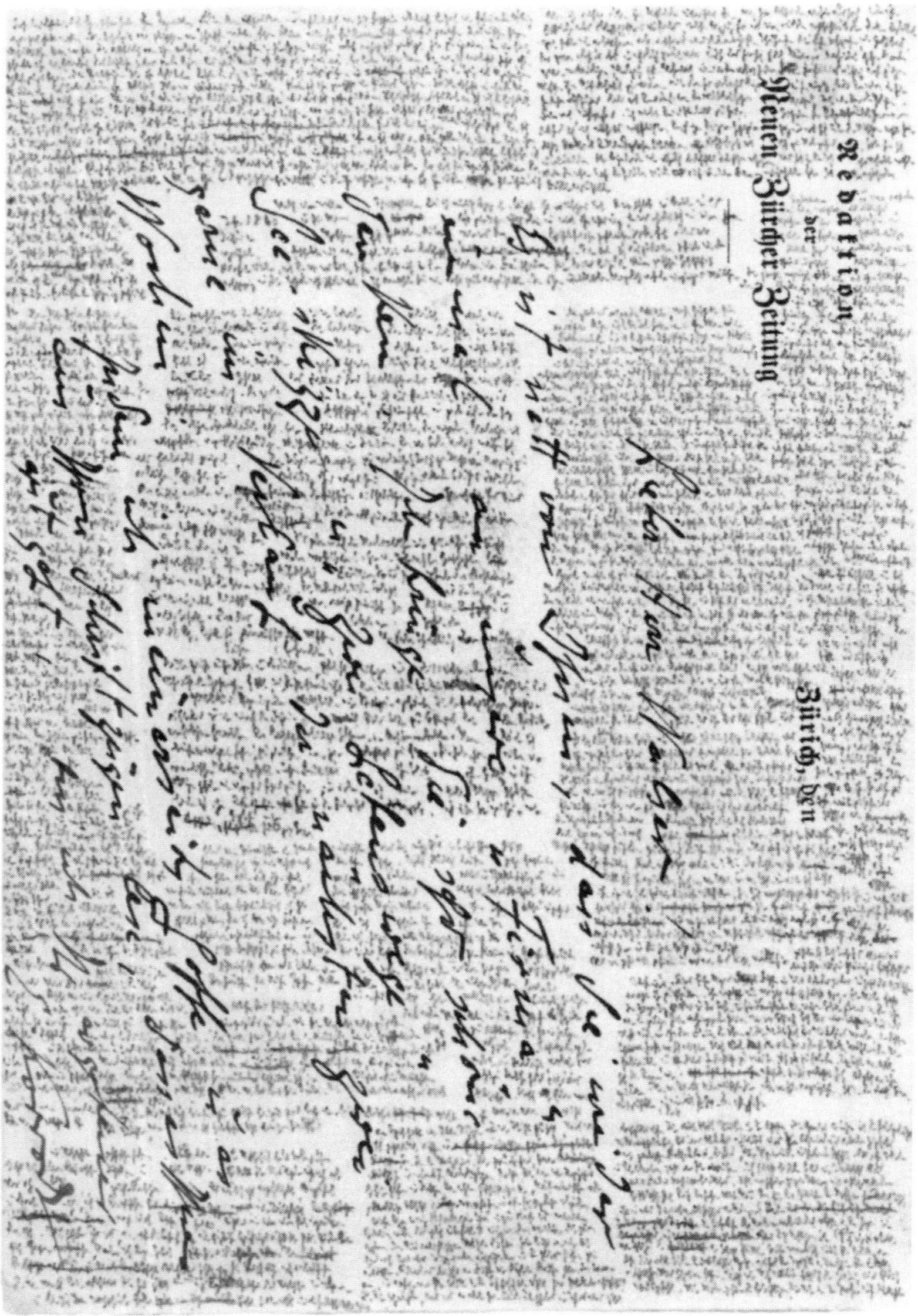

ミクログラム No. 9a　新チューリヒ新聞編集委員エドゥアルト・コローディから送られてきた葉書を用いたもの。ヴァルザーの筆跡からして調子は良さそうですねと書いてきたコローディの推測が正しいことを裏付けるかのように、ヴァルザーの鉛筆書きのミクログラムが、インク書きの文字を取り囲みつつ、びっしりと紙面上を埋めている。（原寸大）

筆に寄与したと考え、その後解読に携わったB・エヒテは逆に執筆速度は遅くなったはずだと異議を唱えた。軍配は後者にあげるべきだろう。）それにしても、ヴァルザーはなぜ、このような困難を伴う執筆方法をあえて選んだのだろうか？　訳者個人の見解を述べるならば、ミクログラムという方法は極度の集中を強いただけでなく可能にもした、これこそが重要なポイントではないかと思う。試しに眼前にミクログラム（のコピー）を置き、筆記用具を手に、テクストに向かい合ってみてほしい。文字を書きつけるべく鼻を擦り付けるようにしてテクストの上に屈みこんでみるとき、そこには不思議な空間が生まれることが直観できはしないだろうか。文学市場、市民道徳、現実原則といった、社会で通用している諸力、諸価値に完全に飲み込まれることのない、小さな、ごく小さなもう一つの空間である。偉大なる小説家からの落伍、ちっぽけな鉛筆による筆記システム、文字の微小化——この三つは、『盗賊』を含む、ミクログラム作品群を生み出すためには不可欠であった社会的、物理的条件といえるのかもしれない。

長編小説『盗賊』について

ミクログラム紙片としての『盗賊』——『盗賊』は遺稿の中でも明確に一つの塊をなす二四枚のアート紙に書きつけられており、最初と最後の紙片がそれぞれ前後に他の散文小品、場面劇、詩を含んでいることを除けば、一貫して他の作品を混えない形で三六の節が書き連ねられている。また、ミクログラム紙片では異例なことに、二枚の例外を除くと、紙片の最後が節の最後と一致せず次の紙片に続いているために、紙片の順序についても問題なく一義的に定めることが可能になっている。さらに、執筆時期についても、最初と最後の紙片に書きこまれた他のテクストが発表された時期からも、また期日を確かめることのできる伝記的事実との対応関係からも、一九二五年の四月、五月の六週間の間

ミクログラム No. 488 『盗賊』の最初の章と次の章が書かれている。（原寸大）

に書き上げられたことが確認されている。つまり、ミクログラムの中でも例外的に、一体性が確認されているテクスト群であり、加えて筆跡も安定しているために「最も解読しやすい」ものと判断されたのである。その結果、この作品は他の遺稿紙片に先駆けて最初に解読され、一九七二年の段階でズーアカンプ社刊の選集に所収されることになった。

絵に描かれた「盗賊」　──ドイツ文学に通じている読者ならすぐに気がつくように、『盗賊（Der Räuber）』という作品名は一九世紀ドイツ古典主義の作家フリードリヒ・シラーの戯曲『群盗（Die Räuber）』に由来している。しかし、両作品の違いは、盗賊が一人なのか群れをなしているのかだけにはとどまらない。自由と正義をめぐって愛、陰謀、戦闘が繰り広げられるシラー作品の崇高な世界と、ヴァルザーの小説の卑俗な世界は、天と地ほどにも隔たっている。作品の舞台は何一つ事件の起こらない平和なスイスの小都市であるし（建物や風景の叙述などからベルンがモデルであることはすぐに分かる）、主人公は「ヒーロー」などとは間違っても呼べぬ、取るに足らない小人物、それどころか職業も住まいも性的嗜好もはっきりしない、マゾヒストともフェティシストともコスプレ男とすら言えそうな怪しげな、しかし、怪しいといっても神秘性とは一切無縁な、散文的な存在である。というわけで文学的素養があるほどに、「盗賊」という題名がなぜ冠せられているのか、疑問は深まるばかりなのだが、実は作中には、両者の繋がりがはっきり言及されている箇所がある。「一人の逃亡者が盗賊衣装でうろつきまわっていたのです。彼は腰には短刀を佩いていました。ズボンは太くてくすんだ青色でした。ほっそりした体軀に沿って飾り帯が垂れていました。帽子と髪は不屈の精神を体現していました。シャツにはレース織りの縁飾りがあしらわれていました。マントは少しばかり着古した感があるものの、毛皮の襟が付いておりました。衣装の色はあまりに濃すぎない緑色でした。〔……〕それはある水彩画家の手になる絵であるようでした。」（本書二二三頁）実のところ、これは実在する一枚の絵

カール・モーアに扮したローベルト（兄カール・ヴァルザー画　1894年）

を叙述している文章であって、参照されているのは『群盗』の主人公カール・モーアに扮した一五歳の頃の弟ローベルトを描いた、兄カール・ヴァルザーの水彩画なのである。（上図参照）見ての通り少年ローベルトはシラー作品の大ファンで、作家を志す以前は俳優を志しており、一時はドイツのシュトゥットガルトで俳優採用試験を受けたほどにこの世界にあこがれていたのである。この水彩画は、一九二五年の執筆当時、ベルンに住んでいた妹ファニー・ヴァルザーの家に飾られており、ローベルトは、繰り返しこの絵を見ることができる状況にあった。作中でも「あるまだ年若い、少年と呼ばれる年齢から抜け出てすらいない画家が描いた一幅の水彩画が、この文化に満ち満ちた詩行を書きつけるきっかけとなったのです」（本書二二四頁）と絵と作品の関係が明言されてもいる。ということは、長編小説『盗賊』は、自由と正義をめぐるシラーの戯曲との差異においてだけでなく、そのシラー作品の主人公を演じた紅顔の少年ローベルトの肖像画との差異において、読まれるべきであるということになるのかもしれない。二〇世紀のスイスの小都市において、もはや少年とは呼べぬ「彼」はいかなる意味において「盗賊」となるのだろうか、そしてこの盗賊は、今やいかなるやり方で自由と正義を求めるのだろうか？

「愛する」ことと「盗む」こと――「エーディットは彼を愛しています」の一文で始まるこの小説は、恋愛小説として読みうる構成要素を十分に有している。登場人物の配置に関しては主人公の盗賊が〈ヴァンダ―盗賊―エーディット〉、さらには〈盗賊―エーディット―月並み男〉という二重の三角関係に巻き込まれている点で申し分ないし、教会でのエーディットによる盗賊の狙撃も、恋愛小説の結末にふさわしいまことにスキャンダラスなクライマックスといえる。にもかかわらず、この小説が一九世紀フランス風の恋愛ものになりおおせることができないのは、盗賊がエーディットを「愛して」いるばかりでなく「書いて」いる、正確には「書くのを手伝って」いる、という奇妙な構造があるからである。「その際、彼は次のようなことをつまびらかにしたのです、自分はある作家が小説を書くのを手伝っており、その小説ときたら確かに小さくはあるけれども文化と内容にはちきれんばかりで、その小説は主としてエーディットをめぐるもので、彼女はその小さいけれども内容に満ち満ちた小説に主人公として登場するのだということを。」（本書一九三頁）かくして盗賊とエーディットは、世の恋愛小説での「愛する者」と「愛される者」の関係に加えて、「書く者」と「書かれる者」の関係をも持つこととなる。恋愛遊戯が演じられている世界そのものが、小説に書かれているのだと言われてしまっては、登場人物は恋愛に集中することはできないだろう。そして、あの最後の狙撃にしても、以下のくだりを読む限り、愛の裏切りに対する復讐として遂行されたのではないようなのである。「この出来事全体で何よりもおぞましいのは、彼は私への従属と畏れのあまり、私を愛しそして盗むということ、世界中が私のことを知りつくすことになる〔…〕神さま、どうか復讐に力をお貸し下さい。」（本書一九四―五頁）この小説において「愛する」ことは「書くこと」、さらには「盗む」ことと分ちがたく結びつけられている。すなわち、この愛についての小説には、同時に文学についての仮借のない考察がもりこまれてもいるのである。作品の終盤において盗賊はこうも語っている。「わたしたち長編小説、短編小説を書く者は、配慮に満ちた無遠慮、繊細なる大胆、畏れを知らぬ臆病、苦悩に満ちた快活、快活なる苦悩をもってして武器の引き金を引く、すなわち尊敬おくあたわざるモデルに対して振舞う限りにおいて、皆、悪党なのです。とにもかくにも文学というのはそういうものなのです。」(本書一九三頁)

「わたくし」と「彼」の曖昧な関係——もう一言、盗賊と語り手の曖昧な関係についても触れておこう。上述したように、盗賊は語り手である「わたくし」がエーディットについての小説を執筆する手伝いをしているとされているのだが、この二人が果たして本当に別人なのか、この小説の書き方には非常に曖昧なところがある。実際、作中には一カ所、両者が「取り違え」られたかのような場所が含まれている。あのアンリ・ルソーの絵画から抜け出てきたような女と盗賊との会話が続く場面において、不意に「彼 (er)」ではなく「わたくし (ich)」が返事をしてしまう箇所があるのである。「これまでの人生で、おまえはずっと所有を無視し続けてきたのだ。」「『わたしは所有してはおりません』とわたくしは返答しました、」(本書二〇頁、強調引用者)。盗賊と語り手が実は一致することが期せずして露わになってしまった箇所なのだろうか? 刊行されえなかった遺稿作品ゆえの瑕疵と見なすべき箇所なのだろうか? 判断は読者一人ひとりにゆだねられているが、その際には作中の他の叙述にも目配りしておく必要があるだろう。たえず繰り返されているのは、自分と盗賊を過剰に区別しようとする語り手の発言である。「わたくしはわたくし、彼は彼です。わたくしにはお金があり、彼にはありません。そこに大きな違いがあるのです。」(本書二一七頁)、「わたくしは、わたくしと彼を取り違えてしまわぬよう、つねに気をつけていなくてはなりません。わたくしは一介の盗賊風情とつるむつもりはないのです。」(本書一〇〇頁)。盗賊の住まいを訪れた「知的世界からやってきた紳士」に対して、盗賊自身が主人と召使の一人二役をあからさまに演じてみせたくだりを併せ読むのもよいかもしれない。

「『あなたの召使にまつわる件は、私にはいささか眉唾に思われはしますが、と申してもお許し下さいますな、あなたには容易には我を失うことのない悠揚迫らぬ態度がうかがわれるという非常に好ましい確信とともに、お部屋を後にさせていただくことといたしましょう』と紳士は別れの際に言い、一方、アウグストやらユリウスやらを背後にかかえた盗賊は……」（本書一〇九頁）このエピソードが語られる節が、「あの城池の白鳥たち、ルネサンス建築の正面玄関《ファッサード》。どこでわたくしはそれを見たのでしょう。というよりむしろ、どこで盗賊はそれを見たのでしょう。」（本書一〇七頁）という一文から始まっていることにも一言、触れておこう。ちなみに、この小説をヴァルザー作品の至った最高到達地点と見る作家ゼーバルトはこう書いている。「『盗賊』こそが、ヴァルザーの最も計算された最も大胆な作品であって、自画像であり、病歴の記録者と病人自身がどちらも著者の位置を占めている、みじんの手加減もない自己探究なのだ。」（『鄙の宿』白水社、二〇一四年、鈴木仁子訳。一四二頁）

本巻には、『盗賊』に加えて、ベルン時代の既刊、未刊の散文小品、さらにミクログラム小品を収録した。いずれも、次の一歩がまったく予想もつかない、散漫さを極めた文章でありながら、「大きな世界」との闘いの中でその緩さを奪取する緊張感をも伝えてくれる稀有な小品であり、まさにヴァルザー的散文の到達点と呼んでよいものである。これらの小品については、五巻本の作品集を構想した当初から、最終巻の最後に置くことを決めていた。なにしろ、『盗賊』の中でのヴァルザー自身の言葉を借りて言うなら、ここには「紙はそれに耐えることができます、ではその後で、例えば読者は、いわんや平均的読者は」（本書一七七頁）と自問しながら、ペンならぬ鉛筆で書きつけられた、並々ならぬ言葉たちが並んでいるのである。『盗賊』を読了し、「盗賊を愛すべき人間と見なすこと、これからは知人として挨拶を交わすこと」こそ礼にかなった態度と考える皆様方であれば大丈夫と考えた次第である。日本語の訳稿も、一歩進むことではじめて次の一歩が照らし出されるようなプロセスを経て少しずつできあがっていった。作業の手順としては、第1巻、第4巻と同様に、新本が訳稿を作り、ヒンターエーダー＝エムデと新本の間での議論を経て、最終的な読みを確定していった。試行錯誤の結果については読者の厳しい判断をまつばかりである。以下に、それぞれの小品の原題、さらに既刊のものについては執筆時期と初出を、未刊のものについては執筆時期を記しておく。

『セザンヌ思考』（Cézannegedanken、一九二九年三月、『プラハ新聞』初出）、『あつあつのおかゆ』（Der heiße Brei、一九二六／二七年未刊）、『鉛筆書きスケッチ』（Bleistiftskizze、一九二六／二七年未刊）、『新年の一頁』（Neujahrsblatt、一九二八年未刊）、『ちょっとした敬意』（Die leichte Hochachtung）（一九二七年十一月、『プラハ新聞』初出）、『ミノタウロス』（Minotauros、一九二六／二七年未刊）、『猫にくれろ』（Für die Katz、一九二七／二八年未刊）、『この都市に、いったいどのくらいの人間が住んでいるのかすら知らないけれど』（Und nicht einmal zu wissen wie viele Einwohner diese Stadt hat）、『緑蜘蛛』（Die grüne Spinne）、『あの頃、ああ、あの頃』（Damals war es, o damals）、『ぶらぶらと、つまりは、あてもなく、昨日の午後わたしは』（Faul, will sagen planlos flanierte ich gestern nachmittag）、『ああ、わたしはここで散文で作文を書いていて』（O, ich schreibe hier einen Prosaaufsatz）、『わたしの知るところ、かつて、法外なまでに感覚細やかな女性随行者であることを身をもって示した一人の詩人がおり』（Meines Wissens gab es einmal einen Dichter, der sich als ein außerordentlich zartsinniger Frauenbegleiter auswies）、『様式《スタイル》』（Stil）、『この雪景色が可愛らしいものになりますように』（Diese Schneelandschaft wünsche ich mir hübsch）、『もしや今日またふたたび』（Gerne möchte ich heute vielleicht wieder）、『少なくとも何かが起きてはいた』（Es war doch wenigstens irgend etwas los）、『「あなた」という呼び方で彼女はわたしと話したのだけれど』（Per ›Sie‹ parlierte sie mit mir）、『つい先ほどある出版社から一冊の本が飛び出してきたところなのだけれど』（Eben sprang aus einem Verlagshaus ein Buch）

『盗賊』およびミクログラム作品の底本、およびベルン時代の散文小品の底本としては、以下の著作を用いた。
Robert Walser: Aus dem Bleistiftgebiet. Bd. 1, 3, 4, 5. Hrsg. von Bernhard Echte und Werner Morlang. Frankfurt a. M. 1992.
Robert Walser: Sämtliche Werke in Einzelausgaben. Bd. 18, 19, 20. Hrsg. von Jochen Greven. Zürich und Frankfurt a. M. 1986.
最後に、読者の皆様には最終巻の刊行が当初の予定よりも三年遅れてしまったことを、心よりお詫びいたします。

新本史斉

『フェリクス場面集』について

ミクログラム草稿――『フェリクス場面集』は、遺稿となった五二六枚のミクログラム(微小鉛筆書き草稿)のうちの一一枚に書かれた短い断片的なエピソード集である。同時期の同じくミクログラムの小説『盗賊』が二四枚の紙片に一続きで書かれているのに対し、『フェリクス場面集』の草稿には他のテクストがたびたび挟み込まれ、フェリクスのみの紙片は四枚、残りの七枚には他に五つの散文、七つの詩、二つの戯曲作品も書かれている。一一枚のフェリクス関連草稿は三つの束(それぞれの束は二~三枚の紙片から成る）と個別の三枚の紙片とに分けられ、例えば一つめの束の場合、場面〔6〕は一枚目から二枚目にかけて書かれ、場面〔7〕-〔9〕-〔20〕-〔23〕と続き、〔23〕は次の紙片に続いている。また個別の紙片の一枚では、フェリクスの場面〔4〕に先立つ他の散文テクストにも両親の家や同級生の思い出が含まれている。このように個々のテクストの枠を超え、複数のテクストを横断するテーマの拡散はミクログラムに特徴的である。

成立時期――場面集の内容から執筆時期を推定することができないため、成立時期については周辺の他のテクストの刊行時期やその他の情報を手がかりとするほかない。たとえばフェリクス紙片三枚に書かれた三散文作品と一編の詩の中で、一九二五年四月以降にヴァルザーが住んだ部屋についての言及が見られることから、『フェリクス場面集』が書かれたのは一九二五年四月~五月頃ではないかと推定されている。

執筆順――執筆順を確定できる部分もあるが、ミクログラム紙片三枚の執筆時期は不明である。ヴァルザーは異なるテクストを同時に執筆していたかもしれないという可能性もあり、いずれにせよ執筆順の確定は大変難しい。

場面の配列――この場面集は二四の章（場面）で構成されているが、ヴァルザー自身は執筆の際に各場面の配列についてさほど気にしていなかったらしく、刊行にあたっては編者W. Morlangが配列を決めざるをえなかった。たいていの場面の年代は学校時代から卒業後の見習い時代にかけて、あるいはその前後の時代に限られている。最終的な場面配列は未確定なままであるが、この版では前編者J. Grevenの方針をそのまま踏襲し、おおよそフェリクスの想定年代順に配列されている。

冒頭の場面〔1〕でフェリクスは「四歳か六歳」という年齢設定で登場する。なぜ「四歳か五歳」

や「五歳か六歳」ではないのか不思議に思われるが、いずれにしても長々とふるわれる弁舌はとても幼児のものとは思われず、ましてや本人が「この四歳ながらの僕の雄弁さにはおどろきだ」と自ら感嘆しているのは、まさに幼児にはありえない話しぶりである。これ以降、具体的に年齢が言及されることはないが、フェリクスの年齢は場面〔18〕までは少年時代と推定される。〔19〕にはフェリクスは登場しないが、次の〔20〕では、フェリクスはフクロウをシラーの戯曲『群盗』のアマーリエに見立てて話しかけ、この場面では一週間後には学校を出て見習い修業を始めると明記されている。〔21〕では職場の人間関係が話題になっており、明らかに学校卒業後の見習い時代と目される。〔23〕は見習い期間をとっくに終えた時期、最後の場面〔24〕では「長年にわたるみすぼらしい身なりの時代」の到来が告げられているので、さらに後年の時代が扱われていることがわかる。

以下、人物やテーマにしたがっていくつかのグループに分類してみる。

［家族］　頻繁に登場する家族のうち最初に登場するのは、一歳上の兄カールがモデルとみられるアーデルベルトであり、場面〔3〕で兄弟は一緒になって友だちのツェザールをいじめ、場面〔14〕で兄弟は長い敵対関係のあとキッチンで和解する。〔4〕〔5〕には妹ファニーをモデルとするフローリイが続けて登場するが、〔4〕では幼い妹の無意識かつ策略的な専横ぶりが描かれ、〔5〕ではフローリイは友だちを悪く言う父親に反抗する。父親はこの〔5〕で初めて登場し、小さな娘をたしなめつつも娘にあしらわれ、その様子に母親が呆れる。父親はその後〔18〕で「よそから来た教授」に経済的困窮について嘆き、母親が父親のふるまいに激怒する。また〔21〕では、フェリクスの上司の苦情を受けて、父親が息子フェリクスに釈明を求める。

母親は〔5〕のあと〔12〕に登場し、キッチンでスイス史上の英雄について弁舌をふるう息子フェリクスに耳を傾けすぎてヌードルを茹ですぎてしまう。また上述の〔18〕に続く〔19〕で、母親は遠く離れた都会で働く娘に宛てて感傷的な手紙を書いている。この娘のモデルは唯一の姉リーザではないかと思われるが、彼女はこの手紙の宛先としてのみ登場する。

〔13〕には名前が与えられていない「兄」が登場するが、編者Morlangによればこれはアーデルベルトではなく、八歳年長のアルノルトであり、モデルは五歳年長の兄ヘルマンであるという。実際、年の近い喧嘩仲間・同士のようなアーデルベルトとは違い、この「兄」は年長の兄らしく弟の非常識な振舞いを咎め、諭している。アルノルトはさらに〔18〕で「よそから来た教授」に才能を認められた将来有望な、しかし頭でっかちで理屈ばかりの冷淡な息子として登場する。

この他〔6〕には「叔母」が登場し、彼女は「堅実さにどっぷり浸かって」ブルジョワ風の部屋の肘掛け椅子に座った威厳たっぷりの人物として描かれている。全体的に家族が登場する場面は多く、〔2〕〔3〕〔4〕〔5〕〔12〕〔13〕〔14〕〔18〕〔19〕〔21〕と〔6〕(叔母)の一一場面にも及ぶ。

［友人］〔3〕でフェリクスとアーデルベルトの悪戯の犠牲となるのがツェザールであり、〔7〕ではフェリクスがショーウィンドウに映る自分の姿を眺めるハンスに奇妙な愛情を抱き、〔9〕では州議会議員を母にもつハインリヒを嫌っていじめたことをその母親にたしなめられ、〔11〕ではヘギと一緒に花火で遊んでいて顔に火傷を負った次第を医者に説明する。同級生・友人たちはフェリクスの悪戯の標的であり、愛情や憎悪の対象であり、悪戯を一緒に楽しむ相棒である。

［文学と舞台］　大学生が登場する〔15〕ではシェイクスピアについて熱く語られ、〔16〕の大学生からの手紙では、フェリクスの古典文学への愛情が奨励され、そして〔17〕は大学生を訪問する交通費を捻出するためにフェリクスがヴォルテール全集を売るという話である。さらに〔22〕は著名な役者への手紙でフェリクスが文学と舞台への愛着、役者になりたいという願望を告白する。このグループは、いずれも親の無理解にもかかわらず断ち切れない文学と舞台への憧憬が主要テーマである。またフェ

リクスは〔10〕ではバイロンの物語詩の世界に、〔20〕ではシラーの戯曲の世界に浸っており、これらも文学に心酔している場面と言えるだろう。

［女性たち］　母親と叔母以外の女性も何人か登場する。〔9〕には同級生のハインリヒも登場するが、むしろ母親のツィアリヒ夫人とのやりとりのほうがメインであり、彼女は息子に喧嘩をしかけないようフェリクスに要求する。〔10〕ではフェリクスは無断で登った木の上で物語の世界に入り込んでいるが、それは木の所有者の女性の非難の声でさえぎられる。〔23〕ではフェリクスは彼の友人を愛している女性エレオノーレの話し相手をつとめ、愛をめぐって軽妙かつ奇妙な会話のやりとりがなされる。

［医師・教授・牧師］　その他の人物として〔11〕の医師は、すでに述べたように顔に火傷を負ったフェリクスの診察をし、「よそから来た教授」〔18〕は父母を相手に息子アルノルトの優秀さを保証し、誹謗しあう家族のなだめ役をつとめる。〔8〕の牧師の講義は二四の場面の中でもかなり異質なテーマを扱っており、牧師は祖国に戦争の危機が迫っていると警告し、生徒たちは呆然となる。

最後の〔24〕は会話のないト書のみの場面だが、フェリクスが「身なり」をめぐるやりとりから娘を刺し殺すという、それまでの二三場面の雰囲気とはかなり異質で唐突に感じられるような出来事が起きる。ここで繰り広げられている考察は思考の暗い深みにはまっていくようであり、出口の見つからない迷路にはまり込んで行くように思われる。しかし、どこまで深みに沈んで行くのかと思われる考察は突如として断ち切られ、それによってこの場面集は中断している。

この断片となった場面集にも他のテクストと共通する多くのテーマが見られ、とくに劇場・舞台がここでも繰り返し出てくるのを見ると（同時期の小説『盗賊』の成立にも深く関係しているが）故郷の街ビールの小さな劇場で観たシラーの『群盗』が、いかに少年ヴァルザーの心の奥深くに刻み込まれたのか、あらためて思い知らされる。ともあれ登場する人物たちは他のテクスト同様、子どもと大人、真面目と不真面目、作為と無作為、浅薄と深遠が入り混じって区別できない語り口で好き勝手におしゃべりをしている。対話が成り立っているのかどうか怪しいときもあり、「まっとうな」対話が展開しているのかどうかは定かではないが、ヴァルザーにとって大切なのは、対話の論理的展開よりもむしろ「おしゃべり」そのもの、言葉を紡いでいくことであり、人物たちの口から流れ落ちる言葉は、人びとの思惟を恣意的にすりぬけていく。

『フェリクス場面集』が最終的にどのような形になるはずだったのか、今となっては誰にもわからない。しかしかりに最終的な完成形が出来上がっていたとしても、それはやはり断片的であり、たとえ年代的に配列されたとしても——年代順という一貫性があったとしても——、断片性がなくなることはないだろう。ただ各場面はそれぞれ独立的ではあるが完全に孤立しているわけではなく、一貫性あるいは起承転結のあるドラマ展開がない一方で、同じ人物が別の場面でも登場したり、背景や環境に共通点があるなど、場面相互にある程度の結びつきが見られるのも事実である。全体としてひとつの統合された世界や筋書き・物語があるわけではないが、しかしそれでもなお、各場面間にはなにかしらの結びつきがある。この場面集は二四の場面の「ゆるやかなアンサンブル」(Morlang) であり、ゆるやかに関連しあう個々の像の集まりといった様相を呈しているのである。最終的にどのような配列になろうとも『フェリクス場面集』は「ゆるやかなアンサンブル」のままであるに違いない。そしてそれはフェリクスの枠を超えて、ヴァルザーが書いたテクスト全体に通じるものでもあるだろう。それは「とれかかったボタン」のように、糸が解れて行方不明になりそうになりながらもどうにかぶら下がっている、そんなテクストの集積である。

『フェリクス場面集』の底本として以下の著作を用いた。

Robert Walser: »Felix«-Szenen. In: Aus dem Bleistiftgebiet. Bd. 3. Hrsg. von Bernhard Echte und Werner Morlang. Frankfurt a. M. 1992.

若林　恵

スイスのプロ・ヘルベチア文化財団、ローレン翻訳センター、ローベルト・ヴァルザー・センター、ローザンヌ大学のペーター・ウッツ教授、そして鳥影社の樋口至宏さんをはじめ、この『ローベルト・ヴァルザー作品集』の刊行を直接に、間接に支えてくださったすべての方々に、改めて心より感謝申し上げます。本当にありがとうございました。

二〇一五年秋

新本史斉
若林　恵
フランツ・ヒンターエーダー＝エムデ

Prosa und Szenen aus der Berner Zeit

Räuber-Roman
Felix-Szenen

Publizierte und unpublizierte Prosastücke

Cézannegedanken
Der heiße Brei
Bleistiftskizze
Neujahrsblatt
Die leichte Hochachtung
Minotauros
Für die Katz

Mikrogramme

BG1

Und nicht einmal zu wissen, wie viele Einwohner diese Stadt hat
Die grüne Spinne
Damals war es, o damals

BG4

Faul, will sagen planlos flanierte ich gestern nachmittag
O, ich schreibe hier einen Prosaaufsatz
Meines Wissens gab es einmal einen Dichter, der sich als ein außerordentlich zartsinniger Frauenbegleiter auswies
Stil

BG5

Diese Schneelandschaft wünsche ich mir hübsch
Gerne möchte ich heute vielleicht wieder
Es war doch wenigstens irgend etwas los
Per ›Sie‹ parlierte sie mit mir
Eben sprang aus einem Verlagshaus ein Buch

著者紹介

ローベルト・ヴァルザー（Robert Walser）

1878-1956 年。ドイツ語圏スイスの散文作家。長編小説の他、多数の散文小品・詩・戯曲を発表。1933 年にヘリザウの精神療養施設に入所して以降は筆を絶ち､、1956 年のクリスマスの朝、散歩中に心臓発作で死亡。同時代において、カフカ、ベンヤミン、ムージル、ヘッセに愛読されたその作品は、現代では、W・G・ゼーバルト、E・イェリネク、S・ソンタグ、J・M・クッツェー、E・ビラ＝マタス、G・アガンベンらの作家、思想家に愛読されている。

訳者紹介

新本史斉（にいもと・ふみなり）

1964 年広島生まれ。東京大学大学院人文科学研究科修士課程修了。
現在、津田塾大学学芸学部国際関係学科教授。
専門はドイツ語文学、翻訳論。
訳書：『スイス文学三人集』（共訳、行路社）、『ヨーロッパは書く』（共訳、鳥影社）、『氷河の滴──現代スイス女性作家作品集』（共訳、鳥影社）、『ローベルト・ヴァルザー作品集』第 1 巻、第 4 巻（鳥影社）他。

フランツ・ヒンターエーダー＝エムデ

1958 年ドイツ、バイエルン州生まれ。文学博士。
現在、山口大学人文学部教授。
専門は比較文学。
訳書：『ローベルト・ヴァルザー作品集』第 1 巻、第 4 巻（鳥影社）他。

若林恵（わかばやし・めぐみ）

東京生まれ。東京大学大学院人文社会系研究科博士課程中退。

現在、東京学芸大学教育学部准教授。

専門はドイツ語圏文学・文化。

著書：『カフカ事典』（共訳、三省堂）

訳書：『現代スイス短篇集』（共訳、鳥影社）、『氷河の滴─現代スイス女性作家作品集』（共訳、鳥影社）、『ローベルト・ヴァルザー作品集』第 2 巻、第 3 巻（鳥影社）他。

ローベルト・ヴァルザー作品集 5（全5巻）
盗賊／散文小品集II

二〇一五年一〇月三〇日初版第一刷印刷
二〇一五年一一月一〇日初版第一刷発行
定価（本体二六〇〇円＋税）

著者　ローベルト・ヴァルザー
訳者　新本史斉／フランツ・ヒンターエーダー＝エムデ／若林恵
発行者　百瀬精一
発行所　鳥影社・ロゴス企画
長野県諏訪市四賀二二九—一（編集室）
電話　〇二六六—五三—二九〇三
東京都新宿区西新宿三—五—一二—7F
電話　〇三—五九四八—六四七〇
印刷　モリモト印刷
製本　高地製本

ISBN 978-4-86265-530-1 C0097